KB271561

내 책상 위의
천사 2

AN ANGEL AT MY TABLE

세계문학의 숲 027

An Angel at My Table

내 책상 위의 천사 2

재닛 프레임 지음

고정아 옮김

시공사

일러두기

1. 이 책은 1989년 뉴질랜드 허친슨(Hutchinson) 출판사에서 출간된 재닛 프레임(Janet Frame)의 《내 책상 위의 천사(An Angel at My Table)》를 우리말로 옮긴 것이다.
2. 번역은 2008년 영국 리틀브라운 출판사에서 발행한 《An Angel at My Table》을 대본으로 삼았다.
3. 본문의 주는 모두 옮긴이 주이다.

차례

2부
비단실 찾기

누에가 비단실에서 떨어지듯
시간에서 떨어지다

그랜드 호텔

나는 고등학교 졸업 이후 세 번째로 더니든에 살게 되었다. 첫 귀환은 몇 달 만에 이루어졌지만 이번 귀환에는 몇 년의 세월과 경험이 끼어들게 되었는데, 그때마다 나와 도시의 관계에 차이가 생겨났다. 하지만 이제 도시 더니든은 내 가장 오랜 지인 중 하나였고, 어쩌면 내 유일한 지인이었다. 신기한 정련 과정이었다. 학생 생활의 표면적 경이가 사라지고, 이어 두 번째 시기부터 정신분열의 발견과 음악과 잘생긴 젊은이들이 있는 고뇌의 날들이 시작되어, 소설을 쓰고 시적 광기를 드러내려 애쓰고, 부서진 교사 경력에 매달리고, 리스 강변을 헤매고, 나 자신에게 '나'라는 과장된 비극성을 부과했지만, 이런 것들도 사라졌고, 그 과정에서 주드와 크라이스트민스터, 학생 집시와 옥스퍼드의 정신도 사라졌고,

내가 나무 다리의 당신을 지나치지 않았나요,

망토를 두르고 눈과 싸우던 당신,
얼굴을 힝크시와 그 겨울 언덕으로 향한 당신을?
당신은 언덕을 올라서
컴너 산맥의 흰 이마에 다다랐지요.
펄펄 쏟아지는 눈송이 속에서 한 번 고개를 돌려
크라이스트처치 홀의 반짝이는 불빛을 바라보았지요.*

대학의 강가와 유서 깊은 회색 석조 건물들 옆에서 꿈꾸었던 모든 이들의 정신도 사라졌다.

이제 세 번째로 더니든에 살러 갔을 때, 대학과 사범학교는 더 이상 나의 세계가 아니었다. 나는 아무 세계도 없었다. 유니언 로, 프레더릭 로, 던다스 로 같은 예전의 환경은 모두 장난감 건물이 들어선 장난감 도로들이고, 거기에 예전의 장난감 사람들이 새로운 장난감 사람들로 교체되어 여전히 해묵은 화제를 입에 올리며 웃는 것 같았다.

나는 기차역에서 택시를 타고 그랜드 호텔로 갔다. 호텔은 니스 칠한 목재와 우아한 놋쇠 장식으로 멋진 배처럼 길모퉁이에 높다랗게 서 있었다. 위엄 있지만 살짝 술에 취한 여자 지배인이 로비에서 나를 맞더니 착오가 있었다고, 자신들이 구한 건 웨이트리스였지 청소부가 아니었다고 해명했다.

"프레임 양이 웨이트리스 일은 하기 싫어 할 수도 있을 것 같아서요." 여자 지배인이 말했고, 이미 상처 입은 뿌리가 잠에서 깨어나고 있던 나는 너무 놀라거나 좌절하지 않으려고 애

*매슈 아널드의 시 〈학생 집시〉의 일부.

쓰며 서둘러 말했다. "아, 저는 웨이트리스로 일한 경력이 있어요. 웨이트리스 일 하겠어요."

"급료는 주급 6파운드예요. 공제 없고 숙식 제공이에요."

숙식 제공.

어린아이의 후렴 같은 말. 숙식 제외, 숙식 제공.

내 방은 꼭대기 층의 다락방으로, 작은 창밖의 성가퀴같이 생긴 장식 너머로 프린스 로가 보이고 맞은편에는 치과 진료소와 보험 사무소들이 보였다. 직원의 방은 모두 꼭대기 층에 있었다.

나는 풀 먹인 흰색 작업복에 흰 구두를 신고, 풀 먹인 모자를 썼다. 나는 '구역'—내가 서빙할 탁자들—을 배당받고 필요한 표현과 행동을 빨리 익혔다. 수석 웨이트리스, 지배인과 그 아내(나는 처음에는 두 사람이 크라이스트처치에서 알던 사람들과 너무나 닮은 데 놀랐는데, 나중에 외모와 성품이 비슷한 사람들이 그런 직업을 흔히 택하게 된다는 걸 알게 되었다)를 대하는 태도, 주방의 일과, 식탁 차리기, 꽃 모양 냅킨 접기와 같은 규칙을 배웠다. 나는 동료 웨이트리스들이 손님들이 가고 나면 접시 밑의 팁을 기대하는 흥분을 알게 되었다. 우리는 단골손님, 팁이 후한 사람들을 알게 되어서, 그 사람들을 누구의 구역에 앉힐 것인지를 두고 경쟁을 했다. 하지만 중요한 손님들은 수석 웨이트리스 도린—흰 레이스 깃과 흰 소맷부리의 검은 옷을 입은 하얀 얼굴의 작은 여자—이 자리를 배정한 뒤였고, 그런 후에 자주 그 구역을 넘겨받아 최후의 전리품을 챙겼다. 웨이트리스들은 손님이 접시를 옆으로 치울 때마다 긴장 속에 날카로운 눈길을 주고받았고, 자연스러운 척 탁자로 다가

가서 조심스레 접시를 들어 올려 팁을 챙겼다. 나는 손님이 일어서려고 하는 순간 흥분이 이는 게 부끄러웠고, 팁을 손에 들고 있다가 보는 눈이 없을 때 주머니에 슬쩍 넣는 은근하지만 뜨거운 탐욕이 부끄러웠다.

그랜드 호텔은 일하기에 좋은 곳이었다. 나는 유니폼을 입고 팔에 냅킨을 두른 채로 식당을 돌아다니는 일이 즐거웠다. 주문을 외우고 접시를 쌓아 나르는 데 자부심을 느꼈다. 직원들끼리 휴가와 업무 시간을 조정할 수 있어서, 나는 자주 다른 웨이트리스들과 시간을 바꿔 이틀이나 나흘 휴가를 받아 윌로글렌에 가거나 호텔에 남아서 안전한 잠자리와 좋은 식사와 '공제 후' 주급 8파운드의 소득을 즐겼다. 그리고 중고 타자기를 사서 소설과 시를 쓰기 시작했다. 〈웨이트리스들〉, 〈승강기 운전사〉라는 시를 써서 《리스너》지에 실었다. 카프카에 대해서도 쓰고, 알마 삼중주단 연주회에 대해서도 쓰고, 〈1차 할부금을 내면서〉라는 시도 썼다. 라디오 전축과 라디오 음악회 프로그램에서 들었던 베토벤 7번 교향곡 음반을 사면서 할부의 세계로 미끄러져 들어갔기 때문이다. 나는 이제 조용한 피난처인 다락방에서 편안하게 그 음악을 들을 수 있었다. 춤. 그것은 내게 특별한 기쁨과 자유로 가득한 춤이었다. 마지막 악장의 강렬한 박자는 수정 망치로 수정 궁전을 짓는 것 같았고, 그 궁전은 벽이 없어서 땅과 하늘의 모든 모퉁이에서 공기와 빛이 흘러드는 것 같았다.

피난처 바깥에서는 웨이트리스 세계에서의 밀월의 기쁨이 차츰 시들어갔다. 나는 사람들이 내 '과거'에 대해 묻는 일을 막으려고, 내가 '정말 학생'이었고 '작가를 지망한다'는 것을 알렀다. 우울한 일이었지만 나는 이 세상에 내 '장소'가 없는 것 같았고, 내가 어느 장소에라도 존재한다는 사실을 인정하고 싶지 않아서 질문을 받으면 부엌데기로 정체를 감춘 공주 같은 분위기를 풍겼다. 하지만 여러 사람 앞에서 그러는 건 아니었고, 동료 한 명이 내 방에 찾아와서 남자 친구 문제를 이야기할 때만 그랬다. 그가 결혼한 남자면 어떻게 하지? 웨이트리스로 살면서 결국 T나 M처럼 되는 것 말고 다른 길은 없는 걸까?

그러다 내게 물었다. "그런데 너는? 너는 여기서 뭘 하는 거니?"

나는 책을 썼었다고 했지만, 《석호》를 한 권도 갖고 있지 않은 데다 다른 책들도 내가 종신 입원을 했다고, 그러니까 죽은 거나 마찬가지라고 여겨져서 여기저기 흩어졌기 때문에 동료 웨이트리스들은 그 말을 쉽게 믿지 못했다. 나는 《리스너》지에 이니셜 이름으로 실린 시 〈웨이트리스들〉을 그들에게 보여주었다.

하지만 그들이 가장 원한 건 나를 그들 가운데 한 명으로 만드는 것, 그들의 활동에 동참시키는 것이었다.

"네 머리도 이상하고 옷도 이상해. 립스틱 색깔도 안 맞아. 빨강머리니까 옷을 살 때 색깔을 잘 골라야 돼. 빨간색 옷은 안 돼. 안 어울려. 녹색이나 갈색이 좋아. 아니면 네 눈하고 같은 파란색. 토요일 밤에 시청 댄스파티에 같이 가자. 그리고 머리를 펴는 게 어때? 머리를 펴면 훨씬 나을 거야."

수년 동안 다른 사람의 명령 속에 살았고, 불복종—공식 용어로 '비협조'—하면 독방 수감이나 '치료'를 협박받았기에, 나는 어떤 제안도 기꺼이 받아들였다. 녹색과 갈색은 '나의' 색깔이 되었다. 나는 과감하게 D. I. C. 백화점의 화장품 매장에 갔고, 그곳 직원은 내 손등에 립스틱을 발라보고 '탠지' 립스틱 가운데 '내게 맞는' 색깔을 골라주었다. 피부에 바를 장미유와 진청색 병에 담긴 향수 '파리의 저녁'도 샀다. 내가 그들 말대로 '자신을 돋보이게끔' 노력하는 모습에 웨이트리스들은 기뻐하며 말했다. "이제 너도 우리 중 한 명이야."

일이 끝나면 우리는 옷 이야기, 머리 이야기, 지배인 부부 이야기를 하고 서로의 이야기도 했으며 괴짜 메이블과 약간 '웃긴' 로라 이야기도 했다. 로라가 택시 기사와 약혼했다는 말을 누가 믿겠는가? 그 사람은 그녀 근처에 온 적도 없는데. 그도 그럴 것이 메이블과 로라는 아무에게도 연민이나 도움을 받지 못하고 임시 거처와 '숙식 제공' 일자리를 찾아 호텔과 호스텔과 하숙집을 전전하는 정신적 부적응자들이었기 때문이다. 나는 내가 그들과 마찬가지라고 느꼈다. 그들이 달리 어디서 살겠는가?

나의 밀월의 기쁨은 마침내 호텔 주방에서 끝이 났다. 식사는 손님이 남자냐 여자냐에 따라 다르게 나갔다. 남자는 양이 많고 닭고기도 다리나 날개를 주었지만, 여자는 양이 적고 언제나 닭 가슴살만 주었다. 그래서 주방문을 열고 주문을 전달할 때 나는 닭고기, 신사 또는 닭고기, 숙녀, 쇠고기, 신사, 쇠고기, 숙녀 하고 소리쳐야 했다. 나는 목소리가 작아서 소리치는 일이 싫었고 신사라는 말도 비위에 맞지 않았다. 그래서 주문을 전달할 때 그랜드 호텔 주방의 전통을 뒤집고 닭고기, 남자, 쇠고기, 남자라고 말했다.

무뚝뚝하고 권위적인 차석 요리사가 내게 제대로 말하지 않으면 주문을 받지 않겠다고 위협해서 나는 어쩔 수 없이 전통적인 방식으로 돌아갔는데, 그녀는 내가 그 말을 얼마나 싫어하는지를 알고 주문을 자꾸 반복하게 만들었다. 주문 전달이 고문이 되었다. 그러던 어느 날, 나는 급기야 눈물을 쏟으며 식기실을 나와 다락방으로 달려갔고, 나를 따라온 웨이트리스 팻에게 몸이 안 좋다고 말했다.

내가 무얼 할 수 있을까, 어디로 갈 수 있을까, 하고 생각해 보았다. 갈 데가 없었다. 나는 진정하려고 했다. 나는 자유 아닌가, 감금에서 풀려나 자유롭지 않은가? 나는 자유인가?

그날 저녁 나는 주방으로 돌아갔다.

"몰리는 신경 쓰지 마. 늘 그런 식이야." 손님들을 기다리며 낮은 식기장 옆에 서 있는데 팻이 속삭였다. "오늘 저녁은 손님들이 늦네. 이러다가는 언제 끝날지 모르겠다. 하지만 몰리는 신경 쓰지 마."

팻은 키가 크고 검은 곱슬머리였다. 그녀의 야심은 북부로 가서 케이크 가게를 내는 것, 어쩌면 인수하는 것이었다.

"오늘 밤 시청 댄스파티에 갈 거지?" 그녀가 물었다. "우리 다 가거든."

나는 D. I. C.에서 당시 선풍적 인기를 끌던 최신 직물 에버글레이즈와 옷 도안을 사서, 댄스파티에 입고 갈 드레스를 직접 만들었다. 그날 저녁 팻은 내 옷을 살펴보고 플레어스커트의 치맛단 마무리를 도와주었다.

"플레어스커트는 단을 접기가 힘들어."

"너 정말 작가가 될 거니?" 팻이 물었다.

"되고 싶어."

“주방에서 몰리한테는 신경 쓰지 마. 차석 요리사는 다 그래. 수석 요리사가 주방을 통치하고, 차석 요리사가 권력을 휘두르고, 삼석 요리사가 일을 다 하지. 나도 여기 처음 왔을 때 엄청 힘들었어. 신경쇠약까지 걸렸어.”

“나는 정신병원에 있었어.” 나는 눈물을 터뜨리며 말했다.

다음 날 저녁, 팻과 나는 다른 두 명과 함께 멋지게 차려입고 두 블록 거리에 있는 시청으로 갔다. 나는 플레어스커트와 소매가 봉긋한 에버글레이즈 드레스를 입었다.

“호텔에 사는 건 참 좋지 않니? 어디든 다 걸어서 다닐 거리에 있어.”

시청 댄스파티가 시작되었다. 악단의 연주가 시작되고, 분을 뿌린 마루에 춤꾼들의 발소리가 울렸지만, 아직은 사람이 많지 않았다. 남자들이 한쪽 벽에 줄지어 서 있었고, 여자들이 반대쪽 벽에서 남자들의 춤 신청을 어색하게 기다리는 동안 남자들은 가볍게 깡충거리며 여자들을 훑어보았다. 바닥을 툭툭 차는 모습이 박람회장에서 상을 받은 황소 같았다.

나는 호텔 여종업원들과 함께 앉았다. 남자들이 하나둘 와서 춤을 청했다. 나는 계속 앉아 있었지만, 여전히 즐거운 기대에 차서 음악에 따라 머리를 까딱이고 발로 바닥을 두드리면서 내 쪽을 보는 사람들에게 춤출 의향이 있음을 알렸지만, 나도 자존심이 있으므로 너무 노골적으로 드러내지는 않았다. 하지만 남자의 청을 기다릴 때 자존심을 가질 수 있는가?

나는 비밀이 하나 있었다. 이것이 내 첫 댄스파티라는 것. 병원에서도 댄스파티가 있어서, 나는 거기서 많은 춤 동작을 배웠고 충실한 파트너도 두 명 있었다. 한 명은 머리가 벗어진 아버지뻘 나이의 중년 남자였고, 한 명은 자기가 아직도 이탈리아 전선에서 2차 세계대전을 수행한다고 믿는 잘생겼지만 애석한 젊은 퇴역병이었다. 어린 시절 나는 항상 '첫' 모험에 흥분했고, 다른 사람들에게 그 이야기를 전달하고 싶어 했다. 이제 나는 평범한 인생의 경험을 너무 많이 놓쳐서 다른 사람들의 '최초 경험'과 박자가 맞지 않는 나의 '최초'가 부끄럽게 느껴졌다. 나는 문학 작품 속에 나오는 첫 댄스파티도 열심히 읽었고, 그 가운데는 캐서린 맨스필드의 소설도 있었다. 하지만 《그녀의 첫 무도회(Her First Ball)》라는 제목조차 우리 자매는 엉큼하게 해석했다. 이저벨과 파트너가 되어 시골 양털 깎는 헛간의 댄스파티에 간 젊은 농부들이 농사꾼 불알(Farmers' Balls), 양털 깎는 이 불알 등을 말했고, 이저벨이 그 말을 재빨리 배워오면서 '무도회(ball)'라는 말은 어머니가 꿈꾸던 '빈의 밤'과는 상관 없는 말이 되었기 때문이다.*

그것은 중요한 사건이었다. 나의 첫 댄스파티, 땀 냄새, 잡담, 음악, 분이 뭉개져서 번들대는 코. 드레스 겨드랑이에 꿰매어 붙인 고무 땀막이가 끈끈하게 팔에 달라붙는 게 느껴졌다. 나는 가만히 앉아서 참을성 있게 기다리며 사람들이 춤추는 모습을 보았고, 본래 이렇게 춤추는 사람들을 보려고 시청에 왔다는 듯한 태도를 띠었다. 아, 저건 맥시나, 밀리터리 투스텝, 그리고 아, 데스티니. 나는 그 춤들을 알았다. 누가 나한테 춤을 청해줘요. 내 옆에 앉은 중년의 여자가 내게 말을 걸었다.

"같이 위층에 가서 보는 게 어때요? 위층에서는 더 잘 보여요."

*영어 단어 'ball'은 '무도회'라는 뜻과 함께, '고환'이라는 뜻도 있다.

나는 다른 자리로 옮겨 앉았다. 어떻게 감히, 어떻게 촌스러운 자기랑 나를 똑같이 보는 거지? 춤을 안 출 거라고! 로라 같은 괴짜도 춤을 추는데. 그리고 아직 춤을 청하지 않은 남자가 제법 되었다. 내 즐거움이 차츰 시들어가면서 본래 지닌 고통의 표면, 둔중한 실망과 상처가 드러났다. 나는 새로 산 반짝이—스팽글—가 달린 검은색 이브닝 백을 만지작거렸다. 아 드레스, 아 스팽글 달린 백! 나는 가방을 열어 맥스 팩터 콤팩트와 파리의 저녁 향수를 보았다. 그런 뒤 가방을 닫고 차분함을 잃지 않으려고 애쓰며 시청을 빠져나와 옥타곤을 지나고 프린스 로를 걸어 그랜드 호텔로 돌아왔다. 나는 7번 교향곡을 들으며 이로써 세상에 살고자 하는 나의 시도는 실패했다고 생각했다. 댄스파티. 동료들이 늦게 돌아와서 커피와 차를 끓이며 웃고 떠드는 소리가 들렸다. 즐거운 시간을 보낸 게 분명했다. 다음 날 아침에 그들이 내게 물었다. "댄스파티 어땠어?" 나는 대답했다. "정말 재미있던걸."

모두 동의했다. "그래, 정말 재미있는 댄스파티였어."

브래시 씨와 《랜드폴》

때로 나는 (옛 협동조합 도서협회인) 모던북스를 구경하며, 혹시 더니든에 살거나 북부에서 이곳을 찾아온 문인들을 볼 수 있기를 바랐다. 이제 나는 《우리를 이야기하다》에 실린 소설들을 거진 외우다시피 했고, 작가 약력과 서문마저도 외웠는데,

18

그 서문은 《뉴질랜드 운문 선집》 서문과 마찬가지로 뉴질랜드 문학에 대한 입문 지침서가 되었다. 나는 모든 판단을 아무 의문 없이 받아들였다. 어떤 시나 소설이 '최고'라고 하면 그렇다고 믿었고, 그 증거를 찾아보려고 하면 언제나 증거가 보였다. 그 두 권의 책은 나와 1945년 사이의 몇 안 되는 고리였다.

나는 《랜드폴》*을 사서 감탄하며 읽었다. 전위파인 모리스 더건은 동사 없는 문장을 썼고, 심지어 명사 하나짜리 문장도 있었으며 이탤릭체도 사용했다. 내게는 낯선 뉴질랜드의 풍경들도 있었는데, 대개는 북부의 풍경으로 책장 위에서 부서지는 듯한 아열대의 열기와 썩어가는 선착장, 잿빛 진창에 잠긴 맹그로브 습지 같은 것이었다. 그는 맹그로브에 대해 쓰는 것을 즐기는 것 같았다. 침실의 긴 머리 여자들 이야기와 북부에 반짝이는 모든 것—나뭇잎, 피부, 물—의 이야기도.

《랜드폴》에 실린 시들은 모호하고 학술적이고 공들여 쓴 시들이었다. 각 연은 정연하고, 각운과 리듬은 복잡했다. 때로 대여섯 줄짜리 망나니 같은 자유시도 나왔다. 나는 《랜드폴》에 글이 실리지 않으면 작가라고 말하기도 어렵다는 걸 감지했다.

그러던 어느 날, 나는 찰스 브래시가 서점 코너에서 책을 팔고 있는 것을 보았다. 시인 찰스 브래시가! 그의 시가 떠올랐다.

우리를 이야기해다오, 대양이여.
밤에 이야기해다오,
언 심장이 듣도록,

기억한 것을 잊도록.
아 이야기해다오, 네 목소리가
밤을 사로잡을 때까지, 그리하여
떨어져 두려운 자들을 축복할 때까지.

나는 앨런 커노의 시집을 샀다. 브래시 씨가 좋은 선택이라는 표정으로 책을 포장해주었다. 그러다가 놀란 듯이 말했다. "혹시 재닛 프레임 씨인가요? 지금 더니든에 사나요?"

"여기 온 지 몇 달 됐어요. 그랜드 호텔에서 지내면서 일해요."

그는 불안한 표정이 되었다. "아, 그래요."

그러더니 언제 한 번 자기 집에 놀러 와서 다과를 하자고 했다. 나는 수줍은 표정을 지었다.

"네."

"이번 주 목요일은 어때요? 세 시 반에?"

"네, 괜찮을 것 같아요."

그는 로열 테라스에 위치한 집 주소를 알려주었다. 그는 시인의 눈이었고, 부드러운 목소리에 숱 많은 검은 머리였다. 나는 《뉴질랜드 운문 선집》에 실린 그의 시를 기억했다. 신비로운 시들이었다. 산과 바다와 죽은 자들에게 질문하지만 슬프게도 대답이 없을 것을 이미 알고 있는 시들.

"그럼 목요일에 뵐게요. 그리고 《랜드폴》에 기고하실 작품이 있으면 언제든지 서점에 두고 가세요."

"네." 나는 수줍은 미소를 지으며 말했다.

그날 저녁에 나는 팻과 도린에게 목요일 오후에 시인의 집으로 다과를 하러 간다고 말했다.

"우리 나라 최고 시인 가운데 한 명이야." 내가 말했다.

"뭘 입고 갈 거야?" 그들이 물었다.

나는 마드무아젤모즈 진열창에서 본 녹색 코트를 사려고 돈을 모으고 있었지만, 아직도 그 가격인 10파운드에 못 미쳤다.

"나는 코트가 없어." 내가 말했다.

"모직 셔츠하고 치마를 입어. 그리고 목이 허전해 보이지 않게 해줄 거. 구슬? 진주면 좋을 텐데. 진주 목걸이를 구해."

"어디서?"

"그 시인은 부자야?" 그들이 물었다.

"그렇다고 들었어."

"그러면 걱정할 것 없어. 하지만 브래지어를 해."

다음 날 나는 모레이 플레이스의 패션 센터를 찾아갔다. 검은 옷을 입고 목에 벨벳 띠를 두르고 이지 고모 같은 진주 귀고리를 한 뚱뚱한 여자가 나를 탈의실로 데려갔다.

"가슴골 아래까지 파인 게 좋아요? 아니면 가슴까지만 파인 거?"

나는 다른 이들의 관심과 오후 다과에 대한 그들의 흥미가 불편했다. 곧 모두가 나의 약속을 알게 되었다. 승강기 운전사까지 그 일을 언급했다. 그 사람도 호텔이라는 직장 겸 거처가 삶의 피난처가 되었고, 호텔에서는 강하고 당당해 보이지만 거리에서는 연약함과 다름을 깃발처럼 내보이는 슬픈 부적응자 가운데 한 명이었다.

목요일이 되었고, 비가 올 것 같았다.

"어쩌면 그 사람이 너한테 코트를 줄지도 몰라." 누군가 말했다. "네가 코트가 없다는 걸 알면."

나는 오르막길을 걸어 로열 테라스까지 갔다. 그런데 너무 일찍 갔다. 그래서 항구와 반도를 내려다보고, 나무들에 가려진 대학, 박물관 같은 큰 건물들을 짚어내고, 노멀 학교와 유니언 로 끝으로 살짝 보이는 사범학교를 살펴보며 어물쩡 시간을 보냈다. 물이 고여 있고 갈매기가 날아다니는 크리켓 경기장도 보았고, 가든 테라스 4번지와 이제는 그곳을 떠난 이지 고모를 생각했다. 춤으로 받은 초콜릿과 마침내 헤어진 고모는 자신에게 그 기술을 전수해준 지난날의 댄스 교사에게 눈을 돌렸고, 짧은 연애 끝에 두 사람은 결혼했다. 나는 고모가 그 남자와 함께 급행열차를 타고 망가키노에 있는, 마당에 나무가 없는 집으로 살러 가는 길에 '잠깐 들렀을' 때 행복하게 웃는 모습을 보았다.

나는 캐버섬 쪽을 보며, 플레이페어 로에 있는 집을 생각했다. 그 집은 음울한 파크사이드 노인 요양원 건물에 가려서 보이지 않았다. 그리고 캐리스브룩 축구장을 떠올리니, 휑 매켄지가 '철로 쪽 골대' 팀이 어디고 '카길 로 쪽 골대' 팀이 어디인지를 알리고는 뺑 차서 휑, 골입니다 하던 일이 생각났다.

나는 마침내 용기를 내서 로열 테라스의 현관문을 두드렸다. 브래시 씨가 나를 맞이하고 책이 가득 들어찬 큰 방으로 안내했다. 그가 차와 케이크를 내오는 동안 휘즈뱅이라는 이름의 흰색 고양이가 나를 바라보았다. 나는 브래시 씨에게 우리 어머니가 캐서린 맨스필드의 할머니인 보챔프 부인의 집과 브래시 씨의 할아버지인 '펠스 씨' 집에서 일했었다는 말을 했다.

"어머니는 선생님 남매를 기억하고 계세요." 내가 말했다.

브래시 씨는 심각한 표정이었다. 개인적인 회상과 언급을 싫어하는 것 같았지만, 내가 달리 무슨 말을 할 수 있겠는가? 나는 아는 게 너무 없었다. 그는 뉴질랜드 문학에 대해 이야기하기 시작했다. 나는 침묵을 지켰다. 이 사람은 내가 지난 8년 동안 어디에 있었는지 알 것이 분명했다. 갑자기 울고 싶은 기분이었다. 나는 어색했고, 내 접시와 발밑의 흰 카펫에는 케이크 부스러기가 가득했다. 그러다가 《우리를 이야기하다》의 서문이 생각나서, 거기 실린 작품들의 구절을 인용하며 두어 가지 견해를 우물쭈물 말했다.

"나도 같은 생각입니다." 브래시 씨가 말했다.

우리의 대화는 사그라들었다. 브래시 씨는 고리버들 손잡이가 달린 예쁜 주전자에서 차를 더 따랐다.

"나는 이 주전자가 좋아요." 내가 주전자를 보는 걸 알아차리고 그가 말했다.

"이만 가야겠네요." 내가 말했다.

"소설이나 시를 쓰면 잊지 말고 모던북스에 두고 가세요."

"네." 내가 소심하게 말했다.

브래시 씨는 문을 열다가 놀란 목소리로 말했다. "아, 비가 오는데 코트가 없군요. 하나 드릴까요?"

"아뇨, 별로 멀지 않아요."

내가 그랜드 호텔에 돌아오자 동료들이 어땠느냐고 물었고 나는 주뼛주뼛 대답했다. "그분이 내게 코트를 주겠다고 했어."

그들은 멋지다고 했다.

"그래도 진주를 하고 가는 게 좋았을 거야." 그들이 말했다.

그 주에 나는 타자기로 《랜드폴》에 기고할 소설 한 편과 시 두 편을 썼다. 소설은 〈가시금작화는 사람이 아니다〉라는 제목으로 내가 다른 환자 한 명과 함께 간호사를 동행하고 더니든을 방문했던 이야기였다. 그때 나는 병원에서 오랜 세월을 보낸 터라 옷이 거의 없었다. 우리 가족이 입원 환자는 잠옷 차림으로 침대에 누워 있기만 할 거라고 생각했기 때문일 수도 있지만, 어쨌건 우리 가족은 내게 옷을 사줄 형편도 되지 않았고, 나도 그런 걸 요구하고 싶지 않았다. 그래서 병원 당국은 간호사 한 명을 딸려 보내서 내게 속옷을 사주게 하고 다른 환자, 스물한 살 생일을 맞아 '성년'이 되는 여자의 일을 처리하게 했다. 그녀는 린다였다. 쪼그라든 듯 몸집이 작았고, 어린 시절부터 병원에 있었는데, 몸집이 그토록 작은 이유는 자신이 '사생아'라서 어머니가 자신의 성장을 원치 않았기 때문이라고 했다. 그녀의 입원 이유를 아는 것은 직원들뿐이었다. 나를 포함한 다른 환자들은 그녀를 작지만 영악하고, 끈질기게 휴게실—'깨끗한' 휴게실과 '더러운' 휴게실 모두—의 많은 환자들을 좌지우지하는 사람으로 보았다. 린다는 라디오 프로그램도 자기 마음대로 틀었다. 그녀는 여러 달 전부터 모든 꿈을 실현할 '스물한 살' 생일을 기다렸다. 스물한 살이 되면 약혼을 하고 결혼을 해서 '이 쓰레기장을 벗어날' 거라고 믿었다. 약혼 준비를 위해 그녀는 우리가 정부에서 매주 받는 수당 5실링으로 병원 상점에서 예쁜 파란색 반지를 샀다. 린다는 더니든에 가면 약혼을 하고 자유를 얻을 것을 굳게 믿었다.

그녀의 흥분은 내게도 전염되었다. 그날은 정말 멋진 하루가 될 것이다. 케이크와 아이스크림을 먹고, 아마도 영화를 '진짜 객석'에 앉아서 볼 것이다. 그리고 역시 옷을 사줄 사람이 없는 린다에게도 간호사가 치마와 속옷을 사줄 것이다.

내 작품은 그 방문 여행의 현실을 전달하고자 했다. 간호사가 내게 린다는 더니든에 가는 진짜 이유를 모른다고 했다. 린다는 이제 스물한 살로 성인이 되었기에, 행정관을 만나서 정식으로 '종신' 입원을 확정할 거라고 했다.

더니든에서 돌아온 뒤에도 린다는 자신에게 '특별하게' 이야기를 한 '멋진 남자' 이야기를 했다. 그 사람이 '장래의 남편'이 될 수도 있지만, 딱 하나 나이가 너무 많은 게 흠이라고. 그 사람은 내가 어른이라는 걸 알아. 스물한 살이 됐다는 걸. 내가 '약혼반지, 사피스'를 보여주었거든.

내가 《랜드폴》에 보낸 두 편의 시는 필치가 너무 무거워서 기억하지 않는 편이 낫다. 〈도살장〉은 이렇게 시작했다.

도살장에 들어가는 정신은 차분해야 한다,
더 이상 차분해질 수 없을 만큼,
깨끗이 씻어야 한다, 티눈 잡힌 가죽이
감염된 시선의 파편에 매달린 곳을 세척해야 한다,
충격의 망치를 침묵 속에
기다려야 한다, 미래의 짐을 전혀 알지 못한 채.

전기 충격 치료는 정신의 집에서 음울한 기억을 대폭 몰아낼 수 있다. 확실한 것은 그런 뒤 그 집에는 충격 치료 자체의 음울한 기억이 영원히 거주하게 된다는 것이다.

나는 봉투에 소설과 시를 넣고 수신자를 찰스 브래시로 적어서 모던북스 서점에 두었고, 그랜드 호텔에 돌아와 응답을 기다렸다. 그리고 방에 앉아서 온갖 가능한 상황을 떠올려보았다. 찰스 브래시가 그 책이 가득한 방에 앉아서 봉투를 열고 작품을 꺼내 읽으며 생각하는 모습을. "드디어 새로운 소설가가 나타났어! 이건 정말로 '우리 이야기'잖아. 대단한 감성이야! 직접적인 표현을 피하는 미묘한 암시. 가시금작화 이야기는 훌륭해. 자동차가 킬모그를 떠날 때 간호사가 우연히 하는 그 말은…… 이런 글을 쓰다니 정말 대단한 (그리고 비극적인) 경험을 했군! 타고난 작가야."

하지만 만약 작품을 별로라고 생각한다면? 어쩌면 그는 학교 보고서 평가처럼 "좀 더 노력 요망. 기준 미달"이라고 말할지도 모른다.

나는 내가 다시 읽어볼 수 있는 필사본을 만들어두지 않았다. 내가 무슨 일을 한 거지?

그 주가 끝나기 전에 그랜드 호텔 주소로 내 소설과 시를 담은 두툼한 봉투가 왔다. 브래시 씨는, 작품이 흥미롭지만 시는 적절하지 않고 소설 〈가시금작화는 사람이 아니다〉는 "너무 고통스러워서 게재하기 힘들다"고 했다.

나는 《랜드폴》 공식 편지지에 적힌 글을 읽으면서, 《랜드폴》 기고와 거기에 작품을 싣는 것에 내가 얼마나 많은 것을 걸었는지 깨달았다. 내 인생 전부와 미래를 그 봉투에 담았던 것처럼 텅 빈 절망 속으로 가라앉는 느낌이었다. 글을 쓸 수 없다면 내가 무엇을 할 수 있을까? 글쓰기는 내 구원이었다. 나는 구명보트를 잡은 손이 풀리는 것을 느꼈다. 내 불행을 누그러뜨려준 것은 어쨌건 시는 《리스너》지에 실렸다는 사실이었다. 나는 병원 시절에 셰익스피어 책에 매달린 기억으로 나를 위안했다. 밀짚 매트리스 밑에 감추어두고 빼앗기면 꾀를 내어 되찾은 책, 자주 읽지는 않고 박엽지처럼 얇은 책장을 한 장 한 장 넘겼을 뿐이지만, 어떻게 해서인지 그 말들은 내게 전달되었고 나는 《템페스트》의 정신을 빨아들였다. 방에 책이 가득하던 프로스페로조차 배가 난파되었고 자기 인생도 난파했다. 그의 섬은 폭풍을 뚫지 않고는 갈 수 없었다.

그해에 나는 공식적으로 '정상' 판정을 받았고, 새로 얻은 정상 판정에 따른 해방감 속에서 준 부부의 초대를 받아들여 그들과 함께 오클랜드의 노스코트로 가기로 했다. 나는 그랜드 호텔("언제나 손님들에게 친절한")을 떠나 윌로글렌에 들러 오클랜드 여행을 준비했다.

❧

사진과 전기담요

지금까지 내 인생은 여행의 연속 같았다. 북쪽으로 남쪽으로, 앞으로 뒤로 온 나라를 오가는 춤. 이제 나는 왜 더니든을 떠나는가?

공식 판정은 현실적인 무게가 있었다. 이제 나는 공식적, 법적으로 당당한 시민이 되어 투표도 하고 유언도 작성할 수 있었다. 나는 또한 웨이트리스는 내게 맞는 직업이 아니라는 결론을 내렸다. 북부에서는(그 신비로운 '북부') 청소부로만 일할 수 있을 테고, 그러면 주방 요리사들과 매일 부딪치는 일 없이 혼자 생각에 잠겨 방들을 옮겨 다니며 침대를 정돈하고 방을 쓸고 닦을 수 있을 것이다. 《랜드폴》에 작품을 게재하려던 시도가 실패하면서, 나는 내 야심이 '과대망상'에 불과했던 것인지 알아보려면 내 글을 또렷하게 봐야 한다고 느꼈다. 나는 블레이크 파머 박사가 내 글쓰기에 관심을 갖기 전까지는 그것을 '절대로 해서 안 되는 일'이라고, 중요한 건 '밖에 나가 사람들과 어울리는 일이고 글쓰기는 잊어야 한다'고 생각했다. 의심은 쉽게 의식의 표면에 떠올랐고, 나는 그것에 대해 생각하고 싶지 않아서 오클랜드로 가기로 했다.

월로글렌에 갈 때 내 수중에는 어머니와 아빠에게 겨울용 전기담요를 사줄 돈과 내 여비와 오클랜드에서 몇 주를 지내고 템스 로 클라크 사진관에서 사진을 찍을 만큼의 돈이 있었다. 사진은 꼭 필요했다. 나를 한 개인으로 되살리는 일, 내가 살아 있다는 증거였다. 출판에 무지했던 나는 모든 책에 저자 사진이 실리는 줄 알았고, 병원에서 《석호》를 보았을 때도 책에 사진이 없으니 내가 이 책의 주인이라고 내세울 수 없다고 생각했다.

이러한 사실과 병원에서 보낸 잊힌 세월로 인해서, 나는 더 이상 사진을 찍을 수 없는 망자들과 거의 비슷한 처지가 된 것 같았다. 스무 살에서 근 서른 살까지의 세월이 내가 세상에 없었던 것처럼 아무 기록 없이 지나갔다.

어린 시절에 늘 클라크 사진관 앞에 서서 유리 기둥 안쪽의 사진을 보던 일이 기억났다. 사진관에 올 만한 여유가 있는 오아마루 사람들은 그렇게 인생사를 기념했다. 아기의 출생, 아기의 첫 걸음마, 견진성사, 이브닝드레스를 입고 첫 파티에 나가는 소녀, 클럽 재회, 가족 재회, 성년 사진, 약혼과 결혼사진이 완벽하게 하나의 주기를 이루었다. 예외는 죽음뿐이었다.

물론 부활의 사진도 없었다.

월로글렌에서 보낸 첫 주에 나는 머리를 '감고 세팅'을 했는데 미용사는 내 머리에 대해 '전문가'가 펴지 않으면 절대 예뻐질 수 없는 머리라고 단언했다. 나는 가족의 '보물'을 간직하는 서랍장 맨 위 칸에서 할머니에게서 받은 호박(琥珀) 구슬 목걸이를 찾아보았지만, 그것은 내가 죽기라도 한 것처럼 사라졌다. 아빠의 전쟁 메달도 있었고, 군번줄과 군인 봉급 기록장도 있었고, 이저벨의 얇은 양막—물에 빠져 죽지 않게 해줄 거라던—도 있었다.

나는 늘 입던 대로 블라우스를 입고 목걸이는 하지 않았다. 완성된 사진에 나온 젊고 건강한 여자는 의치가 역력한 입으로 부자연스러운 웃음을 지었고, 턱은 고드프리 가의 턱이었다. 그것은 새로운 사진이었고, 실체가 있었다. 나는 다시 살아 있었다.

전기담요는 부모님에게 육체적 온기 이상을 주려는 시도였다. 나는 그분들이 내가 집에 있기를 원한다는 걸 알았기 때문에 떠나는 것이 죄스러웠다. 결혼하지 않은 딸은 늙어가는 부모 곁에 있는 것이 전통이었다. 그들은 내가 세상을 '헤쳐 나갈' 능력에도 의심을 품었다. 그리고 의사의 전문적 견해를 존중했기 때문에 내가 글을 써서 '두뇌를 혹사할' 것도 걱정했다. 전기담요는 '아래 평지'의 햇빛 드는 세상을 추위에 싸인 집으로 들여오려는 시도이기도 했다. 어머니가 그토록 강렬한 열망에 싸여 '평지'를 내다보는 모습과 그 나무들 틈의 풀밭에 햇빛을 엮어 넣어서 그곳을 거의 성경 속 약속의 땅처럼 만드는 일은 나를 괴롭혔다. 그리고 어머니가 아프다는 것, 죽음이 멀지 않았을 거라는 사실로 인해 어머니를 둘러싼 사람들—아버지, 오빠, 나—의 말과 행동은 나에게 격렬할 만큼 생생하게 다가왔다. 우리에게 어머니는 영원토록 소중히 간직해야 할 선물이고, 우리는 어머니의 죽음을 상상할 수 없었다. 우리는 지독히 외로웠지만, 때로 어머니가 '다른 세상에 있다'는 절망이 그 외로움마저 압도했다. 나는 어머니가 우리를 떠나려고 하는 것에, 어머니가 분명히 지쳤다는 것에, 그리고 그리스도의 재림과 죽은 자의 부활에 대한 깊은 믿음으로 '서늘한 저녁에 아래 평지에 내려가는' 일조차 쓸데없다고 여기는 것에 화가 났다. 어머니는 그걸 꿈꾸는 것만으로도 행복해했다. 나는 그걸 실현하기를 원했다. 어머니가 저무는 햇빛 속에 소나무 아래서 쉬는 모습을 보고 싶었다. 나는 또한 어머니를 바라보는 아버지의 얼굴에 드리운 공포도 뚜렷이 보았다. 아버지는 어머니가 떠나는 걸 견딜 수 없었다.

나는 오클랜드행 기차를 예약했다. 우리 가족은 내가 월로글렌을 떠나려는 이유를 이해하지 못했고, 나는 설명하지 않았다. 나는 질병 수당을 받으며 글을 쓸 수 있을지 모른다는 희망으로 블레이크 파머 박사에게 편지를 썼지만, 그는 '수당을 받으면 근로 정신을 잃을 수 있다'는 답장으로 내 희망을 박살 냈다. 공적 사고의 얄팍함이 나를 암울하게 했다. 그리고 나에게 그렇게 끔찍한 치료가 행해지고 판단들이 내려지는 동안에도 나를 개인적으로 알게 된 사람이 아무도 없다는 사실이 더 큰 암울함을 안겨주었다. 나는 그에게 답장으로 두 편의 시를 써 보냈다. 〈연〉과 〈유리산 안에서〉였다. 나는 그에게 내 생각을 전달하고자 하는 마음에 일부러 '정신분열적'이라고 알려진 이미지—유리, 거울, 반사된 영상, 유리벽으로 세상과 단절된 느낌—를 썼다. 나는 병원이 사회에 나간 환자들이 새 삶을 찾고 정착하는 데 도움을 주어야 한다고 생각했다.

나는 오클랜드로 떠났고, 브러디가 트럭으로 나를 기차역까지 태워다주었다. 우리는 작별 인사를 했다. 나는 곧 다시 집에 들르겠다고 했다. 그리고 어머니가 때 맞춰 약을 드시게 하라고 했다.

내 짐 속에는 사진관에서 새로 찍은 두 장의 사진이 얼룩무늬 황갈색 액자에 끼워져 있었다.

북부로

또 한 번의 여행. 캔터베리 평원과 많은 강들, 와이타키를 지나 저 멀리 라카이아의 유칼립투스나무들과 랑기타타 강을 보며, 리틀턴으로 가서 심야 여객선을 타고 잔잔한 바다를 건너 페토니에서 폴리 고모와 비어 고모부를 만났다.

폴리 고모는 새로 산 밝은 녹색 자동차를 타고 인근을 돌아다니며, 고모부가 일하는 제너럴모터스 사를, 허트 강을, 그리고 뉴질랜드 럭비 국가대표인 밥 스콧이 사는 집을 자랑스럽게 가리켜 보였다.

"우리 집에서 멀지 않아. 같은 지역 사람이지."

폴리 고모는 아빠를 조금 축소해서 여자로 만든 것 같았다. 밝은 눈빛, 빠른 두뇌 회전과 말투, 구석구석 예리하게 보고 언

제나 완벽을 추구하는 성격. 사람들은 폴리 고모가 '까다롭다'
고들 했다. 자신에게도 그렇고 다른 사람들의 옷, 태도, 생각에
대해서도. 우리 가족은 고모 하면 '에티켓'을 아는 사람으로 알
았고, 오아마루에 두어 번 왔을 때 고모가 가장 자주 쓴 문장은
"사람은 에티켓이 있어야 해"였다. 그런 뒤 고모는 가족과 친구
와 지인들 가운데 에티켓이 있는 사람과 없는 사람의 이름을
읊었는데 최고의 칭찬을 받은 사람은 고모부의 쌍둥이 누이인
집시였다. 폴리 고모가 떠나고 나면 우리 형제는 며칠 동안 고
모 흉내를 내며 놀았다. "아무개 부인은 에티켓이 있나요? 아,
사람은 에티켓이 있어야 돼요. 저는 에티켓이 있어요!"

어머니는 너그럽고 유머러스하게 폴리 고모 이야기를 했다.
"물론 폴리는 에티켓이 있지."

오클랜드행 기차에 올랐던 그날 저녁을 지나 다음 날 아침
나는 온몸의 뼈가 뒤흔들린 채로 기차가 오클랜드 역에 들어서
는 것을 느꼈다. '북부'가 낙원의 푸른 공기와 빛 속에서 다시
확 나타났다.

준 부부와 세 아이가 나를 맞이했고 차에 태워 노스코트의
새로 지은 집으로 데려갔다.

오클랜드에 도착한 후 며칠 지나지 않아 나는 트랜스태스먼
호텔에 입주 청소부 일자리를 구했다. 그곳은 가족적인 분위기
였던 더니든의 그랜드 호텔과 달리 방도 많고 층도 많고 직원
도 많고 모든 활동이 긴급했다. 직원 식당은 늘 붐볐다. 사람들
은 웃음기 없는 얼굴로 짧고 퉁명스럽게 말했다. 나는 한 층 전
체의 침대 정돈과 방 청소, 복도와 화장실 청소를 맡았고, 내
숙소는 '신들의 거처'라는 별명이 붙은 위층 구역의 작은 방이

었는데, 그런 건 아무 문제도 아니었다. 나는 곧 내가 맡은 층의 투숙객 상당수가 (새벽에 도착하는 팬아메리칸 항공기의) 기장과 승객들로, 오후 늦게까지 잠을 잔다는 것을 알게 되었다. 어느 날 오후 진작 끝냈어야 할 침대 정돈과 방 청소로 쩔쩔매는 내 모습을 청소부장이 보고는 빨리빨리 일하지 않으면 해고하겠다고 협박했다. 나는 눈물을 터뜨리고 그날 저녁에 트랜스태스먼을 떠났다. 겨우 일주일을 버틴 것이다. 오클랜드는 내가 책에서 읽은 진짜 도시, 가혹한 도시였다. 나는 여객선을 타고 덤불숲에 덮인 노스코트로 도망쳐서 다시 한 번 준의 가족, 고든 가 사람들과 함께 지냈다.

그다음 주는 여동생 부부와 세 아이를 알아가는 데 바쳤다. 준은 작가 프랭크 사지슨이 어느 날 내가 준의 언니라는 말을 들었다며 찾아왔다고 했다. 내가 오클랜드에 오면 만나보고 싶다고 말했다고.

"한번 만나볼래?" 준이 물었다.

"싫어. 나는 그 사람 몰라."

"우리가 데려다줄게. 타카푸나에 있는 방갈로에 살아."

내가 왜 프랭크 사지슨을 찾아가야 하나? 나는 《우리를 이야기하다》를 알았고, 뉴질랜드와 영국의 《새로운 글쓰기》지에 실린 그의 작품을 읽었다. 나는 그와 만나는 일을 주저했다.

그러던 어느 날, 준의 가족과 함께 노스쇼를 구경하고 있는데 준의 남편 윌슨이 불쑥 말했다. "프랭크 사지슨이 근처에 살아요. 한번 가봐요."

방문은 짧게 끝났다. 내가 무슨 말을 할 수 있었을까? 나는 어색했다. 자동차로 데리고 다니며 구경을 시켜주는 '좀 웃기는' 언니라는 사실이. 추레한 회색 셔츠와 끈으로 여민 회색 바지를 입고 턱수염을 기른 노인 사지슨 씨는 따뜻하게 웃으며 내게 어떻게 지내느냐고 물었지만 나는 아무 말도 하지 않았다. 그는 자기 집 마당에 군용 오두막이 하나 있으니 거기 와서 지내면서 작업해도 좋다고 말했다. 나는 승낙도 거절도 하지 않았다. 나는 내 '정신 건강' 상태와 《우리를 이야기하다》라는 소중한 뉴질랜드 작품집을 엮은 유명 작가를 직접 본다는 사실에 압도되어 있었다. 나는 이 유명 작가의 50회 생일 축하 편지에 서명을 했지만, 물론 그때는 그를 몰랐고 함께 서명한 다른 사람들도 전혀 몰랐다. 프랭크 사지슨. 사지슨 씨.

그는 조만간 혼자서 다시 한 번 오라고 했다.

"이번 주 금요일 어때요?"

"네." 나는 조심스레 대답했다.

그래서 나는 금요일에 노스코트를 출발해서 타카푸나에 있는 사지슨 씨의 집으로 갔다. 엉성한 길을 걸어 양쪽에 잡목과 토이토이풀 방목장이 있는 맹그로브 습지—맹그로브!—와 토종 잡목 덤불을 지났다. 1954년 늦봄이었고 나는 서른 살 생일이 지나갔다. 서른 살 생일은 사진을 찍어둘 만한 일이었고, 시적 전통에 따르면 시를 쓸 만한 일이었다. 나는 딜런 토머스의 시 〈천국으로 가는 나의 서른 번째 해였어〉를 기억했고 그의 죽음을 생각했으며, 나의 이십대를 세상에서 보낸 것처럼 떠올려보려고 했다. 사람들은 부두 노동자와 부두 파업, 탈옥한 살인범, 매카시즘 이야기를 했다. 나는 이런 것을 거의 몰랐다. 나는 프로스페로, 칼리반, 리어 왕, 릴케 번역본밖에 몰랐고, 내게는 그것들이 지난 10년의 사건이었다.

토종 잡목 숲을 돌자 사지슨 씨 집으로 가는 도로가 나왔고, 영국 시인들의 이름을 딴 길들을 지나갔다. 이건 테니슨 로, 저건 밀턴 대로인가?

나는 에스먼드 로 14번지에 도착해서 높은 산울타리 틈새로 빠져나와 레몬나무와 집을 연결한 빨랫줄의 빨래를 스치고 뒷문으로 갔다. 그리고 문을 두드렸다.

사지슨 씨는 집에 있었다. 그는 문을 열더니 어색한 미소를 지으며 아이를 대하듯 말했다. "들어와요, 들어와."

나는 그 집의 큰방으로 들어갔고, 사지슨 씨는 나무 작업대 뒤쪽으로 가서 그 위에 몸을 기댔다.

"얼마나 걸어왔나요?"

"5킬로미터 정도요."

"침대에 누워서 좀 쉴래요?"

겁이 난 나는 문 쪽으로 움직여 금세라도 달아날 듯한 태도로 새침하게 말했다. "아뇨, 괜찮아요."

"로빈 하이드는 늘 누워서 쉬었거든요. 절뚝거리며 와서 침대에 몸을 던졌죠."

"아, 그래요?"

"그 사람 책을 읽었나요?"

"제목은 들어봤어요." 나는 말했다. "시 몇 편을 알고요."

나는 그녀의 마지막 소설을 "균형추 없는 환상"이라고 평한 글을 읽은 것은 말하지 않았다. 그 구절은 소설을 쓰면 평론가에게 이런 걸 기대해야 하는구나, 하는 예로 내 마음에 남아 있었다. 그게 무슨 소리인가? 환상은 균형추가 있어야 하는가? 나는 그런 데 관심이 있었다. 내가 개인적으로 고삐 풀린 환상의 세계에 산 경험은 없지만, 환상 자체가 균형추인 사람들을 알고 있었기 때문이다. 그들은 자유였지만 오갈 데가 없었다.

사지슨 씨는 곧 《석호》 이야기를 시작했고 나는 불안하게 들었다. 나는 그가 〈양의 하루〉를 옥스퍼드 선집에 뽑은 게 마음에 들지 않았다.

"옥스퍼드 선집을 갖고 있나요?" 그가 물었다. 없다고 하자 얼른 자기가 가진 책 한 권을 가져다가 서명을 해서 내게 주었다.

그런 뒤 앞으로의 작품 계획을 물었다.

"모르겠어요." 나는 조심스럽게 말했다.

"오두막에 와서 지내면서 작업하는 것에 대해 생각해봤나요? 자유롭게 글을 쓸 수 있어요. 교외에서 꼬맹이들과 부르주아 생활을 하는 건 좋지 않아요."

나는 역사 시간에 프랑스 혁명을 배운 뒤로 누가 '부르주아'라는 말을 쓰는 걸 처음 들었고, 그것의 현대적 의미가 무엇인지도 정확히 알지 못했다.

"하지만 저는 일자리가 필요해요." 내가 말했다.

"왜요? 당신은 작가잖아요."

나는 신기한 미소를 지었다. "그런가요? 정부는 저한테 질병 수당도 주지 않아요."

사지슨 씨는 화난 표정이었다. "그렇게 오랜 세월을 병원에 가둬놓고? 나한테 친구가 한 명 있어요. 의사인데 여러 가지 사정을 잘 알고, 어쩌면 당신이 수당을 받아서 글을 쓰게 도와줄 수 있을지도 몰라요."

"정말요?"

나는 감동받았고, 부끄럽고 고마웠다. 나는 오두막에 살면서 작업하라는 제안을 받아들였지만, 하숙비를 내기로 했다. 그는 처음에는 반대했지만 결국 일주일에 1파운드를 받기로 했다. 그 자신의 수입도 많지 않았다. 왕성한 작품 활동으로 세상의 관심을 받던 시절은 지났고, 지금 그는 돈이 몹시 궁한 상태였다. 책들이 다 절판되었기 때문이다.

그날은 그도 나도 불안했다. 나는 준과 윌슨이 주말에 내 '짐'을 가지고 올 거라 말하고 떠났다. 짐이란 여행 가방 두 개에 든 옷과 책, 그랜드 호텔 시절부터 쓰던 레밍턴 타자기였다. 나는 사지슨 씨의 제안이 내 인생을 구원해줄 것을 느꼈다. 이미 내 미래는 암울했다. 남의 가족 틈에 끼여 사는 것은 어색하고 부담스러웠다. 준과 그 남편과 아이들은 내게 낯선 사람들 같았다. 나는 내 '장소'가 없다는 사실과 나에 대해 내려진 공식적인 판단들에 극도로 예민했고, 매일같이 묻는 아이들의 호기심 어린 질문은 불안을 안겨주었다. 이모는 어떤 사람이에요? 이모는 왜 자기 집에 안 살아요? 이모 아이들은 어디 있어요? 왜 우리랑 같이 밥을 안 먹어요? 병원에 있을 때, 복닥거리는 큰 방에서 식사하는 게 두려운데도 직원들에게 머리채를 잡혀 식탁에 끌려갔던 경험, 직원들의 감시 아래 명령이 있기 전까지는 손 하나 까딱하지 못하고, 나중에 칼을 수합해서 숫자가 맞는지 다 확인할 때까지 긴장 속에 기다리던 경험, 이런 일들로 나는 사람들과 함께 식사하는 것을 꺼리게 되었다. 나는 주로 혼자 먹었고, 그로 인해 내가 가장 꺼리는 '괴짜'라는 평을 자초했다. 거기다 준 부부는 친구가 많았고 그들은 때로 집으로 찾아왔다. 그리고 내가 돌기둥처럼 서 있는 걸 보고 예의 바르게 물었다. "언니분은 좀 어떠셔? 잘 지내고 계셔?"

나는 내 '짐'—적갈색 치마와 암녹색 카디건, 그리고 마침내 더니든의 마드무아젤모즈에서 산 암녹색 코트를 포함한—을 가지고 사지슨 씨 집으로 갔다. 나는 색상환과 사범학교에서 배운 미술 지식과 내 머리 색깔의 규칙에 따라야 한다는 강박감에 암녹색과 갈색과 누르스름한 색을 골랐다. 원색, 대담하고 밝은 색깔은 '안 좋다'고 했고 내가 고른 것들은 '좋다'고 하는 것들이었다. 오랫동안 옷, 색깔, 모양에 대해 도덕적 판단이 넘쳐흘렀으며, '좋은' 것은 '취향'의 증명이 되어 우월감과 결합했다.

그때 나는 내 옷이 '좋은 취향'이라고 확신했다. 지극히 말을 잘 듣는 여자, 오라면 오고 가라면 가는 여자가 되어 있던 나는 심지어—마침내—코르셋인지 거들인지도 샀다. 그랜드 호텔의 여자들과 오클랜드의 여동생이 내 엉덩이가 치마 밖으로 도드라진다고 했기 때문이다. 그 시절은 엉덩이를 드러내는 것이 자유롭지 않았다. 나의 유일한 자유는 내면에, 내 생각과 언어에 있었고, 나는 글 바깥에서는 그 대부분을 주의 깊게 숨겼다. 대화는 '이상하다'거나 '미쳤다'는 딱지를 받지 않을—것이 분명한—온순한 수다에 머물렀다.

하지만 사지슨 씨의 집에 도착하자, 작가로 살며 작업을 하고 혼자 있을 장소가 생기고, 돈 걱정도 필요 없으며, 실제로 내가 작가라고 '믿는' 사람과 식사를 하고 대화를 나누게 될 거라는 전망으로 색깔에 대한 걱정, '좋은' 색깔과 '나쁜' 색깔, 내 곱슬머리에 대한 조언과 치마 밖으로 도드라지는 엉덩이에 대한 비난은 다 사소하고 상관없는 일이 되었다. 나에게는 군용 오두막이 있고, 그 오두막 안에는 침대, 붙박이 책상과 등유 램프, 골풀 깔개, 앞에 낡은 커튼이 달린 작은 옷장이 있었으며, 침대 맡에는 작은 창문이 나 있었다. 사지슨 씨(아직 그를 프랭크라는 이름으로 부를 용기가 없었다)는 이미 내가 진단서와 주당 3파운드의 수당을 받게끔 처리해놓았다. 그의 수입도 그만큼이었다. 그렇게 해서 나는 내가 원하고 내게 필요한 모든 것을 갖추었지만, 이것을 찾는데 왜 그렇게 오랜 시간이 걸렸을까 하는 안타까움도 느꼈다.

사지슨 씨와 군용 오두막

사지슨 씨는 엄격한 일정에 따라 생활과 작업을 했고, 나도 그 방식을 채택했다. 하지만 새벽녘에 일어나서 바로 옷을 입는 버릇은 고칠 수 없었다. 시클리프 병원 브릭 빌딩의 입원실은 난방이 되지 않았고, 우리의 옷 꾸러미는 밤사이 문밖에 놓였다가 새벽에 안으로 던져졌으며, 공기도 바닥도, 높은 창문의 창살과 녹슨 철망도 서리와 얼음을 숨처럼 내쉬었다. 빛은 천장에 갇힌 채 뿌예졌다.

그는 일곱 시 반에야 일어나서 여덟 시에 아침을 먹었고, 나는 그가 일어나서 옷을 챙겨 입을 때까지 몇 시간처럼 느껴지는 시간을 기다리고 나서야 요강과 빨랫감을 가지고 집에 들어갈 수 있었다. 아침 식사는 대개 혼자 했다. 밤새 발효시킨 효모 음료와 직접 만들어 꿀을 얹은 응유(凝乳), 빵과 꿀과 차였다. 사지슨 씨와 작업대에 마주 앉아 함께 아침 식사를 할 때면 나는 수다를 떨었다. 그곳에 간 지 일주일도 지나지 않아서 그가 그 사실을 언급했다. "식사할 때 필요 없는 말이 좀 많군요."

나는 그의 말에 주의를 기울여서 그 뒤로는 '필요 없는 말을 떠들지' 않으려고 조심했지만, 날마다 규칙적으로 글을 쓰기 시작하고 나서야 비로소 우리 각자가 내적 세계를 만들고 유지하는 일이 몹시 중요하다는 것, 그것은 아침에 눈뜰 때마다 새로워지며, 안으로 들어오려고 바깥에서 기다리는 동물처럼 깊은 잠 속에서도 유지된다는 것, 그리고 그 형태와 힘을 지키기 위해서는 주변을 침묵으로 감쌀 필요가 있다는 것을 이해했다. '필요 없는 말이 많다'는 평가로 받은 상처는 작가의 인생에 대해 좀 더 알게 되면서 사라졌다.

"지금 하고 있는 작업은 뭐요?" 어느 날 점심 식사 중에 그가 물었다.

나는 그가 나를 일상적으로 작업하는 작가로 받아들여주는 것이 놀랍고 고마웠다. 더군다나 나는 아직 계획한 장편 소설을 시작하지도 않은 상태였다. 어느 날 아침에는 작업 흉내를 내고 싶은 마음이 간절한 나머지, "발 빠른 갈색 여우가 게으른 개를 훌쩍 넘어간다"라거나 "이제 착한 남자들이 와서 파티를 도와야 할 시간이다"라고 쳐 넣었다. 또는 전부터 글이 잘 안 써질 때 가장 좋아한 문장인 "원시의 숲이다. 소나무와 솔송나무가 속삭이고, 숲의 울부짖음에 서글픈 억양으로 대답한다"를.

"아." 내가 어물쩍 말했다. "장편 소설 계획이 있는데 지금은 다른 것들을 작업하고 있어요."

'다른 것들'은 시와 단편 소설이었다. 그 일부를 《리스너》지에 보냈지만 라카이아의 추억을 담은 한 편이 반환되자 더 이상 보내고 싶은 마음이 사라졌다. 교육부가 학교 공보에 싣는 작품에 '후한 원고료'를 준다는 말을 듣고 거기다 단편 소설 두 편을 게재했다. 〈석탄〉이라는 단편 소설은 짐말처럼 석탄 수레를 끌고 병동에서 병동으로 다니던 남자 환자들이 수송 '현대화' 계획에 따라 트럭이 도입되자, 아무 할 일 없이 휴게실에 울적하게 갇혀서 병원 전체의 서글픈 디킨스적 풍경에 또 한 장면을 더하는 이야기였다.

〈전기담요〉라는 단편 소설도 썼는데 온기를 주는 방법을 탐구하는 내용이었다.

"내게 보여줄 만한 작품은 없나요?"

나는 깜짝 놀랐다. 나는 작품을 출판사나 잡지사에 보내는 것 말고 다른 사람에게 보여주는 데 익숙하지 않았다. 하지만 가장 최근에 쓴 〈전기담요〉에 은근한 자부심을 품고 있었기에 성급히 사지슨 씨에게 보여주었다.

그날 오후 나는 사지슨 씨의 예를 따라서 오두막에서 쉬며 글을 읽는 대신, 타카푸나의 거리들을 돌아다녔다. 해변에 앉아서 모든 오클랜드 사람이 자신의 섬이라고 주장하며 자기들이 직접 설계하고 만들기라도 한 듯 사방의 완벽한 모양을 논하는 랑기토토 섬을 내다보았다. 사람들은 "저기 랑기토토가 있군" 하고 말했다. 나는 저게 찰스 브래시의 시에 나오는 섬이군, 하고 생각했다.

요란한 가시금작화에 노란 절벽 모서리가 어두워지고
진홍색 꽃 핀 나무들이 몸을 내밀어
저 아래 바다에 그림자를 떨군다…….

나는 많은 사람들이 겪었을 경험을 별로 하지 못했다. 머리로만 알았다. 나는 오클랜드 사람들이 이렇듯 랑기토토 섬에 열을 올리는 것이 사랑스러웠다.

나는 사지슨 씨가 내 소설을 읽고 있는지 궁금했다. 그가 '그래, 좋군. 결말도 좋아' 하고 생각할까? 나는 섣부른 희망을 품지 않았다. 내가 읽어보았을 때는 느낌도 강렬했고 잘 맞는 화음을 연주한 듯 결말도 확고했다. 하지만 나는 작품의 짜임이 헐겁다는 것도 알았다. 중간이 늘어졌다고도 할 수 있었다. 아, 불의 걸쇠로 그걸 하늘에 찍어 붙일 수 있다면!

나는 방갈로로 돌아왔다. 그는 장을 봐 와서 저녁 식사로 스페인 요리 파에야를 준비하고 있었다. 그의 많은 친구들이 최근에 스페인을 다녀온 까닭에 파에야는 당시 인기였고 그는 지중해식 요리를 좋아했다. 내 소설은 작업대 위 묵은 고추들 틈에 놓여 있었다. 나는 거기에 눈길을 주지 않으려고 했다. 읽었을까? 그렇게 주의를 하면서도 나는 내가 방에 들어가자마자 그가 "소설 읽었어요. 좋네요. 축하합니다" 하고 말할 거라는 확신이 들었다.

사지슨 씨는 자신이 좋아하는 레모라 포도주를 두 잔 따랐고, 나는 그의 맞은편에 있는 높은 나무 의자에 앉아서 함께 포도주를 마셨다.

"작품 읽었어요." 그가 말했다. 그는 종이 묶음을 집어 들고 훑어보며 소리 내어 읽었다. "매일 아침 그녀는 기상했다……." 그는 엄격한 눈길로 나를 보았다. "기상? 어색하지 않아요? '일어났다'는 단순한 표현이 더 나아요. 기상이라는 표현은 '절대' 쓰지 말아요."

나는 그의 말을 들으며 수치심을 느꼈고, '기상'이라는 말이 용서할 수 없는 것임을 깨달았다.

"소설은 나름대로 괜찮아요." 사지슨 씨가 말했다. 나는 실망이 솟아오르는 것을 느꼈다. 앞으로는 그에게 작품을 보여주지 않기로 결심했고, 그 결심을 지켜서 나중에 장편 소설의 도입부만을 보여주었다.

"장편 소설을 계획한다면 구상 작업을 했겠네요." 사지슨 씨가 말했다.

그런 뒤 자신은 언제나 등장인물의 명단을 작성해둔다고 말했다. 그리고 어린 시절에 책을 쓰기로 하고 《아이반호》*를 필사하며 자기가 정말로 책을 쓴다고 생각했는데, 어머니가 그 모습을 보고 다른 사람의 작품을 베끼는 것은 죄라고 질책했다고 회상했다. 그는 책은 모두의 것이고 모두의 머리에 들어갔다가 나오는 것이며, 아무 책이나 써도 작가가 될 수 있다고 생각했다고 말했다.

군용 오두막에서 지낸 처음 몇 달 동안, 나는 프랭크 사지슨(나는 어느새 그를 프랭크라고 부르게 되었다)과 서로의 인생과 사고와 감정을 자세히 공유하고, 책을 읽고, 저녁이면 체스를 두거나(그가 내게 가르쳐주었다) 프랭크와 저녁 모임에 찾아온 많은 친구들의 대화를 듣는 잊지 못할 경험을 했다. 우리가 공유했던 것 가운데 가장 중요한 것은 작업하는 생활이었다. 나는 그의 독려 속에 일과를 꾸리는 법을 배웠다. 나는 아직도 병원의 공포와 그 경험의 악몽에 시달렸다. 공포 지역을

*영국 작가 월터 스콧이 1819년에 쓴 역사 소설.

벗어난 지 얼마 안 되었기 때문에 아직도 지독히 소심했다. 프랭크는 든든하고 다정했다. 나는 먼 훗날 책을 여러 권 쓰고 나서야 그가 작가 생활의 일부를 얼마나 극단적이고 자발적으로 희생했는지를 깨닫게 되었다. 그리고 다른 이들을 보호하는 것, 노인이나 병자나 장애인을 한 번에 한 명씩 돌보는 것—때로는 두세 사람이 뒤에서 자기 차례를 기다리고 있었다—이 글쓰기와 함께 프랭크의 천성이라는 것을 깨달았다.

그는 능숙하고 가차 없이 질문했고, 내가 받은 정식 교육을 자세히 설명하자 약간 실망해서 말했다. "그러면 완전히 원시적인 건 아니로군!"

그는 자신의 젊은 시절에 대해, 사랑하던 숙부와 와이카토의 농장에 대해 열정적으로 말했다. 유럽 여행 이야기를 할 때는 엽서들을 보여주었다. 그가 "다시 가볼 수는 없을 거야. 다 끝난 일이야"라고 나직이 말하며 사라진 것에 대한 고뇌에 가까운 강렬한 열망을 눈과 얼굴에 내비치자 나는 울음을 터뜨릴 뻔했다.

그의 말에는 언제나 남자와는 다른 여자라는 종족에 대한 일관된 불신, 때로는 혐오가 있었고, 그가 그런 심정으로 파고들 때면 나는 불안하고 서글펐다. 나는 여자고, 그가 말하는 대상이 내가 속한 집단이었기 때문이다. 나는 성에 대해 순진하고 무지하고 아둔했으며 동성애 같은 것도 몰랐지만, 여자의 몸을 무시하는 듯한 그의 발언에 늘 상처 받았다. 프랭크 사지슨과 함께 지낸 시절은 사제처럼 글쓰기에 바친 금욕의 시절이었고 그 속에서 나는 크게 성장했다. 하지만 내 성정은 완전히 사제 같지는 않았기에, 나는 정신 구조를 바꾸는 병원에서 내 몸을 다른 성별로 바꾸고 싶게 만드는 또 다른 정신병원으로 옮겨 온 듯한 슬픔을 느꼈다. 군용 오두막 시절에 내가 지불한 대가는 내 몸의 공허감에 대한 확인이었다. 프랭크는 남자와 레즈비언에 대해서는 우호적이었지만, 나는 남자도 아니고 레즈비언도 아니었다. 그는 내가 치마보다 바지를 입는 것을 더 좋아했다. 이제 프랭크 사지슨을 구원자로 여기게 된 나는 우울한 갈망과 운명적 체념을 통해 신들이 이미 그것은 어쩔 수 없다고 말했음을 인식해야 했다.

여자로서 자존감을 누리지 못하는 대가로 나는 원하던 인생을 얻었다. 훌륭한 작가이자 훌륭한 남자를 알고, 그의 친구들을 만나 알아가는 기쁨도 누렸다. 그에게는 웰링턴에서 남섬으로 내려가거나 외국으로 나가는 길에, 심지어 오클랜드에서 항구를 건너는 중에 잠시 '들르는' 친구가 언제든지 있었다. 첫 수확물인 시 묶음을 가지고 오는 젊은이, 오랜 지인, 사랑하는 남녀노소 친구. 친구들이 왔다 가면 그들에 대한 잡담이 이어졌고, 그들의 과거와 현재와 미래, 솜씨 좋게 선택한 보석 같은 순간을 나누는 것이 대화의 유형이 되었다. 그 세계에서 겉모습은 중요하지 않았다. 나는 드디어 끊임없이 밀려들던 곱슬머리와 옷차림과 치마 밖으로 도드라지는 엉덩이에 대한 평가에서 해방되었다.

때가 무르익었다. 나는 연습장, 타자 용지(녹색이 눈에 가장 편하다고 프랭크가 말했다), 타자용 먹띠를 사서 장편 소설을 쓰기 시작했다.

보물 이야기

슬픔과 폐허 속에 자리한 보물 같은 이야기가 나의 뇌리에서 떠나지 않았고, 나는 어린 시절, 가정생활, 병원 생활을 허구로 구상하며 내가 아는 사람들을 주요 인물의 뼈대로 삼고 주변 인물들을 만들어냈다. 대프니*의 모델로는 예민하고 시적이고 연약한 사람을 골라서, 그녀를 통해 내적 세계에 깊이를 주고 외적 세계에 좀 더 명확한, 어쨌거나 개성을 주려 했다. 다른 인물들도 허구적으로 가공해서 '메시지'의 다양한 측면을 전달하고자 했다. '칙스'의 지나치게 물질적인 사고, 토비의 혼란, 프랜시의 투박한 성정, 그리고 우리 부모님과 흡사하게 끊임없는 노역에 시달리는 부모. 배경은 W라는 소도시로 했는데, 나중에 편집자가 와이마루라는 이름을 붙였다. (책이 출간되자 놀랍게도 사람들은 작품을 나의 자전적인 이야기로 읽었다. 등장인물들이 내 가족이고, 뇌수술을 받는 대프니가 나 자신이라고. 이 책을 읽은 의사를 만났을 때 나는 뇌수술 자국이 없다는 걸 보여주기 위해 관자놀이를 들추어야 했다. 자기 작품이 허구라는 것을 '증명'하기 위해 이렇게 참혹하고 확실한 방법을 쓴 신인 작가가 또 있을까? 대프니는 여러모로 나를 닮았지만 그녀는 연약함과 환상에 빠져 결국 '현실'을 벗어났다. 그러나 나는 언제나 강하고 현실적이었고, 일상은 진부하기까지 했다.)

자서전을 쓸 때는 '미래'가 불가피하게 공중 침입을 한다. 특

---

*재닛 프레임의 첫 장편 소설 《올빼미는 운다》의 주인공.

히 우리가 유년을 떠나서 존재의 원이 시간과 공간을 채우고, 타인의 삶이 이제 우리에게서 떨어져 명확히 보일 때에는. 자서전을 쓰는 과정은 '그때'와 '지금' 사이에 간선 철로를 놓고, 거기에 먼 황야로 가는 지선들을 더하는 것처럼 단순하게 여길 수도 있지만, 진짜 모습, 최초의 모습은 언제나 떨어졌다 다시 붙기를 거듭하는 순환 고리다.

날마다 아침을 먹고 나면 나는 오두막으로 돌아가서 장편 소설을 썼다. 나는 프랭크가 제안한 대로 등장인물의 명단을 작성하지는 않았지만, 연습장에다 몇 가지 착상과 주제를 정리하고 각 부분의 소제목을 정한 뒤 타자를 치기 시작했다. 연습장에 줄을 그어서 일차(日次)와 날짜, 집필 희망 쪽수, 실제 집필 쪽수를 기록하는 작업 진행표를 만들었고, '작업 못한 이유'라는 칸도 만들었다. 그리고 날마다 빨간 연필로 집필 쪽수를 기입했다.

나는 언제나 프랭크의 존재와 그가 일정을 수행하는 장소를 의식했다. 그는 우리 생활의 관리자로서 작업 전에 해야 할 일들이 있어서 나보다 시작이 늦었고, 나는 그가 마당 덤불 속에서 어린 토마토와 고추를 돌보는 소리를 들었다. 그는 그런 집 안일을 하기 전에 30분 동안 집 동쪽 벽 앞에서 벌거벗고 일광욕을 했다. 그는 예전에 결핵을 앓아서 흉터가 남았다고, 그 흉터는 기름을 바르고 햇볕을 쬐어주어야 한다고 자주 말했다. 햇볕은 녹색처럼 사람 몸에 좋다고.

그가 참다래 덩굴의 멋대로 뻗은 가지를 쳐내기 위해, 또 벌이나 바람이 제 일을 못했다고 보고 수꽃에서 암꽃으로 장난스레 꽃가루를 옮겨주기 위해 내 성역으로 위험할 만큼 가까이

다가오는 소리가 들리면, 그날의 글쓰기를 꿈꾸던 나는 얼른 타자기로 가서 "발 빠른 갈색 여우가 게으른 개를 훌쩍 넘어간다"를 쳤다. 다른 사람이 있으면 나는 언제나 생각이 얼어붙었다. 프랭크가 자기 작업을 하러 안으로 들어간 다음에야 마음 놓고 타자기를 두드릴 수 있었다. 그러다가 어느 순간 방갈로 문이 열리는 소리, 길게 자란 수풀에서 나는 발소리, 내 오두막 문 두드리는 소리가 나면, 프랭크의 부드러운 목소리가 "다과 좀 하지, 재닛?" 하고 말했다. 그는 붙박이 필기 탁자에 다과를 내려놓고, 내 타자기에 걸린 종이가 텅 빈 것을 보고 다시 수풀을 가로질러 방갈로로 돌아갔다. 나는 방갈로 문이 닫히는 소리를 듣고 열한 시 다과—차와 꿀 바른 호밀 웨이퍼—를 굶주린 듯이 집어삼켰다. 그런 뒤 다시 방갈로 안에서 소리가 날 때까지 일을 계속했다. 프랭크가 문을 열고, 우편물을 가져오고, 점심을 준비하는 소리. 그런 뒤 곧 한 시에 다시 수풀을 헤치는 발소리, 문 두드리는 소리, 부드러운 목소리가 났다. "점심 준비 됐어, 재닛."

나는 다시금 굶주렸던 것처럼 서둘러 방갈로로 점심을 먹으러 갔다. 프랭크는 대개 책을 손에 들고 있거나 달걀 요리, 치즈, 호밀 빵이 있는 작업대에 올려놓고서 그 책 구절을 읽으며 글을 논했고, 나는 그의 명석함에 경탄하며 그가 말하는 모든 것을 받아들이고 믿었다. 나는 그를 숭배하고 경외했고, 어느새 뼛속에 박혀버린 권위자 또는 '책임자'에 대한 두려움으로 그에게 인정받기를 열망했다. 나는 나보다 스무 살 연상인 그를 노인으로 여겼다. 그의 엄격하고 의식적인 지성에 비해 내 정신과 취향은 보잘것없어 보였다. 그는 노동계급을 '긍정'하는 어조로 내가 '노동계급'이라고 알려주었다. 그리고 다시 한 번 내가 주말이면 찾아가는 여동생 부부를 '부르주아'라고 칭했고, 나는 다시 한 번 예스러운 어휘의 사용에 감탄했다. 프랭크는 모든 사람의 '계급'을 파악했다.

점심 식사를 마치면 그는 창가 침대에 누워서 '낮잠'을 잤고, 나도 일정을 지키고 싶은 마음에 쉬거나 읽거나 썼고 가끔은 타카푸나를 산책했다. 그런 뒤 프랭크는 세 시에 깨어나서 다시 호밀 웨이퍼와 꿀과 차를 먹었다. 그러고 나면 어깨에 캔버스 가방을 둘러메고 저녁 장을 보러 나갔다. 그 일은 종종 다른 친구들도 함께했는데 가장 자주 오는 손님은 최근 결혼한 칼과 케이 스테드였다. 칼은 오클랜드 대학의 학생이고 케이는 도서관 사서였다. 두 사람 다 젊음과 사랑의 금빛 광채가 흘러넘쳤고, 칼은 시와 소설을 썼다. 그리고 두 사람 모두 프랭크와 함께 내 숭배의 거미줄에 걸렸다. 그들의 지성, 그들의 아름다움, 그들의 사랑은, 작가들의 전반적인 태만과 자기 책이 절판되었다는 사실에 자주 우울해지는 프랭크에게 기쁨이 되었다. 페어번은 아프다고 했고, R. A. K. 메이슨은 침묵했고, A. P. 개스켈은 어디 갔는가?* 한 편의 작품으로 갈채를 받은 작가들이 다시 입을 열지 않는 것은 슬프고 부당한 느낌이 들었다. 그러면서 우리를 이야기한다니! 침묵의 메시지는 우울했다. 한편으로 내가 글쓰기를 편안하게 받아들이는 모습도 그의 마음을 달래주었다. 그는 내가 얼마나 자주 발 빠른 갈색 여우가 게으른 개를 훌쩍 넘어가고, 착한 남자들이 파티에 가며, "소나무와 솔

*모두 뉴질랜드의 작가들로, A. R. D. 페어번과 R. A. K. 메이슨은 시인이고 A. P. 개스켈은 소설가이다.

송나무가 속삭이"며 말하고 "숲의 울부짖음에 서글픈 억양으로 대답"하는 동안 "원시에 숲"에서 생각에 잠기는지 알지 못했다.

칼과 케이의 우정이 내 삶을 채우면서 마침내 내 나이의 자리를 찾게 해주었다. 나는 너무도 많은 세월을 잃어버려서 내 '진짜' 나이를 판단할 수 없었기 때문이다. 나는 칼과 케이에 비하면 늙은 듯했고, 프랭크에 비하면 젊게 느껴졌다. 나는 아직 서른한 살도 되지 않았다.

내 글쓰기에는 독서가 병행되었다. 나는 읽어야 할 책이 많았다.

"프루스트를 읽었나?" 프랭크가 물었다.

"아뇨."

그는 흥분하거나 불안하면 갑자기 춤추듯 팔다리를 흔드는 버릇이 있었다. 그는 이제 내 인생에 프루스트를 소개하는 흥분으로 '춤을 추었다'. 나는 그 사람을 몰랐고 그의 이름도 제대로 발음하지 못했지만, 더니든에서 누군가가 "그건 프루스트 작품의 한 장면 같네요" 하고 말하는 걸 들었던 적이 있었다.

처음에는 의무감도 느꼈지만 나는 프랭크의 열정에 감화받아 프루스트를 읽었고, 저녁 오두막의 등유 램프 아래에서는 불꽃 그림자가 책장 위를 펄럭였다. 첫 문장의 간결함—"오랫동안 나는 일찍 잠자리에 들었다"—에 마음이 끌린 뒤 나는 곧 프루스트의 세계에 사로잡혔고, 날마다 프랭크와 함께 내가 읽은 주요 장면을 이야기했다.

"《전쟁과 평화》는 당연히 읽었겠지?"

나는 읽지 않았다.

"나도 《전쟁과 평화》를 다시 읽을 때가 된 것 같아." 프랭크가 말했고, 나는 그가 작가로 살아가는 생활 방식에 다시 한 번 감동했다(그는 아마도 머나먼 땅의 죽은 작가들의 도제로서 뉴질랜드에 거주하는 최초의 전업 작가였을 것이다). 그 말은 회계사가 "저 숫자들의 열을 다시 살펴봐야겠어" 하고 말하는 것 같았다. 고전을 다시 읽는, 현재의 시시한 것들을 쓸어내고 영감을 쇄신하는, 그리고 영원불변한 진실과 아름다움에 감탄하는 작가. 모든 작가가 그러지는 않겠지만, 그것이 프랭크의 방식이었다.

최근 프랭크는 로이 파슨스에게서 받은 《전쟁과 평화》가 한 권 있어서—로이 파슨스는 프랭크가 구입할 여력이 안 되는 책들을 대주었고 그 대가로 종종 〈파슨스 패킷〉에 실을 평론을 얻었다—그는 내게 그것을 빌려주었고, 자신은 본래 있던 큰 활자의 책을 읽었다. 프랭크는 늘 눈을 아껴야 한다고 했고, 흉터에 기름과 햇빛을 대어주듯 '눈에 좋은' 것을 찾았다. 당근은 물론이고, 녹색 타자 용지와 녹색 램프 갓도 거기 포함되었다. 그는 테니스 선수처럼 선글라스도 썼다. 그의 제안에 따라 나도 선글라스를 샀다.

우리는 함께 《전쟁과 평화》의 시간을 살았다. 프랭크는 내가 책 구석구석에서 발견해내는 것들에 크게 기뻐했고, 우리는 그것에 대해 함께 이야기하며 등장인물과 그들의 행동, 감정을 분석했고, 그는 날마다 점심 식탁에서 열심히 물었다. "지금 어디를 읽고 있지?"

《전쟁과 평화》가 끝나자 우리는 《안나 카레니나》와 《부활》을, 이어 단편 소설들을 읽었다. 톨스토이는 오클랜드 타카푸나 에스먼드 로 14번지의 방갈로 본채와 군용 오두막에 살았고, 등장인물들도 그곳의 꺼진 매트리스와 낡은 이불로 이루어진 침대가 한쪽 구석에 놓인 방에 살았다. 키 큰 책장의 꼭대기 칸에는 색 바랜 원고들이 돌돌 말려 묶여 있고, 벽난로에는 저녁때 불을 피울 마누카 장작이 쌓이고, 벽난로 선반에는 엽서, 편지, 작은 조각상들이 놓이고, 벽에는 그림—첼시의 설탕배—이 걸리고, 한때 책상으로 쓰였던 책장 사이의 붙박이 탁자에는 지금은 갈변한 《타임스 리터러리 서플먼트》, 《뉴 스테이츠맨》 등의 잡지가 쌓여 있고, 그 위에는 가장자리가 하얘진 녹색 천을 두른 사각 갓의 전등이 매달려 있는 방. 우리가 식사를 하는, 페인트를 칠하지 않은 낡은 작업대가 있는 방, 찬장과 싱크대와 온수 시설이 있어서 거기다 다음 날 아침에 먹을 우유를 데우는 방, 구석에 작은 아틀라스 스토브가 있고, 군대식 주석 식기가 있고, 흰 컵이 하나 또는 두세 개 있는(두 개는 손잡이가 없는), 프랭크 말에 따르면 '밥 길버트'가 만든 커다란 나무 라디오가 있는 방에. 프랭크는 인접한 작은 욕실에 들어가면 그 라디오를 켠다고 했다(그는 조심스럽고 은밀한 남자였지만, 그의 농담은 찬란한 외설을 띠었다).

창밖으로는 앞마당의 인동덩굴 산울타리가 보이고, 저녁이면 그림이 그려진 캔버스를 유리 앞에 죽 세워놓아서 창문에 그늘이 지는 그 방에서 톨스토이의 모든 등장인물이 살았고 일부는 죽었다. 하지만 밤하늘은 언제나 안으로 들어왔고, 몇 달 동안은 낮이면 매미가, 밤이면 귀뚜라미가 노래했다.

모기도 노래하며 도로 끝의 맹그로브 습지에서 떼 지어 날아왔다.

우리는 마지막에 읽기 위해 《이반 일리치의 죽음》을 아껴두었다. 프랭크는 내가 그 책을 읽지 않았다는 데 충격을 받았다.

"위대한 고전이지." 그가 말했다.

나는 비단 책끈이 달린 조그만 감청색 책을 오두막에 가져왔고, 다음 날 저녁에 우리는 이반 일리치와 죽음에 대해 이야기했다.

위대한 문학을 인정하는 순간 얻는 자유가 있다. 그것은 마치 간직하고자 소망하던 것을 나누어주는 것과 같다. 나누어주는 과정에서 새로운 성장의 공간이 열리고, 비밀스러운 태양 아래서 새로운 계절이 밀려든다. 위대한 예술 작품을 인정하는 것은 사랑에 빠진 것과 같다. 우리는 하늘 위를 걷는다. 모든 쇠퇴, 파멸, 죽음은 내 안에 있지 사랑하는 자에게 있지 않다. 그것은 불멸과의 열애, 자유, 낙원의 비상이다.

에스먼드 로에서 보낸 그 시절은 사랑의 마음으로 회고하지 않을 수 없다. 작업대의 등받이 없는 의자에 프랭크와 마주 앉아서 이야기한 《전쟁과 평화》는 내 피부로 느껴졌다. 우리는 에스먼드 로에 있지 않고 전쟁에 나가서 나폴레옹의 얼굴을 보는 피에르와 함께 있다. 아니면 고집스럽게 천천히 싹이 트는, 계절에 가장 늦게 반응하는 떡갈나무 옆에 있다. 아니면 그 역시 떡갈나무처럼 고집스럽게 계절과 불화하는 늙은 대공의 임종의 자리에 있다.

우리는 올리브 슈라이너의 《아프리카 농장 이야기》도 읽었고, 거기 몰두한 나머지 우리가 직접 월도와 보나파르트 블렌킨스가 되었다. 프랭크가 나를 남자 벗으로 만들지는 못했을지라도, 어쨌건 내게 '월도'라는 소년의 이름은 줄 수 있었다.

내 물건 가운데는 그랜드 호텔 시절에 장만한 라디오 전축과 베토벤 7번 교향곡 음반이 있었다. 나는 프랭크가 이런 '사치품'을 별로 좋아하지 않는 걸 단번에 알아차렸다. "음악을 듣고 싶으면 머릿속에 담아 가지고 있거나 직접 들어야지." 라디오는 '허용된' 품목이었다. 나는 라디오 전축과 카메라와 녹음기는 불필요할 뿐 아니라 부르주아적이기까지 하다는 프랭크의 믿음을 받아들이고, 부끄러워하며 라디오 전축을 옷장에 넣고 낡은 치마로 덮어두었다. 하지만 어느 날 저녁에 칼과 케이가 모차르트의 〈세레나데〉와 다비드 오이스트라흐가 연주한 베토벤 바이올린 협주곡 음반을 가지고 오자 프랭크는 "재닛의 라디오 전축으로 틀어볼 수 있겠어"라는 말로 그것을 받아들였다. 나는 아직도 장식 없는 나무 벽이 둘려 있고 나무 마루가 깔린 그 방이 눈앞에 생생하게 떠오른다. 프랭크가 토요일 아침마다 아마씨 기름에 적신 걸레로 마루를 닦던 방("이래야 먼지가 덜 쌓여"), 나무 팔걸이가 있는 캔버스 천 의자들("이런 의자가 제일 편안해"), 이미 《전쟁과 평화》와 《안나 카레니나》, 톨스토이와 체호프의 단편 소설, 프루스트, 플로베르, 올리브 슈라이너, 도리스 레싱의 모든 등장인물이 들어와 산 방, 이제 그 방에 모차르트와 베토벤의 음악이 흐른다. 우리는 음반을 다시 한 번 튼다. 칼과 프랭크는 예이츠에 대해 이야기를 한다. 칼이 〈비잔티움으로 가는 항해〉, 〈서커스 동물의 탈주〉를 낭송한다. 그러면 '옛 예이츠', 그러니까 '젊은 예이츠'가 쓴 〈내게 수놓은 하늘의 천이 있다면〉과 〈이니스프리의 호수 섬〉을 읽고 자란 나는 그걸 들으며 언어와 음악에 잠겨든다. 그런 뒤 내가 딜런 토머스의 시 〈장례식 후에〉를 암송하고, 우리는 "우쭐대는 고사리가 검은 문턱에 씨를 낳는다"는 의미에 대해 토론한다.

그날 저녁, 나는 등유 램프를 켜고 침대에 앉아 프랭크의 서
가에서 가져온 예이츠의 《시선집》을 읽었다.

우리는 심장에 환상을 먹였다,
심장은 그 음식으로 잔혹해졌다.

우리 사랑보다 우리 적의에
더 많은 영양분이 있다. 꿀벌들아,
응시(凝視)의 빈집에 너희 집을 지어라.

나는 〈보물 이야기〉를 서른한 번째 생일 2주일 전에 끝냈고, 프
랭크가 가르쳐준 대로 원고를 테이프로 새로 묶은 뒤 그것과
〈파슨스 패킷〉에 서평을 쓰기로 한 윌리엄 포크너의 《우화》를
들고 2주일 예정으로 오아마루와 윌로글렌을 향해 떠났다.

서늘한 저녁의 소나무들

남섬은 봄에 대한 반응이 조금 더뎠다. 풀밭에는 아직 서리가
내렸고, 고지대에는 눈이 내려 갓 태어난 양들의 목숨이 위태
로웠다. 일간 신문들은 사랑하는 조부모들의 겨울철 부고를 기
록하는 데 더 많은 공간을 썼다. 윌로글렌 과수원의 이끼 덮인
노목들은 꽃눈을 드러냈고, 산사나무는 벌써 하얘졌고, 황금아
카시아는 텅 빈 닭장 옆에 금빛 꽃가지를 늘어뜨렸다.

많은 자손을 본 시기가 새끼 토끼와 함께 나를 맞았는데, 토끼는 나를 보자마자 방목장으로 달아났다. 나는 시기의 새끼 마틸다—새끼 때 이저벨과 내가 이제 막 배운 심리학을 실험하고 '열등감'이 있다고 규정한—가 벌들이 잉잉대는 까치밥나무 꽃가지 아래에 빳빳이 죽어 서리에 덮여 있는 것을 보았다. 월로글렌에 도착하면 언제나 그랬듯이 나는 먼저 '바깥'부터 살펴보러 나가서, 해마다 쌓인 썩은 배나무 이파리들과 구두 뒤축에 달라붙어 젖은 길에 스케이트를 타게 만드는 과일들을 밟으며 집 뒤쪽 냇둑으로 올라가보았기 때문이다. 시내와 습지와 과수원 나무들 아래 핀 수선화를 보았고, '아래 평지'의 소나무 밑을 걸으며, 나무줄기에 들러붙은 수액 같은 송진 방울을 만져 그 냄새를 맡았다. 우리가 늘 우리 집이라고 믿었던 이든 로 56번지에서 '쫓겨나서' 이리로 이사 오게 된 상황과 '집'을 구하던 시절의 불안 때문에 우리는 월로글렌을 낙원처럼 여겼고, 그곳은 사람이 아니면서도 그 모든 사랑을 받아들여 생존하여 만개했다.

하지만 피상적인 방문객일 뿐인 나는 바깥에 과일나무와 꽃들이 아무리 피어나도 가족의 계절은 영원히 겨울이라는 사실을 확인하고 싶지 않았다. 어머니는 여위었고 날로 쇠약해졌지만 스스로는 그런 상황을 부정했다. 언제나처럼 희망에 차 있었고, 달개 지붕 옆 배나무 낙엽 부엽토로 만든 작은 밭에 골파 농사가 잘된 것을 기쁨으로 삼았다. 어머니의 내면은 기쁨과 놀라움으로 가득했지만, 개인적 소망은 표현하는 일도 충족되는 일도 거의 없던 어머니에게 잘 자란 골파는 일생일대의 사건이었고, 어머니는 조용히 다음 단계의 행복으로 넘어갔다.

그것은 '갓 구운 빵에 버터를 듬뿍 바르고 골파를 얹은 샌드위치'였다. 어머니가 죽음이 머지않았고 전에 없이 개인적 소망을 표명한다는 사실에 아버지는 공포를 담은 눈빛으로 조롱이라는 피난처로 달아났다. "저 골파 골파 하는 꼴 좀 봐라." 나는 예전부터 아빠의 '외면'이 아빠의 '내면'과 다르다는 것을 알았고, 아버지가 자기 감정에 정확한 언어를 주지 못하고 인간됨의 바깥 영역에서 오는 공포의 언어와 행동만을 보이는 것을 딱하게 여겼다. 아버지의 끊임없는 조롱은 안타까운 소모였다.

아버지는 자녀들을 잘 가르쳤다. 나도 어머니의 불가피한 죽음에 분개했다. 나는 무력감과 좌절감 속에 어머니에게 제발 약을 먹으라고, 좀 쉬라고, 불 피우고 요리하고 남들 돌보는 일을 그만두라고, 꿈꾸는 대로 '해 저무는 서늘한 저녁에 아래 평지에' 나가보라고 단호하게 말했다. 나는 중학교 요리 수업을 잘 기억해두고 기회가 될 때마다 실험을 해서 요리 솜씨가 괜찮았지만, 어머니는 다른 사람이 식사를 준비하거나 케이크를 구우면 자신감에 상처를 입었다. (어머니는 아직도 '살림을 잘 못한다'는 평을 괴로워했다.) 내가 빵이나 작은 케이크를 굽거나 내 '장기 요리'를 하면, 어머니는 즉시 '자신의' 빵, '자신의' 케이크, '자신의' 장기 요리로 부엌판 대위법을 시도했고, 나는 그 빤한 의도가 뭉클하면서도 우울해서 나의 요리 선율을 철회했다.

집에 있는 동안 나는 어머니에게 〈보물 이야기〉를 읽어주었지만 작품 속 어머니인 에이미 위더스의 죽음 부분은 당연히 다 뺐다. 나는 '무해하고 즐거운' 대목들만을 읽어주었고, 어머니는 충실하게 "아주 좋구나" 하고 말했다. 어머니도 아빠도 그보다는 '이 사지슨 씨라는 사람'에게 관심을 보였지만 내가 "나이도 많고 유명한 작가"라고 설명하자 그걸로 만족해하는 눈치였다. 부모님은 정신병원에서 수년을 지낸 딸이 '짝을 만날' 희망을 포기했지만, 손님들은 가끔 음흉하게 "아직도 짝을 못 만났니?" 하고 물었다. 그것은 내게 구식, 거의 빅토리아 시대의 표현처럼 느껴졌다.

나는 아빠하고 부두에 내려가 낚시도 했고, 아빠가 자신의 유년 시절에 들은 이야기와 오아마루 선원들 이야기를 해주면 어린 시절 함께 십자말풀이를 하고 탐정 소설을 읽을 때처럼 놀랍고 고마웠다. 부두는 바닷바람이 불어 추웠다. 탁한 우윳빛이 섞인 녹색 파도가 항구 안쪽에 쌓인 오래된 나무 더미를 때리며 핥는 동안 아빠는 대구가 낚싯바늘을 물기를 기다렸고, 나는 북쪽을 향해 앉아서 깨끗한 청회색 물이 바위에 찰싹거리며 부딪치는 대양을 바라보았다. 우리는 아미아고기와 몰바대구를 잡아서 양동미리를 잡을 미끼로 썼다. 나는 낚시는 별로 좋아하지 않았지만, 그것 말고는 아버지와 함께 시간을 보낼 수 있는 기회가 별로 없었다. 아버지는 침묵 속에 낚시를 했고, 고기가 걸릴 때에만 이야기를 했다.

"홍대구는 먹지 마라." 내가 내 낚싯바늘에 걸린 홍대구를 보여주자 아빠가 말했다. "벌레가 그득해. 양동미리만 챙겨."

나는 뛰어난 교사에게 배우듯이 의아해하면서도 순순히 그 말에 따랐고, 그런 한편으로는 작가로 살아갈 인생을 염두에 두고 언젠가 활용할 요량으로 그의 말을 머릿속 한구석에 챙겨두었다.

윌로글렌에 머무는 동안, 나는 이런저런 일들을 하면서 《우화》도 읽고 도서관에서 빌린 윌리엄 포크너의 다른 소설도 읽었다. 빙글빙글, 여기가 어디지? 윌리엄 포크너의 책을 처음 읽으며 내가 받은 느낌은 그랬다. 그래도 계속 읽어서 마침내 책을 다 읽자 언어와 감정의 소용돌이는 여전했지만, 전체적으로 의미는 부차적일 뿐인 강렬한 음악 같은 영향을 주었다. 나는 서평을 준비했다. 강력한 감정으로 시야를 흐리는 소설가에 대한 평을 어떻게 쓸 수 있을까? 나는 책을 거듭해서 읽었고, 그러자 어느새 환한 분수대 조명 아래로 나와서 등장인물, 장면, 의미를 또렷하고 견고하고 현실적이고 좋은 것으로 볼 수 있었다. 이것이 윌리엄 포크너의 세계였고, 나는 그것을 간직하기로 했다.

북부행 기차를 타기 며칠 전에 나는 어머니를 설득해서 같이 '평지'로 소풍을 가자고 했고, 어느 날 늦은 오후에 우리는 골파 샌드위치를 만들고 보온병에 차를 넣은 뒤 깔개와 쿠션을 들고 '평지'로 출발했다. 해묵은 '유령' 소나무 밑으로 난 길을 천천히 걸어 춤추는 공작비둘기들이 경첩이 부서진 문을 멋대로 드나드는 오래된 사과 창고와 하늘이 지붕을 이루고 칸막이 살대들이 부러진 외양간, 시기가 꾸준히 가서 새끼를 낳은 썩은 돼지우리, 이사 날의 혼돈 속에 아무렇게나 던져 넣은 이든로 56번지의 유물인 가구, 그림, 사진 상자들을 보관하는 옛 마구간을 지나고, 서늘한 언덕 그림자 밖의 출입문을 지나서 마침내 어린 소나무들이 '우리' 태양이 아니라 다른 장소에 있는 다른 태양처럼 빛나는 따뜻한 햇빛 속으로 나갔다. 솔잎 위에 깔개를 펴고 나무에 기대앉자, 끈끈한 송진이 옷에 달라붙었다. 나는 태양의 온기를 느끼며 일광욕을 하러 나온 도마뱀처럼 꼼지락거렸다. 우리는 버터를 바르고 골파를 넣은 샌드위치를 먹고, 냇가에서 올라온 파리매가 빠진 차를 마셨다. 푸케코 새들이 옆 방목장 울타리 사이로 우리를 바라보았다.

하지만 어머니는 불안해했다. 전화가 오면 어떻게 하지? 여기, 아래 평지에서는 전화벨 소리가 안 들릴 텐데. '네 아버지'가 집에 와서 식사 준비가 안 된 걸 보면 어떻게 하지? 거기다 식품점 셀프 헬프에 일주일에 한 번씩 주문 전화도 해야 돼. 자칫 주문이 늦으면 배달이 안 돼. 우리는 거래 식품점을 스타 스토어스에서 셀프 헬프로 바꾸었다. 이든 로 이웃의 아들이 그곳의 관리자가 되었기 때문이다. 오아마루에서 오래 산 덕에 우리 가족은 좋아하는 가게 점원, 우체국 직원, 택시 운전사들의 촘촘한 망이 있었고, 그 가운데 상당수는 머틀과 나처럼 할리우드 스타를 꿈꾸던 '소년'들이었다. 우리와 함께 꿈을 꾸던 몇몇 아이들은 지금 리비아 사막이나 크레타 섬 또는 이탈리아에서 유골이 되었다.

우리의 소풍은 너무 일찍 끝났다. 어머니는 숨까지 헐떡이며 허겁지겁 일어섰고 우리는 함께 집으로 올라갔다. 아래 평지에 해는 이미 지고, 어둠이 내리는 진입로가 소나무들로 더욱 빨리 어두워질 때, 우리는 다시 한 번 차가운 언덕이 허리를 굽혀 영원한 겨울의 발톱으로 집을 꽉 움켜쥐고 있는 곳에 왔다.

이틀 후 북행 특급열차에 올랐을 때, 나는 어머니를 다시 볼 수 없다는 걸 알았고 냉랭하게 말했다. "다시는 윌로글렌에 오지 않을 거예요."

그건 상처를 주는 말이었고, 나는 그 사실을 알았다. 내가 작별 인사를 한 뒤 기차는 익숙한 선로에 올라섰고, 기차가 카이탕가타, 카이탕가타, 카이탕가타, 윈턴, 윈턴, 윈턴, 카카누이, 카카누이, 카카누이를 시작하자 나는 내가 가족이나 추위, 땅에서 도피할 길이 없다는 것을 알았다. 나는 철도 노동자의 딸로서 이 나라 철도를 소유하고 철로에 소유되었음을 받아들여야 했다. 철의 상호 소유 동맹. 기차가 윌로글렌, 윌로글렌, 윌로글렌이라는 새로운 말을 계속할 때, 우리는 캔터베리 평원을 지났다.

죽음

윌로글렌이 나뭇잎, 흙, 검은 물과 푸른 풀이 무성한 습지의 낙원이라면, 오클랜드는 여전히 빛의 낙원으로, 구름들이 뭉게뭉게 피어오르는 그곳의 모습은 마치 하늘에 숨어 있는 화산이 보이지 않는 또 하나의 세상으로 폭발하는 것 같았다. 프랭크의 마당에는 봄 식물들이 한창 자라고 있었다. 오두막 창밖에는 키 큰 사탕수수가, 집 동쪽에는 윤기 나는 푸른 잎의 고추가 자랐다. 그는 러시안 레드 품종의 토마토를 심었다고 하며, 빈 씨앗 봉투에 박힌 사진을 보여주었다.

"비프스테이크와 러시안 레드, 올해 키우려는 것들이야."

오두막 근처에는 작은 파파야나무도 있었다. 그는 그것을 정성껏 돌보았다. 앞으로는 커스터드애플을 키우고 싶다고 했다. 바버라와 모리스 더건 부부가 그 나무를 키운 적이 있다고 했다. "아마 이 나라에 커스터드애플나무는 그게 유일할걸."

그는 경탄이 그치지 않았다. 커스터드애플 이야기를 할 때면 두 눈이 번득였다. (원래는 '빛났다'라고 쓰려고 했지만, 그 빛은 별빛처럼 꾸준하지 않고 안개나 습기나 눈물을 뚫고 나오듯이 툭툭 끊겨 있었다.)

"그나저나 원고는 어떻게 됐지?" 그가 물었다. "페가수스 출판사에 보냈나?"

데니스 글로버가 캑스턴 출판사를 떠나면서 내 단편 소설과 시들을 페가수스 출판사의 앨비언 라이트에게 주었는데, 그 사람은 그것을 내게 돌려보냈다. 나는 그것을 얼른 태워버렸다. 원고 중간에는 존 포러스트가 데니스 글로버에게 내가 회복할 가능성은 없다고 설명한 편지도 끼어 있었다. ("프레임 양을 생각하면 반 고흐, 후고 볼프가 생각나요…….") 프랭크는 페가수스가 캑스턴 출판사의 일을 많이 넘겨받았다고 말했다.

〈전기담요〉에 냉랭한 반응을 받은 이후 나는 프랭크에게 원고를 보여주는 게 좋지 않다는 것을 알았다. 하지만 도입부의 특징적 문장은 몇 줄 읽어주었고, 프랭크는 마음에 들어하며 그것을 시로 써서 《런던 매거진》의 존 레만에게 보내라고 했다. 더 흥미롭게도(우리는 호주에서 일어난 《앵그리 펭귄》과 언 맬리 사기 사건 이야기를 하고 있었다*) 프랭크는 내가 쓴 시들을 자신이 존 레만에게 보내주겠다고 했다. 그리고 내 필명으로 '샌타 크루즈'라는 이름을 골라주었고, 내가 그 뜻을 모르기라도 한다는 듯이 엄숙하게 "그건 '성인'과 '십자가'를 뜻

*1940년대에 호주의 두 젊은 시인이 엉터리로 쓴 시를 언 맬리라는 가짜 신원으로 유력 문학지 《앵그리 펭귄》에 보냈는데, 유명 문인이 작품을 극찬했다. 나중에 그 신원이 가짜고 작품도 사전을 넘기며 단어를 아무렇게나 조합해서 썼다는 사실이 밝혀지자, 호주 문단과 사회는 큰 충격을 받았다.

하지"라고 몇 차례 반복해 말했다. 그는 존 레만에게 보내는 편지에 내가 남태평양 섬 출신으로 오클랜드에는 알려진 지 얼마 안 된 여성 시인이라고, 자신은 내 작품에 감동을 받았다고 썼다. 답장은 친절했다. 시가 참신하고 새로웠다고. 내가 영어를 좀 더 배우면 작품을 더 보고 싶다고 했다.

그러는 사이 프랭크는 나를 도와 원고를 싸주었고, 나와 함께 우체국에 가서 우체국 직원이 우표를 붙이고 봉투를 우편물 수거함에 던져 넣는 것까지 지켜보았다.

2주일 뒤에 나는 페가수스 출판사에서 내 책을 출간하기로 했다는 소식을 들었다. 봉투 안에는 내가 서명해야 하는 계약서도 들어 있었다. 나는 얼떨떨하고 기쁘고 두려웠고, 글쓰기와 출판의 과정을 이미 겪어서 그 '에티켓'을 아는 프랭크는 말했다. "이건 축하할 일이야." 그리고 자기 능력 이상의 돈을 써서 배트 69 위스키를 샀고, 우리는 그날 저녁 그것을 함께 마셨다.

여름은 너무 빨리 왔다. 열기가 밤낮없이 지속되었다. 나는 오두막 문을 열어놓고 잤고, 입구와 침대 옆 창문에는 맹그로브 습지와 푸푸케 호수에서 날아드는 모기를 막기 위해 모슬린 천을 쳤다. 책을 끝내고 다시 한 번 일상의 현실 세계에 던져지자 나는 불안해졌고 더위 속에서 일하기가 힘들었다. 나는 시를 썼고, 단편 소설도 몇 편 썼다. 저녁에는 체스를 두거나 프랭크와 친구들의 일화와 그들의 대화를 듣거나, 그와 함께 각자가 읽고 있는 책을 이야기했지만, 우리 둘 다 이제 정서의 톱니바퀴가 미묘하게 변했다는 것을, 우리가 더 이상 같은 길에 있지 않다는 것을, 밀월은 끝났다는 것을 알았다. 나는 곧 떠나야 했지만 떠나고 싶지 않았다. 시작, 중간, 끝―우리는 얼마나 자주 그 허구 속 과정을 논하고, 고통 없이 은밀하게 표현했던가.

그러던 12월 초의 어느 날, 준 부부가 불쑥 찾아왔다. 오전 작업 시간이었다. 프랭크가 두 사람에게 내 오두막을 일러주는 소리가 들렸다.

준이 문 앞에 나타났다.

"소식이 있어." 준이 말했다. "어머니가 오늘 아침에 돌아가셨어. 여섯 시에 뇌졸중이 왔고 열 시 반에 돌아가셨어. 브러디가 우리 집으로 전화했어."

나는 감정을 억누르며 말했다. "어머니는 지치셨고, 떠날 준비가 되어 있었어."

머틀과 이저벨이 죽었을 때 우리는 서로를 끌어안고 울었지만 그건 너무도 오래전 일이었고, 나는 오랜 세월 동안 아무하고도 내 감정을 공유하지 못했다.

"어머니 인생은 힘들었어." 내가 말했다.

준이 동의했다. 자기들은 장례식에 가지 않을 거라며, 나더러 평소처럼 주말에 자기 집에 올 거냐고 물었다.

"아니, 안 갈 것 같아." 내가 말했다.

"나중에는 올 거지?"

"응."

"언니가 걱정하지 않았으면 좋겠대. 그렇게 전해달래."

어머니의 죽음에 대한 슬픔과 안도가 뒤섞인 감정은 식구들이 나를 '허약하고 불안한' 일원으로 여긴다는 익숙한 분노와 우울에 의해 더 크고 날카로워졌다. 식구들의 조심스러운 배려는 나와 그들 사이의 간격을 벌리는 데 기여했다. 나는 어머니의 죽음을 동생이 먼저 알았다는 사실을 질투했다. 그 소식이 마치 그녀가 받은 귀중한 선물이고, 나에게는 손때 묻은 중고 물품이 되어 전달되기라도 한 것처럼. 소중한 비밀을 가장 먼저 알고, 보고, 받아들이려고 경쟁했던 어린 시절이 잠시 되살아났다. 하지만 어쩌면 경쟁은 잠든 적이 없으므로 다시 살아난 것도 아니었다!

나는 프랭크에게 소식을 전했다.

"그래서?" 그가 자신의 가족에 대한 차가운 태도를 드러내며 말했다. "부모는 죽은 편이 더 좋아."

나는 감히 그에게 동의했다.

그날 밤 나는 조용한 오두막에서 혼자 울었고, 다음 날 아침 프랭크에게 "그놈의 눈물바람"이라고 질책받자, 어머니가 죽어서가 아니라 어머니의 삶이 기구해서 운 것이라고 했다. 우리 부모님의 인생은 대부분 우리를 먹이고 입히고 재우는 데 바쳐졌음에도, 우리가 그분들을 알고 두 분과 친밀감을 쌓을 시간이 없었다는 사실이 안타까웠다. 내 인생은 부모님을 관찰하고 듣는 데, 그들의 암호를 해독하고 단서를 찾는 데 바쳐졌다. 그들은 우리가 바람, 파도, 눈을 맞지 않도록 막아준 두 그루 나무였다. 하지만 그것은 어린 시절이었다. 나는 두 분의 죽음으로 우리가 비바람에 노출되지만 사방에서 빛이 들어올 수도 있다고, 우리는 바람, 파도, 눈을 소문이 아닌 현실로 알게 되고 존재의 모든 순간을 인식하게 될 거라고 느꼈다.

나는 주말을 오두막에서 보냈고 일요일에는 프랭크가 친구 해리를 위해 준비한 식사를 함께했다. 해리는 처음에는 말없이 침묵을 지키다가 곧 나에 대한 의심을 풀고 이야기를 했고,

평소보다 불안해하던 프랭크는 과도한 제스처와 손동작을 보이면서 젓고 간보고 재고 담그고 한 뒤 마침내 평소처럼 완벽한 식사를 내놓았다. 식사 후에 나는 프랭크와 해리가 옛 이야기와 새 이야기를 나누도록 오두막으로 돌아갔다. 그들은 알고 지낸 지가 매우 오래되어서 완결된 문장이 아닌 단어 한두 개만으로도 대화가 가능했고, 나는 해리에 대해 약간 알게 되자 그가 프랭크에게 얼마나 소중한 친구인지도 알 수 있었다. 그는 오랜 친구일 뿐만 아니라, '다른 세상'에 있는 경마장과 더러운 시내 호텔과 항구의 빌딩들과 퀸 로 남쪽을 어슬렁거리는 한심한 방랑자들에 대한 정보원이기도 했다. 프랭크는 작가로서의 인생을 완벽하게 조직해서, 그 자신은 글만 쓰며 살면서도 주변에 여러 사람이 세상 소식을 가지고 오도록 만들어놓았다. 현실을 탐색할 일이 없어진 그에게 소설에 필요한 물질적 조건은 오전 내내 또는 하루 종일 앉아 있을 책상이나 탁자, 침묵, 고독, 그리고 잠이었다.

아무도 내가 어머니 장례식에 가리라고 기대하지 않았다. 나는 갈 수 있다고 생각하지 않음으로써 그 기대에 부응했다. 대신 나는 아버지에게 사람들이 보낸 조문 편지와 전보를 보내달라고 해서 거기에 답장을 했다. 그런 뒤 몇 편의 시로 어머니를 기리고 애도했다. 그 시들은 운율은 별로지만 내 머릿속 생각을 상세하게 전해준다.

그녀가 입고 죽은 더러운 옷을 태워라,
찌든 양말과 얼룩진 원피스,
구멍 난 (성스러운) 양면 뜨개 옷을

그녀는 입고서 놀라운 슬픔,
죽음이라는 놀라운 슬픔의 아침을 맞았다.
그 옷을 옷걸이에 걸고
빨랫줄에 널어서 바람에
병든 참화(慘禍)의 조각들이 숲으로
이웃 도시로 날아가게 하라.
죽음의 이불을 잔디에 펴서
이슬과 태양에 표백되고 씻기게 하라.

오직 불과 공기만이
친절한 자선을 베풀 테니,
그들에게 너의 한 푼짜리 애통을 주고
그녀의 몸을 덮고 너무 많은 눈물로
그녀를 수장한 흙과 물을 거부하라.

다른 시 한 편.

그녀의 죽음은 그 순간을 죽이지 못하리라, 연기를 피워도
그녀의 심장에서 시간의 참혹한 족제비를 빼내지 못하리라,
그녀의 무거운 몸은 다시 걷지 못하리라,
커다란 옷을 입고 해바라기 모자를 쓰고,
한 걸음에 90리 가는 신발을 신고서도 늪을 지나고
외양간 오물과 포아풀을 지나
달아난 하느님의 토끼를 쫓지 못하리라,
그것은 수리매를 피해 깊은 비밀 토굴에 들어가 새끼를 치니,

어머니의 돌과 엉경퀴, 플래그릴리, 고사리의 방목장 아래서.

소금으로 만든 조각칼이 어머니의 돌을 둥글리거나
모양을 바꾸지 않는다 해도, 내 눈물은 엉경퀴 털을 더 멀리
퍼뜨리거나 그것이 날아오를 때를 말하지 않고,
밤이 어머니의 백합을 못살게 굴어, 어머니의 푸른 늪 일출,
어머니의 심장 뛰는 하느님들은 어둠 속에 새끼를 치고,
미친 수리매 피난민들이 어머니가 무사히 잠든
고사리 침상으로 날아 내려오게 한다.

조지 바커가 보여준 "가장 가깝고 가장 소중하고 가장 사랑하고 가장 먼"을 두고 내가 달리 무엇을 쓸 수 있었겠는가. 그리고 딜런 토머스의 "장례식, 노새의 찬양과 울음 후에……"를 두고.

그때 나는 압축된 이미지와 일반적 용어—사랑, 죽음, 자비, 심장—를 사용하는 데 몰두해 있었다. 그런 용어를 사용하는 것은 시 안에 작은 수류탄을 설치하는 것과 같다. 감정은 손을 대면 힘없는 조각들로 폭발하고, 시가 끝나면 그 감정은 파괴되거나 흩어져서 아무것도 남지 않는다. 압축된 이미지도 제트기 여행 같은 효과가 있다. 아래 풍경을 전혀 보지 못해서 거기서 아무런 영향도 받지 않고 목적지에 도착하면—또는 시의 끝에 이르면, 여행의 지루함을 뺀 나머지 모든 것이 처음 출발할 때와 똑같이 새롭다. 시는 있으나마나 한 것, 그림자와 별다를 것 없이 된다.

시를 쓸 때 나는 최선을 다했지만 시들이 '좋지 않다'는 걸

알았다. 나는 그 시들이 좋은 시이기를 바라는 데 많은 감정을 소비했지만(그 감정을 시를 살찌우는 데 썼다면 더 좋았을 것이다) 그렇지 않다는 것을 알았다. 그것은 아이스크림처럼 탐닉한 꿈이었다.

나는 어머니의 죽음에 대한 시를 또 한 편 써서—〈빛을 간원(懇願)하는 그들의 눈이 빛에 조롱당하네〉—칼 스테드에게 보여주었는데, 그는 나이도 나보다 어리고 시도 나만큼 많이 쓰지 않았지만 판단과 균형 감각은 나보다 예리했다. 그는 대개 듣는 편으로 말수가 적었지만, 그가 찌푸린 얼굴로 "태양이 죽음의 변호사라" 하고 반복해 말했을 때 나는 시가 실패했다는 걸 알았다. 시라는 비행을 저지르다가 들킨 것처럼 "아, 그게 무슨 뜻이냐면요" 하고 변명하고픈 충동이 들었기 때문이다.

물론 나도 알았다. 은유를 고안했지만 작동하지 않았다는 것을.

빛을 간원하는 그들의 눈이 빛에 조롱당하네
그들 안에, 너머에 아무것도 쓰여 있지 않으면.
운명 또는 불꽃이 감싼 소송자는
부패로 자기 삶을 기소하는 대가를 치른다.
이제 크나큰 애도 속에 친척들이
해변에 밀려들어 내 어머니의 시신을 탐색하고,
공포와 비탄의 망원경으로
해안선 위를 훑으며 어머니의 상형문자를 찾는다.
거기에 죽음의 가장 열렬한 변호사인
12월의 태양이 어머니의 예순세 번째 해에

캄캄한 과업을 수행하러 일찍 깨어나서
어머니 피부에 고객 서명을 했다.
해독문 없이 마른 지류 같은, 창백하고
썩어가는 뼈에 자리 잡은, 말을 잃고
어머니의 피가 멈춘 혀끝으로 오도(誤導)된
이것을 누가 예견할 수 있었겠는가?

나는 어머니가 아침에, 일할 시간에 돌아가셨다는 것과 어머니가 일찍 일어나서('기상'한 게 아니라) 부엌에 불을 지폈고, 아빠가 보았을 때 어머니가 몽롱한 상태로 "차를 한 잔 끓일까 하고……" 말했다는 데 강렬한 인상을 받았다. 그게 어머니의 마지막 말이었다. 어머니는 그 뒤로 의식을 회복하지 못했다. 그 말은 어머니 인생의 진술이었다고, 최선을 다한 문학적 시도였다고 냉소 없이 말할 수 있다.

프랭크가 어머니의 죽음에 연민을 보이지 않았다는 사실에 좀처럼 가라앉지 않던 배신감은 그가 이웃인 캐슬린에게 "어머니의 죽음이 가장 견디기 힘들지. 재닛에게 슬픈 시간이야" 하고 말하는 것을 우연히 듣고 사그라들었다. 프랭크에게도 숨겨야 할 감정이 있었다!

누에

나는 여름이 끝나고 날씨가 서늘해지면(꿈: 서늘한 저녁에) 새 장편 소설을 써야겠다고 생각했다. 허구의 세계 밖으로 나오자 내가 오두막에서 사는 일이 프랭크의 시간과 에너지와 감정을 그가 애초에 약속한 것보다 더 많이 소모하고 있다는 걸 똑똑히 알 수 있었다. 그에게는 '딸린 식구'가 나뿐만이 아니었기 때문이다. 그리고 그 딸린 식구들은 각각(잭, 짐, 옆집 해리, 해변 근처에 사는 늙은 이모 두 명, 그들은 컴컴한 가구로 들어찬 박공지붕 집에 살았고, 그중 한 명은 실명했다) 방문과 대화와 위안을 요구했고, 그중 가난한 '딸린 입'들은 밭에서 키운 채소 또는 10실링이나 1파운드 지폐를 받았다. 이모님 댁 방문은 프랭크의 에너지를 가장 많이 소모시켰다. 그들이 퍼붓는 불평과 비난을 가만히 참고 들어야 했기 때문이다. 그들의 집에서 돌아오면 그는 항상 어처구니없다는 듯이 말했다. "뚱뚱한 이모들, 거대한 이모들." 그들은 실제로 거대했고, 그런 견고함은 결코 녹아내릴 것 같지 않았다. 그들은 프랭크의 친이모들이었던 듯했다. 그리고 사라질 수 없다는 점에서 과거, 그의 과거를 대변했던 것 같다. 그들은 눈사람이 아니었고, 계절도 시간도 갖고 있지 않았다. 어느 날 나는 프랭크와 함께 병으로 자리에 누운 실명한 이모를 찾아간 적이 있는데, 그분을 위축시키는 건 자신이 눈멀고 병들었다는 사실이 아니라 침대 옆에 우뚝 선 참나무 책장뿐이었다.

여름의 열기가 지속되었다. 프랭크는 '황금기'였던 어린 시절에 누에를 키운 이야기를 했다. 그해 여름―〈그해 여름〉은 그의 완벽한 단편 소설의 제목이기도 하다―은 잊을 수 없었다. 어느 날 나는 카랑가하페 로를 걷다가 애완동물 가게 창문에 누에가 전시된 것을 보았다. 그중 대여섯 마리를 사가지고

와서 저녁에 그것들을 조심스레 부엌 싱크대에 풀어놓았다. 프랭크와 나 사이는 이제 극도로 예민해져서 상대에게 상처나 부담을 줄 말이나 행동을 하지 않도록 모든 행동을 미리 계획해야 했다. 나는 프랭크가 젊은 시절 유럽 여행에서 가져온 엽서들을 보면서 눈물이 그렁그렁해지는 것을 보았다. 프랭크의 숙부와 누에의 황금기 이야기는 오직 그에게만 속한 것이었고, 나는 그의 행복한 어린 시절 이야기를 들었다는 이유로 감히 그에게 과거의 그림자를 제공하려 했다는 생각을 안겨주고 싶지 않았다. 누에는 별생각 없이 산 것이었다. 그는 기뻐했다. 추억에 젖어드는 기쁨이 아니라 즉각적으로 느끼는 기쁨이었다. 그는 누에가 '내' 관심을 독차지한다고 보고, 나와 함께 다음번 나의 '행동'을 계획했다. 프랭크는 내가 '해외여행'을 떠나서 '견문을 넓혀야 한다'고 했는데, 그것은 우리 둘 다 알고 있었듯이 "누군가 나를 다시 정신병원에 넣기 전에 뉴질랜드를 떠나는 게 좋다"는 것을 에둘러 표현한 것이었다. 그도 나도 순응주의 사회에는 다른 이들의 운명을 '결정'하는 사람이 놀라울 만큼 많다는 걸 알았다. 프랭크는 심지어 자신이 증인이 되어 위장 결혼을 시켜줄 수도 있다고 제안했지만, 나는 그걸 모욕적으로 여겼고, 그도 하룻밤이 지나자 그건 아니라는 결정을 내렸다.

우리는 누에에 집중했다. 나는 타카푸나 동네를 어슬렁거리다가 해변과 포후투카와나무들이 내다보이는 옛날식 정원에서 우리의 '딸린 식구'들에게 먹일 만한 뽕나무를 발견했는데, 친절한 주인은 기꺼이 뽕잎을 주겠다고 했다. 프랭크는 해나 신발 가게에서 신발 상자를 얻어다가 안에 뽕잎을 깔고 그 위에 누에들을 조심스레 올려놓았다. 벌레들은 곧바로 먹기 시작했다. 낮 동안에는 상자를 작업대 끝 책장 옆에 두었고, 밤에는 내 오두막으로 가져와서 책상 겸 탁자에 놓았다. 우리는 누에가 '필사적으로' 먹는다는 걸 알았다. 나는 밤의 침묵 속에 누워 작은 도서관에서 작은 책장을 넘기는 듯한 사각사각 소리를 들었고, 그 소리는 나중에 대영 박물관의 도서관에서 사람들이 각자 골라온 책의 소중한 책장을 조용히 섭취할 때 약간 확대된 형태로 다시 들렸다. 누에의 먹이 섭취는 너무도 충실해서 사각사각 소리는 밤낮없이 이어졌고—낮에는 아무도 듣지 않지만—그 단계의 일생이 끝날 때까지 잠시도 쉬지 않았다. 일 평생의 식사인 셈이었다. 프랭크는 다음에 일어날 일을 설명해주었고, 우리는 벌레들이 다음 단계의 일생으로 넘어가는 것을 지켜보았다. 녀석들은 머리를 빙글빙글 돌리면서 입에서 금빛 거미줄 같은 실을 뽑아냈다. 프랭크가 바닥에 벌레들이 받침대로 쓸 작은 종잇조각들을 깔아주었고, 벌레들은 그 위에 한 마리씩 올라가 자기 몸과 종이를 금빛 고치로 감쌌다. 그리고 모든 것이 조용해지자, 프랭크는 조심스레 고치를 가르고 애벌레를 꺼내 솜으로 만든 둥지에 넣었다. 우리가 세상과 모든 동물과 그 산물을 소유한다는 믿음에 근거한 흔한 침범이었다. 꼬불꼬불한 황금색 실은 이반 일리치와 대공이 죽고, 피에르가 나폴레옹을 보고, 떡갈나무가 움텄다가 낙엽이 지고, 모차르트와 베토벤의 음악이 흐른 황금빛 방의 창가벽에 걸렸다.

때가 되자 솜 둥지에서 편안히 잠자던 벌레들은 나방이 되었고, 첫 순간부터 암수가 각각 짝을 찾더니 수컷이 암컷 위에 올라탔다. 그런 다음 짝짓기는 먹이 섭취와 실 잣기와 마찬가지로 밤낮없이 계속되어, 마침내 수컷들은 하나씩 지쳐서 죽고 암컷들은 다시 마련해준 종잇장 위에 점자 혹은 바늘땀 같은 흰색 알을 가지런히 낳았다. 그런 뒤 암컷들도 죽자, 누에 인생의 모든 단계에서 예전에 한 행동을 다시 반복하며 앞으로 일어날 일을 설명한 프랭크는 벌레들이 놓인 종이를 그 과거, 현재, 미래와 함께 신발 상자에 넣고 봉해서 관을 묻듯이 땅속에 묻었다.

"이렇게 해서 한 생명의 주기가 끝나지." 그가 말했다. 그 말과 시선은 다른 것, 다른 종을 가리키고 있었다.

"저기서 겨울을 보내고, 날이 풀려서 파내면 알에서 깨어나서 새 생명 주기를 시작하는 거야."

생명 주기의 완전함, 완벽함, 파괴 불가능함이 우리 뇌리에 또렷이 새겨졌다.

그날 저녁 우리는 신이라도 된 것처럼 배트 69 위스키를 앞에 두고, 먹기와 실 잣기와 짝짓기에 바친 인생을 축하했다.

다음 날 우리는 문학재단에 편지를 보내서 내가 '견문을 넓히기 위해 해외여행을 할' 지원금을 요청하기로 했다. 그리고 나는 지원 결과가 나올 때까지 프랭크의 친구인 P. T. 링컨 또는 폴이라고도 하는 폴라 링컨의 초대를 받아들여 마운트망가누이에 있는 그녀의 집에서 지내기로 했다.

폴라 링컨, 비어트릭스 포터, 던 박사

나는 전에 폴라 링컨이 프랭크를 찾아왔을 때 그녀를 한 번 만난 적이 있는데, 조그만 몸집에 머리가 희끗희끗한 그녀는 눈물 젖은 목소리로 자기는 몸도 너무 '변했고' 마음의 평화를 잃었다고 말했다. 그날 그녀는 몹시 괴로워했다. 나는 감정을 쏟아내는 것을 싫어하는 프랭크가 그녀에게서 물러나는 모습, 그녀라는 중요한 조각상을 둘러싸고 불가해한 불행을 뿜어내는 분수를 피하는 모습을 보았다.

저런 행동을 그만두었으면, 나는 생각했다.

나는 그녀의 감정 속에 두 사람의 과거가 어떤 역할을 하는 것을 감지했다. 그날의 수수께끼를 나는 풀지 못했다. 그녀가 떠난 뒤 프랭크는 아무런 설명 없이 슬픈 목소리로 웅얼거렸다. "불쌍한 여자. 힘든 상태야. 여기 올 때마다 그래. 그런데 폴이 재닛더러 혹시 쉬고 싶으면 마운트망가누이에 있는 자기 집으로 오라고 하네. 불쌍한 여자. 아주 좋은 여잔데."

그는 젊은 시절 친구 세 명과 함께 찍은 사진을 보여주며 작은 몸집에 검은 머리를 한 예쁜 여자를 가리켰다. "이 친구가 폴이야."

그는 폴의 인생에 대해 말해주었다. 영국에서 유명한 공립 여학교에 다녔고, 서른 살 때 '상류 사회' 가족에게서 도망쳐 뉴질랜드로 왔고, 물리치료사로 일했고, 전쟁 중에 평화주의 협회에서 일했다는 것을. 그녀가 여러 가지 대의에 관심이 많다는 것, 두 사람이 만난 경위, 그녀가 글쓰기에 관심을 품고,

물려받은 약간의 유산으로 자유롭게 글을 쓸 수 있지만 지금껏 쓴 것은 몇 편의 단편 소설뿐이라는 것, 프랭크가 이 집을 지을 때, 그리고 첫 책을 출간할 때 그녀가 도와주었다는 것을.

나는 《우리를 이야기하다》에 실린 그녀의 소설이 기억난다고 말했다.

"멋진 사람이지." 프랭크가 말했다. "그리고 레즈비언이야."

성적 취향의 다양성에 대해 전보다 지식이 늘었는데도 나는 레즈비언이 무슨 뜻인지 전혀 몰랐고, 프랭크에게 설명을 들었을 때 빅토리아 여왕처럼 그 말을 믿을 수 없었다!

나는 마운트망가누이로 출발했다. 그 기차 여행은 거의 하루가 걸리는 길로, 노선은 길기도 길었지만 덤불, 폭포, 고사리 숲, 진흙 밭, 습지 같은 자연 경관의 복판을 지나서 땅의 심장이 철도 객차로 들어왔으며 개인적인 탐험처럼 외로움과 낯섦이 느껴졌다. 승객은 별로 없었다. 일부는 좌석에서 자고, 일부는 나처럼 이인용 좌석에 혼자 앉아 있었는데, 모두가 창밖에 펼쳐진 야생 세계에 빨려 들어가 있었다. 진흙 더미가 철로로 밀려들어 기차가 멈추었을 때, 기관사와 화부와 작업반장들이 삽으로 흙을 치우는 동안 승객들은 조용히 초록색 꿈에 잠겨 있었고, 마침내 기차가 다시 움직여서 땅과 나무껍질과 나뭇잎과 고사리의 모든 구멍이 빗물을 뿜는 좁은 굽잇길을 끼익거리며 돌자, 길의 비밀을 아는 듯한 우쭐함을 느꼈다. 이것은 무수한 사람들이 이용하고 철로변에 매점과 식당과 도시가 있는 '간선 철도'가 아니라 '지선 철도'였고, 지선 철도는 그 어디서라도, 심지어 꿈과 생각과 역사 속에서도 수수께끼와 방치와 모호한 추방의 분위기가 있었다.

기차가 마침내 타우랑가에 멈추었다. 노선은 지협을 따라 마운트망가누이로 계속되었지만, 폴라 링컨이 타우랑가에서 나를 맞아서 저녁 연락선을 타고 함께 항구를 건너가기로 약속되어 있었다. 폴라 링컨은 프랭크를 찾아온 날과 똑같은 옷차림—회색 플란넬 바지, 교복 블라우스 같은 흰색 면 블라우스, 회색 카디건, 개버딘 우비—으로 승강장에서 나를 기다리고 있었다. 구두는 '실용적인' 검은색 겨울 구두였다. 그녀는 열정적이면서도 불안해 보였고, 우리가 '옥스퍼드 억양'이라고 부르는 영국식 억양—교사, 의사, 왕실 인사가 쓰고 그래서 권위를 연상시키고 훈계를 할 것 같은—으로 말했다. P. T. 링컨의 목소리는 '그래서 나도 어쩔 수 없어'라는 끈을 영원히 잡고 있는 것처럼 방어적이었다.

우리는 기차역에서 선착장으로 갔다. 폴라 링컨은 눈빛이 밝았고, 지금은 불행의 분수가 아니라 달빛에 잠겨 있었다. 하늘에 구름이 걷히면서 항구로 빛이 쏟아졌기 때문이다. 누에들조차 뽕잎으로 시간을 소진한 지금, 밤의 추위는 이미 겨울이었다, 5월의 추위.

우리는 연락선에 올라탔고, 내가 넓은 항구로 나아가자 폴라 링컨은 바깥 쪽으로 손을 뻗더니 물을 만지며 웅얼거렸다. "빛의 유동성 덩어리."

"그레빌이 그렇게 말했어요." 그녀가 말했다. "프랭크가 그레빌 텍시도에 대해 이야기했나요? 재닛은 그 사람 작품 읽었어요?"

나는 그레빌의 단편 소설집 《이 검은 안경》을 읽었다고 말했다. 그 작품들의 당당함과 세련미는 인상적이었지만 한편으로 약간의 우울감도 안겨주었다. 프랭크도 그레빌의 작품과 인생을 이야기해주었는데, 그 이야기에는 그의 친구와 지인들의 이야기가 첨가되었고, 그들 각자가 눈부신 유혹처럼 지닌 본성, 재능, 경험이 강조되었다. 그레빌의 특이한 경력은 한때 몸을 비트는 곡예사와 결혼해서 함께 세계 순회공연을 다녔다는 것이었다. "아주 젊었을 때 일이지." 프랭크는 그녀의 글도 칭송했지만 그보다 그녀의 '인생 경험'에 더 크게 매혹되었다. 그녀가 곡예사 남편과 함께 다닌 곳, 본 것, 한 일들이란!

연락선이 마운트망가누이에 가까워지는 동안 폴라 링컨은 그레빌과 프랭크에 대해, 그의 젊은 시절 친구들에 대해 계속 이야기를 했다. 그런 뒤 우리는 침묵 속에 달빛을 즐겼고, 연락선이 선착장으로 들어갈 때 폴라 링컨이 다시 말했다. "나는 다른 사람하고 있으면서 계속 이야기하지 않아도 되는 게 좋아요."

"아, 저도 그래요." 내가 새 친구의 열렬한 태도에 옮아서 말했다. 프랭크는 폴이 사람을 쉽게 '좋아하지' 않는다고 말했다. "하지만 재닛은 좋아할 거야. 두 사람은 서로한테 좋을 거야."

프랭크는 때로 사람이 약이고 자신이 의사인 것처럼 사람들을 서로에게 나누어주었다. 자신에게도 처방을 했다. 일요일 저녁에 해리에게 요리를 해주고 그에게 경마 이야기를 듣는 것, 잭의 한탄과 꿈 이야기를 듣는 것, 이웃에 사는 그를 돌보는 것을 프랭크는 '자신에게 좋은' 즐거움으로 여겼다. 나는 프랭크의 친구인 폴라 링컨이 나를 '좋아하지' 않으면 어쩌나 싶었다. 아니면 교과서나 서머싯 몸의 작품 같은 어휘를 쓰는 그녀의 언어로, 우리 둘이 '통하지' 않으면.

"저는 다들 폴이라고 불러요." 해변 도로를 향해 걸어가며

그녀가 말했다. "학창 시절부터 계속 폴이었어요." (내가 계속
해서 "링컨 선생님"이라고 불렀기 때문이다.)
　"네……." 내가 말했다.
　마운트망가누이는 바다 한복판에 있는 모래 마을처럼 눈길
닿는 데마다 바다가 있었고, 몇 군데의 해변 상점에서 빵과 과
일을 산 뒤 조금 더 걸어가자 불현듯 오션비치 로가 나왔다.

　　곳을 도니 불쑥 바다가 나타나고
　　달이 산등성이 너머를 바라보았다.*

우리는 함께 읊었다.
　"여기 올 때마다 이 시를 생각해요." 폴라 링컨이 들떠서 말
했다. 옥스퍼드 억양이 날카로워졌다.
　"저는 〈문법학자의 장례식〉이 좋아요." 나는 그녀와 '통할'
수단을 찾으면서 말했다.
　"지금은 생각이 안 나네요." 폴라 링컨이 말했다.
　해변은 거칠고 쓸쓸했다. 파도가 긴 해안을 따라 끊임없이
밀려들었고, 아직 항구 건너 타우랑가에 머물러 있는 달은 희
미한 산봉우리 그림자를 끌고 우리를 따라오면서 바다 위에 오
션비치 로로 가는 길을 만들었다. 폴라 링컨은 수평선에 뜬 검
은 덩어리를 가리켰다.
　"솔숲이 있는 마타카나 섬이에요. 그 옆은 래빗 섬이고요."
　그녀는 우리 뒤 왼쪽을 가리켰다.

*로버트 브라우닝의 시 〈아침의 이별〉의 한 대목. 하지만 원시는 달이 아니라 해다.

"저게 마운트예요."

나는 북섬 사람들이 언덕을 마운트, 그러니까 산이라고 부르는 데 익숙해져 있었다.

"그리고 오션비치 로 끝 모퉁이를 돌면, 활화산이 있는 화이트 섬이 있죠."

나는 똘똘한 표정으로 화이트 섬이 내다보일 곳을 바라보았다.

우리는 흰색으로 칠해놓은 작은 해변 오두막에 도착했는데, 그것은 언뜻 하워스 사제관*을 연상시켰다. 오두막과 겨울 바다 사이에는 자갈길과 모래 언덕뿐이었다. 앞에는 모래밭이 넓게 펼쳐져 있었는데, 드문드문 심은 식물들은 잿빛 이파리에 키도 덜 컸으며, 바람 때문에 오두막 쪽으로 기울어져 있었다.

안으로 들어가자 폴라 링컨은 스프링이 꺼진 큰 침대가 가운데 놓여 있고 나무 바닥에 모래가 뿌려진 책이 가득한 방으로 나를 데리고 갔다. 그곳은 춥고 황량했다. 녹슨 창문은 바깥의 암흑과 함께 얼어붙은 것 같았다. 집까지 따라온 달이 물러나면서, 이따금 부서지는 파도 속에서 번쩍이는 빛을 빼고는 천지가 캄캄해졌기 때문이다.

"퇴조개를 많이 캤어요." 폴라 링컨이 말했다. "특별 식사를 위해서요."

재료는 다 준비되어 있었다. 프랭크 사지슨의 〈지붕에 올랐다 다시 내려와〉라는 작품에는 K 라고 이름 붙인 여자(폴라 링컨)와 함께 여기 마운트망가누이에서 한 식사가 자세히 묘사되

*샬럿 브론테와 에밀리 브론테 자매가 살던 집.

어 있다. 폴라 링컨은 식사를 준비하면서 프랭크의 문장을 단어 하나하나까지 그대로 인용했고, 쌀에 물을 부으면서 "이런, 질면 안 되는데" 하고 말했다. 프랭크가 쓴 문장들은 의심할 여지없이 그녀의 것들이었고, 그녀는 자신과 프랭크가 공유한 무대를 즐거워하며 자랑했다.

그녀는 포도주를 따르며 말했다. "키츠가 가장 좋아한 포도주예요. 지원금을 받으면 런던에 있는 키츠의 집에 한번 찾아가봐요."

나는 다른 사람들의 소망에 휩쓸려 간다는 느낌이 들었지만 그건 내 인생에서 그리 드문 일이 아니었다. 나는 그 추진력이 두려웠다. 나는 어디도 여행하고 싶은 마음이 없었다……. 하지만 내가 어디서 살 수 있겠는가? 이제 나는 에스먼드 로를 떠날 때가 되었지만, 내 집을 마련하고 필요한 걸 살 돈이 없었다. 만약 내가 문학재단에 그런 지원금을 요청한다면 거절당할 게 분명했다. 마법을 발휘해줄 신청 사유는 '해외에서 견문을 넓히고 싶다'는 것이었다.

"해외여행에 대한 계획이 많을 것 같아요."

"아, 네……." 나는 워즈워스의 소네트에 추동된 내 단순한 소망이 부끄러웠다.

고귀한 성인에게 헛된 희생을 지우지 말고,
이 빼어난 지성의 거대하고 영광된 작업을
설계한 건축가에게 (소수의 흰옷 입은
학자들만을 위한 수고이기는 했지만)
엉뚱한 목표를 지우지 말라!*

나는 케임브리지 대학의 킹스 칼리지 예배당을 보길 꿈꾸었다. 나는 학생 집시의 시골을 떠돌아다니고 싶었고, 하디 소설 속의 시골도 다니고 싶었다. 셰익스피어의 시골에서 "야생 백리향이 자라는 강둑"**도 보고, 라일락이 핀 큐 가든스 식물원***도 거닐고 싶었다! 모든 것이 《우리를 이야기하다》의 새로운 시대에는 촌스러운 꿈이었다. 나는 또 에우가네이 언덕도 거닐고 싶었다.

> 불행의 깊고 넓은 바다에
> 초록 섬들이 많음에 틀림없다,
> 그렇지 않다면 지치고 여윈 수부가
> 이렇게 밤낮없이 항해를
> 할 수 없었을 테니…….****

그리고,

> 수정 물결 감도는 소용돌이에
> 나른하게 잠든 푸른 지중해……*****

도 보고 싶었다. 시골과 대학에 대한 이런 낭만적 이미지의 반

---

*워즈워스의 〈케임브리지 대학 킹스 칼리지 예배당에 대한 소네트〉의 일부.
**셰익스피어의 희극 《한여름 밤의 꿈》의 한 대목.
***버지니아 울프의 단편 소설 〈큐 가든스〉의 배경.
****퍼시 비시 셸리의 시 〈에우가네이 언덕에서 쓴 시〉의 도입부.
*****퍼시 비시 셸리의 시 〈서풍에 바치는 노래〉의 일부.

대편에서는 '어둡고 포악한 공장들'과 누추한 도시의 이미지가 균형을 잡아주었다. 뉴질랜드에 사는 우리는 런던, 파리, 글래스고 같은 도시의 누추함을 상상도 할 수 없다는 말을 수없이 들었기 때문이다. 예를 들어 내가 런던에 간 모습을 상상해보면, 어둠과 빈곤, 그리고 회색 고층 건물 앞에 선 눈빛이 거친 중세적 이미지의 인물들이 떠올랐다.

"어디를 갈지 별로 생각을 많이 못 했어요." 내가 말했다.

그날 밤 우리는 뒷문 밖 화장실 옆의 구아바나무에서 따온 거칠고 딸기 맛이 나는 열매를 후식으로 먹었는데, 폴라 링컨은 구아바가 처음인 내가 새로운 과일을 먹는―맛보는―것을 불안하게 지켜보았고, 내가 맛있다고 하자 자신이 칭찬받기라도 한 듯 기뻐했다. 그녀는 자기 집과 세간에 대한 평에도 예민했고, 나는 그녀에게 바다 앞에 있는 이 집이 좋다고 말했다. 마치 바다 한복판에 있는 것 같다고, 그리고 책이 빼곡히 꽂힌 방은 환상적이라고.

"저는 책을 읽고 또 읽겠어요."

하지만 나는 폴라 링컨이 조금 불안했다. 나와 만난 직후 자신은 언제나 '속마음을 솔직하게 말한다'고 선언했기 때문이다. 나는 솔직함이 훌륭한 특징이라는 걸 알지만, 솔직한 표현에 자주 동반되는 예리함과 공격성이 두렵다.

"나는 내 생각을 있는 그대로 말해요." 폴라 링컨이 다시 말했다. 그녀의 영국식 억양은 진정 효과가 있었다. 나는 불만이나 비난의 표적이 되지 않도록 조심하기로 마음먹었다. 사람들은 대개 그런 분위기의 대화를 할 때만 자신이 '정말 솔직하다'고 선언하기 때문이다.

“래드클리프 홀의 《고독의 우물》을 읽었나요?” 내 방으로 가려고 하는데 그녀가 물었다. 나는 그 책을 읽지 않았고, 제목도 처음 들었다. 그녀는 책장에 있으니 읽고 싶으면 읽으라고, 레즈비언에 대한 선구적인 초기 작품이라고, 그것이 출간되었을 때 사회적으로 큰 물의가 일어났었다고 말했다.

“아시다시피 저는 레즈비언이에요.” 그녀가 말했다.

“네, 프랭크한테 들었어요.” 나는 이해하지 못했지만 가볍게 말했다.

그날 저녁에 나는 그 책을 읽었고, 여자들끼리 육체적 사랑을 나누는 모습을 상상하자 혼란스러운 혐오감과 의구심이 들었다. 누구하고도 육체적 사랑을 나눈 적이 없는 내가 말이다! 다음 날 폴라 링컨이 예전에 다닌 기숙학교의 한 여학생을 일생을 걸고 사랑했다고 말했을 때, 나는 그 말을 믿고 그녀에게 연민을 느꼈다. 그녀는 그 친구 릴리가 자기 앞에 있고, 아직도 열정이 살아 있는 것처럼 이야기했다. 그녀의 눈에 곧 눈물이 차올랐다.

“릴리는 정말 아름다웠어요.”

릴리는 그녀의 일생의 사랑이자 유일한 사랑이었다. 그 뒤로 ‘통한’ 친구들은 있었지만, 남자건 여자건 릴리 같은 사랑은 없었다고 했다.

나는 폴이 마음에 들었고, 그녀 또한 오해받는 세상의 부적응자 가운데 한 명이라고 생각했다. 나는 남녀 동성애 모두에 거부감을 느꼈지만, 사람들 사이의 신성한 차이점을 받아들이는 법을 천천히 깨달았다. 물론 그 당시에는 생물학적이고 호르몬과 관련된 사실은 전혀 몰랐다. 그때 나는 그런 성적 차이는 이성을 사랑하는 사람들에게 위협과 상처가 된다고만 생각했다.

나는 폴이 과거의 경험, 일어난 일과 일어나지 않은 일에 대해 한탄하며 괴로워하는 것을 이해했고, 사회적 외톨이가 모두 그렇듯이 그녀도 날마다 감성에 퍼부어지는 공격에서 살아남기 위해 두 배의 노력을 쏟아부어야 할 것을 알았다. 나는 그녀가 우리 어머니 또래라는—두세 살 어렸지만—데 생각이 미쳤다. 그러나 우리는 여기서 인간 대 인간으로 이야기를 했다. 그곳에 머무는 동안 성적 고백보다 그 사실이 더 크게 느껴졌고, 우리의 대화가 프랭크, 프랭크의 젊은 시절과 친구들, 마운트 망가누이, 영국 여자가 보는 뉴질랜드 같은 새로운 주제를 찾을 때마다, 나는 속으로 어머니라면 뭐라고 했을까? 어머니와 내가 단순히 인간 대 인간으로 이야기를 한 적이 있기는 했나, 하는 의문이 들었다. 어머니는 모든 생각이 가족으로 가득해서 우리에게 한 명의 인간으로 이야기를 하려 했다 해도 '네 아버지', '아이들', '소', '셀프 헬프 주문', '칼더 매케이스의 이불 값'의 조각이 그 생각 속으로 끼어들었을 것이다. 나는 폴라 링컨과 어머니가 역사적 순간들과 그에 대한 생각을 공유했으리라는 것조차 믿을 수 없었다. 어머니가 책 한 권 읽을 시간이 어디 있었던가?

폴은 내게 여기서 지내는 동안 하고 싶은 대로 하라고 말했다. 내가 탈 수 있는 자전거가 있고 모래밭은 자전거 타기에 좋다고 했다. 혹시 자기 친구들을 만나고픈 생각이 있느냐고 물었다. 마이클 호지킨스(프랜시스 호지킨스*의 조카)가 항구 건너 작은 집에 살고, 산책을 하고 조개를 캐기 위해 해변에 자주 나온다고 했다. 길버트 부부도 있었다. 길버트 씨는 유명한 패류학자고, 그 아내 세라는 흥미로운 사람들을 감정한다고 했다. 그들은 똑똑한 가문, '아주 오래된 가문 중 하나'라고 했고, 런던에 있는 그들의 딸은 몇몇 시인을 안다고 했다.

나는 깊은 인상을 받았다.

"문제가 있다면." 폴은 약간 불만스러운 목소리로 말했다. "내가 여기로 흥미로운 친구들을 데려오면 세라 길버트가 자주 그들을 가로채서 나중에는 그 사람들이 내 친구라기보다 세라의 친구에 더 가까워진다는 점이에요." 인생의 그 단계에서 나는 친구들 사이의 소유권 주장과 구속이 때로 얼마나 큰 힘을 발휘하는지 잘 상상하지 못했다. 사람들이 자기 장소, 궁전을 확신하고 안심하기 위해 사용하는 그 모든 절박한 술수를 나는 어떻게 그렇게 빨리 잊었던 걸까? '평범한' 일상을 사는 사람들은 비정상이라 분류된 사람들보다 눈에 덜 띄긴 하지만 절박함은 덜하지 않았다. 그리고 두 경우 모두 환경이 절박함을 키우기도 한다!

여기 황량한 모래땅인 마운트망가누이, 겨울에는 방문객이 거의 없고 식물들도 천으로 감싸주어야 생명을 유지하는 곳, 모래가 흩뿌려진 쓸쓸한 도로들, 몇 채 되지 않는 집. 그 집에 사는 사람들은 모든 섬과 반도의 주민이 본토의 소식을 기다리듯 삼면이 바다에 둘러싸인 그들 세계와 그들 자신의 연속성을 상기시켜줄 흥미로운 손님을 기다렸다. 나는 이제 한 가족의 친구가 다른 가족에게 유혹받는 것이 두려운 일이 될 수 있다

<hr>

*뉴질랜드의 유명한 풍경화가.

는 것과 친구를 잃는 상실감이 매우 쓰라릴 것을 이해할 수 있었다.

　다행히 마운트망가누이의 그 공인받은 괴짜는 그 자신의 독특함과 유명 화가의 조카라는 사실 덕분에 모두에게 소중한 존재로 공유되었다. 그는 어느 날 방갈로에 왔다가 함께 해변 산책을 나가자며 밖에서 우리를 기다렸다. 나이는 사십대 중반쯤 되어 보였다. 큰 키에 피부는 검고 체형은 앙상한 데다 청결 상태가 좋지 않았고 강렬한 파란 눈은 항상 다른 곳을 보았다. 우리는 해변을 산책하며 조개를 주운 뒤 차를 마시러 방갈로로 돌아왔는데, 그는 거실에 들어오기는 했지만, 사방이 벽으로 둘러싸였다는 데 불안해하다가 얼른 파도가 보이는 밖으로 나갔고, 해변에 나가자 다시 여유를 되찾았다. 그의 정신의 일부는 우리 곁에 있었지만 다른 일부는 바다와 하늘에 있었다. 그는 유명 화가인 숙모의 유물 같았다. 어떤 화가들이 화폭에 그려 넣은 수수께끼의 인물 혹은 궁금증을 안겨주는 정체불명의 색이나 빛과 같은.

　나는 폴라 링컨의 친구인 길버트 부부도 만났다. 길버트 씨는 방 한구석의 난롯가에 앉아서 자신이 양털로 직접 만든 실로 셔츠를 떴다. 아내 세라는 스콘과 케이크를 손잡이 달린 멋진 이층 접시에 담아냈고, 길버트 씨는 말수가 적었지만 얘기를 하는 동안 이따금 폴라 링컨과 흥미로운 눈길을 주고받았는데("우리는 서로를 이해해요"라고 폴라 링컨이 나중에 말했다), 내가 '견문을 넓히기' 위해 해외여행 지원금을 신청했다는 것을 알고 있던 길버트 부인은 런던에 있는 딸이 몇몇 유명한 시인과 알고 지내며 그중 한 명하고는 꽤 친하다고 말했다. 부인은 그 시인의 이름을 말했다. 그분 작품을 읽었나요? 네, 펭귄 시선집에 실린 시 한 편을 읽었어요.

나는 경외감과 실패감, 그리고 강렬한 질투를 느끼며 자기 딸이 런던 문단의 어엿한 일원이라는 부인의 설명을 들었다.

(그리고 건물들과 런던 자체를 생각할 때 드는 공황감을 다스리려고 남몰래 노력했다!)

여전히 딸과 시인 이야기를 하면서 그녀는 확고하고 편안하게 말했다. "두 사람은 아주 가까워요."

세라 길버트는 강인한 여자였다. 나는 그녀가 폴라 링컨의 몇몇 친구를 어떻게 '꾀어 갔는지' 알 수 있었다. 폴라 링컨조차 그 유혹에 반응했다.

"길버트 부인은 '아주 오래된' 가문의 일원이에요." 그녀가 내게 상기시켰다. "부인하고 남편 둘 다요. 유명한 길버트 집안이죠."

폴라 링컨(나는 그녀를 "폴"이라고 부를 수가 없었다)의 집에서 보낸 시간이 기억에 더 또렷이 남게 된 것은 거기서 읽은 책들 때문이었는데—《이상한 나라의 앨리스》, 《거울 나라의 앨리스》, 《마루 밑 바로우어즈》, 비어트릭스 포터의 책들—다 처음 읽는 책들이었다. 그리고 존 던 박사의 《설교 전집》도. 밤에 침대에 누워 책을 읽으면 오두막 바깥에는 파도가 부서지고 바람이 우리와 해변 사이의 모래 언덕들 틈을 달려서 오션비치로의 정원들에, 지붕의 배수관에, 벽의 틈새에, 굴뚝에 모래를 남기고, 곧 다시 침입할 것을 약속하고 상기시키듯이 문 바로 안쪽에도 모래를 살짝 던졌다.

그리고 폴라 링컨은 날마다 옛 여학교에서 도망친 사람 같은 흰 블라우스와 회색 플란넬 바지 차림으로 비바람에 난타당한 산울타리 앞에 무릎을 꿇고 앉아서 삼베 조각으로 식물들을 마누카 말뚝에 묶었다. 삼베 조각은 이곳 바닷가의 식물들에게는 적절한 옷 같았다. 폴라 링컨은 프랭크 사지슨과 마찬가지로 '장식과 겉치레'를 싫어했고, 식물들도 그런 취향에 맞는 옷을 입었다. 옷을 열망하면서도 갖지 못했지만, 어느 날 갈색 개암에서 비단 천이 쏟아져 나오는 절정의 마법이라도 있어서 멋진 옷이 생길지 모른다고 공상하던 나는 옷에 대한 평생의 매혹을 포기하지 못해서 프랭크나 폴라 링컨이 '여자들의 겉치레'를 공격하면 약간 부끄러움을 느꼈다. 그들의 이야기를 들으면 우리 아버지가 하던 말 "옷이 왜 필요해? 멀쩡한 교복이 있는데"가 떠올랐다.

옷차림은 수수했지만 마운트망가누이, 하워스 사제관 산울타리의 식물들은 그 위에 바다에서 빌려온 반짝이는 소금 띠와 무지갯빛을 둘렀다.

오클랜드로 돌아가기 며칠 전에 프랭크에게서 전보가 왔다.

"개인적으로 소식 입수. 300파운드 지원 결정. 축하."

그리하여 뉴질랜드를 떠나는 여행은 현실이 되었다. 나는 돈의 가치에 대한 감각이 너무 없어서 내게는 엄청나 보이는 300파운드가 많은 건지 적은 건지, 그걸로 여비와 비용을 얼마만큼 충당할 수 있을지, 얼마나 오랫동안 충당할 수 있을지 가늠이 되지 않았다.

폴라 링컨은 그 소식에 나만큼이나 기뻐했다. 떠나기 전날 저녁에 우리는 여기 온 첫날 밤처럼 퇴조개와 밥("이런, 질면 안 되는데!"), 키츠의 적포도주로 축하를 했다. 그리고 내가 작은 짐 가방을 쌀 때 폴라 링컨이 말끔하게 갠 회색 플란넬 바지를 넣어주었다.

"재닛한테 맞을 거예요." 그녀가 말했다. "여행에 가져가요."

나는 입어보았다. 잘 맞았다. 나는 바지를 싫어한다는, 다리 부분이 헐렁해서 보기 안 좋다는, 회색 플란넬은 중학교 교복 생각이 난다는 말을 할 수 없었다.

다음 날 나는 다시 덤불숲에 둘러싸인 철로를 뚫고 오클랜드와 축축한 겨울 세계와 상공의 빛으로 돌아왔다. 이제 '미래'가 어느 정도 눈앞에 드러나자 내 인생에는 새로운 흥분이 일었고, 프랭크와 나는 지원금 정식 발표와 300파운드 수표를 기다렸다.

여행자에게 주는 조언

나는 지원금 교부를 공식으로 통보받았지만, 자문위원회는 수표를 보내기 전에 오클랜드에 사는 전직 학교장 루든 위원과 면담할 것을 요청했다. 이것을 시작으로 해서 이미 오랜 입원 경력이 알려진 내가 의료 진단서가 암시하는 대로 불치의 질병을 앓고 있는 것인지, 아니면 (나중에 런던에서 밝혀졌듯이) 처음 입원했을 때 큰 실수가 벌어지고 그 뒤로 오해가 지속된 것인지 자신들이 직접 알아내고자 하는 수많은 시도가 이루어졌다. 당시 문단 전반은 나에 대해 《뉴질랜드 백과사전》에 실린 대로 "비극적이고 혼란스러운 힘"을 지녔고 "불안정한 성격"

이라는 견해를 보였다. 내가 모르는 사람들이 여러 차례 반복하여 표명한 견해이다.

내가 면담이 필요하다는 것을 알게 됐을 때, 프랭크는 언제나처럼 나를 격려해주었다.

"아무것도 아닐 거야. 그냥 여학생처럼 행동해. 그 전직 교장 앞에서 싹싹하고 예의 바르게 행동하면 돼."

그는 내게 루든 위원은 친절하고 분별 있고 지적인 여자로, 내 '과거'에 대한 개인적 견해와 상관없이 내게는 뉴질랜드를 떠나는 것이 최선이라는 걸 알 거라며 안심시켰다.

며칠 뒤 나는 루든 위원과 면담을 하러 버스를 타고 리무에라로 갔고, 거기서 차를 마시고 게다가 멋진 이층 접시에 담긴 스콘과 케이크를 먹으면서 '정상'이라는 인상을 주려고, 즐겁고 건강한 여자로 보이려고 노력했다. 루든 위원의 집은 은퇴한 여교사의 집이 대부분 그렇듯이 방마다 극장 카펫 같은 장미 무늬 암적색 카펫이 깔려 있고 가구와 책이 가득 들어차 있었다. 그녀 자신도 '교양'이 가득한 분위기를 풍겼다. 나는 해외여행에 담대한 모습을 보이려고 애를 썼는데, 그러자 루든 위원은 내 학창 시절에 대해 물었고, 나는 수세기 전의 일―스포츠, 학생장, 4학년―에 대한 답으로 오래전의 활동들, 그러니까 B 농구부 주장, 체육 훈련 방패, 하우스 학생장, '둑스' 등등을 이야기하며, 그녀가 선택한 '지난날 게임'을 했다.

진땀은 났지만 상쾌한 오후였다. 그리고 프랭크가 농부의 손길 속에 끝없이 자라나고 열매 맺는 문단의 덩굴밭 깊숙이 들어가―프랭크는 그 밭의 오클랜드 담당지기 같았다―루든 위원이 나를 '정상적이고 밝고 건강한 아가씨'라고 판단했다는 소식을 가지고 왔을 때 나는 면접이 성공적이었음을 알았다.

수표가 왔다. 나는 믿을 수 없다는 눈길로 그것을 보았다. 그리고 프랭크에게 보여주었다.

"이걸 어떻게 해야 하죠?" 내가 물었다. 나는 은행 계좌를 가진 적이 없었다. 다른 많은 기능들처럼 은행 계좌를 갖는 일도 '다른 사람들'의 일로 여겨졌다. 우리 가족 중에 은행 계좌가 있던 사람은 머틀뿐이었다. 우체국 통장이었는데, 한 주에 3실링 6펜스를 넣고 다음 주에 2실링 6펜스를 빼서 계좌가 '닫히지 않는' 데 필요하다는 마법의 1실링을 남겨두었다. 머틀이 죽고 나자 그 1실링과 몇 펜스가 돌아왔는데, 통장에는 "출금 해지"라는 도장이 찍혀 있었다.

그날 오후, 프랭크는 평소처럼 휴식을 취하지 않고 나와 함께 뉴사우스웨일스 은행으로 가서 관리자에게 나를 소개했다. 그러고는 내가 훌륭한 작가이며 고객으로 적극 추천한다고 말했다.

그다음 행동은 78파운드를 내고 7월 말에 웰링턴에서 영국 사우샘프턴으로 가는 루아히네 호 6인 선실의 한 칸을 예약하는 것이었다. 그런 뒤 여권을 신청하고 1차 수두 접종을 받았다. 여행 준비가 시작되었다!

사방에서 조언이 쏟아져 들어왔다. 가장 먼저 그리고 가장 소중한 조언을 한 것은 제스 휘트워스였다. 그녀는 연금을 모아서 두 차례 유럽 여행을 다녀왔고, 런던에 내가 머물 만한 곳도 알고 있었다. 나는 노스코트로 가서 제스와 남편 어니스트를 만났고, 오후 내내 마음을 안심시키는 그녀의 여행 이야기를 들었다. 그녀는 일흔 살 때 첫 여행을 떠났고, 여행에 관심이 없는 어니스트는 집에 남아서 자신이 만든 스테레오 전축으로 슈베르트와 모차르트를 들었다. 제스를 아는 사람이라면 누구나 그녀를 남다른 여성이라고 말할 것이다. 그녀는 첫 남편 올리버 더프와의 사이에서 재능 있는 자녀들을 두었다. 센트럴 오타고에서 술집 딸로 자란 유년 시절과 더니든에서 보낸 소녀 시절에 대해서는 《오타고의 막간》이라는 책에 생생하게 기록했지만, 그 책은 이미 절판되어서 별로 알려지지 않았다. 제스는 음악 교사였고 음악에 대한 사랑을 두 번째 남편과 공유했다. 그녀는 열정적이고 지혜롭고 교양 있고 모험적인 데다 따뜻했으며 연하의 남편 어니스트는 영원히 그녀에게 헌신했다.

어머니가 세상을 떠난 뒤로 6개월 사이에 내가 어머니 세대의 두 여자와 친구가 되었다는 건 신기한 일이었다. 그들은 아마도 예술을 사랑하고 상상력이 풍부한 어린 시절을 보냈다는 공통점이 있겠지만, 그들 사이에는 여러 차이가 있었고 생존을 위한 오랜 투쟁 속에 각자에게 남겨진 것도 달랐다. 제스도 돈은 별로 없고 형제는 많은 집에서 자랐다. 폴라 또는 폴 링컨은 가족에게서 떨어져 나왔다. 어머니는 결혼을 반대한 친정 식구들과 멀어졌다. 제스와 그녀의 여행 이야기를 들으면 나는 어머니가 결코 하지 못했던 말들의 인생을 생각하지 않을 수 없었다. 나는 그것들이 한두 줄로(말들이 그러듯이) 어머니의 혀 끝까지 행진했다가 뒤로 돌아서는 것을 보았다. 그 이유는 때가 안 맞거나 받아줄 사람이 없었기 때문이다. 급하게 써서 잡지사에 보낸 시와 편지, 하느님에게 바치는 기도도 어머니의 생각의 대기실에 북적이는 분노의 수인(囚人)들을 다 풀어줄 수 없었다. 어머니가 '어머니 자신'을 이야기할 수 있었다면!

제스는 해줄 조언이 많았다. 요리용 금속 그릇 두어 개와 고체 알코올 램프가 달린 금속 냄비를 사야 호텔에 머물 때 직접 차를 끓이고 달걀을 삶는 등의 방법으로 돈을 절약할 수 있다고 했다. 클래펌 커먼에 어떤 하숙집이 있는데, 그 집 뒤쪽의 화초실 가운데는 주당 17실링에 묵을 수 있는 빈방이 항상 있다고 했다. 런던에 가면 처음 며칠은 유스턴 광장에 있는 '소사이어티 오브 프렌즈' 호스텔에 묵고, 지금 당장 거기에 편지를 보내 방을 예약하라고 했다. 자신은 유럽이 여름일 때에만 여행을 다녀서 요리 도구, 옷 두 벌, 잠옷 겸용 속치마, 속옷 두세 벌, 그러니까 최소한의 짐만 가지고 다녔기에 겨울옷에 대해서는 조언해줄 게 없다고 했다. 그리고 전대를 차라고 일러주었다.

"전대요?"

"안에 돈을 넣고 허리에 두르는 거예요. 아니면 작은 주머니를 만들어서 목에 두르고 안섶에 넣어요."

"아."

제스는 늘 잘츠부르크를 방문해서 '모차르트 생가에서 모퉁이만 돌면 나오는' 펜션에 머물렀다고 했다. 그날 내가 그 집을 떠나기 전에 그녀는 오래된 금갈색 피아노에 앉아 모차르트의 초기 작품 두 편을 연주했다.

그녀는 웃었다. "초기 작품이죠! 모차르트가 여섯 살 때 작곡한 거니까!"

그런 뒤에는 스페인에서 돌아온 프랭크의 친구들도 조언을 해주었다.

"여행을 오래 하려면." 그들이 말했다. "이비사로 가요."

"이비사요?"

"철자는 '자(za)'지만 발음은 '사(sa)'로 해요."

"아."

"이비사 섬에서는 3, 4파운드로 한 달을 살 수 있어." 프랭크가 말하고, 그레빌은 지금 토사에 있으며 바르셀로나에도 아파트가 있으니, 자신이 편지를 보내 바르셀로나에서 나를 마중하고 이비사행 배편을 알아봐주게 하겠다고 했다.

"제가 돈이 많지 않으니까 이비사에서 지내는 게 좋겠네요."

"여기 지도를 봐. 섬은 마요르카와 미노르카 바로 아래쪽에 있어. 마요르카에는 로버트 그레이브스가 살지."

"로버트 그레이브스요!"

우리는 그의 산문과 시를 읽었다. 프랭크의 친구들은 자기 친구들이 마요르카에 가서 로버트 그레이브스를 만난 이야기를 했다! 프레야 스타크도 만났다고 했다.

"프레야 스타크요?"

"여행 작가요."

"아."

모두에게 여행의 이야기가 있었다! 모두가 무엇을 할지, 어디로 갈지, 무엇을 기대해야 할지 말했고, 나는 자부심과 뿌듯함과 두려움 속에 이야기를 들었다. 어느 날 저녁, 우나 플래츠가 와서 수에즈 운하를 통해 런던으로 간 요절복통 항해 이야기를 했다. 수에즈 운하. 백인 노예 무역! 우나는 자기가 입은 주름치마가 '테릴렌' 섬유라고 했다.

"새로운 섬유예요." 그녀가 말했다. "다릴 필요가 없어요. 주름은 '영구적'이에요."

(아, 영구적 주름치마가 있었으면!)

여행에 가져갈 옷 문제가 마음속에서 커졌다. 내가 북반구에 대해 가진 이미지는 날씨를 포함해서 (앵글로색슨족 '방랑자'와 '항해자'에게서 주워들은 바에 따르면) 모든 것이 극단적이고 강렬하고 무시무시했고, 어쨌건 나는 옷이 그런 북부의 위험을 막아주는 일차적 보호 수단이 될 거라고 생각했다.

"많이는 필요 없어." 프랭크가 말했다. (그가 조언하는 방식은 우리 아버지하고 완전히 똑같았다.) "폴의 바지하고 블라우스 하나면 돼. 거기다 재닛이 직접 뜬 카디건 한 벌." 최근 몇 주 동안 나는 출산을 기다리는 여자처럼 여행을 기다리며 뜨개질을 해서 프랭크에게 줄 큼직한 회색 스웨터 한 벌과 내가 입을 모자 달린 넉넉한 황갈색 카디건 한 벌을 떴다. 황갈색을 선택한 건 '진짜' 색을 고를 만큼 용감하지 않았기 때문이다. 최근에 내가 살펴본 해운 회사의 브로슈어들에는 반짝이는 이브닝드레스와 세련된 휴양복 차림의 여자들을 담은 멋진 사진들이 있었는데, 그 가운데 나팔 재킷을 입은 잘생긴 남자가 등이 깊게 파인 우아한 만찬용 드레스를 입은 여자의 지퍼를 만져주고 있는 사진 한 장이 특히 눈에 띄었다. 둘은 웃고 있었고, 여자는 고개를 살짝 돌려 등 뒤의 남자에게 낭만적인 눈길을 보냈다. 선상 생활은 성적 열기의 소용돌이처럼 묘사되어 있었다. 눈과 손이 끊임없이 마주치고 신체 접촉의 가능성이 넘치고, 승객들은 전부 최신 유행 스타일로 차려입은 선남선녀들이고, 낮 동안은 계속 게임하고 산책하고, 식사 시간에는 칠면조 구이, 바닷가재, 크림 과자, 샴페인을 먹고, 달빛 아래서는 춤을 추어서 밤에 무슨 일을 할 힘이 남아 있을지 의문이 들 지경이었다. 내가 그런 승객 중 한 명이 될 수 있다는 생각은 들지

않았다. 등이 파인 이브닝드레스를 입고 누군가 웃으며 지퍼를
만져준다고 해도.

그런 환상은 태어나는 즉시 사라졌다. 나는 스파르타인같이
검약하게 살아야 했다. 옷은 중요하지 않았다.

어쨌거나 300파운드가 빠른 속도로 줄어드는 것을 보면서
나는 비교적 새 옷들로 짐 가방을 꾸렸고, 흰 장갑과 모자 차림
의 오전 쇼핑객들과 함께 여객선을 타고 오클랜드 시내로 나가
서—그 시절에는 시내에 나가려면 모두 옷을 제대로 차려입었
다—중고 상점에 옷을 팔려고 했지만, "거의 새거예요"라는 내
말은 언제나 "거의 값어치가 없는데요"라는 반응을 받았다. 나
는 아무도 다른 이를 신경 쓰지 않고 굳은 표정을 한—돈에 움
직이는—도시 사람들의 '현실' 세계와 맞닥뜨리는 일이 점점
더 고통스럽고 두려웠다. 그리고 그러건 말건 상관없다고 나를
위로할 수도 없었다. 상관이 있었기 때문이다. 나는 돈을 더 마
련해야 했다. 내가 프랭크에게 라디오 전축과 음반을 주려고 했
더니 그는 그걸 팔라고 했다. 또 한 명의 굳은 얼굴의 점원이 내
게 10파운드를 주었고, 나는 음반은 준에게 주었다. 그런 뒤 기
적적으로 '익명의 독지가'—찰스 브래시가 분명한—가 '재닛이
여행에 필요한 옷을 사는 데 보태라고' 프랭크에게 50파운드를
보냈다. 그러자 이제 스파르타인이 된 나는 놀랍게도 50파운드
를 '옷 따위'에 쓸 수 없다고 주장했다. 동시에 다시 마드무아
젤모즈 황록색 코트를 팔겠다는 희망으로 여객선을 타고 오클
랜드로 나갔다. 나는 10파운드를 모으던 엄청난 노력과 그 코
트를 살 때의 기쁨을 떠올리며 그것이 상당한 값을 받을 거라
고 생각했다.

"2실링 이상은 안 되겠어요." 점원이 말했다.

나는 땀 냄새와 방충제 냄새로 가득한 초라한 상점의 반들거리고 헐렁한 중고 의류 더미에 그것을 던져버리느니 차라리 그냥 갖고 있는 게 낫겠다고 생각했다.

그런 뒤 나만의 여행 계획을 세우고 싶은 마음에 《포더의 유럽 여행 안내서》를 사서 프랭크에게 보여주지 않고 오두막으로 가져왔다. 프랭크가 여행서 구입을 낭비 행위로 볼지도 몰랐기 때문이다. 여행 안내서를 읽으며 나는 더 어지럽고 혼란스럽고 흥분되고 두려웠다. 해외여행이라는 게 정말 이런 건가? 여행 안내서는 그 수많은 정보가 다 중요하다고 말했는데, 그중 많은 부분이 무엇을 살지, 어디서 살지, 가죽, 실크, 모직 제품, 모피, 도자기, 장신구를 어떻게 하면 잘 살 수 있는지 그 방법을 설명하고, 그것을 취급하는 상점과 도시와 나라의 이름을 일러주는 데 할애되어 있었다. 여행자는 모두 값비싼 물건을 싼값에 사려는 상인이라고 생각하는 것 같았다. 여행 안내서에는 가볼 곳, 박물관, 미술관, 성당의 목록도 있었고, 추천 코스도 있었으며, 준비해 갈 옷들도 설명되어 있었다. 그리고 마지막에는 '여행에 필요한 각국어'(여행 때 써먹으려고 얼른 찢어서 종이 서류철에 붙인)가 있었다.

나는 옷에 대한 조언을 살폈다. 겨울에 유럽 여행을 하는 사람은 실내복으로 겸할 수 있는 착탈식 내피가 달린 두꺼운 코트를 입어야 한다고 책들은 강조했다.

나는 곧장 청회색 줄무늬 싸구려 모직 천 네 마를 끊어다가 코트 내피를 만들려고 했지만 실패했다. 결과물은 쭈글쭈글 주름이 져서 아래로 '착 떨어지지' 않았으며, 일부는 코트 아래로 비어져 나왔다. 나는 이미 서플러스 상점에서 녹색 캔버스 군용 배낭, 손잡이가 접히는 군용 냄비를 사고, 돈주머니용으로 아이들의 구슬 주머니같이 생긴 작은 녹색 캔버스 주머니 세 개를 샀다. 프랭크는 군용 배낭이 여행 가방보다 좋다고 했다. 그의 친구들은 뱃길로 여행할 때는 꼭 선실용 트렁크를 가져가라고 했다. 나는 선실용 트렁크가 없어서 정말 불우하다는 생각이 들었다.

노스코트의 준에게도 찾아갈 때마다 많은 조언을 받았다. 준의 영국인 친구는 내가 클래펌 커먼에 묵을 거라고 하자 기겁한 얼굴로 나를 보았다.

"클래펌이라고요? 말도 안 돼! 저라면 절대 거기를 추천하지 않아요. 거긴 너무 도회지예요"라고 하면서 '도회지'라는 말에 힘을 주었다. 나는 내가 도회지라는 말의 뜻을 잘 모르는 건가, 거기에 '도시 지역'이라는 것 말고 다른 뜻이 더 있나 의아했다.

"'도회지'라는 게 무슨 뜻이죠?"

"도회지요. 공장 같은 거요."

그 순간 내가 런던에서 지낼 곳의 이미지가 떠올랐다. 거리에는 사람이 없고, 공장이 줄줄이 늘어서고, 건물들은 비행장처럼 거대하고, 그런 건물 모두가 작은 회색 문으로 거리와 연결된 모습. 내 '화초실'은 두 공장 사이에 있을 테고, 좁은 골목에 난 또 하나의 작은 문을 열면 네모진 콘크리트가 나올 것이다. 거기에 화초는 없고 그 이름은 그저 소망을 표현한 것일 뿐이다. 나는 관리인도 없이 기계들만 밤낮없이 소음을 뿜으며 돌아가는 공장들의 거리에서 홀로 지낼 것이다. 나는 제스 휘트워스에게 들은 대도시에 '대응하는 법', 그러니까 그녀가 처음에 숙소를 구한 이야기, 그런 뒤 짐을 두고 나가서 여러 이름과 도로와 앞으로 물건을 살 상점들을 기억해서 '기본 방향을 파악하고', 그런 예비 탐색 후에 집으로 돌아와 더 멀리 모험을 떠날 '동력'을 모은 이야기를(제스의 비유에는 항해 용어가 많다) 생각했다. 내가 사람도 상점도 보이지 않는 길을 수 킬로미터 걷고 그 좁은 골목을 되짚어 나의 '화초실'로 돌아오는 모습이 떠올랐다. 여행을 떠나기 전 몇 주 동안, 북반구의 무시무시한 이미지가 마음속에 어찌나 가득했던지 지금 뒤돌아보면 정신이 이상해졌던 건 아닐까 싶지만, 그 이유 중 하나는 내가 다시 한 번 주변 사람들에 의해 내 미래를 계획당하고 있었기 때문이었다.

나는 다시 병원에서 그랬던 것처럼 남들의 강제를 소심한 성품으로 순순히 받아들이는 수동적인 역할로 순종하며 살고 있었다. 그건 잘해야 수행자에 둘러싸인 여왕벌이고, 최악의 경우는 아무 힘도 권리도 없는 희생자다. 그리고 두 경우 모두 자신에 대한 소유권이 없다. 다른 모든 사람이 그 미래 계획에 지분을 갖고 있기 때문이다.

여권이 왔다. 나는 (옷값 50파운드를 기증한 익명의 독지가가 귀환 보증을 한) 배표가 있었고, 웰링턴까지 가는 야간 특급 열차의 침대칸을 예약했다.

그런 뒤 수두 예방 주사 때문에 크게 앓았다. 나는 이러다가 죽는 줄 알았다. 몽롱한 정신으로 오두막에 누워 지냈고, 프랭크는 우유 섞은 페렉스를 비롯해서 엄마를 잃은 아기나 새끼 고양이가 먹는 음식을 내게 숟갈로 떠먹여주었다. 그리고 예방 주사에서 회복되던 무렵, 1918년에 오클랜드에 창궐해서 이름 붙은 '1918년 독감'에 걸렸다. 회복은 더뎠고 이제 나는 어디건 가는 것이 두려웠다. 프랭크는 언제나처럼 친절하고 참을성 있게 아픈 아이를 달래듯 내 기분을 달래주고, 내가 재미있어하고 즐거워할 물건들—눈보라가 담긴 유리구, 물에 넣으면 피어나는 일본식 종이꽃 등을 가져다주었다. 그는 오두막 문 앞에 풍경도 달아주었는데, 풍경은 바람이 창문으로 들어와 마당의 파파야나무 쪽으로 지나갈 때마다 짤랑거리는 선율을 연주했다.

프랭크도 나도 한 세기가 끝나거나 수백만 년 동안 생존한 종족이 멸종하는 것 같은 우울감을 감출 수 없었다. 껍질이 벗겨진 동물처럼 아주 가벼운 접촉이나 시선에도 바르르 몸을 떠는 과장된 시간이 지나갔다. 우리는 비단실 더미를 잃은 누에 같았다.

우리의 친구 칼과 케이는 오클랜드를 떠났다. 우리는 그들이 그리웠고, 그들이 아미데일에서 보내는 편지를 간절히 기다렸다. 모리스 더건은 실의에 빠져 일을 하지 않았다. 프랭크는 어느 날, 나를 데리고 커스터드애플나무가 있는 모리스와 바버라의 집에 가서 바람이 잘 통하는 방에 앉아 빅토리아 데 로스 앙헬레스의 노래를 들었다. 작은 탁자에 《파리스 리뷰》 몇 권이 놓여 있었다. 《파리스 리뷰》. 나는 모리스와(프랭크는 그를 '고통 받는 낭만주의자'라고 말했다) 바버라를 보고 그들이 똑똑하고 문학적이며, 사범학교의 미술 강사가 그들의 미묘한 색채를 보았다면 기뻐했을 거라고 생각했다. 나는 여전히 모든 사물과 모든 사람에, 세상 자체에 입을 떡 벌리며 놀랄 수 있었다.

지엽적인 업무들도 있었다. 페가수스 출판사의 앨비언 라이트는 〈보물 이야기〉라는 제목이 별로라며 다른 것으로 바꾸라고 했다. 나는 〈바다 소리 안에서〉를 제안했지만 그것도 안 된다고 했다. 최근에 (어느 학교 교사가) 《종소리 안에서》라는 책을 출간했다고 했다. 〈올빼미가 울면〉은 어떤가요? 내가 물었다. 아니, 《올빼미는 운다》로 합시다, 그가 말했다.

저녁이면 나는 우리의 최신 화제를 들으며 앉아 있었다. "재닛은 이비사에 가서 돈이 떨어질 때까지 살 거야……." "재닛은 먼저 런던에 갔다가 남행 기차를 차고…… 파리에서 하룻밤을 보낸 뒤…… 바르셀로나로 가고…… 다음에 배를 타고 발레아레스 제도로 가고…… 재닛은…… 재닛은…… 재닛은……."

내 우울함의 밑바닥에서 모험심이 솟아올랐다. 프랭크의 우울은 이제 더욱 평화롭게 글을 쓸 수 있다는 안도감을 감추고 있었다. 어떻게 해서 내가 뉴질랜드를 떠나기로 결정되었는지도 기억나지 않았다. 내가 아는 것은 그저 이제 되돌릴 수 없다는 것, 설령 되돌아온다 해도 내게 두 번째 생존 기회는 없다는 것, 그리고 학창 시절부터 나의 개성일 뿐이던 다름과 글을 쓰겠다는 야심을 비정상의 증거로 여기던 나라를 떠나는 게 좋다는 것뿐이었다.

하지만 앞에 놓인 멀고도 낯선 길—배를 타고 광활한 태평양과 영국 해협을 건너, 파리에서 하룻밤을 보내고, 프랑스와 스페인을 지나서 지중해를 건너갈 생각을 하니 아찔했다! 그런 경로의 이유는? 그때 나는 언제나처럼 '셸리의 눈'으로 풍경을 바라볼 꿈에 부풀어 있었기 때문이다. 그리고 지중해를.

수정 물결 감도는 소용돌이에

나른하게 잠든 푸른 지중해……．

여행자

머나먼 여행길에 오르는 신화 속 인물처럼 나는 먼저 시험을
받아야 했다. 그것은 우리 가족이 감독한 정련 과정이었고, 출
항 날까지 나흘 동안 계속되었다. 나는 페토니에 있는 폴리 고
모와 비어 고모부의 집에서 지내려고 했다. 그리고 럭비 시즌
이면 북부로 올라오는 아버지 역시 웰링턴의 폴리 고모 집에
있을 예정이었다. 엘시와 조이 이모도 웰링턴에서 나를 보고
싶어 했다. 오클랜드에서 오랜 시간 기차 멀미에 시달리며 웰
링턴에 도착한 나는 가족 간의 자연스러운 마찰로 이루어지는
정련 과정이 두려웠다.

페토니의 집에서 폴리 고모는 내게 내가 잘 침대를 보여주
었다. 캔버스 천으로 만든 낮은 야전침대로, 거실 문 바로 안쪽
에 놓여 있었는데 뒷문 밑의 틈새로 들어오는 찬바람을 그대로
맞을 만큼 낮았다.

"네 아버지는 손님방에서 주무실 거야."

"네, 그래야죠."

고모는 내게 엄격한 눈길을 던졌다. "나는 네가 왜 아버지
곁을 떠나서 먼 외국으로 나가는지 모르겠다. 어머니가 돌아가
신 지 얼마 안 됐는데, 집에서 아버지를 돌보며 지내야 하지 않

겠니?"

나는 대답하지 않았다. 우리는 다음 날 아침에 선착장에서 아빠를 만나기로 되어 있었다.

폴리 고모는 내 옷으로 관심을 돌렸다. (바느질 솜씨가 좋은 폴리 고모는 지금도 '어려운' 바느질감—남성용 코트, 바지, 정장, 그리고 소매와 몸통이 화려한 여자 원피스—이 흩어져 있는 작은 작업장을 갖고 있었다.)

"세상에 어떻게 그렇게 흉측한 카디건을 입고 있니? 너무 크고 색깔도 이상하잖아, 그걸 무슨 색깔이라고 해야 할지도 모르겠다. 그걸 입고 있으니까 무슨 흙덩어리 같아. 그리고 치마 속도 다 보이고!"

"제가 직접 짠 카디건이에요." 나는 자랑스럽게 말했다. "그리고 색깔도 아무것하고나 잘 맞아요."

"너무 우중충해."

폴리 고모는 그렇게 비난의 화살을 한 차례 퍼붓더니 이내 친절해졌다. "그러니 독감에 걸렸지. 감기에 걸리면 안 돼."

그날 저녁 키가 크고 갈색 눈이 송아지처럼 다정한 비어 고모부가 자동차 공장에서 퇴근해 오자 폴리 고모는 남편에게 관심을 돌려 그의 외모를 지적했다. "당신 그 목도리가 뭐야. 그렇게 하면 안 돼. 당신 코트는 뭘 어떻게 했기에 아랫단이 그 모양이지?"

양재사가 세상을 보는 방식이란! 꼭 예술가가 눈앞의 사물들을 자신의 상상력으로 변모시키기 위해 끊임없이 틀 안에 가둬놓고 떼어놓고 얼리는 것 같다.

비어 고모부가 폴리 고모의 취향에 맞게 변모하자, 다시 평범한 대화가 돌아왔고 친절과 웃음도 일었다.

다음 날 아침 폴리 고모는 밝은 녹색 자동차에 나를 태우고 나루터로 아빠를 마중하러 나갔고, 아빠가 트랩을 내려오는 모습을 보자 겨울 하늘과 바다 빛에 더 하얘 보이는 반백의 머리와 슬픈 속마음을 드러내는 쓸쓸한 표정에(겉으로는 반짝이는 구두와 말끔한 양복을 맵시 있게 입었지만) 나는 눈물을 터뜨리며 다가갔다. 어머니가 돌아가신 뒤로 처음 보는 아버지였다. 어린애처럼 비죽 내민 아빠의 입술이 떨렸고, 우리는 서로를 끌어안고 울었다. 아빠는 폴리 고모와 달리 내가 지원금을 받고 해외여행을 가는 것을 자랑스러워했고, 아버지의 자부심은 언제나 다른 고통스러운 감정들을 물리쳤다.

"그러니까 고국에 가는구나." 아빠가 말했다.

나는 깜짝 놀랐다. 아빠가 북반구를 '고국'이라고 말한 건 내게는 처음이었다. 그는 여전히 영국을 고국이라고 말하는 사람을 비웃는 축에 속했다. 그가 비웃으며 하는 말을 들은 적도 있었다. "거기가 왜 고국이야? 고국은 여기야. 아니면 내가 깽깽이걸음으로 푸케테라라키까지 가겠다."

내가 그 집에서 지내는 동안 아빠는 그 말을 몇 번이나 거듭했다. "재닛이 고국에 가." 이 새로 얻은 위신은 '정신병자 조카딸'이라는 종래의 평을 거의 뒤엎었다. 나는 이제 '해외의 고국에 가는 조카딸'이 되었다.

나는 아빠가 '고국'이라는 말을 쓴 것이 폴리 고모와 비어 고모부 같은 친척들을 위해서라는 걸 문득 깨달았다. 그것은 '그들의' 언어였고, 아빠는 직감에 근거한 예의로 혹은 다른 모습을 보이기 싫은 마음에 그 말을 채택한 것이다. 아빠는 나이프와 포크마저 다르게, 폴리 고모의 방식으로 사용했다. 폴리 고모와 비어 고모부는 앞서 말했듯이 '사회의 일원'이었고 그들의 유동적인 사회 관계망의 가장자리에는 이따금 시장이나 시의원 같은 '높은' 사람들도 나타났다. "그 사람은 중요한 사람이야." 폴리 고모는 자주 그렇게 말했다. 고모가 "그 사람은 하찮은 사람이야"라고 말하는 건 들어본 적이 없지만, 고모의 말에는 모든 사람이 중요하지는 않다는 암시가 있었다.

엘시 이모와 조이 이모는 나를 커캘디스의 오전 다과에 초대했다. 그들 역시 내 옷과 내가 '짝이 없다'는, 그러니까 결혼하지 않았다는 사실을 언짢아했지만 그들의 불만은 날카롭거나 차갑지 않았다. 그들은 유년 시절의 커캘디스를 회상하면 부드러운 웃음이 터져 나오는 아름다운 여자들이었다. 그들은 상냥하고 친절하고 사려 깊었다. 조이 이모의 갈색 눈에는 언뜻언뜻 야생동물 같은 두려움과 놀라움이 비쳤는데, 나는 이모를 잘 몰라서 그 눈빛의 기원을 짐작할 수는 없었다.

두 사람 다 북반구의 겨울에는 더 두꺼운 코트가 필요하다며 돈을 '반씩 모아서' 따뜻한 갈색 코트를 사주었다.

"이제 훨씬 좋아 보이네." 그들이 말했다.

폴리 고모조차 내 새 코트를 인정했다.

"어쨌건 그 못난 재킷은 가려주는구나."

나는 고모를 용서했다. 그것은 양재사가 세상에 갖는 책임이었다.

루아히네 호가 항구에 들어왔다. 출발은 저녁이었다. 폴리 고모, 비어 고모부, 아빠가 나와 함께 배에 올라서 주갑판 몇 층 아래에 있는 내 선실을 찾아주었고, 그런 뒤에는 배라는 감옥에 갇힐 것이 두렵기라도 한 듯 부두로 나갔다.

"놈이 나가는 걸 끝까지 보고 있지는 않으마." 아빠는 기차를 부를 때처럼 자랑스러운 말투로 배를 '놈'이라고 불렀다. 아빠는 강도 '놈'이라고 불렀다. 예리하고 걱정스러운 눈길로 강을 바라보며 "놈이 더러워지고 있어……" 하고.

나는 갑판 승객들 틈에 서 있었다. 모두가 배를 장식했던 리본 띠를 던졌고, 부두에 선 배웅객들이 그걸 잡았다. 그 시절에 해외여행은 중요한 사건이었기 때문이다. 금관 악기 악단이 옛 노래, 마오리 노래, 군 행진곡을 연주했다. 나는 갑판에 서서 청색 코트 차림의 단정하고 연약한 폴리 고모, 고모 옆에 우뚝 선 비어 고모부, 엉성한 부두 창고에서 바람을 맞으며 몸을 웅크린 아빠를 계속 바라보다가 마침내 마지막으로 손을 흔들고는, 폴리 고모가 "비어 고모부하고 내가 주는 거야" 하고 속삭이며 손에 쥐여준 5파운드 지폐를 들고 계단으로 걸어갔다. 악단이 〈지금이 바로 그때〉라는 노래를 연주했고, 음악은 길다란 숟가락처럼 내 안으로 들어와서 내 몸을 젓고 또 휘저었다.

나는 선실로 들어갔다. 내 침대는 문 옆의 아래 칸이었다. 나는 나보다 아는 게 많은 사람들의 조언을 받아들여서 작은 타원형 병에 든 라벤더 향 소금과 무염 비스킷과 크웰스 멀미약을 샀다. 하지만 그것들을 약간 무시하듯 사물함 서랍에 넣었다. 그런 게 필요하지 않을 걸 알고 있었기 때문이다. 나는 배가 엔진을 쿵쿵 울리면서 느릿하게 웰링턴 항구를 빠져나가는 것을 느꼈다.

'아 좋아.' 나는 생각했다. 뱃멀미에 대한 두려움은 모두 사라졌다. '이건 나의 첫 번째 항해고, 아주 잘 되고 있어.'

나는 갑판으로 올라갔다. 아직은 춤을 추고 이브닝드레스를 입을 시간이 아니었지만, 어디선가 음악이 연주되고 있었고 말소리와 웃음소리가 들렸다.

웰링턴의 불빛은 이제 멀리서 반짝였다. 나는 갑판 난간 너머로 몸을 굽혔고, 두려움과 기쁨으로 울음이 터져 나올 것 같았다. 어느 순간 갑자기 배의 움직임이 바뀌더니 크게 요동치며 옆으로 흔들리기 시작했다. 대양으로 나온 것이다. 내 항해는 시작되었다.

3권
거울 도시의
사절

이 세 번째 책은
앞에서 이야기한 친구들과 가족에게,
그리고 특별히 로버트 휴 콜리 교수와
그 동료들에게 바칩니다.

1부
세 번의 증언

땅 없는, 항해

뉴질랜드 해안에서 멀리 떨어져 나온 루아히네 호는 7월의 겨울 바다를 뚫고 출렁출렁 흔들흔들 나아갔다.

6인 선실은 관광 브로슈어 사진에 나오는 그런 널찍함은 없었다. 움직일 공간이 거의 없고, 꼭대기 층 여자들만이 천장의 미색 '선풍기' 또는 환풍기가 뿜는 (따뜻하지만 퀴퀴한) 공기의 혜택을 받을 수 있었다. 하늘, 땅, 빛으로부터 고립되어 풍성한 시간에 잠긴 나는 선실 문 옆의 아래 칸 침대에 누워 동료 승객들의 흥분한 목소리를 들었다. 첫 해외여행을 하는 해밀턴 출신 사무직 여자 두 명, '세계 일주'를 서너 번 했고 그 여행 사진들을 보여주는 검은 머리에 체구가 작은 호주 여자, 1년 동안 뉴질랜드에 교환 교사로 왔다가 미들랜즈로 돌아가는 교사, 유명한 노르웨이 작가의 딸이자 본인 또한 작가로 노르웨이에 돌아가는 조용한 중년 여자가 그들이었다. 불편할 만큼 덥고 쿵쿵 울리는 데다 벽마저 물결치는 듯한 선실에서, 선반에 놓인 듯 포개진 몸들과 온갖 냄새와 빨아서 널어놓은 속옷과 양말의 그림자—난간은 몸에서 떨어진 다리 같은 긴 스타킹들로 빈틈이 없었다—가 만드는 밀실 공포 분위기 속에, 기대와 불안과 흥분 섞인 말들 속에 내 머리는 빙글빙글 돌았고, 위장은 루아히네 호가 솟구쳤다 곤두박질칠 때마다 함께 널을 뛰었다. 불쾌함은 노련한 여행자이자 프랭크 사지슨의 친구인 제스 휘트워스가 추천한 크웰스 멀미약으로도, 라벤더 향이 나고 라벤더 꽃 같은 연보라색 리본을 두른 하트 모양 컷글라스 병의 향 소금으로도 달래지지 않았다. 나는 밥을 먹을 수가 없어서 제스가 '아주 좋아하게' 될 거라고 장담하며 내게 준 무염 비스킷을 먹었다.

사흘 동안 계속 뱃멀미를 하고 최근에 앓았던 독감까지 다시 도지면서 나는 멀미를 겪어본 사람들이라면 익히 아는 쇠약 상태에 빠져 배의 의무실에 2주 가까이 무력하게 누워 있었고, 배가 파나마 운하로 들어가려고 속도를 늦추었을 때에야 일어나 의자에 앉아서 악어들이 일광욕을 하는 파나마 정글의 무대를 감상할 수 있었다. 화려한 앵무새들이 꽃 덩굴의 무게에 물가로 기운 나무들 틈을 날아다녔고, 미국인 여행 안내자는 눈앞에 보이는 모든 것의 달러 가치를 설명했다. 배가 쿠라사오 섬에 도착하고 빌렘스타트 항구에서 하루 동안 기항하기 위해 멈추면서 내 멀미도 사라졌고, 배가 멈춰 서서 가볍게 흔들리기만 하자 나는 뷔페 점심을 먹고 빌렘스타트에 나가 볼 수 있었다. 외국 땅에 처음 발을 딛는 순간이었다. 오랜 항해를 마치고 땅에 입을 맞추는 여행자의 관습이 너무도 잘 이해되었다! 빌렘스타트 항구의 땅은 콘크리트에 덮여서 싱그러운 풀 냄새가 아닌 정유 공장의 기름 냄새를 풍겼지만, 탁한 적색과 갈색, 미색 건물들 위로 쏟아지는 빛은 새롭고 영묘했으며, 푸성귀들은 독이라도 든 것처럼 밝은 녹색으로 반짝였다. 나는 빌렘스타트 거리를 혼자 돌아다녔다. 그리고 박물관 구내에 앉아서 낯선 도마뱀들이 낯선 돌 위에서 일광욕하는 모습과 한 번도 본 적 없고 울음소리도 들어본 적 없는 새들이 나무에 모여 있는 것을 보았다. 그런 뒤 강가로 걸어가 빈 병과 깡통을 보니 머릿속에 '국제적' 비교가 일었다. 우리 나라 강물은 이렇게 느리고 더럽지 않고 맑고 빠른데? 거기다 강가를 걷는 사람들은 튼튼한 뉴질랜드 사람들과 달리 어찌나 가난하고 병약해 보이던지! 황무지 한편에서 작은 이동 동물원이 일요일 개장을 하고 있었다. 좁은 우리에 털이 듬성듬성 빠진 불쌍한 곰과 냄새나는 황갈색 사자가 보였다. 녀석들을 보니 '외국인'은 동물을 불쌍히 여기지 않으며, 외국은 가난하고 뉴질랜드만큼 문명사회가 아니라는, 뉴질랜드에서 습득한 견해가 더 확고해졌다. 처음 나온 외국에서 나는 여전히 편견의 낡은 옷을 입고 있었다. 나는 또한 처음으로 피부가 갈색이나 황색이 아닌 검은 빛에 가까운 사람들을 보게 되었다. 학교에서 우리는 마오리와 파케하*가 동등한 기회를 누린다고 배웠고 나는 배운 대로 믿었다. 또 중국인은 정원 조경과 과수 농업 기술이 뛰어나고, 그리스인은 어업 기술이 좋고, 마오리인은 중장비 운전 실력이 최고라고 배웠다.

"마오리인은 기술이 뛰어나요." 사범학교에서 교수가 모두

---

*마오리인이 백인을 가리키는 말.

파케하인 우리에게 가르쳤다. 나는 아프리카계 미국인과 인디언을 처음 맞닥뜨렸을 때 그들을 노예들과 비교하지 않으려고 했다. 나는 편견이 없다는 걸 보여주기 위해 다정하게 "안녕하세요" 하고 인사했지만, 사람들이 그에 응답해서 대화를 시작하자 깜짝 놀랐다. 딱히 할 말이 없었기 때문이다. 나는 이렇게 '견문을 넓히기 위해' 해외여행을 하고 있었고, 모든 초보 여행자에게 강제되는 변화, 도착지가 아니라 출발지를 살핌으로써 성취되는 변화를 체험하고 있었다. 카우보이 영화의 시절, 백마를 타고 금발을 휘날리는 '착한 편'과 검은 피부에 흑마를 타고 모자를 쓴 '나쁜 편', 정직하고 성실한 미국 목축업자와 그들을 괴롭히는 멕시코 도적과 소도둑들, 카우보이와 기병들이 '평화와 공평한 대우'를 추구하는 데 반해 파괴와 학살에 몰두하는 아메리카 인디언들—어린 시절에 본 이러한 영화들, 탐정 영화를 포함해서 모든 것을 선악의 구도로 나누는 영화들은 한편으로는 이성을 작동시키기도 했지만, 그 밑바닥에는 흔들리지 않고 알려지지도 않으며 의심도 받지 않는 굳건한 감정을 차곡차곡 쌓아놓았고, 그것은 이제 낯선 땅의 부주의한 여행자를 인도하려는 이성을 압도할 태세였다.

나는 루아히네 호에 오르기 전에 다시 빌렘스타트 가교를 건너 역시 뉴질랜드에서 듣고 읽고 생각한 것에서 비롯된 의식을 거행했다. 뉴질랜드 사람들은 모두 이 노래를 하는 것 같았기 때문이다.

럼과 코카콜라를 마시며
양키들의 달러를 기다리네…….

파나마 운하의 미국인 관광 안내원은 거의 모든 문장에 '달러'라는 말을 썼다. 여기 빌렘스타트에는 사방에 코카콜라 광고가 있었다. 나는 외국 땅에 첫발을 디딘 것을 기념하기 위해 교회에서 포도주를 마실 때처럼 경건하게 생애 첫 코카콜라를 마셨다. 일러두자면, 1950년대 말에 코카콜라는 마법, 약속의 기운을 내뿜었고, 미합중국 바깥에 사는 많은 사람들에게 미국적인 것, 너그럽고 선량하고 달러 향기 가득하고, 아직 한낮의 탐사로 오염되지 않은 아침 빛에 잠긴 신세계를 상징했다.

배가 움직이기 시작하자 나는 다시 식당에 갈 수 없게 되었지만, 여행의 마지막 주에는 이불을 갑판으로 들고 나가 서늘한 공기 속에서 잤고, 새벽에 갑판 청소부들이 양동이로 물을 퍼붓기 시작할 때 선실로 돌아왔다. 내가 의무실에 있는 동안 많은 일이 일어났다. 승객들은 이리저리 어울려 새로운 조합을 만들었다. 익살꾼, 지도자, 가십의 표적, 재사(才士)와 미인이 실험실의 바이러스처럼 분리되고 확인되고 탐구되었다. 당당하게 물결치는 태평양과 이제 새로이 들어선 대서양은 제 몸 위에 뜬 물체들을 머나먼 해변에 실어 나르는 일이 그다지 바쁘지 않아서, 긴 항해 끝에 표면에 떠오르게 마련인 특별한 승객들을 루아히네 호의 갑판에 던져놓았다. 우리 선실에서 가장 화제가 된 사람은 옥스퍼드 대학에 장학생으로 입학하는 젊고 아름다운 금발 여자였다. 그녀는 모두의 부러움 속에 많은 남자들의 호위를 받았고 선장과 함께 식사하며 의무실 의사와 춤을 추었다. 다른 이들은 육지의 '다른 이들'과 마찬가지로 그보다 덜 빛나는 파트너에 만족해야 했다. 젊은 피아니스트도 한 명 있어서 항상 추종자에 둘러싸인 채 휴게실에서 당당하게 피아노 연습을 했다. 아, 나도 어떤 뛰어난 성취로 추앙을 받는다면 얼마나 좋을까! 아, 내가 문학재단 지원금을 받고 여행을 떠난다는 걸 모두가 안다면! 모두가 어쩌면 이렇게 자신감이 넘쳐 보일까? 사무직 여자 두 명은 파나마와 빌렘스타트에서 물건을 잔뜩 샀는데(노르웨이 작가와 나만 빼고 모두가 비단 기모노, 파자마, 스카프, 반짝이 가방을 샀다), 그 말과 행동을 보면 마치 그들이 온 세상을 소유하고 있으며, 영국에 발을 디디면 곧바로 소유 증서를 수여받는 특별 의식이라도 열릴 것 같았다. 어쩌면 사진을 보여주며 여행 이야기를 하는 호주 여자는 겉보기만큼 자신감이 넘치지 않을지도 몰랐다. 이야기를 들을수록 그녀가 멈추지 못하는 기계 같다는 생각이 들었기 때문이다. 그녀는 동에서 서로, 남에서 북으로 쉬지 않고 이동해 다녔고, '나중에' '결국' 어디에 정착할 것인지를 물으면 당황한 눈빛이 되었다. 하지만 언제까지나 여행을 할 수는 없지 않은가…… 아니 할 수 있나? 때로 그녀는 이제 자신은 선택의 여지가 없다고, 돌아서기에는 늦었다고, '돌아가는 것'이 불가능하다고 여기는 듯한 모습이었다. 나도 그녀처럼 집을 생각하지 않는 평생의 방랑자가 된다면 어떨까 하는 생각을 잠시 하기도 했다.

그리고 사람들의 행동을 보고 들으면서 나는 우월감으로 스스로를 달래고자 이렇게 생각했다. '내가 모든 걸 머릿속에 기록한다는 걸 사람들은 몰라. 내가 자기들을, 그 가면 속을, 심장 맨 밑바닥까지 꿰뚫어 본다는 걸. 내가 작가로 사는 한 나는 사람들이 하는 말과 행동, 침묵과 무기력에서 드러나는 표시를 모조리 살펴야 하니까. 나는 사람들의 표정을 읽어야 하고, 기름진 땅 위로 각자의 등압선과 등온선이 표시된 얼굴과 눈을 읽어야 해. 새들을 숨긴 늪지, 울퉁불퉁한 바위가 부드러운 눈에 덮인 외딴 산을. 나는 언제나 관찰하고 귀 기울여야 해.'

그 항해는 머릿속에 자세히 남아 있지 않다. 그저 악몽과 질투 어린 갈망들만이 기억난다. 빌렘스타트의 하루, 승객들이 다양하게 무리 지은 일, 그들의 흥분과 기대가 기억난다. 다시는 배를 타고 여행하지 말라고 조언한 진지한 의사도 기억난다. 금색 띠가 몸통을 두른, 아니면 찻주전자 무늬처럼 아예 새겨진 것 같은 붉은 얼굴의 선장도 기억난다. 이런 사소한 일들은 내 뱃멀미의 파도에 출렁이는 조각배들처럼 남아 있다. 뱃멀미를 겪어본 사람은 알겠지만, 정신이 온통 그저 배가 멈추고 아픈 승객을 어느 섬, 아무 섬, 불쑥 나타나는 아무 뭍에라도—뭍이 조난자처럼 수색하면 나타나기라도 하는 것처럼—내려놓아주기를 바라는 소망에 지배되기 때문이다. 지난날에 나는 인내를 훈련했다. 준비되지 않은 바닷길에서 나는 모든 움직임이 구토를 유발하고 모든 초, 분, 시간, 날이 산더미처럼 막막한 시간이 되는 참담한 무력함 앞에 아무런 방어도 할 수 없었다. 그렇게 태평양 횡단을 견뎌낸 보상으로 산더미가 차츰 작아지더니, 마지막 남은 흙 한 줌이 거대하게 떠오른 목적지에 묻혀버렸다.

루아히네 호는 32일을 항해한 끝에 내 서른두 번째 생일 다음 날 사우샘프턴에 정박했고, 승객들은 거기서 대기하고 있던 런던의 워털루행 기차에 올라탔다.

신사

워털루 역. 나는 여행 가방 두 개, 타자기를 담은 녹색 군용 배낭을 들고 서 있다가, 트래블러스 조이 핸드백을 꽉 쥐고 도로에 줄지어 선 택시를 향해 짐을 밀고 간다. 그리고 의무감이라도 느끼는 것처럼 "여기가 런던이야"라고 중얼거리며, 다른 승객들이 친구와 가족에게 휩쓸려 나가는 것을 본다. 비가 내려 하늘이 우중충하고, 검은 택시들은 영구차 같다. 이제 곧 프렌즈 호스텔에 안전하게 투숙해서 드디어 지상의 침대에서 잘 수 있다는 생각에 달콤한 만족감을 느끼며 나는 (영화에서 본 것처럼) 택시를 부르고 과감하게 말한다. "유스턴 로의 프렌즈 호스텔이요."

택시는 비에 젖은 거리를 어지럽게 달려 유스턴 로와 프렌즈 호스텔로 간다. 나는 발치에 짐을 내려놓고, 앞으로 적어도 일주일 동안 내 집이 되어줄 건물 앞에 선다. 마침내 도착했다는 기쁨에 압도되어 짐을 바짝 챙겨 들고 현관 앞 계단을 올라 초인종을 누른다. 발소리가 들리고 문이 열린다.

"뉴질랜드에서 온 재닛 프레임이에요." 나는 머리가 희끗희끗한 여자에게 말한다. "편지로 일주일 동안 방을 예약했는데요."

여자가 얼굴을 찌푸렸다. "성함이?"

"재닛 프레임요, '뉴질랜드'에서 왔고요." 나는 뉴질랜드를 강조한다.

"잠시만 기다려주세요."

여자는 프런트에 가서 장부를 살펴보더니 얼굴을 더 깊이 찌푸리고 돌아온다.

"착오가 있었던 것 같네요. 뉴질랜드의 재닛 프레임이라는 분에게서 받은 편지는 없고요. 지금은 예약이 다 찼어요. 8월 말이라서요."

"네." 나는 생각한다. '물론 알죠, 여행 안내서들에는 휴일이 다 설명되어 있으니까요. 8월에는 휴양지 섬이 붐빈다.'

여자가 다시 말한다. "죄송합니다, 빈방이 없어요. 손님이 말씀하신 편지는 받지 못했습니다."

믿을 수가 없는 나는 공포감 속에서 확실한 승부수를 던진다.

"뉴질랜드에 있는 제 친구가 늘 여기서 묵는다고 그랬어요. 제스 휘트워스요." (제스 휘트워스는 분명히 기억하겠지?)

"죄송합니다, 프레임 양. 그런 분은 기억나지 않네요. 빈방이 없습니다. 혹시 다음 주라면…….."

나는 이제 눈물이 그렁그렁하다.

"하지만 다음 주는 너무 늦어요. 저는 '멀리 뉴질랜드'에서 왔어요. 바로 조금 전에 배에서 내렸어요."

여자는 참을성 있게 미소 짓는다.

"여기는 전 세계 곳곳에서 손님이 옵니다. 매일요."

"하지만 분명히 편지를 보냈어요. 그리고 조금 전에 배에서 내렸고요. 런던에 처음 온 거예요." 나는 황량하게 덧붙인다. "런던이 처음이라 다른 숙소를 몰라요."

나는 여전히 뉴질랜드의 잔해에 둘러싸여 있었다─두 개의 낡은 여행 가방, 프랭크가 본인이 30년 전에 유럽을 도보 여행할 때 멨다며 나한테도 강력 추천한 녹색 캔버스 천 군용 배낭,

준 가족이 선물해준 가격이 10파운드나 하는 트레블러스 조이 가죽 핸드백. 나는 호스텔 문 앞에 어리둥절한 상태로 서서, 프랭크와 함께 읽던 누레진 옛《뉴 스테이츠맨》지 뒷면의 광고들을 떠올렸고—세입자 구함, 세인트 존스 우드, 스위스 코티지, 햄스테드 히스, 얼스 코트—전혀 모르는 나에게도 낭만적인 매혹을 전하던 이름들이 이제 나를 미지의 어둠 속으로 냉정하게 떨구는 발붙일 곳 하나 없는 가파른 절벽처럼 느껴졌다.

"런던에 아는 사람이 없나요?" 여자가 물었다.

"네." 나는 덜덜 떨며 말했다.

"여기서 멀지 않은 곳에 YWCA 호스텔이 있어요. 전화해서 방이 있나 알아볼게요."

몇 분 뒤 여자는 '2인실' 한 곳에 이틀 밤 숙박이 가능하다는 반가운 소식을 가지고 왔다.

여자는 전화로 택시를 불러주겠다고 했다.

"네, 고맙습니다."

더러운 런던의 계단에 짐을 내려놓고 서서 나는 마음 한편으로 '도착'을 다루는 영원한 드라마와 그것이 신화와 소설 속에서 차지하는 자리를 생각하고, 나는 나 자신이 현실로서, 정련된 허구의 원석으로 발굴되는 짜릿한 기쁨을 다시 경험했다. 여행, 도착, 예상이 어긋남, 문제가 발생함. 내가 런던에서 겪은 첫 번째 경험조차 소설 속 '편지'들을 상기시켜주었다—사라진 편지, 발견된 편지,《맥베스》에 나오는 것처럼 여럿의 목숨을 빼앗고 운명을 뒤바꾸는 강력한 편지. "그들은 성공의 날에 나를 만났고, 나는 완벽한 보고를 통해 그들이 인간 지식 이상을 지녔다는 것을 알았다……."* 그리고 편지 전달자의 역

할, 성공하거나 실패한 사신. 잠시 동안, 내 편지가 사라진 사
건은 상실이라는 소설적 선물에 비하면 중요하지 않아 보였다.
모든 사건의 내부에는 상상력과 그의 하인인 언어를 통해서만
접근할 수 있는 반영 상(反映像)이 있고, 우리의 인생과 세계는
플라톤이 말하는 동굴의 그림자처럼 상상력이라는 사절을 통
해서만 볼 수 있는 거울 도시들을 품고 있는 것 같았다.

　소설적 가능성에 대한 열광에도 불구하고, 런던의 첫날은
우울하고 불편했다. 런던은 8월 말에 이미 겨울용 블라인드를
쳐두었다. 내가 이틀 밤을 묵게 된 YWCA는 조용하다는 점과
끊임없이 짤랑대는 열쇠 소리, 그리고 비록 외양도 냄새도 수
용 시설 같은 침실과 욕실과 화장실 문 안쪽에 붙은 '규칙' 안
내문은 통제의 노력을 보여주었지만 손님들을 통제하려는 시
도가 없다는 점을 빼면 정신병원과 비슷한 느낌이었다. 욕실은
휑할 만큼 컸고, 바닥에는 싸늘한 흑백 타일이 깔려 있었다.

　"화장실에서 나갈 때는 다른 사람을 위해 정돈해주세요."
도덕적 분별과 이타주의와 기독교 원칙을 전제한, 적절한 호스
텔판 황금률이었다. 아래층 사무실에는 짐을 둘 수 있는 보관
함이 있었다. 엄격한 얼굴의 여자가 드나드는 손님들을 보면서
신성한 서판이라도 건네는 듯이 편지를 전달했는데, 편지의 힘
을 아는 나는 그게 정말로 신성한 서판일지도 모른다는 생각이
들었다.

　YWCA는 위협적인 느낌이 들 만큼 관리 감독이 철저했지
만 손님들은 즐겁고 다정했다. 도착, 출발, 나들이를 이야기할

---

*셰익스피어의 희곡 《맥베스》 1막 5장의 한 대목.

때는 흥분된 분위기가 일었다. 간이식당은 값싸고 푸짐했으며, 나는 금세 들뜬 '런던 초심자' 중 한 명이 되었다. 나는 싱가포르 출신 여자와 한 방을 쓰게 되었는데, 나만큼이나 물정을 모르는 그녀는 피커딜리 서커스에 가볼 것을 꿈꾸며 지하철을 탔다가 피커딜리 서커스의 진실을 발견했을 뿐 아니라(우리가 생각한 서커스가 아니라 광장이었다는) 하루를 지하철에 갇혀서 보내기까지 했다.

나는 나의 자유에 감탄했다. 특히 많은 런던 건물의 빅토리아 시대 같은 분위기와 외관이 내 가까운 과거에 있었던 공포의 샘을 자극했기 때문에 더욱 그랬다. 나의 열광은 일시적이었다. 다시금 평행 세계에 대한 숙고, 거울 꿈이 나를 지탱하고 과거의 악몽을 막아주었다.

첫날 저녁에 나는 제스 휘트워스가 화초실에서 잤다는 클래펌 커먼의 집에 전화를 했다. 낭만적인 이름들의 현실이 얼마나 냉정한지 이미 깨우쳤지만, 나는 여전히 내가 꿈꾸던 것 같은 '화초실'에서 쾌적하게 묵으리라는 희망을 품었고, 본채 세입자 중 한 명인 패트릭 라일리라는 사람이, 주인은 스코틀랜드에 살고 자신이 그 집을 관리하고 있는데, 주당 17실링 6펜스짜리 화초실 하나가 비어서 당장 들어올 수 있다고 말했을 때, 나는 런던에 도착하면서 겪은 무수한 불행을 잊고 얼마간의 낙원을 기대했다.

바로 다음 날 입실이 가능하다고 패트릭 라일리가 말했다. 그날은 자신이 근무를 쉬기 때문에 나를 직접 만나서 방에 짐을 푸는 것까지 도와줄 수 있다고 했다. 정말 친절한 사람이라는 생각이 들었다.

내 다운언더* 억양을 들으면 내 문의가 진심임을 알 수 있다
고 했다.

YWCA를 떠나는 데는 비난이 뒤따랐다. 내가 이틀을 묵겠
다고 했기 때문이다.

"이맘때는 방 구하기가 아주 어려워요. 환불은 곤란합니
다." 관리인이 말했다.

나는 내 행동에 문제가 있고 생각이 짧았다는 지적을 받아
들였다. 나는 사과했다. 그리고 기관들이 엄격한 도덕적 명령
과 이용자들의 채권 채무에 대한 명확한 판단을 바탕으로 성공
한다는 걸 이해했다.

다음 날 오후 택시를 타고 클래펌 커먼 노스 사이드 지역의
시더스 로에 도착하니, 패트릭 라일리가 나를 화초실로 데려다
주기 위해 기다리고 있었다.

라일리 씨는 옆문을 통해서 내 짐을 3번 화초실로 가져다주
었다. 높은 벽돌 담장 앞에 방 네 개가 나란히 서서 본채의 뒷
마당을 바라보고 있었다. 방이라기보다는 헛간 같았고, 방습층
없이 그냥 흙 위에 바닥재가 깔려 있었다.

"겨울에는 여기에서 지내시지 않기를 바랍니다." 패트릭 라
일리가 말했다. "작년에 여기서 여자분 한 명이 폐렴으로 돌아
가셨어요."

그는 맨 끝 방을 가리켰다.

"지금은 러시아 발레리나가 있어요. 작년에는 유럽 어느 나
라 왕자가 있었죠."

*호주와 뉴질랜드.

패트릭 라일리는 유쾌한 아일랜드 억양으로 말했다. 크지 않은 키에 튼튼한 체구였고, 흰머리가 섞여 있었으며, 커다란 얼굴은 매끈하고 창백했고 눈은 갈색 샘 같았다. 이따금 입술을 오므려서 내적 지평을 제한하는, 그러니까 어떤 한계를 설정하는 것 같은 인상을 주었다. 발걸음은 민첩하고도 확고했다. 그가 3번 방 자물쇠에 열쇠를 넣고 잠시 미당기자, 문이 열리면서 젖은 냄새가 나는 작은 방이 나타났다. 방 안에는 좁은 침대와 약간의 침구, 커튼이 쳐진 옷장과 의자가 있었고, 골풀 매트를 간 바닥에는 전기 미터기에 실링 동전을 넣어 작동시키는 1구짜리 전기스토브가 문가에 자리하고 있었다. 문 옆으로 작은 정사각형 창문이 하나 있고, 전등 하나가 천장에 매달려 있었다. 전기스토브 옆 상자에는 다양한 접시와 냄비와 팬이 놓여 있었다.

"타자기 놓을 곳이 필요한데요." 내가 말했다.

"지하실에서 탁자를 가져다드리죠. 거기 낡은 가구하고 폐품이 많거든요. 본채의 욕실하고 온수기를 보여드릴게요. 차 한 잔 드릴까요?"

그래서 나는 좁은 욕실을 살펴보았고, 온수기를 사용해서 목욕물 데우는 법을 배웠다. 그는 내게 조심하지 않으면 온수기가 폭발할 수도 있다고 주의를 주었다. 한두 해 전에 사람들이 죽었다고 했다. 그리고 집도 거의 망가졌다고.

"죽었다기보다 다쳤죠." 그가 정정했다. "제가 오기 전의 일이에요."

패트릭 라일리는 '마중'과 동시에 '경고'를 하는 신화적 역할을 수행하기 시작했다. 나와 처음 만났을 뿐인데도 클래펌 커

먼 노스 사이드 지역 시더스 로에 도사린 위험을 일일이 열거
했다. 이러다가는 런던 전역과 전 세계의 위험도 다 일러줄 기
세였다.

그는 나를 데리고 본채 욕실 옆에 있는 자기 방으로 갔고, 나
는 말없이 앉아서 그가 계단 꼭대기 수도꼭지에서 주전자에 물
을 받아 와 탁자 위의 가스스토브에 불을 붙이고 찻물을 끓이
는 것을 바라보았다. 나는 낯선 방식의 삶을 보고 있었다. 사람
들이 큰 집의 방 하나씩을 차지하고 혼자 살고, 공동 욕실과 화
장실, 패트릭이 찻물을 받아 온 계단 꼭대기의 수도꼭지를 빼면
자기 방에 모든 시설을 갖추고 사는 삶. 나는 이미 두 남자가 양
동이에 씻을 물인지 마실 물인지를 담아 가는 것을 보았다.

"집주인들은 여자를 싫어해요." 패트릭이 설명했다. "욕실
에 머리카락을 떨어뜨리고 날마다 빨래를 하거든요."

그는 기름천을 씌운 커다란 탁자의 한쪽 끝에 찻잔과 잔 받
침을 놓고, 대야에서 우유를 가져다가 병의 양쪽 끝을 잡고 앞
뒤로 부드럽게 흔들고는 찻잔 옆에 뉘어놓았다.

"저지 섬 블루톱 우유예요. 최고급이죠." 그가 말했다. "그래
야 크림이 퍼져요."

그는 차를 만들었다.

"저는 차를 침출할 때 딱 5분 기다립니다. 더도 덜도 안 돼요."

그는 '침출'이라는 표현에 경탄을 담았다. 병명을 정확히 진
단하고 수술에 성공한 외과 의사처럼.

그런 뒤 원통형 비스킷 포장지를 내 눈앞에서 뜯더니 비스
킷 서너 개를 접시에 꺼내놓았다.

"다이제스티브예요. 초콜릿 다이제스티브. 진한 거요."

차가 다 우려졌다. 나는 초콜릿 다이제스티브를 깨물고 차를 마셨다.

"테틀리스 팁스예요." 패트릭 라일리가 말했다. "비스킷은 피크 프린스죠."

피크 프린스.

그는 완벽함으로 가는 길에 점수를 더 올렸다는 듯 만족스럽게 말했다.

내가 그 이름을 따라 했다. "피크 프린스." 좋았다. 나는 패트릭 라일리의 억양과 이따금 튀어나오는 아일랜드식 표현에 감탄하며 들었다. 그런 표현은 아일랜드에 대한 편견 어린 말이나 아일랜드 극작가들을 통해서 알았을 뿐 실제로 들어본 적은 없었다.

"나는 쇼핑을 좋아해요." 그가 말했다. 그 역시 나의 뉴질랜드 억양이 신기한 것 같았다. 우리 둘 사이에는 유대가 있다고 했다. 우리 둘 다 영국인이 아니었다. 그는 영국을 싫어한다고 했다. 그리고 나 역시 식민지 주민이니 영국이 아일랜드에 무슨 일을 했는지 알 거라고 했다.

"영국인들은 우리 돼지와 버터를 먹고 우리 말로 경마를 하고, 우리는 일자리를 찾아 여기로 오죠."

아일랜드 공화국은 신의 낙원이지만 빈곤이 만연해 있다고 그는 말했다. 나는 놀랐다. '신의 낙원은 뉴질랜드 아닌가?' 그런 주장을 다른 나라가, 어쩌면 모든 나라가 할지도 모른다는 생각은 해본 적이 없었다. 뉴질랜드에서도 여러 사람이, 특히 총명한 사람들이 뉴질랜드가 신의 낙원이라는 주장을 조롱했고, 나 또한 비웃었지만, 윌리엄 펨버 리브스의 시를 열심히 읊던 어린 시절부터 그걸 사실로 믿었다.

　　신은 그 나라를 파도로 둘러싸고
　　주인 없는 대양의 바람으로 감쌌네,
　　휘몰아치며 출렁이는 그 기세에
　　큰 물결이 반짝이고 튀어 오르네……

　　그 나라는 뜨거운 안개의 장막도
　　사막의 가뭄도 겪지 않으리라……*

그러니까 아일랜드가 신의 낙원이구나, 나는 그렇게 생각하며
해외에서 맞닥뜨린 이 새로운 사실을 이해하려고 했다.
　어느새 차를 다 마셨다.
　"혹시 도움이 필요하면 말씀만 하세요." 패트릭 라일리가 말
했다. "그리고 그냥 패트릭이라고 부르셔도 됩니다."
　"그렇게 할게요. 저는 재닛이에요."
　그는 내가 '문학재단 지원금'을 받아 영국에 왔다는 사실에
감탄했다.
　"하지만 제 진짜 목적지는 발레아레스 제도예요…… 여기
서 필요한 수속을 마치는 대로 떠날 거예요."
　"혼자 가시는 건 아니겠죠?"
　"혼자 가요."
　그는 얼굴을·찌푸렸다.

*뉴질랜드의 시인 겸 정치인 윌리엄 펨버 리브스의 시 〈뉴질랜드〉의 도입부.

“위험해요.” 그가 경고했다. “외국은 위험해요. 런던보다 훨씬 더 위험해요.”

그는 가톨릭 위원회 위원으로, 아일랜드의 매춘 여성을 구하는 일을 한다고 했다. 버스 운전사로 일하면서 그런 여자를 많이 본다고.

“그 여자들은 말썽을 일으켜요.” 그가 날카롭게 말했다. “제가 아일랜드 호스텔에 데려다줍니다.”

그는 말을 멈추었다.

“그리고 당신이 런던에 있는 동안은 내가 돌봐줄게요. 하지만 유럽에 혼자 가는 건 안 돼요. 한데 홀몸이신가요?”

‘이런 구식 표현을 쓰다니.’ 나는 생각했다. 우리 어머니의 어린 시절에나 통용되었지, 지금 마흔넷이라고 하는 패트릭 라일리가 쓸 법한 표현은 아니었다.

“네, 홀몸이에요.”

“좋아요. 외국에 가는 건 다시 생각해보세요.”

“저는 가야 돼요.” 내가 말했다.

“글 쓰는 건 그렇게 좋은 직업이 아니에요.” 패트릭이 말했다.

“원래는 교사가 되려고 했어요.”

“교사! 바로 그런 직업이 필요해요.”

그는 자기 누이가 아일랜드에서 교사로 일하고, 사촌 한 명은 북부 도시의 대주교라고 했다. 자신의 옛 애인도 교사였다고 했다.

“M이 내게서 그 여자를 빼앗아갔어요.” 패트릭이 말했다. M은 1950년대 말에 뉴스에 자주 등장한 아일랜드 통신원이었다.

사람이 다른 사람에게 소유권을 가질 수 있다는 듯 누구에게서 누구를 '빼앗는다'는 말이 나는 흥미로웠다. 뉴질랜드에서도 폴라 링컨이 자기 친구를 '빼앗아간' 이웃을 욕했다. 하지만 소유권에 대한 사실은 '유인(誘引)'이라는 법률적 항목에 명시되어 있고, 거기서 '유인'은 재산을 빼내가는 범죄인데, 여기서 재산은 누군가가 '소유'하는 사람이었다. 패트릭은 약혼녀를 앗아간 절도 사건에 대해 자세히 설명하지는 않았다.

내가 방을 나가는데 그가 다시 주의를 주었다.

"런던의 깜둥이를 조심해요. 깜둥이는 없는 데가 없고 모든 걸 다 훔쳐요. 클래펌은 깜둥이 천지예요."

그는 무의식적으로 입술을 잇몸 위로 당겨서 이를 드러냈다. 나는 혐오감을 느꼈다. 나는 온 세상과 그 안의 모든 사람을 사랑하고 싶었다. ("이 세상과 그 안에 가득 찬 것이 모두……."*)

'깜둥이'라고 지칭된 사람들을 대신해서 모욕감을 느끼며 내가 조심스레 말했다. "서인도 제도나 아프리카에서 온 사람들 말인가요?"

"네, 깜둥이요."

"사람을 피부색으로 부르는 건 잘못이라고 생각되네요." 나는 불안해하며 말했다.

"그 사람들은 우리보다 하급이에요. 깜둥이잖아요." 그는 거의 악의를 담아 말했다.

나는 새로운 불쾌감이 몸을 휩쓸고 지나가는 것을 느꼈다. 그리고 이 사람은 무식하다고 결론을 내렸다. 아는 것도 없고

*구약성경 〈시편〉의 한 구절.

이해심도 없었다. 거기다 공포에 사로잡혀 있었다. 그가 공포에 사로잡혀 있는 한 무엇도 그의 마음을 바꾸지 못할 것이다.

"내일 봐요." 내가 계단을 내려갈 때 그가 말했다.

"네, 내일 봬요." 나도 말했다. 그리고 지난 몇 주 동안 내가 아무도 "내일 보자"는 말을 하지 않는 세계에 살았다는 것을 깨달았다.

나는 패트릭 라일리가 고마웠다. 그는 남을 돕고자 하는 천성이 있었다. 그리고 믿음직하고 자기만족이 강하고 편견에 사로잡혀 있고 외롭고 종교적이고 사랑스러운 아일랜드 억양이 있었다. 편견으로 인해 점수가 확 깎이긴 했지만, 그는 우리 어머니가 '신사'라고 부를 만한 사람이었다. 그는 내가 런던에서 만난 첫 번째 친구였다.

키츠와 배터시의 이야기꾼들

독자들은 순진하기 짝이 없던 내가 수정궁*으로 가는 137번 버스에 올라타면서 무얼 상상했는지 들으면 웃을 것이다. 최고의 기대감에 싸여 지낸 처음 몇 주 동안 나는 버스를 타고서 폰더스 엔드, 하이 위컴, 모틀레이크, 셰퍼즈 부시, 스위스 코티지 같은 설레는 이름을 가진 장소들을 다녔는데, 그때마다 맞닥뜨린 것은 콘크리트와 벽돌로 지은 음산한 건물과 창백하고 걱정

*1851년에 런던에서 개최된 만국 박람회의 회장(會場)이 된 건물. 철골과 유리로 만들어졌다.

132

많은 얼굴에 뉴질랜드인보다 체구가 작은 많은 사람들이었다.

"픽트족과 스코트족." 나는 혼잣말을 하며, 고대 역사 수업 때 배운 사실과 이미지들을 떠올렸다. 앵글족. 색슨족. 픽트족과 스코트족. 로마인.

런던의 언어는 나를 매혹시켰다. 쌓아놓은 신문과 잡지, 담배 판매점과 신문 판매점 창문의 광고, 버스에 적힌 이름들, 도로 표지판, 불이 들어오는 광고판, 허름한 간선 도로변 기사 식당—자이언트 토드와 투 베지, 셰퍼즈—옥외 칠판에 분필로 쓴 메뉴, 지하철역의 포스터와 공중 화장실과 터널의 낙서, 수많은 서점과 도서관. 나는 이렇게 많은 책과 관련된 시설을 접한 적이 없었다.

집에서는 화초실도 좋고 친절한 패트릭의 도움도 좋았다. 아침마다 나는 방바닥에 쭈그려 앉아 전기스토브가 빨갛게 달아올라 주전자가 끓기를 기다렸다. 그 물로 세수도 하고 커피도 끓이고 남은 걸로는 접시를 헹구었으며, 더러운 물은 다른 입주자들처럼 본채 뒷마당과 화초실 사이의 구스베리 덤불에 버렸다. 뒷마당은 본채 입주자들이 빨래를 널고 드물게 해가 드는 오후에는 집주인의 거북도 나와 일광욕을 했다. 거북도 이제 멀어진 태양을 떠나와서 런던의 연기에 걸러진 온기를 끌어모으려고 애를 썼다.

밤은 추웠다. 방바닥보다 아주 조금 높을 뿐인 야전침대는 바닥의 갈라진 틈새나 어긋나는 문틈으로 런던의 안개 맛을 품고, 스며드는 밤공기를 그대로 맞았다. 나는 거기 섞인 철도 맛을 입에서 닦아내고, 두꺼운 코트를 겹쳐 덮은 얇은 이불 속으로 파고들었다. 추위는 별로 걱정되지 않았다. 여기는 런던이 아닌가? 나는 수정궁, 폰더스 엔드, 피커딜리 서커스, 하이 위 컴에 가보았다. 클래펌 커먼을 걸으면서 서너 층 높이의 도시 나무들과 핏물 가득한 9월의 태양을 올려다보았다. 목적지 이 비사는 몇 주가 아니라 몇 년 뒤의 여정같이 느껴졌다. 나는 할 일이 많았다. 돈을 좀 더 마련하기 위해 몇 주일간 할 일도 구 해야 했다. 그래서 정말로 어느 보이지 않는 해변의 파도 소리 인 줄 알았던 먼 자동차 소음을 들으며 나는 런던의 남은 시간 을 계획했다.

그리고 햄스테드 히스와 키츠가 살았던 동네를 가보는 것 이 오랜 꿈이었기 때문에, 어느 날은 햄스테드 히스행 버스를 타고 가서 연못까지 걸어갔다. 잿빛 하늘 아래 안개가 낮게 걸 려 있었고, 새 떼들은 복도를 지나듯 좁은 대형으로 날아 어딘 가의 빛을 향해 갔다. 그리고 나뭇잎들은 황금빛 나뭇가지에서 바르르 떨며 움찔거렸다. 나는 키 큰 갈색 골풀들이 자라는 연 못가에서 자연스럽게 혼자 되뇌었다.

아, 무슨 괴로움이 있기에, 갑옷의 기사여,
홀로 창백하게 헤매이는가?
호수의 사초는 시들고
노래하는 새 한 마리 없는데.*

나는 시든 사초 옆에 서서 키츠를 기억하는 수많은 런던 방문 객들 중의 한 명으로서, 그들과 마찬가지로 갑자기 내가 살아

*존 키츠의 시 〈무정한 미녀〉의 한 대목.

있는 시의 현장에 왔다는 흥분 속에 머릿속에 외고 있는 시를 읊기도 하고, 그런 뒤 낡은 선물을 거부하듯 수치심 비슷한 심정으로 그 감정을 물리쳤다가 나중에 다시 찾아 도덕적 판단 없이 그것을 되새기고는 했다. 물론 상상력 세계의 수천 번, 수백만 번째 층은 모든 이에게 지나칠 만큼 자주 읽히지만 초기의 첫 층을 읽는 사람은 거의 없다는 것은 잘 알고 있었다. 하지만 오직 지상의 첫 낮과 밤만이, 뒤따르는 2차 제작자들이 그 위에 공통의 카펫을 직조해 올린 첫 번째 층이라 말할 수 있을 것이다. 그리고 그 카펫은 제조 공정상 미지와 기지의 과거, 현재, 미래의 작업 공간에 한계를 두지 않는다. 나는 런던을 내려다보면서 예술적 직조가 층층이 쌓인 것을 느꼈고, 카펫이 거미줄이나 수의가 되거나 때로는 따뜻한 담요나 숄이 되기도 할 것이라고 느꼈다. 거기 포획되거나 그 온기에 묻힐 가능성이 높았다. 지명과 풍경, 나무, 바다, 하늘의 울림이 여전히 첫 번째 목소리를 담고 있고, 그에 대해 최초의 예술 작품이 신들과 나누는 원시적 대화로 반응하는 뉴질랜드와는 어찌나 달라 보이던지.

　햄스테드 히스에서 나는 존 키츠를 비롯한 다른 이들이 사초, 바질, 나무덩굴, 바위제비꽃을 심고, 나이팅게일을 두어 내 마음속에 노래하게 만든 것을 감사해야 할지 저주해야 할지 알 수 없었다. 그렇다고 이런 불안 때문에 내가 런던에서 가진 첫 문학 체험이 완전히 훼손된 것은 아니다. 그날 밤 화초실에서 나는 키츠와 다른 이들의 시를 읽고 낭송했다. (나는 제스 휘트워스의 조언에 따라 근처에 있는 클래펌 도서관에 등록을 했고, 그 규칙—"책은 원하는 만큼"—을 욕심껏 수용했다.)

나는 이미 문학적 목적을 현실적으로 추구하기 위해 《뉴 스테이츠맨》, 《타임스 리터러리 서플먼트》, 《존 오런던스 위클리》, 《런던 매거진》, 《포이트리 리뷰》를 샀다. (비가 오는 어느 날에는 시인협회 앞까지 찾아갔지만 물끄러미 바라만 보고 안에 들어가지는 않았다.) 나는 서인도 제도 작가들의 흥미롭고 새로운 시와 산문을 읽었다. 어떤 것은 문어체의 영어로 쓰였고, 어떤 것은 서인도 제도판 영어로 쓰였지만, 모든 작품에 런던과 영국의 오전 풍경이 가득했다. 나는 서인도 제도 작가들에게 크게 영향을 받았고, 내가 뉴질랜드 태생이라는 것이 무언가 부적절하게 느껴져서(뉴질랜드는 '영국보다 더 영국적'이라고 설명되는 나라 아닌가?) 서인도 제도에서 새로 온 작가의 관점으로 몇 편의 시를 썼고, 프랭크 사지슨과 함께 내가 남태평양 군도 출신인 듯 속여 《런던 매거진》에 글을 보냈던 지난번의 실험을 반복해서 그 시들을 《런던 매거진》에 보내며 거기 동봉한 편지에 나를 서인도 제도에서 온 지 얼마 안 된 사람으로 소개했다. 그 시들은 '참신하고 독창적'이며 내 작품을 더 보고 싶다는 편집자의 견해와 함께 반환되었다. 내가 제출한 시는 영국의 기준에 미치지 못했다. 나는 그런 문학적 거짓이 내 '진짜' 시가 무가치하다는 사실을 들키지 않게 막아주는 보호 장치라는 것을 깨달았다. 그것은 '영국보다 더 영국적'이라는 게 칭찬보다 모욕으로 느껴지는 모국 뉴질랜드를 뛰어넘는 자기 탐구의 일환이기도 했다. 어떤 의미에서 내 문학적 거짓말은 뉴질랜드인이 해외에서 정체성의 혼란을 겪게 만드는 국가적 거짓말에서 탈출하려는 시도이기도 했다.

하지만 다른 현실적인 일들이 시의 꿈을 가로막았다. 나는 디에프행 여객선, 파리행 기차, 파리 호스텔 일박, 바르셀로나행 기차, 지중해의 이비사행 여객선을 예약했다. 여정은 단순했고 말을 하듯이 쉽게 해결됐다!

다음으로 나는 배터시 전문대학 기숙사의 청소부 겸 웨이트리스로 2주짜리 일자리를 구했다. 내 업무는 오전 여섯 시부터 열두 시까지 벽돌 제단처럼 거대한 벽난로에서 재를 꺼내고, 바닥에 흩어진 재를 쓸고 닦는 것이었는데, 오전 여덟아홉 시가 되면 학생들이 식당에 가고 강의에 가고 하면서 자기도 모르는 새 베수비오 화산 기슭이라도 지나가듯 재 위에 발자국을 찍었고, 무릎을 꿇고 앉아서 그것을 닦는 나는 세계를 청소하는 산의 청소부 같았다. 학생과 직원들이 나가면 방을 치웠는데, 진한 향 냄새가 나는 방도 많았다. 기숙사에는 영국 학생뿐 아니라 아프리카 나라들과 인도, 이집트, 아랍 등에서 온 종교가 다른 학생들도 있었기 때문이다. 직원은 주로 런던 사람들로 영국계이거나 서인도 제도계였다. 나는 기숙사에서 예기치 않게 2차 세계대전 시절을 사는 듯한 경험을 했다.

매일 오전 열한 시에 '점심'이라고 하는 식사(꽤 든든한 오전 다과)가 나오면, 기숙사 직원들은 '도어스텝'이라고 부르는 두껍게 썬 빵과 치즈 샌드위치를 먹고 차를 마시며 수다를 떨었다. 대화의 주제는 우선 어젯밤 텔레비전 프로그램이었고, 다음으로는 대공습 시기에 런던에서 겪은 일들이었다. 텔레비전 프로그램 이야기는 더욱 중요한 화제를 끌어내기 위한 도입부 같았고, 또 어쩌면 앞으로 생생하게 이야기할 사건들도 이제는 과거의 그림자 속으로 사라졌다고 확인하며 안도하기 위한 것 같기도 했다. 하지만 여자들은 날마다 전쟁 이야기를 하

면서 전에는 언급도 못 했지만 이제야 설명할 수 있는 공포의
시간을 다시 살았고, 나는 흔히 과거에서 현재로, 미래로 단정
하게 흐른다고 여겨지는 시간이 뒤집히는 섬뜩한 감각 속에 그
이야기를 들으며, 결연하고 끈질기고 사랑 넘치는 구애자가 마
침내 애인을 얻듯 그 가차없는 경험이 말로써 결국 상대를 사
로잡는 데 존경심이 커졌다. 그렇게 정련하고 완화하고 세척하
고 눈물을 닦고 내용과 관점을 변경하고 죽음과 재생을 보존,
폐기, 경험하는 과정에 15년이 걸렸다 해도, 전쟁이 공유된 경
험이 아니었다면 그 기억은 그들에게서 1956년이라는 현재와
나무 식탁, 학생, 기술학교를 일시적으로 지우고 대개 마흔다
섯 살에서 쉰 사이인 기숙사 여직원들을 나와 동년배인 서른두
살짜리로 만드는 강력한 힘이 없었을 것이다.

　그 시절에 나는 런던 사람들이 말하는 전쟁을 다시 살았다.
그 잔재는 눈에 잘 띄었다. 피폭 장소는 아직 재건되지 않아서,
풀과 잡초에 덮이고 잡석이 흩어져 있었다. 공습을 당한 런던
인 수백 명을 묻어버린 옛 지하철역, 죽음과 파괴를 기념하는
새로운 이름이 붙은 광장과 거리들. 배터시 대학의 흥미로운
이야기꾼들 덕분에 이제 냉습한 화초실에서 새벽같이 일어나
축축한 안개를 뚫고 기숙사까지 걸어오는 일, 난로의 재를 치
우는 보람 없는 일, 저녁에 교수 식탁—평일에는 가볍게, 일요
일에는 푸짐하게—의 시중을 드는 일이 좀 더 견딜 만해졌다.
영국인들은 참 고루해, 나는 '낮은' 식탁 옆에 서서 단상에 따
로 설치된 교수 식탁의 호출을 기다리며 생각했다. 위계질서가
중요했다. 서열을 파악하거나 호칭 고르는 일을 실수한다는 것
은 생각할 수 없었다. 예전에 정신병원에서도 비슷하게 의사,

수간호사, 고참 직원이 신으로 여겨졌다. 또 나는 예전 대학 강사와 교수들도 그렇게 보았다. 일부는 우월감을 느끼고 일부는 열등감을 느끼게 만들어진 기숙사의 상황은 제도를 영구화해서 모든 사람을 자기 자리에 붙박아두었고, 그 평온 속에 재편의 폭풍은 기미도 없는 반면 재편 반대 논거는 이미 확고하게 자리를 잡고 있었다.

버클리 광장에 있는 뉴사우스웨일스 은행으로 우편물을 가지러 가면 나는 다른 뉴질랜드 사람이나 호주 사람들과 대화를 나누었다.

"그런 걸 어떻게 생각해요?" 우리는 물었다.

"계급 제도요? 완전히 중세 시대예요"라는 대답이 돌아왔다.

하지만 나는 배터시의 이야기꾼들이 조용히 혁명을 꾸리고 있다고 느꼈다. 지난날의 봉기들…… 픽트족과 스코트족…… 앵글족…… 색슨족…… 론디니움*을 세운 로마인을 생각하지 않는다 해도.

세 남자

어느 날 오후 나는 이제 익숙해진 137번 버스를 타고 센트럴 런던에서 클래펌 커먼(최종 목적지는 수정궁)으로 가다가 어느 승객이 내내 나를 지켜보고 있는 것을 느꼈다. 그는 내가 버

*로마 시대에 런던을 이르던 명칭.

스에서 내리자 따라 내리더니 내 곁에 와 섰다.

"저는 나이젤 N이에요." 그가 말했다. "법학과 학생이고요. 시더스 로에 살아요."

"저도 시더스 로에 살아요." 나는 약간 새침하게 말했지만 그가 영국인 같지 않아서 아주 새침하게 굴지는 않았다. 학생 치고는 나이가 꽤 들어 보였다. 서른다섯 정도. 그러다가 전문 대학 학생들은 사십대도 많다는 것을 기억했다. 나이젤은 '도시인' 같은 옷차림—검은색 줄무늬 양복, 흰 셔츠, 흰 손수건, 중산모, 단정하게 접어 지팡이로 쓰는 우산—이었다. 겉모습 에서 풍기는 우스꽝스러운 노력은 내게 그에 대한 연민과 부끄 러움을 안겨주었다.

"저는 서아프리카 출신이에요." 그가 말했다. "나이지리아요."

"저는 뉴질랜드 출신이에요."

"아, 뉴질랜드." 그가 말하고, 우리 나라의 풍경, 만, 강, 폭포 의 이름들과 수출 품목과 수입 품목, 도시들의 특징을 읊었다. 내가 런던에서 만난 이들 가운데 이처럼 뉴질랜드에 관해 잘 알고 있는 사람은 거의 없었다.

나는 감탄하며 이야기를 들었고, 그가 이야기를 마치자 내 가 아프리카와 그곳 사람들에 대해 완전히 무지하다는 부끄러 운 사실을 침묵으로 전했다. 타잔 영화. 얼굴에 그림을 그리고 "먼 먼 정글, 먼 먼 정글……"처럼 들리는 주문을 외우며 인간 제물 앞에서 춤을 추는 전사들. 성인이 된 후로는 아프리카 이 야기를 한 적도 들은 적도 드물었기 때문에 나는 어린 시절의 신화와 호기심에 도움을 청해야 했다. 그것들은 보석 박힌 문 처럼 콕 닫혀서 이후 교육과 일상에서 차단되었다가 나중에 올리브 슈라이너, 도리스 레싱, 댄 제이콥슨, 앨런 패턴, 나딘 고디머의 작품을 통해서 잠깐씩 모습을 보였을 뿐이다. 하지만 그들의 작품도 뛰어난 상상력과 공감 능력을 지녔지만 아프리카 태생의 독특한 관점에서 쓴 것은 아니었다.

그래서 나이젤이 주말에 함께 영화를 보러 가자고 했을 때 나는 수락했다. 나는 다양한 런던 신문을 보았고, 그중 《뉴스 오브 더 월드》나 《사우스 런던 프레스》 같은 신문에는 지역의 가정과 거리에서 일어나는 섬뜩한 사건들이 자세히 실리곤 해서 약간 불안했다. 나이젤이 나를 레스터 광장에 팔아넘기려는 포주일지도 모른다는 생각이 들었다. 나는 이미 매춘부를 찾는 리무진의 손짓을 몇 차례 받았다. 그때마다 사람이 많은 거리나 불빛 밝은 상점으로 도망쳐야 했다. 나는 너무 쉽게 허락했다는 것이 불안했지만 약속 시간을 오후로 잡은 것을 다행으로 여겼다. 나이젤은 버스에서 내내 내게 주의를 집중했다. 그 나라에서는 그런 것이 사람을 만나는 자연스러운 방법인가? 식민지에서 나고 교육받은 나는 무지했지만 다른 세상, '다른 이들'을 알고 싶은 열망은 강했다. 지금까지 그들은 오직 통계, 그러니까 호기심, 두려움, 편견이 동률로 섞인 고정관념일 뿐이었지만 거기에는 "네 이웃을 사랑하라", "서로 사랑하지 않으면 죽어야 한다"라는 주류 사회의 가르침도 곁들여져 있었다. 그러니 내가 나이젤과의 일요일 오후 영화 약속을 기대하지 않을 이유가 무엇인가?

우리는 클래펌 커먼 버스 정류장에서 만났고, 거기서 (수정궁에서 오는) 137번 버스를 타고 인근 레스터 광장으로 갔다. 나이젤은 말끔하게, 다시 한 번 '도심에서' 일하는 런던 사람처럼 입었다. 금색 이니셜이 박힌 납작한 가죽 가방과 도시인의 창백한 피부만 있었다면 정말로 도시 영국인으로 보였을 것이다. 나도 내가 속한 집단, 그러니까 브로슈어를 읽고 다른 사람들의 조언을 들은 여자 여행객의 제복을 입었다. 셔츠와 치마, 코트, 그리고 여행 서류들을 넣을 칸이 많은 트래블러스 조이 핸드백이었다. 물론 나도 나이젤처럼 시간이 지나 새로운 세계가 안전하게 느껴지면 거짓된 제복을 벗을 것이다. 내 트래블러스 조이 핸드백은 두꺼운 안감, 놋쇠 잠금쇠와 걸쇠, 여분의 어깨띠로 이미 이름에 걸맞지 않게 기쁨보다는 짐이 되어 있었다. 심지어 자물쇠와 열쇠도 있었다.

영화 제목은 기억나지 않는다. 당시 등장해 유행하던 와이드스크린 화면의 서사적 대작이라는 것 말고는. 우리는 드레스 서클이라고 하는 최고석에 앉았다. 극장 천장은 하늘을 나타내는 청색에 은빛 별이 반짝거렸고, 무대 아래 설치된 전자오르간에서는 로저스와 해머스타인*의 음악이 흘러나왔다. 중간 휴식 시간(럭비를 보며 자란 나는 '하프 타임'이라고 알고 있는)에 나이젤은 로비에 달려 나가 담배를 피우지 않고 아이스크림을 사 왔다. 초콜릿을 얹은 비싼 것이었다. 나는 아이스크림을 핥으며 객석을 둘러보았고, 다른 사람들도 나와 똑같이 하고 있는 것을 보자 자의식이 커지면서 나 자신의 '가치'를, 편안함을 느꼈다. 아프리카 사람과 '데이트'를 한다는 것은 내가 인종에 대한 편견이 없다는 증거였기 때문이었다. 런던에서 지낸 몇 주 동안 신문과 라디오에서 끊임없이 '인종 편견' 이야기가

*'사운드 오브 뮤직' 등의 인기 뮤지컬을 작곡한 미국 작곡가들.

142

나와서 처음으로 나 자신의 감정을 고려해보게 되었는데, 결국 내가 겉으로는 점잖을 빼지만 실상은 대놓고 인종 차별을 하는 패트릭보다 나을 게 없다는 사실을 슬프게 인정해야 했다. 왜 그래야 했을까?

영화는 끝났다. 나이젤과 나는 근처의 '라이온스'에 가서 샌드위치와 커피를 먹었고, 나는 다시 자의식에 싸였다. 신문에서 읽은 흑인 여자, 백인 남자, 백인 여자, 흑인 남자에 대한 추문들이 기억났기 때문이다. 그 기사들에는 여자는 매춘부고 흑인 남자는 포주고 백인 남자는 불쌍한 희생자라는 암시가 담겨 있었다. 신문들은 그 모든 것을 아주 능숙하게 설명했다.

나는 불쾌한 감정을 떨치려고 노력하면서 나이젤과 즐겁게 지냈다. 우리는 공통점이 많았다. 둘 다 '식민지' 출신이고 비슷한 교육을 받았으며—영국의 역사와 생산물과 강과 도시와 왕을 비롯한 대영제국의 모든 것을 배웠다—문학을 좋아했다. 그 또한 착한 사람, 강한 사람, 용감한 사람이 분명하고, 적과 친구의 구분이 영구적인 세계를 배웠다. 그 또한 다른 지역, 다른 세상에 대해 배웠지만, 자신의 세계는 바라보지 않았다. 어쨌거나 우리 조상들이 착하고 강하고 용감한 사람, 친절한 사람, 시혜를 베푸는 사람, 고마운 기증자로 분류된다는 점에서 나는 좀 더 우월한 위치에 있었다. 우리는 로어 리젠트 로에서 버스를 기다렸다.

"위층으로 가요." 나이젤이 들떠서 말했다.

나는 새초롬하게 답했다. (런던 버스의 위층은 흔들려서 멀미가 나기 때문이기도 했다.) "아뇨, 저는 아래층이 좋아요."

우리는 아래층 문가의 긴 의자에 나란히 앉았다. 그는 풀 먹

인 옷깃에 목이 뻣뻣하게 굳어 있었고, 나는 이따금 가벼운 대
화를 하며 내가 지난날 불쾌한 감정을 품었던 것을 속죄하려
고 지나치게 애를 썼다. 곁눈질로 슬쩍 나이젤을 보니 손을 살
짝 말아 쥐고 있었다. 양손에 장미꽃 봉오리라도 들고 있는 것
처럼 거무스름한 분홍빛 손바닥이 주변의 먹빛에 감싸여 있었
다. 이 새로운 아름다움을 본 순간, '의무'에 대한, 사랑의 필요
성에 대한, 추상적인 '인간애'에 대한 어떤 감정도 다 사라졌
다. 냉소적인 이들은 영국식 복장을 한 나이젤에게 손바닥의
장미—영국 국화—보다 더 자기 출신을 부정하고 영국인이 되
고자 하는 소망을 안겨주는 게 무엇이겠냐고 물을지 모른다.
하지만 나는 비웃지 않았다. 나 역시 영국인의 옷, 키츠의 언어
의 옷 "아름다움은 진실이고, 진실은 아름다움이다"를 채택하
고 있었다.

우리는 클래펌 커먼 옆에 있는 시더스 로의 집까지 걸어갔다.

"집에 가서 춤을 춰요." 그가 말했다. "카펫을 걷고 춤을 출
수 있어요."

나는 위협감을 느끼고 재빨리 말했다. "고맙지만 괜찮아요."
그의 얼굴에 떠오른 표정은 나를 또 한 명의 인종 차별주의자
로 보고 있었다.

"그런 게 아니에요." 나는 서둘러 말했다. "할 일이 많아서요.
오늘 즐거운 시간 고마웠습니다."

그는 부드럽게 웃었다.

"당신은 춤을 춰야 돼요." 그가 말했다. "당신들은 모두 춤
을 추며 놀아야 돼요. 영국 사람들은 노는 법을 몰라요."

나는 "저는 영국인이 아니라 뉴질랜드 사람이에요"라는 당

연한 대답을 하지 않았다. 그의 말이 맞았기 때문이다. 나는 내 소심함이 부끄러웠다. 나는 저녁을 먹고 오래도록 춤을 출 수 있었지만, '생활'의 여흥이 글을 쓸 열망과 시간을 위협할 것 같았다. 나는 그런 모험을 하고 싶지 않았다.

나이젤과 나는 차갑게 헤어졌다. 그는 내가 춤을 추자는 제안을 거절해서 서운했다는 편지를 보냈다. 나는 그를 다시는 보지 못했다. 《런던 매거진》이 반송한 시들의 구절이 떠올랐다.

이제 당신은 불을 붙이네.
춤추는 여자들은 호박(琥珀) 구슬 목걸이를 하고
차가운 가위는 싹둑싹둑
여름의 치맛단을 자르네…….

그리고,

그 사람은 먼 나라에서 왔네,
사람들이 레몬 나무 아래 앉아서
흰 얼굴에 주홍색 몸통을 한 커다란 소들에 대한 수수께끼를
내는…….

다음 주에 나는 다른 사람에게서 역시 '영화'를 보러 가자는 제안을 받고 받아들였다. 그 사람은 본채 지하 방에 사는 영국인 물리학자 잭으로 전문대학에서 강의했다. 우리는 저녁에 클래펌 정션의 극장에 가서 뒷좌석에 앉았다. 중간 휴식 시간에 잭이 작고 하얀 치아 위로 입을 최대한 작게 벌리고 이 사이로 조

그렇게 말했다. "초크 아이스하고 플레인 중에 뭐가 좋아요?"

이 평범한 질문—"초크 아이스하고 플레인 중에 뭐가 좋아요?"—이 런던 억양에 실려 오자 나는 나이젤이 영국 왕과 여왕, 뉴질랜드의 산과 강을 읊었을 때처럼 놀라웠다.

"코넷*은 어때요?"

코넷!

코넷, 하이티, 인도어스, 페이브먼트, 베어 라이트, 베어 레프트, 자이언트 토드, 투 베지, 지하철로 다니나요? 수정궁, 하이 위컴, 투팅 벡, 원즈워스…….

"저 여자 여간 예쁘네요."

나는 틀리는 것이 범죄 행위라도 되는 듯 엄격하게 배운 문법을 잭이 틀리는 데 깜짝 놀랐다. 그리고 나 스스로도 언어의 규칙을 어기는 것을 범죄라고 깊이 믿고 있었다는 걸 그제야 깨달았다. 수많은 인종과 문화가 뒤섞인 런던 사람들은 분리 부정사, 현수 분사, 주술 비호응 같은 틀린 문법을 두려워하며 살지 않을지도 몰랐다. 그 모든 오류가 그들에게 '문장'을 만들어줄 것이다.

잭과 나는 초크 아이스—길쭉한 아이스크림 덩어리에 잘 부서지는 얇은 초콜릿이 덮여 있고 그 위를 은종이로 감싼 것—를 먹고 오렌지 음료수를 마셨으며, 영화가 끝나자 걸어서 시더스 로의 집으로 돌아왔고, 그의 방에서 커피를 마신 뒤 내 화초실로 돌아왔다. 다음 날인 일요일에 해가 나서 구스베리 덤불 앞에 앉아 있었는데 그가 마당으로 나왔다. 그는 많은 런던

*영국 영어로 '(아이스크림) 콘'이라는 뜻.

사람들이 그러듯이 쉴 때도 정장을 했고, 내가 잔디에 깔아놓은 깔개에 그런 차림으로 앉아 있는 모습은 어울리지 않아 보였다. 그는 주인의 거북을 껍데기 밖으로 불러내려고 했고, 나는 어린 학생처럼 거북을 놀리고 찌르는 그를 보면서 이 키 크고 흰 얼굴의 남자, 초크 아이스와 코넷의 남자, 문법을 틀리고 이제 거북을 괴롭히는 이 남자가 정말로 물리학 강사일까 하는 생각을 했다. 나는 직업에 따라 사람들의 본성과 외양이 다를 거라는 선입견이 있었고, '세상' 사람들에 대한 내 보잘것없는 지식으로는 물리학자, 의사, 변호사 같은 전문가들은 그런 어린애 같은 행동을 할 수 없을 것 같았기에 물리학자인 잭의 행동이 좀처럼 믿어지지 않았다. 테니슨을 존경하던 어떤 사람이 테니슨을 만났더니 그가 석탄 가격에 대한 불평으로 대화를 시작해서 충격을 받았다는 이야기가 떠올랐다.

잭의 행동에 담긴 평범함에 나는 우울함을 느꼈다. 나는 시더스 로 거주자들이 이 우중충한 삶에 순응하는 듯한 모습에도 충격을 받았다. 가스 냄새 나는 방, 더러운 쓰레기 양동이와 '좋은' 물 양동이, 주변을 어슬렁거리다가 계단이나 문간에서 나누는 몇 마디 대화에 그게 마치 마지막 희망이라도 되는 듯이 필사적으로 매달리는, 털어놓지 않는 외로움. 지금은 나도 그들 가운데 한 명이 되었지만, 내게는 구원책, 목적이 있다고 생각했다.

내게는 '사절(使節)'도 있었다.

시더스 로 입주자들에겐 사절이 있을까, 생각해보았다. 나는 물리학자 잭이 거북을 쿡쿡 찌르는 것을 보았다.

"거북이 다쳐요." 내가 말했다.

그는 입술을 살짝 벌리고 웃었다. 나쁜 공기, 빚쟁이, 낯선 사람을 경계해서 아주 조금만 여는 문 같았다.

"녀석은 못 느껴요."

구름이 모여들면서 해가 그 뒤로 사라졌다. 날마다 어둠이 빨라졌다. 여름이 끝나지 않은 척해도 소용없었다. 물기 잃은 나뭇잎들이 나무에서 바스락거렸다. 구스베리 덤불은 벌써 한참 전에 열매를 다 따서 헐벗었다. 나는 내 화초실로 돌아가서 다가오는 유럽 여행을 위해 지도를 들여다보았다. 짧아지는 낮, 새벽과 저녁의 냉습한 기운, 편안함을 안겨주는 런던의 많은 건물들, 심지어 높은 벽을 화초실과 맞댄 이웃 암 전문 병원의 짙은 우울이 유럽의 겨울을 여행하려는 내 소망을 마비시키는 것 같았다. 스페인은, 남부는 다를 거라고 나는 생각했다. 나는 다시 문학에 현혹되었다.

아, 따뜻한 남국이 가득한 잔이 그립다…….*

그리고,

남쪽으로 날아가는 제비, 제비…….**

세 번째 만남은 팔러먼트 힐 필즈의 예술가들이었다.

전에 이비사에 살았던 젊은 부부가 프랭크 사지슨에게 런던에 있는 어느 집 주소를 알려주었는데, 프랭크가 편지로 거

*존 키츠의 시 〈나이팅게일에게〉의 일부.
**앨프리드 테니슨의 시 〈공주: 제비〉의 일부.

듭 그 집에 가보라고 상기시켜서 어느 날 오후 나는 팔러먼트 힐 필즈에 전화를 했고 그날 저녁 식사에 초대를 받았다. 시인인 벤이 그 집에 오는 방법을 일러주었고 나는 다시 팔러먼트 힐 필즈, 크라우치 엔드라는 이름이 일으키는 기대감에 싸인 채 버스를 타고 벽돌집들이 있는 거리로 갔다. 가느다란 몸집에 머리가 검고, 어깨는 앙상하게 굽어서 긴 팔이 추처럼 앞뒤로 흔들리는 젊은 청년 벤이 버스 정류장에서 나를 맞아 집까지 데려갔다.

그의 눈은 강렬한 갈색이었고, 얼굴은 창백하고 습기가 어렸다.

"뉴질랜드에서 오셨다고요?" 그가 표지판을 읽듯 나를 보며 물었다. 스코틀랜드 억양이었다.

"스코틀랜드 분이신가요?"

"아뇨."

"스코틀랜드 억양 같은데요."

"맞아요."

그는 웃고는 바로 얼마 전에 난생처음 스코틀랜드에 가서 휴 맥다이어미드를 만나고 왔다고 설명했다.

"휴 맥다이어미드요."

"아 그래요?"

나는 흥분하고 놀란, 그러니까 감탄하는 모습을 보여야 한다는 걸 알았지만 애석하게도 휴 맥다이어미드가 누군지 몰랐다. 시인인 것 같기는 했다. 《현대 영시 골든북》에 나오는 가슴을 울리는 시 한 편이 떠올랐다. '돌로 된 장벽'*에 대한 시였다. 그게 맥다이어미드가 쓴 것이었나?

"맥다이어미드하고 제임스 조이스가 제가 가장 좋아하는 시인입니다." 벤은 부드러운 스코틀랜드 억양으로 덧붙였다. "그렇고말고요……."

"저는 폴란드 사람이에요." 크라우치 엔드에 있는 그의 집 현관 앞으로 가면서 그가 말했다.

그 집에는 남녀 입주자가 몇 명 있었고, 모두가 예술 활동의 도약을 위해 런던에 온 사람들이었다. 그들은 나를 반겼고, 내가 '멀리 뉴질랜드에서' 왔다는 예의 그 말을 하자 런던에 온 이유가 뭐냐고 물었다.

"저는 작가예요." 나는 내 느낌보다 강하게 말했다. "문학재단에서 여행을 통해 견문을 넓히라고 지원금을 받았어요."

"쓴 책은 있나요?"

"두 권이요." 나는 가볍게 말하려고 했다.

"하지만 출판된 건 없죠?"

이 새 친구들은 글쓰기와 출판을 연결하는 데 익숙지 않다는 것을 깨달았다.

"책을 출판했다는 거예요?"

"출판된 건 단편 소설집이고요, 곧 장편이 나올 거예요."

"뉴질랜드에서만요." 나는 충격을 감소시키고 그들의 얼굴에 아까와 같은 평범한 호기심을 되찾아주기 위해서 얼른 덧붙였다. "언젠가는 여기서도 제 소설을 출판했으면 좋겠어요."

우리는 곧 저녁 식사를 하게 되었다. 젊고 덩치 큰 여자 가정부가 식탁 가운데 커다란 과일 그릇을 놓았다. 그리고 샐러

*《로미오와 줄리엣》에서 로미오가 줄리엣 집의 돌담을 가리킨 말.

드와 밥을 가지고 돌아왔다. 그러다가 누군가가 "이분은 책을 냈대요!" 하고 말하자 멈추어서 나를 보았다.

그녀는 부엌의 다른 사람들에게 응급 상황이라도 알리듯이 소리쳤다. "어서 와봐요. 이분이 책을 냈대!"

식사를 함께하는 사람들이 서둘러 들어왔다. 모두가 나를 바라보았다. 한 사람이 설명했다. "저는 책을 낸 사람을 본 적이 없어요. 그러니까 우리하고 비슷한 사람 중에서 말이에요."

우리는 식사를 시작했다.

"파에야예요." 누군가가 말했다. "스페인 요리죠."

"네, 알아요." 내가 기뻐하며 말했다. 나는 사지슨의 영토로 돌아와 있었다.

그들은 내게 깊은 인상을 주었다. 재능 있고 지성과 학식이 넘치는 그 모습은 내가 결코 다다르지 못할 영역 같았고, 혹시라도 오해가 없도록 정직해야 한다는 생각에 내 책이 '뉴질랜드에서만' 출판되었으며 장편 소설도 '뉴질랜드에서만' 나올 거라고 강조했다.

그들은 출판사 이름을 물었다.

"첫 책은 캐스턴 출판사고 장편 소설은 페가수스예요." 내가 말했다.

책을 출판한 작가를 만났다는 흥분은 자신들은 페이버앤드페이버 출판사에서만 책을 내기로 결심했다는 사실에 의해 줄어들었다. 페이버앤드페이버 아래는 상대할 수 없었다.

나도 페이버앤드페이버를 꿈꾼다고 고백했다.

"물론 도이치도 있고…… 마이클조지프도 있고…… 칼더도 있고……." 우리는 엄숙하게 적포도주 잔을 들어서 시집 출판의 최고봉인 페이버앤드페이버 출판사를 위해 건배했다.

그들은 밤늦도록 이야기를 했고 나는 그들이 밝힌 전시, 공연, 출판의 희망과 꿈을 경이롭게 들었다. 전부 다 시인은 아니었다. 그러다 버스를 타고 시더스 로에 돌아가기에는 시간이 너무 늦어버리자, 그들은 내게 메리의 방에서 자고 가라고 했다. 메리는 원래 벤의 여자 친구였는데, 어느 날 밤 그가 방에 들어가보니 도라의 품에 안겨 있었다고 했다. 그는 스코틀랜드에서 휴 맥다이어미드를 만나고 돌아온 뒤로 혼자 잔다고 했다. 한밤의 흥분 속에서 모두의 관심이 휴 맥다이어미드에게 집중되었다. 정말 대단한 시인이야! 조이스, 예이츠, T. S. 엘리엇 같은 최고 반열의······.

"오든도 거기 들어가나요?"

"아, 오든! 그럼요."

"그리고 T. S. 엘리엇은 페이버앤드페이버의 '대표'예요!"

저녁나절의 흥분으로 인해 나는 모두가 잠자리에 든 뒤에도 쉽사리 잠을 이루지 못했다. 대부분 잠자리 파트너가 있었다. 메리는 위층에서 여자 친구 도라와 함께 잤다. 나는 자리에 누워서 그들이 품은 시의 꿈에, 그리고 "나는 시인이다, 나는 화가다"라고 말하는 것만으로 시인이나 화가가 될 것 같은 자신감에 감탄했다. 공동생활, 자유, 명령과 권위의 부재에도 감동받았다. 놀랍게도 입주자 가운데는 런던에 가족이 있는 런던 사람들도 있었다. 여자 두 명은 슬레이드 미술학교에 다니는 장학생이었고, 정식 일자리가 없는 사람들은 원하는 예술의 길을 추구하는 한편 (벤처럼) 미술 모델로 돈을 벌었다. 끼니는 대부분 옥스퍼드 로 주변이나 나이츠브리지의 상점들을 돌아다니며 캐비어를 얹은 크래커를 먹거나 다양한 고기 반죽과 치즈를 맛보는 것으로 해결했다. 점원들은 그들이 변장한 괴짜 백만장자일지 모른다는 생각에 감히 내쫓지 못했다.

께느른한 아침 햇빛 속으로 깨어나자 사람들은 이미 하루의 일과를 준비하고 있었고 나는 이방인처럼 느껴졌다. 내가 정말 이 당당하고 영민한 사람들과 함께 페이버앤드페이버를 위해 건배했던가. 뉴질랜드에서는 프랭크 사지슨이 대화를 이끄는 안전한 영역이 아니라면 감히 다가갈 엄두도 못 냈을 이 사람들과?

나는 소심하게 아침 인사를 했다. 아뇨, 식사 전에 가요. 그런 뒤 다시 오겠다는 약속과 함께 작별 인사를 하고 버스 정류장으로 서둘러 가다가 중간에 동전 지갑을 잃어버렸다. 나는 부끄러움과 당혹감 속에 그 집으로 돌아갔다.

"지갑을 잃어버렸어요. 돈도 있고 열쇠도 있는데!"

이런 나의 어수선함은 왠지 페이버앤드페이버 출판사에서 책을 내거나 영국에서 소설을 출판할 가능성을 줄어들게 할 것 같았다. 지갑과 열쇠와 돈을 놓친 것이 말을 놓친 일이라도 되는 것처럼.

크라우치 엔드의 예술가들은 이미 환하게 밝은 아침이 강제하는 일과를 시작했고, 나는 나사가 풀리고 얼이 빠진 듯한 느낌에 연극 속 불청객처럼 소리쳤다. "내 지갑! 열쇠! 내 돈!"

벤이 나와 함께 버스 정류장으로 가서 내게 차비를 주었다.

나는 시더스 로에 도착한 뒤 잠긴 대문을 열 수가 없어서 본채의 초인종을 눌렀다. 패트릭 라일리가 예비 열쇠를, 그리고 나중에 대체 열쇠를 찾아주었다.

"집주인은 몰라도 돼요." 그가 말했다. "이런 일을 자주 하지는 않지만요." 패트릭은 자신을 포함한 모든 이의 행동을 변경 불가능한 1세대의 규칙, 그러니까 2세대라면 거기 약간의 변화와 타협을 허용할 규칙에 맞추는 심판의 사나이였다. 그는 내가 외박을 했지만 별일 없었다는 데 만족한 것 같았지만, 내가 미술가와 시인들을 만났다고 하자 불만스럽게 얼굴을 찌푸렸다.

"그런 사람들하고 어울리면 안 돼요." 그가 말했다. "그런 사람들은 빈둥거리고 일을 안 해요. 품행도 바르지 않고요."

"아녜요." 내가 항변했다. "그 사람들도 일해요." 그리고 그들의 빛나는 자신감을 떠올리고, 그에게 내가 작가임을 상기시켜주었다.

"당신은 달라요. 스페인에서 런던으로 돌아오면 그때는 '진짜' 일을 할 거예요."

"네?"

"그래요. 피크 프린스 공장은 늘 일꾼을 구해요. 아니면 속기 타자수로도 일할 수 있어요."

"피크 프린스 공장요?"

"네, 피크 프린스."

패트릭 라일리는 뉴질랜드에서 어쩌다가 내 녹색 군용 배낭에 담겨 와 시더스 로 마당에 떨어진 흙에서 싹튼 사람 같았다. 패트릭 라일리는 나를 도와주었다. 그리고 이제 나를 책임지려 하고 있었다. 그는 내가 자신의 반대에도 불구하고 이비사로 떠나는 걸 받아들였지만, 내가 '홀몸으로' 런던에 돌아와서 진짜 직업을 구해야 한다는 생각은 굳건했다.

"그러면 우리 미래가 있을 거예요." 그가 말했다.

나는 아무 말도 하지 않았다. 나는 패트릭 라일리를 좋아하지 않았다. 그를 보면 오래전 학창 시절에 다른 친구가 없어서 함께 점심을 먹은 친구들이 떠올랐다. 그는 자신 있게 행동하고 거의 모든 사안에 의견이 확고했지만, 내 눈에는 가혹한 세상에 던져진 또 하나의 탈락품처럼 보였다. 물론 그는 결코 그렇게 생각하지 않을 것이다. 그는 감독관 승진을 거절한 버스 운전사로서 자부심이 있었다. 버스 운전사는 바깥 날씨에 상관없이 버스 안에서 쾌적하게 일하는데 감독관들은 런던의 버스 정류장에서 덜덜 떨며 추위를 쫓기 위해 어깨를 출썩거려야 한다고 했다. 그는 활동적인 것, 버스를 운전하며 위층의 차장이 전하는 신호(발을 한 번 구르면 출발, 두 번 구르면 정지)를 받는 것을 좋아했다. 하지만 자신이 '관리자 타입'이라는 것도 알았다. 그는 이렇게 말했다.

"내가 관리자 타입이라는 건 분명해요."

그는 똑똑했고, 말주변도 좋았으며, 관심 끄는 법과 명령하는 법을 알았다. 고급 청색 셔츠와 피크 프린스 사의 다크 초콜릿 다이제스티브 비스킷과 최고의 아일랜드 베이컨이 있는 자기 방에서 그는 자신감을 확고히 지켰다.

물론 이따금 그의 진갈색 눈에 불안의 빛이 번득 지나갈 때도 있었지만. 그런 눈빛은 겉으로 보이는 것처럼 어떤 의문을 담은 것일까? 아니면 그가 놓친 어떤 것이 있는 것일까?

체스 게임

런던에서 지낸 마지막 주에 나는 배터시 전문대학에서 일을 마치고 배터시의 이야기꾼들에게 작별 인사를 했다. 그리고 마지막 날에는 시인 벤이 찾아와서 함께 차와 피크 프린스 다크 초콜릿 다이제스티브 비스킷을 먹다가 체스 이야기가 나왔는데, 우리 둘 다 체스를 좋아하지만 오랫동안 해보지 못했음을 알게 되었다. 그가 충동적으로 "나가서 체스 세트를 사죠" 했을 때 나는 기꺼이 동의했다.

우리는 체스를 사러 갔다. 클래펌의 상점들은 문을 닫았고, 클래펌 정션도 닫혀 있었다. 우리는 배터시, 첼시, 슬론 광장까지 갔지만 체스를 파는 곳은 없었다. 돌아오면서 밸럼, 투팅에도 들렀지만 멀리 갈수록 체스를 살 가능성은 줄어들었고, 우리는 더 절박해졌다. 우리 둘 다 체스에 대한 욕망은 일찌감치 사라졌고, 그것은 런던의 가을날 오후에 시인을 꿈꾸는 젊은 남녀가 품은, 뭐라고 꼬집어 말할 수 없는 열망의 상징이 되었다는 것을 알았지만 그것을 입 밖에 내어 말하지 않았다. 체스 게임은 우리의 열망을 붙잡아두고, 우리의 질문을 유예시키고, 한동안 우리의 탐색을 가로막았다. 나는 그 이상한 오후를 아직도 똑똑히 기억한다. 벤이 긴 팔을 노 젓듯 휘저으며 앞서 걸었고, 나는 그를 따라잡으려고 애쓰면서, 우리의 걸음은 거의 달리기 같아졌다. 지나가는 사람이 보면 '이런 가을날 오후에 저 남녀는 왜 런던을 뛰어다니는 거지? 뭘 잃어버려서 찾는 건가? 아니면 누군가 혹은 무언가에 쫓기는 건가?' 하고 생각했을 것이다.

우리는 마침내 포기했다. 그리고 여전히 바쁜 걸음으로 벤의 어머니가 사는 아파트로 갔다. 햄스테드에 있는 작은 2층 아파트였다. 나는 검은 옷을 입은 조그만 여자, 영어를 전혀 못하는 폴란드 이민자가 이렇게 똑 부러지는 벤의 어머니라는 사실을 믿기 어려웠다. 젊은 남녀들은 부모를 심장 속 주머니에 넣고 꿰매버린 것처럼 기가 막히게 잘 숨긴다.

우리는 위층에 있는 벤의 방에서 책 이야기를 했다. 그는 커다란 더블 침대에 누웠다.

"내 결혼 침상이에요." 그가 말했다. "결혼할 유대인 여자를 찾으면요."

그는 맥다이어미드의 시와 《율리시스》의 구절을 읽었다. 내가 가야겠다고 하자 체스 세트 찾기에 실패했을 때와 같은 어떤 후회와 체념, 상실이 느껴졌다. 그는 햄스테드 히스를 건너 버스 정류장까지 나를 바래다주었고, 연못을 지날 때 나는 런던에서 몇 년을 살기라도 한 듯 런던의 첫 기억 가운데 하나인 시든 사초를 가리켰다. "이랬어요." 내가 말했다. "또 이랬고요." 떠난다는 사실이 시간을 왜곡시키는 게 느껴졌다.

버스가 왔다. 우리는 작별 인사를 하고 계속 연락을 주고받기로 했다. 우리의 하루는 은밀하게 강렬했다. 우리는 지인에서 친구가 되고 있었다. 우리는 서로에게서 시적인 움직임을 감지했다. 나란히 선 두 집의 각기 다른 방에 불이 켜졌고, 양쪽 집의 거주자가 다른 길을 통해 서로 다른 목적지로 가면서 잠시 멈추어서 이웃 집의 조명을 알아보는 것 같았다.

나는 마지막 밤을 위해 화초실로 돌아왔다. 며칠 동안 못 본 패트릭 라일리가 나를 기다리고 있었다.

"커먼에 나가서 함께 식사를 하며 마지막 밤을 기념합시다." 그가 말했다.

"어……."

우리는 커먼을 건너 큰 옷 전문 상점을 지났다. 제스 휘트워스는 체구는 작지만 런던에 오면 그곳을 이용했는데, 그녀를 수신자로 하는 브로슈어—큰 옷 전문 상점 최신 소식—가 화초실로 꾸준히 배달되는 것으로 알 수 있었다.

우리는 대형 헌책방인 ABC와 문방구를 지나쳐 갔다. 먼지 긴 만년필이 서류 가방, 플라스틱 장난감, 먼지 덮인 조각 퍼즐 틈에 놓여 유리창 안에 진열되어 있었다. 마침내 우리가 도착한 식당은 패트릭이 주로 이용한다고 하는 간선 도로변 기사 식당과 달리 식탁보가 깔려 있었고, 메뉴도 바깥의 칠판에 분필로 쓴 것이 아니라 종이에 인쇄되어 있었다.

나는 패트릭에게 선택을 맡겼다. 살짝 익힌 스테이크와 채소, 크림 애플파이.

큼직한 스테이크는 힘줄이 많아서 패트릭은 불평했다. "말고기 같네요."

나는 열심히 씹으면서 인상을 썼다.

"설마요!"

"아니에요. 어수룩해 보이면 말고기를 낼 때도 많아요. 좋은 아일랜드 스테이크를 원했건만."

나는 속으로 웃었다. 뉴질랜드 버터 신을 숭배하며 자란 나는 버터를 살 때 "이거 뉴질랜드산인가요? 저는 멀리 뉴질랜드에서 왔거든요" 하고 말했는데, 지금 패트릭은 아일랜드 버터,

베이컨, 스테이크를 요구하고 있었다.

대화는 따분했다. 패트릭은 낭만이나 격정이 없는 투박하고 평범한 사람이었지만, 때로 우리가 저녁에 커먼까지 산책을 나가면 장난감 배 주인들이 맑은 날씨에도 우비와 방수모를 쓰고 리모컨의 버튼을 누르며 배를 항해시키는 틈에서 꿈을 꾸듯 아일랜드와 레프러콘 요정* 이야기를 해주었다. 자기 두 눈으로 똑똑히 보았다고 했다. 나는 그 말을 믿었다. 특히 핏빛 태양이 테두리를 땅에 대고 죽어갈 때나 길바닥과 나무 밑에 메마른 손처럼 널브러진 플라타너스나무 이파리들이 다시 반짝이고 팔랑거리는 저녁이면 더욱 그랬다. 패트릭이 지루하게 느껴지거나 그의 편견이 답답해지면 나는 레프러콘 요정을 떠올리고 그를 좋게 생각했다.

다음 날 그는 일하던 중간에 기차역으로 나와서 나를 배웅했다. "계속 연락해요. 그리고 홀몸으로 돌아와요." 그가 말했다. 그의 갈색 눈동자가 평소보다 더 짙은 색으로 반짝였고, 많은 작별 인사에 마음이 약해진 나는 감금도 자유도 모르는 또하나의 길 잃은 영혼 같은 그를 보는 것이 눈물 나고 슬펐다.

예약해둔 심야 여객선은 증기를 내뿜으며 영국 해협으로 들어섰지만, 짙은 안개로 항해가 어려워져 중간에 멈추어 섰다. 바다는 잔잔했다. 나는 규칙적으로 철썩이는 파도 소리와 곤경에 빠진 바닷새들처럼 서로를 부르는 무적(霧笛) 소리를 들었다.

다음 날 정오에 안개가 서서히 걷히자 우리는 디에프에 정박했고, 나는 파리행 기차에 올랐다.

*보물이 숨겨진 곳을 일러준다고 하는 아일랜드 요정.

플라자 로마

파리에서의 첫날을 떠올리면, 내가 의사소통을 위해 흘린 눈물과 마침내 빵과 달걀과 버터를 사서 옛 바스티유 감옥 터가 내려다보이는 호텔 다락방의 작은 스토브에 올려놓고 빵이 정말로 고통*이라는 걸 깨달은 일이 기억난다. 나는 유럽을 도보 여행한 프랭크 사지슨과 그보다 최근에 유럽을 여행한 제스 휘트워스에게서 여행 방법을 철저히 배웠으므로 그들의 지시를 그대로 따랐다. 어디를 가건 직접 밥을 해 먹고, 가능하면 캠프장이나 유스호스텔에서 투숙하는 방법으로 돈을 절약하는 것이 목표였기에, 나는 파리에 갈 때 냄비와 식기, 깡통 따개, 주머니칼, 고체 알코올 스토브, 침낭과 이불을 가지고 갔다. 런던에서 지내는 동안 헌책과 새 책을 가리지 않고 책도 많이 샀는데, 그 가운데는 《독학 스페인어 1》, 《독학 스페인어 회화책》도 있었다. 이것들과 커다란 황갈색 모자 달린 셔츠, 연습장, 깔개 ("여행에는 깔개가 필수야"), 옷가지가 여행 가방에 꽉꽉 들어차고 타자기를 넣은 녹색 군용 배낭까지 있어서 내 짐은 아주 거대한 덩어리가 되었다. 바스티유 감옥 터가 내다보이는 호텔을 고른 것은 파리에서 지내는 이틀 동안 여행 계획만 짜고 짐 걱정은 하고 싶지 않아서였다. 나는 마음을 달래려고 좋아하는 프랑스 산문과 시의 구절을 속삭이고, 겨울 하늘로 열린 작은 창밖을 내다보며, 내가 파리에 있다는 걸 상기시켰다. 내가 파

---

*프랑스어로 '빵(pain)'은 영어의 '고통'과 철자가 같다.

리에 올 거라고 누가 생각이나 했을까? 나는 〈던컨 그레이〉라는 옛 노래를 불렀다.

> 당신은 날 위해 프랑스에 가도 돼,
> 하하 그 매혹……

그리고 다음 날, 기운을 되찾은 나는 파리의 기억을 정화하기 위해 새벽이 오기 전에 거리 탐색에 나섰고, 잠시 후 레알 채소 시장에서 길을 잃었다. 양배추에 둘러싸이고 양배추에 채이고 양배추 잎에 미끄러지느라 도저히 빠져나갈 수가 없었다. 도데,《콩트 에 레장드》, 피에르 로티, 빅토르 위고의 구절들을 아무리 읊어봐야 소용 없었다…….

마침내 길을 찾아 호텔로 돌아온 뒤에는 바르셀로나행 야간 기차를 탈 준비를 했다.

나는 기차역에서 '콩시뉴(Consigne)'라고 표시된 곳에 줄을 섰다. 거기서 내 짐을 바르셀로나로 '탁송(consign)'하려고 했는데, 놀랍게도 내가 작은 쇼핑백과 트래블러스 조이 핸드백을 뺀 나머지 짐을 전부 맡겼는데도 직원은 내 기차표도 확인하지 않고 조그만 번호표만 주었다. 조금 이상했다.

"부 느 불레 파 르가르드 몽 비예 드 부야주(제 기차표 안 보세요)?" 나는 똑똑하고 당당하게 말했다.

"농(네, 안 봐요)."

이게 프랑스 방식인가보다 하며 나는 승강장으로 갔고, 기차 좌석에 올라 출발을 기다리며 불안한 여행자들이 그러듯 이따금 밖을 내다보며 화물칸으로 실려 가는 짐 중에 내 짐이 있나 살펴보았다.

내 맞은편 좌석에는 노인이 있었고 병약해 보이는 소년이 담요를 덮은 채 노인의 무릎을 베고 누워 있었다. 소년은 파리에 심장 수술을 하러 왔다고 노인이 말했다. 여행 중에 노인은 가방에서 포도를 꺼내 소년에게 한 알씩 주었고, 그러면 소년은 새끼 새처럼 입을 벌려 그것을 받아먹었다.

"포도가 아이에게 좋아요." 노인이 말했다. "아이를 건강하게 해줄 거예요."

우리 칸의 다른 승객 둘은 페르피냥으로 가는 스페인 중년 여자들이었는데, 그들은 몇 시간 동안 스페인어로 이야기를 하다가 잠이 들었고, 나는 졸다 깨다 했다. 노인은 잠들지 않고 계속 꼿꼿한 자세로 있었고, 이따금 아이의 담요를 정돈해주었다. 졸다가 눈을 떠보면 노인의 총기 있는 창백한 얼굴과 강렬한 검은 눈동자가 보였다. 여자들은 두 사람에게 자주 눈길을 던지면서 자는 아이를 연민하는 듯한 말을 나직하게 주고받았다.

아침이 밝았고, 우리는 스페인 국경에 다가갔다. 나는 내 방식의 묘사를 시도하지 않고 모리스 더건의 《여행일지》에 실린 예리한 묘사를 기억하는 데 만족했다. 내게 이곳은 더건의 나라였다. 나는 더건이 설명한 기차, 경비원, 바다, 하늘, 땅을 기억했다. 풍경도 그가 묘사한 대로였고, 플래시건을 든 채로 잘 닦인 버클과 장화를 신고 승객들을 세관으로 인도하는 국경 수비대도 그가 묘사한 대로였지만(이따금 로르카와 로런스 듀럴의 몫도 있었다), 세관에 들어서자 나만의 상황이 닥쳤다.

나는 주인이 찾아가지 않은 여행 가방들을 살피고 또 살폈다. 익숙한 녹색 군용 배낭도 없고, 뉴질랜드 가죽 끈으로 묶은 낡은 여행 가방 두 개도 없었다.

"메 바가주(제 짐이요)." 나는 당황해서 누구에게랄 것도 없이 말했다. "주 레 제 콩시니에 드 파리(파리에서 위탁했는데요)."

나는 직원에게 다가갔다.

"메 바가주?" 내가 물었다.

직원은 어깨를 으쓱해 보일 뿐이었다.

"콩시니에." 내가 말했다.

힘겹게 대화를 주고받은 끝에 내가 파리에서 짐을 맡긴 곳이 짐 보관소고, 내가 받은 표는 보관증이라는 것을 알게 되었다.

눈물이 구름처럼 밀려들었지만 떨어져 내리지는 않았다. 나는 침을 꿀꺽 삼켰다. 그리고 두려움과 고통 속에서도 짐이 없다는 기쁨을 느꼈다. 높은 스페인 기차에 오르려고 쩔쩔매는 다른 승객들을 보니 해방감은 더욱 커졌다. 이제 나는 가벼운 마음으로 날개를 달고 바르셀로나와 이비사까지 날아갈 수 있었다.

프랭크 사지슨은 스페인에 사는 친구 그레빌 텍시도에게 편지를 보내 나의 방문을 알렸다. 바르셀로나에서 그레빌의 딸 크리스티나가 화가 남편 패터슨과 함께 나를 맞이했고, 점심 식사를 하기 위해 라 플라자 로마라는 곳으로 데리고 갔다. 그곳은 회색 유칼립투스나무—아니 올리브나무던가?—와 건물들에 둘러싸인 오래된 광장이었다. 나무들은 고대 흙더미처럼 흙빛이었고, 붉은 흙에 뿌리를 깊이 내리고 있었다. 사방에 햇빛 가루가 뿌려지고, 고요에 감싸인 광장은 다른 시대로 이어지는 은밀한 샛길 같았다. 나는 어처구니없을 만큼 괴롭던 짐에서 벗어나서 해방감을 느꼈고 내 감각은 뜬눈으로 지샌 밤 때문에 날카로워져 있었다. 내가 인식한 것은 바르셀로나의 소음도 교통도 아니고, 그 배경에 넘치는 고요였다. 그것은 내게 아주 편안한 느낌, 세상 어느 구석에도 어울리지 않던 인간 가구가 이리저리 옮겨지던 끝에 마침내 제자리를 찾은 듯한 느낌을 안겨주었다. 그것이 낯설고 다른 분위기를 접하고 출신지의 구속과 속박을 떨친 여행자에게 흔한 경험인지 어쩐지는 아직 알 수 없었다.

나중에 나는 시내의 아파트에서 그레빌 부부와 열두 살짜리 딸을 만났다. 나는 멍하고 낯설어서 미소를 지으며 가만히 앉아 있었다. 콜린도 만났다. 영국 시인이라고 했고 나하고 같은 배를 타고 이비사로 돌아갈 텐데 친절하게도 내 숙소를 알아봐주겠다고 했다.

"우선 며칠 묵을 방요." 그가 말했다. "우나 아비타시온(방)."

"우나 아비타시온." 나는 내가 스페인어를 전혀 모른다는 사실을 떠올리며 불안하게 그의 말을 따라 했다.

그날 저녁 여객선에 오르며 나는 콜린을 잠깐 보았다. 배는 소라 껍데기처럼 연약해 보였고, 스페인의 밤은 어둡고 흐릿했다. 바다는 어둡고 작은 파도만 흰빛으로 반짝일 뿐 고요했다. 과꽃이나 야생당근꽃이 뿌리 내린 화단 같았다. 나는 서둘러 내 선실로 들어가 아침이 오기를 기다리며 잠을 청했다.

이냐시오 리케르 로

깨어보니 여객선은 이미 이비사 항구에 들어와서 닻을 내릴 준비를 하고 있었다. 콜린은 트랩이 설치되기를 기다리고 있었다. 몇몇 승객은 기다리지 못하고 먼저 해변으로 뛰어내렸다.

20분 뒤에 콜린이 스쿠터에 시동을 걸고 내게 소리쳤다. "뒤에 타요. 제가 아는 작은 호텔에 데려다줄게요."

나는 대담하게 뒷자리에 올라탔고, 스쿠터가 평생 처음인 탓에 약간 겁에 질려 콜린의 허리를 꽉 잡았다. 우리는 좁은 자갈길을 앞뒤로 흔들리며 내달린 끝에 작은 펜션 앞에 멈추었다.

"여기예요." 그가 말했다. "여기에서 며칠 지낼 수 있을 거예요. 빈방도 분명히 있을 거고요."

그는 프런트로 나를 데리고 가서 유창한 스페인어로 이야기를 꺼냈고, 직원이 대답하자 나를 돌아보았다.

"이틀 밤이면 되나요?"

"네." 내가 말했다.

그런 뒤 의무를 마친 그는 스쿠터로 돌아가서 다시 시동을 걸었고, 나는 자존심에 상처를 입은 채 그가 떠나는 것을 보았다. 적어도 다시 한 번 만나자거나 만나서 반가웠다거나 작업이 잘되기를 바란다거나 하는 말을 할 수 있었을 것이다. 그는 스페인어를 알고 또 사람들이 훌륭한 '시인'이라고 말했다. 그러면 나는 누구인가? 친구의 친구의 친구일 뿐이었다.

나는 아직 정체를 알 수 없는 이비사 냄새가 가득한 내 방에서 피로와 '영구적' 숙소를 찾아야 한다는 불안과 내가 시인이 아니라는 열등감을 느꼈지만, 이 모든 감정은 외국 땅에서 새 삶을 시작하려는 열의에 덮였다.

우선 나는 부유한 여행객의 쇼핑, 스키 타기, 사진 찍기, 주식 매입을 도와주는 것만을 목적으로 하지 않는 회화책이 필요했다. 그런 여행객은 아마도 양복을 맞추다가 파산하는 낙하산병, 기차역에서 두개골 골절을 당한 상태로 벼락을 맞는 사람일 것 같았다.

그리고 이제 신경 쓸 짐이 없었기에 나는 기쁜 마음으로 서점 탐색에 나섰고, 박엽지처럼 얇은 《데일리 텔레그래프》, 스페인 신문 몇 부, 파리 신문, 카탈루냐어 회화책, 《독학 스페인어》를 샀고, 그 책을 이용해서 빵, 버터, 치즈, 사과, 바나나를 샀다. 다른 식품 가격을 전부 합한 것보다 비싼 초콜릿 케이크도 샀다. 케이크 안에는 작은 벌레들이 자기들의 작은 둥지 속에서 조그만 머리를 꼬물거리고 있었다.

밤이 되자 천장에 달린 작은 전등 빛이 너무 흐려서 가구 윤곽만 간신히 보였다. 바깥을 내다보니 상점들은 촛불을 켜고 있었고, 모든 불빛이 흐릿했다. 그런 뒤 잠이 들었고 이비사의 '제대로 된' 첫날에 대한 기대에 차서 깨었다. 먼저 걸어 다니며 앞으로 지낼 곳을 찾아보기로 결심했다.

나는 좁은 자갈길을 걸어서 언덕 위에 있는 구시가 쪽으로 갔다. 자갈길은 시내로 통하는 터널 입구에 로마 전사의 석상이 있는 로마 시대 담벽 유적으로 이어졌다. 사방에 널린 개와 사람의 오물을 피해 걸으며 나는 햇살이 비치는 언덕으로 갔고, 거기서 항구를 내려다보며 맑고 잔잔한 바닷물에 고스란히 비친 항구 맞은편의 건물들을 보았다. 언덕 꼭대기에 이르니 들판과 올리브 과수원 너머 섬의 반대편도 보였고, 그 너머 투명한 지중해도 보였다. 나는 고대 올리브나무 낙엽의 퇴적층처럼 엉긴 회색 바위에 기대앉았다. 작은 염소 떼와 함께 고독을 나누고, 정적 속에 떠 있는 낚싯배들의 소리를 들었다. 가지와 줄기가 바닷바람에 뒤틀린 잿빛 이파리의 올리브나무들과 오래전에 내렸다 녹지 않는 눈처럼 붉은 흙 위를 뒹구는 회백색 돌멩이들은 이 땅이 내 땅이고 내가 오래전부터 이곳을 알았던 것 같은 다정한 마음을 불러일으켰다. 이곳은 셸리의 세계였고, 나는 시를 통해 이곳을 알았으며, 셸리의 시구절을 가장 먼저 떠올리며 〈서풍에 바치는 노래〉와 재회—기생—하는 호사를 누렸다.

> 그대는 지중해를 여름의 꿈에서 깨웠구나
> 수정 물결 감도는 소용돌이에
> 나른하게 잠든 푸른 지중해,
> 바이아 만의 부석(浮石) 섬 옆에 누워서,
> 희미한 궁전과 탑들이 파도에 반사되어
> 더 강렬한 햇빛 속에 떠는 꿈을 꾸는 지중해를…….

이제 나는 그 공간을 채우고 거기에 '나 자신'의 생각을 채우고 싶었다. 하지만 얼음처럼 깨끗했던 시와 나의 첫 만남을 모든 시간의 첫봄처럼 기억하는 일은 달콤했고, 나에게 늘 가장 편안했던 곳—야외, 하늘 아래, 바다가 내려다보이는 언덕—에 있는 것만으로도 행복해서, 숙소를 찾으러 나왔다는 목적을 떠올리지 않았더라면 나는 몇 시간이고 계속 그곳에 앉아 있었을지도 모른다.

　나는 폭풍이 더욱 거세게 몰아쳤던 봉긋한 언덕 등성이의 좁은 길을 걸었다. 허리 굽은 초목들이 회백색 바위의 작은 틈새 말고는 뿌리 내릴 데가 거의 없는 곳에서 바람을 맞으며 힘겹게 자라고 있었다.

길을 걷다가 검은 숄을 두르고 검은 스타킹과 구두를 신은 두 여인이 나뭇가지를 주워서 커다란 고리버들 바구니에 넣는 모습이 보였는데, 나는 그들을 금세 알아볼 수 있었다. 그림 속 노역하는 아낙네들로, 기적의 현장에 구경꾼으로 등장하고, 빅토르 위고나 피에르 로티, 도데의 작품에 묘사된 사람들이었다. 두 여자가 가구처럼 붙박인 풍경은 마치 오래전에 만들고 장식해놓은, 바뀔 가능성이 없는 실내 같았다.

나는 새로 산 회화책을 뒤져서 어물어물 말했다. "부에노스 디아스."

"부에나스 타르데스."* 한 사람이 해를 가리키며 대답했다.

나는 더듬더듬 말했다. "요 소이 데 누에바 셀란다(뉴질랜드에서 왔어요). 재닛. 키에로 아비타시온(방을 찾습니다)." 나는 두 손을 맞대고 뺨에 가져다 댔다.

두 여자는 흥분해서 서로 정신없이 이야기를 나눴다. 그리고 나를 돌아보았다.

"엘 파트론(집주인)." 그들이 말했다. "엘 파트론."

나는 차츰 그들이 카탈리나와 프란세스카이며, 내 스페인어 이름은 '하네타'라는 것, 그리고 그들이 나를 파트론에게 데려가서 그 집에 세를 얻어주려 한다는 걸 알게 되었다. 나는 그들이 품었을지도 모를 의심을 풀어주기 위해 관광객이 아니라고 분명하게 말했다. "노 소이 투리스타. 소이 에스크리토라(저는 작가예요)."

---

*'부에노스 디아스'는 아침 인사, '부에나스 타르데스'는 오후 인사다.

카탈리나는 내 팔을 살며시 잡고 자갈길을 걸어 언덕 아래 이냐시오 리케르 로에 데리고 갔다. 자기들 집 바로 옆집이라고 했다. 엘 파트론은 박물관 관리자고, 그 동생 페르민이 지금 내게 소개해줄 집을 관리한다고 했다. 이냐시오 리케르 6번지에 이르자 그들은 자물쇠를 채우지 않은 무거운 현관문을 열었다. 굶주려 보이는 회색 고양이가 부엌의 나무 식탁에 앉아 있다가 발톱을 세우고 우리를 향해 달려들더니 휙 사라졌다.

“로스 가토스(저놈의 고양이들).” 프란세스카가 성을 내며 말하고, 문을 열어두고 있으면 들고양이들이 쳐들어올 거라고 했다. 우리가 엘 파트론을 데리고 올 동안 잠깐 기다려요, 하고 카탈리나가 말했다.

그들은 5분도 지나지 않아 엘 파트론의 동생 페르민과 함께 돌아왔다. 사십대 중반의 왜소한 남자로 나를 집에 들이는 것이 좋은 것 같았고, 이비사에 다녀온 프랭크의 뉴질랜드 친구들이 알려준 것과 비슷한 수준의 임대료를 요구했다. 페르민이 내가 잘 방과 테라스 끝에 있는 화장실, 부엌(욕실은 없었다)을 보여주자, 나는 호텔에 돌아가서 쇼핑백을 가져오겠다고 했다. 나는 내가 집 전체를 빌리는 걸로 이해했다. 내가 쇼핑백과 트래블러스 조이 핸드백을 가지고 돌아왔을 때, 페르민은 거실에서 테라스를 내다보며 바이올린을 켜고 있었다. 내가 들어가자 그는 연주를 멈추었다. 그리고 내 짐이 단출한 데 놀란 표정이었다. 나는 얼른 회화책을 뒤졌다.

“노 아이 에키파헤스(짐이 없어요).” 내가 말했다. “아 파리스(파리에 있어요).”

나는 마침내 내 짐은 파리 기차역에 보관되어 있고, 탁송을 요청하면 2주일 안에 도착할 거라고 설명할 수 있었다. 그리고 내가 에스크리토라이고 그 짐에 타자기가 있다고 말했다. 나는 양떼와 양털과 버터의 나라 뉴질랜드, 누에바 셀란다 출신이라고 설명했다. 나는 뉴질랜드인은 다른 나라 사람들과 달리 깨끗하고 순수하고 편견 없고 모든 인종에게 친절하다는 인상을 주려고 했다. 그리고 뉴질랜드는 아름다운 나라라고. 신의 낙원이라고.

페르민은 이해했다. 하지만 얼굴을 찌푸렸다. 이비사도 신의 낙원이라고 했다.

나는 뉴질랜드를 그렇게 말하는 것은 분별없는 일이라는 걸 알았지만 그런 자랑은 생존을 양과 양모, 버터와 동일시하고 반대로 양과 양모와 버터 수출의 실패를 죽음과 동일시하며—"수출 아니면 죽음"—자란 사람에게는 습관적인 것이었다.

페르민은 내 짐을 안타까워했고, 매일 아침 부두에 나가서 짐이 들어왔는지를 확인해주기로 했다. 그는 매일 이 집에 와서 바이올린을 연습한다고 했다. 저녁에 클럽에서 연주를 하기 때문이었다. 다른 식구들도 집에 오고, 옆집에 사는 일꾼 카탈리나와 프란세스카도 이 집 부엌에 와서 요리를 한다고 했다.

나는 그렇게 사람들이 드나들기는 해도 계속 지내는 사람은 나뿐일 거라고 생각했다.

내 방은 크고 시원했으며, 넓은 창문으로 항구와 먼 해변과 그곳의 건물들이 내다보였다. 그곳은 마치 다른 도시, 맑은 물에 비친 바다 도시 또는 거울 도시 같았다. 나는 탁자와 의자를 글쓰기용으로 배치했고, 약간 들뜬 분위기 속에 오클랜드에서 시작한 새 책 〈필레이즈 숙부〉와 그 후속 작품을 생각했다. 하지만 가장 먼저 할 일은 파리의 아메리칸 익스프레스에 보관증을 동봉한 편지를 보내서 짐을 여기로 부쳐달라고 요청하는 것이었다. 그리고 옷도 필요했다.

나는 편지를 파리에 부친 뒤, 속옷, 스타킹, 치마, 셔츠, 잠옷과 필기 도구를 사러 나가서 물건을 잔뜩 들고 집에 돌아왔지만 어느 순간부터 상점에서 내 돈을 받지 않아 어리둥절해하고 있었다. 그러자 페르민이 흐늘거리는 페세타 뭉치를 보고 누군가 내게 '구' 화폐를 주었다고, 그것은 이제 통용되지 않는다고 했다.

"휴지 조각이에요." 그가 말했다. "사기당한 거예요."

나는 다시 책상에 앉았다. 시를 쓰고 편지를 몇 통 썼다. 여행자들이 처음 간 나라에서 모든 것에 신기함을 느끼며 쓰는 들뜬 편지였다. 나에게 그런 놀라움을 안겨준 것은 빛, 하늘, 올리브나무와 돌로 된 책처럼 손때 묻고 낡은 건물들의 색깔이었다. 어떤 것도 뉴질랜드 건물 같은 불안함이 없었고, 어떤 것도 지진이나 화산으로 갑자기 사라질 두려움이 없었다. 이것들은 지구라는 낭독대에 책처럼 펼쳐져서 아마도 백 년에 한 장씩 넘겨졌을 테고, 그 오랜 세월 동안 그렇게 펼쳐져 있었다는 것이 그것의 확실함을 보여주었다. 그리고 그 놀라운 풍경을 완성하는 것은 잔잔한 바다가 자기 품속으로 물가의 세상을 그대로 받아들여서 내가 날마다 바라보는 거울 도시를 만드는 일이었다.

타자기가 없어서 수족을 잃은 것 같았던 나는 짐이 이비사로 출발했다는 소식이 아주 반가웠다. 그 소식을 들은 날 나는 카페 앞을 지나치다가 영국 시인 콜린이 친구들과 함께 길가의 탁자에 앉아 있는 것을 보았고, 그제야 타자기도 없고 짐도 없고 쓸모없는 수백 페세타만 있는 내가 얼마나 지독하게 외로운지 깨달았다. 나는 어색했지만 그런 감정을 감추려고 하면서 그의 탁자 옆을 지나가다가 그쪽을 보고 놀란 어조로 말했다. "어머, 안녕하세요. 또 뵙네요." 그러고는 흥분이 차올라서 의도했던 것보다 큰 목소리로 말했다. "제 짐이 곧 와요! 그리고 숙소도 구했어요!"

그의 친구들은 먹거나 마시던 동작을 멈추고 나를 바라보았다. 처음에 콜린은 나를 알아보지 못하는 것 같았다. 그러더니 냉정하고 경멸 어린 태도로 말했다. "아, 안녕하세요."

그는 내가 전한 소식에 아무런 기쁨을 보이지 않고 빤히 나를 보았다.

어쩌면 내가 그의 냉정함을 과장했을지도 모른다. 하지만 분명히 기억한다. 차가운 바람이 나를 휙 감쌌고, 나는 그에게 말을 건 것을 후회했다. 그와 친구들은 노천 카페에서 먹고 마시는 것이 아주 익숙해 보였고, 그것은 세련되고 똑똑한 모리스 더건이 설명하고 프랭크 사지슨이 "유럽식"이라고 회상한 그대로였다.

나는 얼른 영국 시인 콜린과 친구들 곁을 빠져나왔고 이 사건 이후로 영어 사용자 집단과 섞이거나 그들을 만나려는 시도를 하지 않았다. 그래서 스페인어와 프랑스어만을 썼다. 알제리 출신으로 프랑스어도 아는 카탈리나와 프란세스카, 페르민, 그리고 호세가 도와주었다. 스무 살인 호세는 엘 파트론의 아들로 법학도였고, 매주 집에 와서 부엌의 함석 욕조에서 목욕을 했는데, 목욕을 마치면 내 방에 와서 스페인어를 가르쳐주었다.

아침에 페르민이 바이올린 연습을 마치면 그도 스페인어의 단어와 표현을 일러주었고, 때로는 자기 옛날 이야기도 해주었다. 어느 날은 커다란 벽장 문을 열고 불이 켜진 실내를 보여주었는데, 그 안에는 십자가에 달린 예수상이 여러 개 있었고—선반에도 놓여 있었고, 문 안에 핀으로도 꽂혀 있었다—젊고 잘생긴 엘 카우디요(지도자) 프랑코 장군의 포스터가 걸려 있었다.

"이분이 공산주의를 막아주었어요." 페르민이 말했다. "그때는 더 젊었죠. 그리고 나도 젊었어요."

그는 어깨를 으쓱하고 부끄러운 표정을 지었다.

"지금은 달라졌어요. 오래전 일이죠."

그는 창가로 나를 데리고 갔는데, 그 창문은 내 방 창문처럼 도시와 바다가, 그리고 가깝게는 로마식 터널에서 언덕 위 교회로 뻗은 길이 내다보였다. 거기서 그는 길가의 돌담을 가리켰다.

"십자가의 길이에요." 그가 말했다. "엘 카우디요는 공산주의자를 모두 저기 세우고 총살했어요. 내 두 눈으로 보았어요. 하지만 그때 나는 젊은이였어요. 지금은 달라요. 엘 카우디요는……"

페르민은 어깨를 으쓱하고 벽장으로 갔다. 나는 그가 포스터에 침을 뱉으려는 줄 알았다. 하지만 그는 엘 카우디요를 벽에서 떼어내 구기더니 구긴 포스터를 벽장 맨 아래 선반에 쑤셔 넣었다. 그리고 문을 닫고 잠갔다.

"안에 있는 조각은 내가 만든 거예요." 그가 말했다. "나는 미술도 해요. 하지만 이제는 달라요."

하루하루가 흐르고, 내가 시와 편지와 단편 소설을 쓰면서 짐과 타자기가 도착하면 집필을 시작하자고 되뇌는 동안, 페르민은 계속 내 짐 소식을 가져왔다. 매일 아침 부두에 나가 물어보았기 때문이다. 내 짐과 그의 젊은 시절 꿈을 숨겨둔 비밀 벽장은 우리의 연결 고리가 되었다. 그러던 어느 날 그가 작은 종교적 그림들이 담긴 조그만 상자를 가지고 왔다.

"이것도 보물이에요." 그가 말했다. "하네타는 어떤 성인이 좋아요?"

나는 머뭇거렸다.

"아. 성 프란체스코요."

그는 성 프란체스코의 그림을 찾아서 내게 주었다.

"이것도 오래전이에요." 그가 말했다……

그래서 내가 기억에서 무엇을 보았던가? 기억은 역사가 아니다. 시간은 잠시 멈춘 춤꾼의 손에 들린 띠처럼 흐르지 않는다. 기억이 장면의 형태를 띠는 것은 과거가 아직 하루도 지나지 않았을 때까지만이고, 그 뒤로는 조용히 간직되었다가 임의로 풀려나는 순간들의 연속체일 뿐이다. 내가 지금 기억하는 것은 공산주의를 혐오했던 시절을 말할 때 페르민의 얼굴, 처형이 이루어진 십자가의 길을 보여줄 때 그가 막연한 공포를 안겨주는 머나먼 적들이 아니라 친구와 이웃, 심지어 친척들을 이야기한 것, 그리고 그 명령이 친애하는 엘 카우디요에게서 왔기 때문에 처형을 찬성했다고 말한 것이다. 하지만 그는 이제 충격과 슬픔을 느꼈고, 처형이 필요했다는 확신을 잃었다.

그는 바이올린을 통해서도 그런 의심을 말하지 못했다. 그는 어쩌면 그의 가족이 바이올린 연주를 비웃는 것, 어쩌다 연주를 들었을 때 참을성 있게 미소 짓는 것을 알았을지도 모른다. 나는 예의 바르게 미소 짓고 "부에노, 부에노(좋아요, 좋아요)"라고 말했다.

지금도 나는 창밖으로 십자가의 길을 대다보는 페르민의 혼란스러운 얼굴이 생생히 떠오른다.

새로 씻은 사람들

짐과 타자기를 기다리는 시간 동안 나는 이비사의 생활과 엘 파트론의 가족을 익혔다.

그리고 시에 대한 열망에 《카스티야어 명시 천 편(1154~1954)》이라는 제목의 책을 사서 호세에게 보여주며 묻기도 했다. "이비사의 시인들은 어디 있나요? 이비사에도 시인이 있나요?"

이비사의 바로 남쪽에 있는 소나무 섬 포르멘토르에는 시인이 있다고 호세가 말했다. 미겔 코스타 요베라라고 했다. 그래서 나는 요베라의 시를 한 편 찾았다. 〈엘 피노 데 포르멘토르(포르멘토르의 소나무)〉. 그것을 호세가 읽어주었고 나는 나중에 그 시를 외웠다. 그것은 나의 '기준 작품', 내 중심점이 되어서, 선집에 실린 로르카의 시들보다도 더 중요해졌는데, 그것은 무어인과 로마인의 손길이 남아 있을 만큼 유서 깊은 한편 유년의 하늘 푸른 시절 같은 젊음도 간직한 이비사를 담았기 때문이다.

나는 새로 산 사전을 열심히 뒤져서 〈엘 피노〉의 시적 번역

을 완성했다. 요베라는 '안전한' 시인, 애국자였고, 반역자가
아니었다. 페르민과 호세는 내가 소나무의 시인을 고른 걸 좋
아했고, 나는 20년 전, 아무도 내가 글을 쓴다고 생각하지 않던
내 유년의 집에 돌아온 것 같은 느낌도 들었다.

　　기억, 봄 햇살로 가득한
　　잊혀진 날.
　　부드럽게 흔들리는 나무들이 말하고
　　소나무가 속삭이는.

새 땅의 여행자는 다른 시간을 재방문하거나 방문할 귀한 기회
를 갖는다.

　　새로 씻은 사람들이 오고 가며
　　퀴퀴하게 쌓인 시간의 흐름을
　　영원으로 쓸어 간다…….

호세의 어머니와 누이는 집에 거의 오지 않았다. 그들의 생활
은 잘 드러나지 않았다. 나는 혼자 지내는 여자였지만 외국인
이었고, 모두가 외국 여자와 스페인 여자는 생활 방식이 다르
다는 것을 알았다. 하지만 사람들은 내가 관광객이 아니고 미
국인도 아니고 외국인 친구가 없는 부지런한 에스크리토라라
는 이유로 나를 좋아했고, 또 짐과 타자기가 아직 도착하지 않
았다는 이유로 집 없는 사람처럼 불쌍하게 여겼다. 불운이 나
의 이점이 되었다. 카탈리나와 프란세스카가 나를 돌봐주었고,

176

아침마다 낚싯배가 돌아오면 카탈리나와 프란세스카는 어떻게 하면 좋은 고기를 고를 수 있는지, 무엇을 요구해야 하는지, 값은 얼마를 치러야 하는지를 일러주었다. 정어리같이 생긴 작은 금빛 물고기는 다섯 마리에 1페세타였다. 나중에 두 여자는 내게 이비사 요리를 가르쳐주었고, 나는 이제 처음에 버터와 초콜릿을 산 일을 생각하면 놀라움과 약간의 민망함까지 느꼈다. 그 집에 온 지 얼마 지나지 않았을 때 내가 버터를 사가지고 돌아오자 요리하던 프란세스카가 내 바구니에 담긴 버터를 보았는데, 나는 그 시선에 당황하고 슬퍼졌다.

"만테키야(버터)!" 그녀가 놀라며 말했다.

오직 부자들만 만테키야를 샀다.

"카르네(고기). 오 하네타!"

나는 버터와 고기를 그들에게 나눠주었고, 카탈리나가 식사를 하러 오면 그들이 만테키야와 카르네를 산 하네타에 대해 흥분해서 이야기하는 것을 들었다.

내가 이비사의 식생활을 익히게 되자 내가 구매하는 식품에 대한 놀라움이나 호기심은 사라졌다. 나는 연료를 살 때도 프란세스카와 카탈리나를 따라 했다. 뉴질랜드에서 석탄과 나무는 자루째 트럭에 실려 왔지만, 여기서 나는 긴 손잡이가 달린 직조 바구니를 들고 나가 검은 옷과 숄 차림의 여자들 틈에 줄을 서서 작은 코크스 석탄 바구니나 나무토막 두세 개를 받았다. 하지만 그득한 바구니를 들고 돌아오는 나를 보는 프란세스카의 눈은 내가 영원한 풍요의 약속이라도 받은 듯 늘 반짝였다. 내가 물건을 별로 못 사 올 때도 그녀의 눈길은 나를 부끄럽게 했다. 그 눈길은 문밖에서 안에 들어올 기회만을 노리는 배고픈 길고양이들을 연상시켰다. 길고양이들은 아침마다 쓰레기 수거인이 당나귀를 몰고 오면, 그 넘치는 바구니를 따라 언덕 위로 섬 반대편까지 가곤 했다.

이때 나는 처음으로 정말로 가난한 사람들의 심정을 접했다. 그에 반해 나는 여행할 재원이 있고, 몇 달 동안 먹고살 수 있으며, 사람들이 과일, 채소, 꽃의 정원에 둘러싸여 있고 전기가 풍부한 뉴질랜드로 돌아갈 수 있었다. 나는 후렴처럼 끊임없이 "노 아이 무초 디네로(돈이 별로 없어요)"라고 말했지만 그래도 나는 부유한 나라 출신이었다. 나는 호텔, 술, 식사, 옷에 돈을 쓸 수 있는 부유한 '투리스타'는 아닐지라도 내 고국은 당시 모든 사람이 식량과 주거, 건강을 누려야 한다는 온정적 입법에 따라 풍성한 기회를 누렸다. 내가 뉴질랜드를 떠나기 전에 프랭크 사지슨이 말했다. "가난뱅이도 보고 거지도 볼 거야. 그 사람들을 생각하면 미쳐버릴 거야. 잊으려고 해야 돼. 자네가 할 수 있는 일은 없어."

내가 프란세스카와 카탈리나의 운명을 어떻게 개선해줄 수 있겠는가? 매일 버터와 고기를 주어서? 나는 내가 옷 속에 보석이라도 감춘 듯 내 옷을 살피는 그들의 눈길을 견딜 수 없었다. 프란세스카의 검은 눈은 특히 이전까지 인간에게서 보지 못한 예리함이 있었다. 그녀는 자신이 살 수 없는 식품뿐 아니라 물건에 대한 허기가 있었다. 하지만 별다른 불만의 표시는 보이지 않았는데, 그러던 어느 날 나는 자전거를 빌려 타고 올리브나무 과수원 옆의 먼지가 하얗게 덮인 시골길을 달리다가, 카탈리나와 프란세스카가 늘어진 가지에서 도로 위로 떨어진 올리브를 줍는 것을 보았다. 이미 수 킬로미터를 걸은 모습이었다. 다른 사람들, 시내에 사는 사람들도 가족 단위로 바구니를 들고 나와 올리브를 주웠다. 카탈리나와 프란세스카는 이렇게 해서 식재료를 구한다고 했다. 카탈리나가 엘 파트론은 시골에 농장이 있다고 애석한 표정으로 말하기에, 내가 엘 파트론의 가족이 채소나 달걀, 과일을 주느냐고 묻자 그녀가 말했다. "아니, 우리는 시장에서 사. 농장은 엘 파트론네 가족 거야. 하지만 도로에 떨어진 올리브를 줍는 건 괜찮아." 나는 그들의 바구니에 든 작고 단단하고 낡은 열매를 보고, 다른 격언들처럼 모든 것을 해결하려고 하는 격언을 하나 만들어보았다. 먼지 긴 도로에 떨어진 올리브가 가장 맛있고 소중하다. 말이 다시 구원이 되었다.

발레아레스 제도, 스페인 제도는 당연히 언제나 태양과 영원한 여름의 축복을 누린다고 여기고 나는 겨울옷을 거의 생각하지 않았다. 하지만 여전히 청명한 가운데에도 한편으로 갈수록 날이 추워지자 큰 주머니와 모자가 달린 큼직한 황갈색 재킷을 가져온 것이 기뻤고, 카탈리나와 프란세스카에게 바지를 입어도 내가 악마가 되지는 않는다고 설명한 뒤(그들은 검은 바지를 입은 외국 여자를 '디아블라', 악마라고 불렀다) 뉴질랜드에서 받은 회색 바지를 입고 조이 이모와 엘시 이모가 사준 따뜻한 갈색 코트도 입었다.

내 짐이 배편으로 도착한 것은 크리스마스가 다 되어서였다. 페르민이 그 소식을 전했을 때 모두 크게 기뻐했고, 트럭에 실려 온 두 개의 여행 가방과 녹색 캔버스 천 군용 배낭을 페르민이 거실로 날라 오자, 카탈리나와 프란세스카와 막 목욕을 마친 호세가 와서 내가 가방을 열기를 기다렸다. 나는 타자기를 빼면 이제 별로 필요가 없는 것 같은 물건들을 바라보면서, 이제 서로가 달라져서 더 이상 만나고 싶지 않게 된 친구를 만난 듯한 당혹감을 느꼈다. 나는 사람들의 얼굴에 명백하게 떠오른 실망을 보상해야 한다는 느낌이 들었다. 석 달 동안 내 짐을 기다리며 궁금해했는데, 여행 가방들은 찌그러지고 모서리가 파손되고 뚜껑 하나는 어긋난 것이 마치 옛 동화 속 물건처럼 직접 수백 킬로미터를 걷고 바다를 건너 이비사까지 온 것 같았다.

나중에 나는 내 방에 들어가 혼자 가방을 열고, 내가 싸 넣은 모든 것을 못마땅한 눈길로 바라보았다. 그런 뒤 책과 작은 스토브와 식기, 군용 냄비를 보자 버림받은 짐에 다시 따뜻한 마음이 일었다. 아, 내가 뉴질랜드에서 '모두'가 입는 옷감인 저지 실크로 직접 바느질해 만든 파란색 '튜브' 드레스. 이제 검은 옷을 입는 땅에 오니 그 색은 너무 밝고 어울리지 않아 보였다.

그리고 카탈리나와 프란세스카에게 '물건'을 볼 기회를 박탈할 수 없었기 때문에, 나는 그들을 안으로 불렀다. 그리고 타자기를 보여주었다. 준이 커튼으로 만들어준 녹색 벨벳 드레스도 있었다.

카탈리나와 프란세스카가 웃었다.

"하네타스 코르티나(재닛의 커튼), 하네타스 코르티나."

나는 깔개와 온수 주머니를 꺼내서 쓰기로 했다. 부엌 불을 빼면 집에는 난방 시설이 없었고, 넓은 대리석 바닥은 이제 밤낮없이 냉랭했으며, 밤은 아주 추웠기 때문이다. 그리고 타자기가 생겼으니 시와 편지와 단편 소설을 쓰는 대신 '진짜' 작업을 할 수 있을 것 같았다. 하지만 나는 짐의 도착에 실제 이상의 의미를 불어넣었다는 것을, 아주 오랜 형태의 자기기만을 실행했다는 것을 깨달았다. 미래의 사건에 매달려 현재를 달랜 것이다. 많은 사람들이 그러듯이.

소나무

그 뒤로 나는 날마다 깔개를 두른 채 온수 주머니를 안고 타자기 앞에 앉아서 장편 소설 〈필레이즈 숙부〉를 썼다. 창밖을 내다보면 아이들이 유칼립투스나무 아래 하얀 흙먼지 속에서 막대기로 칸과 숫자를 그리고 사방치기 놀이를 했다. 아이들의 노랫소리도 들렸다.

텡고 텡고 텡고
투 네 티에네 나다
텡고 만테키야…….

그리고 집집마다 문간에는 그들의 언니나 누나들이 무릎에 레이스 베개를 놓고 앉아서 레이스 핀을 바쁘게 움직이며 일했고, 나는 병원에서 프랑스 레이스를 뜨던 시절이 떠올랐다. 책 읽기도 글쓰기도 평범한 인간의 대화도 거부당했지만, "레이스 뜨기 교본: 플랑테 엥 에핑글 오 푸앵 되…… 주테 트루아 푸아(2번 지점에 핀을 꽂는다…… 세 번 한다)"라는 프랑스어 설명이 새로운 삶을 전해주는 느낌을 받았다. 배신하고 변신하고 힘을 행사하던 언어가 여전히 고립된 자들의 친구가 되고, 인간의 도움이 사라졌을 때 도움을 줄 수 있었다.

뇌우가 쏟아져 내렸다. 번개가 방 안에서 춤을 추었다. 바람은 마치 고대의 신들처럼, 내가 들어본 적 없는 방식으로 울부짖고 비명을 질렀고, 천둥, 번개, 폭풍의 자식들은 방 안으로 들어오려는 듯 유리를 할퀴고 날뛰었으며, 어쩌면 창문을 악기처럼 불려고 하는 것도 같았다. 나는 이렇게 폭풍이 치는 날이면 자주 집을 나와서 섬 반대편으로 걸어갔고, 너덜거리는 은회색 초목 틈의 회색 바위에 앉아서 이런 편안함은 처음이라는 생각을 했다. 나는 지중해의 섬에 혼자 있는 것이 기뻤다. 영어를 한마디도 쓰지 못했지만 내 스페인어는 지금껏 내 영어가 경험하지 못한 환대를 받았다. 내가 무언가를 표현하려고 애쓰면 내가 자신들의 언어를 쓰려고 한다는 데 자부심을 느낀 사람들이 친절하게 설명하고 제안하고 돕고 가르쳐주었기 때문이다. 반면에 자신의 모국어를 쓰는 사람에게 모국어로 말할 때면 사람은 혼자가 되고, 또 듣는 이의 기대에 부응하기 위해 노력하게 된다.

나는 매일 탁자에 앉아 타자기를 두드리면서 바다에 비친 도시를 보았고, 어느 날은 항구 도로를 걸어서 바다에 비친 모습만 보았던 맞은편 해변의 진짜 도시로 갔지만 어쩐지 거울 안으로 들어가는 것 같은 느낌이 들었다. 빛, 도시, 바다가 어떤 외적 현상을 보이건, 진짜 거울 도시는 상상의 도시여서 내면에 있다는 것을 알았다.

나는 섬들과 바다에 대해 많은 생각을 했다. 그리고 이런 시를 썼다.

바다와 틀어져 추방당한 대륙이여 불쌍하도다
그곳 사람들은 눈 안에 담을 거울 상(像)으로
산악 평원이나 계곡을 열망한다
그 풍경은 눈과 구름 속에서
시선의 파도와 함께 움직이지만
그늘지고 무거운 땅과 완전히 갈라서지 못한다
하루의 빛을 마시기 위해, 그 자신도 그늘 속에, 멈추는 땅과.

섬들은 작고, 영원한 액상 이미지
한때 어깨너머로 날아가는 새나,
웅크리고 바다를 두드리는 토끼로 잘 알려져 있다.
날마다 거울 속의 더 낯선 형상
수 세기의 부서진 그림자보다,
거대한 새의 움직임 잃은 날개보다
또는 나무에서 떨어진 이파리 하나
그 모든 형태와 머나먼 하늘 탐색이
조용한 내해(內海)의 평온한 날에도
물의 성찬(聖餐) 너머에서 깜박이는
이파리 하나보다도
완전하게 반짝이고 안개에 덮인.

섬들은 작다, 가혹한 완결성,
거울 속에서 너무 많은 자신을 만나는 두려움.

아, 시인이 되기를 얼마나 진지하게 꿈꾸었는지! 이제 나는 혼자야, 나는 속으로 말했다. 나는 작가의 삶을 살고 있어. 나는 마음의 평화를 느꼈다. 마치 이 세상에 속하지 않은 어느 해변에서 위대한 그림 속 장면들이 창조되는 것을 보는 듯했다. 이비사 사람들은 화가가 그린 듯이 움직였고, 집과 식물과 한낮과 밤하늘도 그 모든 색깔을 화가가 고른 것 같았다. 오후에 산책을 하거나 자전거를 타면 나는 눈앞에 펼쳐지는 섬의 깨끗한 둘레에 감탄했다. 나는 프랭크 사지슨에게 황홀경에 빠진 편지들을 보냈다. 이비사는 사람들이 말한 것과 똑같고 내가 꿈꾼 것과 똑같다고 썼다. 나는 섬이 내 안에 있다고 느끼고, 해변과 소금 산을 탐색할 때 자전거를 탔고, 진흙 밭들이 붉은 핏줄을 드러내 보이고 있는 도자기 작업장 앞을 지나갔다. 자전거를 두고 섬 안쪽 숲으로 들어가면 연녹색 소나무 숲이 있었는데, 거기에는 산적과 부랑자가 어슬렁거린다고 카탈리나와 프란세스카가 경고했다. 나는 그 말을 믿지 않았지만 나중에 그 말이 사실임을 알게 되었다. 이비사에도 시칠리아처럼 산적이 있다는 것을.

때로 마을을 산책할 때 외국인들이 웃고 떠드는 소리가 들렸는데, 그러면 나는 그들에게 소리치고 싶었다. "나 여기 있어요. 나도 영어를 해요. 뉴질랜드 출신이에요. 멀리 뉴질랜드에서 왔어요." 하지만 나는 그러는 대신 세상의 모든 것을 아는 듯 오만하게 그 옆을 지나쳤다.

이비사의 온화함은 믿기지 않을 지경이었다. 전기 공급이 줄어서 상점들이 촛불을 켜는 저녁에 나는 두려움 없이 시내의 어두운 거리를 돌아다녔다. 처음에 내가 현관 열쇠를 달라고 했을 때 페르민, 카탈리나, 프란세스카는 놀라서 나를 보며 문을 잠그는 것은 외국인뿐이라고, 비밀이 많고 탐욕스러운 외국인들만 자신들의 재산을, 많은 디네로를 지키려 한다고 했다. 그러므로 내가 사는 집은 현관이 한시도 잠기지 않았다.

크리스마스 때 런던의 패트릭 라일리에게서 편지와 음식 소포가 왔다. 그는 콘비프와 아일랜드 스튜를 보내며 내가 아직도 홀몸이기를 바란다고 했다.

크리스마스가 되면서 여러 날 동안 나를 괴롭히던 소리도 그쳤다. 작고 들뜬 환호 같은 외침, "브라보, 브라보, 브라보" 하고 합창하는 듯한 소리, 나는 그게 뭘지 궁금했지만 개 짖는 소리일 거라고 생각했다. 개들은 백인의 피부색을 한, 투명에 가까운 그림자처럼 이따금 길거리를 내달렸다. 하지만 이제 정적이 찾아온 시점에서 나는 그 소리가 어느 집 작은 마당에 살던 칠면조 소리였음을 알게 되었다. 나는 썼다.

크리스마스와 죽음은 배고픈 때다
시야가 이 순간에 제한된
어리석은 자들과 죽음을 앞둔 자들만이
완전한 찬양을 배우며, 보이지 않는 것을 향해
브라보 브라보 하고 말한다.

그 작은 마당에서 칠면조들이 무엇을
그토록 격렬하게 칭찬했는지 누가 알겠는가?
아니면 병든 이가 줄어드는 삶의 시간 속에
흰 접시에 무엇을 펼쳤는지?

그리고 강추위와 함께 새로운 소리가 왔다. 그것은 거의 끊임 없이 울리는 교회 종소리였다. 나는 작고 하얀 관들이 장례 행렬을 이루어 나가는 모습을 자꾸자꾸 보았다. 날마다 종이 울리면 카탈리나와 프란세스카가 한숨을 쉬며 중얼거렸다. "아, 운 크리오, 운 크리오(아기야, 아기)."

그 겨울에 많은 크리오가 죽었지만, 그것은 특별한 일이 아닌 것 같았다. 삼나무로 둘러싸인 시내로 가는 도로변 묘지에는 새로운 무덤이 여럿 생겨났다.

그렇게 나는 쓰고 산책했다. 저녁에는 언덕에 올라서 작고 검은 박쥐들이 하늘의 실처럼 앞뒤로 흔들리는 것을 보았다.

한번은 소나무로 둘러싸인 작은 해변에서 자전거를 멈추고 나무 밑에 누워서 바다의 속삭임을 들었다. 빛은 주변에 파란색, 녹색의 눈처럼 떨어져 내리고, 바다는 소나무 가지 사이에서 반짝거렸다. 특이할 것 없는 장면이었지만, 그 풍경은 섬 안쪽의 솔숲으로 들어갔을 때처럼 어린 시절에서 뻗어난 더듬이를 건드렸다. 어린 시절은 수태와 죽은 자들과 새로 시작하는 자들의 삶에서 기원하는 고유의 더듬이가 있다. 신경 끝에 그 감각을 느끼고, 그것이 지난날의 소나무와 하늘과 물과 빛에서 기원했음을 느끼자, 나는 이 장면을 훈련된 기억술로 압축한 하나의 대체물로 만들어서, 그때에도 미래에도 이 장면의 기억이 과거의 감정들을 집약해 담을 수 있도록 했고, 지금도 나는 빛과 푸르름 속에서 물가의 소나무 소리를 들으면, 연관을, 존재와 사랑과 상실과 의문—"왜 세상이 있을까?" 하는 어린 시절의 질문—을, 어제의 떨림을 충만하게 느끼면서도 이비사의 소나무들을 기억한다.

시야를 가로막던 크리스마스가 지나고 나는 다시 끈질긴 불안 속에서 '미래'를 생각하기 시작했다. 사람들은 지원금이 떨어지면 뉴질랜드로 돌아가는 것이 당연하다고 여기겠지만, 나는 뉴질랜드를 떠나 있는 것이 너무도 편안해서 돌아가고 싶은 마음이 그다지 들지 않았다. 예전에 프랭크 사지슨과 함께 런던의 정신과 의사들을 만나서 뉴질랜드 의사들의 정신분열병 진단이 옳은지를 알아보는 것이 어떨까 하는 이야기를 한 적도 있었다. 나는 그게 오진이라는 걸 알았다. 하지만 대부분의 사람들은 내 주장을 별로 믿지 않았다. 단편 소설집 《석호》가 출간되자, 먼 학창 시절의 친구 존 포러스트는 현재 살고 있는 미국에서 편지를 보내왔다. 11년 동안 나를 만나지 않았고, 내 진짜 이야기도 알지 못하고 내가 "후고 볼프, 반 고흐와 비슷하다"는 그의 기대에 맞추어 살기로 결심했던 것도 모르는 그는 진단의 타당성에 대해서도 별로 의심을 품지 않을 것이다. 그의 간헐적인 편지에 대한 답으로 나는 무심하게 예전의 '똑똑하고', '남들과 다른' 몽상가, 공상가의 역할을 수행했다. 존 포러스트가 예의 "친애하는 여러분에게" 편지를 보냈을 때 나는 내 새로운 성숙함에 미소를 지었다. 때로는 속물적 기분에 잠겨 그를 '미국인 의사 친구'라고 부르기도 했다. 내가 그를 언급한 것은 그가 최근에 내가 원하면 런던의 유명 병원인 모슬레이 병원에서 진료를 받게 해주겠다는 편지를 보냈기 때문이다.

발레아레스 제도는 봄이 일찍 찾아온다고 했다. 그렇다고 해도 1월 초에 피어나는 꽃들은 난데없이 섬을 지나친 달콤함으로 감싸서, 어두운 고통의 주름이 그 기쁨 안으로 접혀 들어갔다.

검고 흰 콩꽃이 광활한 들판들을 채웠고, 과수원은 어떤 그림에서도 볼 수 없고 오직 특정 꽃에만 담기는 분홍빛과 흰빛으로 넘쳐났으며, 봄바람에 들꽃과 아몬드꽃, 아보카도꽃과 콩꽃 향기가 불어오면, 나는 소설을 쓰는 중간중간에 자꾸 시를 쓰고 싶어졌다. 그리고 내가 석 달 동안 영어를 하지 않았다는 데 기이한 느낌을 받았다. 물론 내 영어는 입 한구석에 고이 간직된 채 자물쇠가 채워져 있었지만, 어느 날 산책에서 돌아오는 길에 프란세스카를 만날 때까지는 그 오래 방치된 자물쇠가 얼마나 녹이 슬었는지 미처 몰랐다. 프란세스카는 들떠서 "엘 아메리카노, 엘 아메리카노(미국 남자야, 미국 남자)" 하고 말했고, 내가 어리둥절해하고 있을 때 키 큰 갈색 머리의 젊은이가 계단을 내려와 거실로 들어왔다.

그도 나를 보고 나만큼이나 놀랐다.

"안녕하세요." 그가 말했다. "제 이름은 에드윈 매더예요. 위층 방을 빌렸습니다. 저는 화가예요."

나는 내 영어 단어를 찾아야 했다. (내 언어를!)

"저는 큰방에 살아요." 내가 말했다. "저는 작가예요."

"부엌하고 바깥 화장실은 공용인 것 같던데요."

엘 아메리카노. 프란세스카가 경고한 대로였다. 그녀가 알제리를 떠난 것은 아메리카노들이 석유와 향수를 모두 차지해버렸기 때문이라고 하지 않았나?

나는 내가 집 전체를 빌렸다고 믿었고, 엘 파트론이 이제 와서 다른 방을 임대하는 것을 이해하지 못하고 배신감을 느꼈다. 아마도 내 착각이었을 것이다. 나는 이냐시오 리케르 6번지를 '내 집'으로 여겼고, 물론 엘 파트론의 가족과 카탈리나와 프란세스카가 드나들긴 했지만 외국인, 영어를 하는 미국인 화가하고도 내 집을 공유하고 싶지는 않았다! 나는 영어 사고와 영어 어휘가 각자 역할을 맡아서 강당으로 들어오듯 머릿속으로 밀려 들어오는 듯한 느낌에 적대감과 박탈감을 느꼈다. 하지만 누구에게 하소연할 수도 없었다. 이냐시오 리케르 6번지는 '내 집'이었다고.

나는 약간 평정을 회복했다. 적어도 에드윈 매더는 위층에서 살 것이다. 하지만 부엌, 벽난로, 현관, 복도, 거실과 그 앞의 테라스, 테라스에 딸린 화장실은 공유해야 했고, 나는 집 안에 다른 사람이 있다는 걸 알고 있으니 내 일부는 그 사람의 존재를 의식해서 글쓰기에 방해를 받게 될 것이다. 삶의 세계와 글쓰기 세계의 연결은 강력하고도 여유로운 집중을 요하는, 맨발로 (칼끝 위든 깃털 위든) 걷는 외줄타기와 비슷하다. 그런 삶에 다른 이들의 존재란 분노를 일으키는 침입이고, 그것이 반갑고 즐거운 여흥이 되는 것은 오직 이동하거나 병이 나서 잠시 관심을 언어에서 떼어놓아야 할 때뿐이다.

첫 만남에서 에드윈과 나는 하나의 직책을 둘 다 수락한 후 보자들처럼(그 역시 자신이 집 전체를 빌렸다고 생각했을지도 모르니까) 각자 이비사에 오게 된 경위를 설명했다. 그의 자금은 금융 시장이 '자유로운' 안도라에서 받은 장학금이었다. 나는 국제 통화에 대해 전혀 몰랐기 때문에 그가 일러주는 안도라의 환전법을 유심히 들었다. 그는 자신이 환전을 주선해줄 수도 있다고 했다.

"아, 그래요." 나는 미심쩍은 듯이 대답했다.

그는 위층의 작업실을 보여주었다. 흰 돌벽에 싸인 크고 바람이 잘 통하는 방이었고, 지붕으로 이어지는 문으로 나가보니 도시와 들판과 바다와 거울 도시가 파노라마처럼 펼쳐졌다. 나는 갑자기 내가 모험 정신을 발휘하지 않았던 데 실망했다. 왜 이 집의 위층에 올라와볼 생각을 하지 않았을까? 거실을 지나 내 방으로 갈 때면 나는 항상 금지 구역을 보듯 돌계단에 눈길을 주었지만 출입 금지 경고를 붙인 것이 나라는 것도 내가 '거울 도시'의 더 다채로운 전망을 거부했다는 것도 미처 몰랐다. 날이면 날마다 방 안에서 타자기 앞에 몸을 웅크린 채 깔개를 둘러쓰고 앉아서 어쩌다 눈길이 타자기를 벗어나도 그저 항구 건너편 거울 도시만 바라보던 날들 끝에 새롭게 보게 된 지붕의 파노라마는 내게 지진처럼 다가와서 내 중심을 흔들고, 발 아래가 벌어지고, 단순한 시야, 그러니까 눈가리개를 한 채로 몇 시간 동안 우물을 돌며 물을 퍼내던 말만큼이나 단순한 나의 시야를 비틀어서 확장시켰다. 그 물은 물론 우물에 묶인 말의 운명과는 상관없이 깨끗하고 맛있었지만, 내 타자기에서 찍혀 나오는 것이 그렇게 신선하고 반짝일 것인지는 확신이 들지 않았다.

나는 또 갑자기 에드윈을 고려하는 새로운 일상을 만들어야 했다. 아침에 일어나 불을 피우면서 이제 에드윈이 면도하고 씻을 물을 따로 챙겨놓았고, 그가 일어날 때 이미 식사를 마치고 일을 시작했다. 저녁 식사 시간에 그는 주로 카페에 나가 친구들과 먹거나 집에서 자신의 특별 요리인 프랑스 양파 수프를 해 먹거나 이제 나의 장기가 된 사프란을 곁들인 파에야를 함께 먹었다. 이 이야기를 하는 것은 내가 '붓꽃 먹는 이'라는 생각이 즐거웠기 때문이다*. 에드윈은 내가 글을 쓰는 낮 동안 거의 그림을 그렸고, 때로 우리가 부엌에서 우연히 또는 우연을 가장해서 만나면 그 또는 내가 물었다. "키에레 엘 푸에고(불 쓰실 건가요)?"

부엌 선반은 곧 카탈리나와 프란세스카를 흥분시키는 값비싼 식품으로 가득 찼다. 에드윈은 두 사람을 처음 봤을 때 물었다. "저 할머니들은 누구기에 여기 들어와서 사방을 쑤셔보고 다니나요?"

나는 설명했다. 에드윈은 그들을 마음에 들어하지 않는 것 같았고, 그들을 '이해한다'고 생각한 나는, 그 사람들은 가난해서 그런 종류의 식품을 살 수 없기 때문에 그의 넉넉한 식재료를 약간 먹는 것은 자연스러운 일이라고 옹호했다.

"하지만 하루 종일 드나들잖아요."

나는 그들이 이웃 집에 살고 우리 집 불이 없으면 요리를 못한다고 일러주었다. 그 집은 방이 하나고 바깥의 작은 발코니에는 닭을 키운다고. "이따금 갓 낳은 달걀을 주기도 해요." 내가 말했다.

그는 전구가 없는 것도 불평했는데, 그건 아주 터무니없는

*사프란은 붓꽃 과에 속한다.

건 아니었다. 그의 작업실은 천장에 난 채광장으로 자연광이 들어오긴 했지만, 그는 마음이 내킬 때면 언제라도 그림을 그리고 싶어 했고 밤에 책도 읽길 원했다. (나는 탁자에 초를 서너 개 켜놓는 것으로 해결하고 있었다.) 에드윈은 마을을 뒤져 전구를 하나 사가지고 왔는데, 그것은 즉시 집 안의 전기 퓨즈를 폭발시켜서 페르민의 질책을 샀다. 에드윈은 페르민을 '바이올린 켜는 참견쟁이 남자'라고 불렀다. "그 사람이 바이올린 켜는 그 한심한 소리 들었어요? 나는 그 사람이 이 집에서 연습한다는 걸 몰랐어요!"

나는 거실에 있는 비밀 벽장을 가리켰다.

"저 안에 그 사람 조각품들이 있어요. 벽장은 문을 열면 불이 켜져요. 예민한 감성을 가진 사람이에요."

에드윈이 프란세스카, 카탈리나, 페르민을 바라보는 방식은 나를 슬프게 했다. 그들은 나를 돌보아주고 내 짐을 기다려주고 내가 장을 보고 요리할 수 있게 도와준 새 가족들이고, 내 석 달짜리 비자가 만료되었을 때 나를 경찰서까지 데려가서 이 사람은 누에바 셀란다에서 온 작가 친구인데 비자를 갱신해야 한다고 설명해준 것도 카탈리나였기 때문이다. 나는 엘 파트론의 가족을 엘 아메리카노의 공격에서 막아주어야 한다고 느꼈다. 그 사람과 그 사람이 쓰는 영어 또는 미국 언어가 침입자였다.

한동안 나는 내 완벽한 세계를 파괴하는 듯한 사태에 적응하지 못했고, 집에 '다른 사람'을 두고 글을 쓰는 데 어려움을 느꼈지만, 에드윈과 나는 차츰 각자의 작업에 대한 이야기를 나눌 수 있게 되었다. 날마다 하루의 작업을 마치면 그가 나를 자기 작업실로 불러서 그날의 작업을 설명하고 자신의 견해와 예술관, 좋아하는 미술가, 자기 인생을 이야기했다. 나는 그에 응답해서 지금 쓰는 작품 이야기를 하지는 않았지만 내 소설 《올빼미는 운다》를 주었다. 그 책은 얼마 전에 출간되었고, 나는 최근에 우체국에 우편물을 받으러 들렀을 때 그것을 받아왔다. 에드윈은 《올빼미는 운다》를 좋아했다. "미국에서도 출판해야 해요"라고 그는 말했다. 그는 뉴욕의 출판사 사람을 좀 안다고 했다. 내가 그들에게 이 책을 보내줘도 좋을까요?

나는 '생각해'보겠다고 했다.

작업과 관련된 이야기를 나누고 낮 동안 빈번히 "키에레 엘 푸에고?"를 묻는 일을 빼면 우리는 각자의 인생을 살았다. 그러던 어느 날 오후, 산책에서 돌아와보니 카탈리나와 프란세스카가 흥분해 있었다. 간밤에 에드윈한테 어떤 여자가 찾아와서…… 한 방에…… 한 침대에서…… 밤을 보냈다고 했다. 그날 저녁에 나는 도라를 만났다. 미국 중서부 출신의 플루트 연주자로, 파리에서 음악을 공부하고 있었다. 작은 체구와 검은 머리의 섬세한 미인이었다. 그녀는 이곳에 '맞는' 옷차림인 검은색 판탈로네(바지)와 스웨터를 입고 있었다. 나도 그녀처럼 남자들이 발견하고 싶어 하는 비밀을 가득 품고 싶었지만, 오랫동안 모든 출입구를 봉쇄했던 까닭에 나 자신이 나무토막처럼 무성(無性)적이라는 걸 알았다. 나는 이미 보호막으로 나를 매끈하게 감싸고 있었다.

그날 저녁 에드윈과 도라가 밖에 나가서 식사를 하는 동안 나는 지독한 외로움에 빠져 글쓰기를 재개하고 싶지 않은 마음에 직접 식사를 준비하고, 어스름 속에서 한동안 책을 읽고, 거울 도시를 몽롱하게 내다보다 잠자리에 들었다. 에드윈과 도라

가 돌아오는 소리, 웃고 이야기하며 위층의 작업실로 가는 소리
가 들렸고, 나는 그저 나일 뿐 다른 누구도 아니라는 싸늘한 냉
기를 느꼈다. 섬세하지 않은 여자, 다리는 내 동생이 한때 축구
선수 같다고 말했고, 손목은 내가 봐도 철로 침목이 생각나는.

피구레티스

다음 날 아침에 일어나보니 도라는 벌써 떠나고 없었다. 그녀
는 배나 비행기 편으로 본토 또는 북쪽으로 갔다. 에드윈과 나
는 늦은 아침을 먹었고, 그는 가벼운 지인을 말하듯 도라에 대
해 이야기했다. 카탈리나와 프란세스카는 엘 아메리카노와 함
께 밤을 보낸 라 디아블라 이야기를 멈추지 않았다. 그 침대 시
트는 빨아야 해. 그렇게 망신스러운 일이. 여자 악마야! 그들은
나를 돌아보았다. "당신은 달라, 당신은 여자 악마가 아니야!
아메리카노들하고는 달라!"

그 역할은 예전에 이미 해냈었다. 어렸을 때 집과 학교에서,
그리고 대학과 사범학교에서. 규칙을 잘 지키는 사람, 악에 물
들지 않고 유혹에 빠지지 않는 '착한' 사람. 그때는 그런 칭찬
이 감상적인 자기만족을 안겨주었지만, 이제는 별로 기쁘지 않
았다. 서른두 해라는 내 인생의 산수에서 그것은 이제 자존심
에 덧셈이 아닌 뺄셈이 되었다.

한동안 내 생활은 어느 정도 일상으로 돌아갔다. 그러던 어
느 날 저녁 방에서 타자기를 두드리는데, 부엌에서 웃고 떠드

194

는 남자들의 목소리가 들렸다. 나는 궁금한 마음에 온수를 가지러 가는 척 나갔다가 에드윈이 친구와 함께 있는 것을 보았다. 에드윈은 그를 버나드라고 소개했고 그의 서른네 번째 생일을 축하하는 중이라고 했다. 나는 헬로, 하고 인사를 했고 ('하이!'라는 가벼운 표현은 도저히 이상해서 쓸 수 없었다). 함께 로제와인(버나드의 말에 따르면 그 섬 최고의 것이었다) 잔을 들어 건배한 뒤 일을 해야 한다며 방으로 돌아왔는데, 부엌을 나설 때 에드윈이 말하는 소리를 들었다. "재닛은 책을 출판한 작가야."

나중에 침대에 누워서도 여전히 그들의 웃음소리가 들렸다. 시간이 지나서 취기가 묻어 있는 목소리였다. 버나드의 웃음소리는 내가 들어본 가장 유쾌한 웃음이라는 생각이 들었다. 그 소리는 내 심장의 요철과 잘 들어맞는 것 같았다. 그것 말고는 그의 웃음소리를 듣는 기쁨을 설명할 수 없었다.

다음 날 아침, 청색과 백색과 녹색으로 둘러싸인 봄날 아침에 나는 작업을 외면하고 가사에 대한 열정에 싸여 에드윈이 《옵저버》에서 오려준 요리법으로 마멀레이드 요리를 했다. 핏빛 어린 과일이 카탈리나가 빌려준 큰 냄비에서 부글부글 끓고 내가 냄비 위로 몸을 숙여 핏빛 어린 황금빛 시럽을 젓고 있는데 문이 열리고 버나드가 들어왔다.

"안녕하세요." 그가 말했다. "오늘 아침에는 일이 안 돼서 산책이나 갈까 하는데 같이 가실래요?"

나는 불안했다. "무슨 일을 하시는데요?" 나는 버나드가 스페인 북부에 프로이트를 들여오는 '사상의 송유관'을 깔려고 한다던 에드윈의 말을 떠올리며 물었다.

"미국에서는 역사 교수예요. 말에서 떨어져 팔이 부러지기 전에는 송유관 일을 했지요. 이제는 많이 나았어요. 하지만 진짜로는 시인이에요. 이 섬에 온 뒤부터 시를 몇 편 썼어요."

그는 중키에 금발 머리, 회색 눈이었고, 그의 깊은 목소리는 이미 그에게 사로잡힌 내 귀에는 음악처럼 들렸다. 그의 강렬한 눈길은 약간 탁하고 광기 어린 것 같았지만, 당시의 순진한 나로서는 그가 마약을 했을지도 모른다는 생각은 하지 않았다. 그는 내가 마멀레이드를 병 여섯 개에 담는 것을 보았고, 이따금 내가 허리를 굽힐 때면 그 눈길은 내 드레스 속 가슴을 향했다. 그는 계속 그것을 보았고, 그 밝고 광기 어린 눈길을 나에게도 돌렸다.

우리는 우리 이야기를 했다.

"저도 일 못하겠네요." 내가 말했다. "날씨가 너무 좋아요."

"피구레티스를 지나서 해변을 산책합시다."

"피구레티스요?"

"네, 피구레티스 몰라요?"

나는 모른다고 했지만 그는 설명하지 않았고, 나는 섬을 떠날 때까지도 피구레티스가 뭔지 알아내지 못했다. 해변의 카페 같기도 했고, 만의 이름 같기도 했고, 어쩌면 하늘 한구석 같기도 했다. 그 뒤로 몇 주 동안 버나드에게서, 그리고 이제 새로 만난 그의 친구들에게서 "오늘은 피구레티스가 아름다운걸" 또는 "피구레티스에서 조금 더 가면 돼" 또는 "내가 처음 피구레티스에 갔을 때"라고 하는 말을 들었기 때문이다. 한번은 버나드가 카페와 몇몇 건물들, 교회, 하늘을 가리키며 뿌듯한 듯 말하기도 했다. "봐요. 피구레티스예요."

이상한 일이지만 나는 그걸 모른다는 게 좋아서 질문하지 않았다.

나는 마지막 마멀레이드 병을 닫고 식탁에 여섯 개를 나란히 놓았다. 에드윈이 좋아할 거라고 생각하고 나는 그가 작업하는 소리를 듣기라도 하겠다는 듯 귀를 쫑긋 세웠다. 그리고 작가들도 소리 내지 않고 일하던 펜과 깃털 펜의 시절, 누구도 소리만으로는 작가가 양피지나 종이에 어떤 말을 섞고 젓고 바르는지 모르던 때를 그리워했다.

"에드윈은 바쁘네요." 내가 나직하게 말했다.

우리는 날카로운 가시 손바닥을 펼쳐 든 커다란 선인장 숲 속의 좁은 언덕길을 걸었다. 버나드는 사람들이 사는 동굴들의 입구를 가리켰다. 나는 이 길이 런던에서 벤과 함께 체스를 사러 다닌 길과 똑같다는 것을 알았다. 이따금 수면 위로 다른 꿈과 욕망이 떠오를지라도, 그 체스는 끝까지 진짜 체스 게임을 위한 체스 그 자체로 남아 있었다. 버나드와 해변을 산책하는 이 길은 그도 나도 새들이 마지막 비행을 결정할 때의 예비 동작 같은 것이라는 걸 알았다. 버나드와 나는 웃고 이야기하고 각자가 좋아하는 시구절을 읊었지만(그가 키플링의 〈경가 딘〉을 읊을 때는 살짝 실망했다), 그가 프랑스어와 스페인어에 능숙한 것을 알고는 다시 그에게 매혹되었고, 내 속마음을 요리하고 모양내고 차려내듯이 즉시 내가 좋아하는 구절들을 읊었다. 상상해보라. 흰 피부에 파란 눈을 한 서른두 살 여자가 에드윈이 (화가의 감각으로) '색깔이 예쁘다'고 한 파란색 '통옷'을 입고 검투사 샌들을 신은 모습을. (프랭크 사지슨은 여름이면 늘 검투사 샌들을 신었는데, 그가 "여름에는 이게 가장 편하

고 값도 싸. 자네도 검투사 샌들을 신어” 하고 조언했다는 사실
만으로. 나는 세계 어디를 가든 봄과 여름이면 검투사 샌들을
내 몸의 일부로 삼았다.) ‘푸른 지중해’ 앞에서 오래전에 배운
우화시를 읊어서, 그 시에 대한 사랑과 그것을 기억하는 똑똑
함을 보여주는 내 모습을.

> 까마귀 선생이 부리에
> 치즈를 물고 나무에 앉았네.
> 여우 선생이 냄새를 맡고
> 이렇게 말했네.
> 안녕하세요, 까마귀 씨
> 당신은 제게 정말 아름답습니다…….

라퐁텐이 끝난 뒤에는 알퐁스 도데로 넘어가서 “별빛 아래서 밤
을 지샌 적이 있다면, 우리가 잠이 들면 고독과 침묵 속에 신비
로운 세계가 깨어난다는 것을 알 것이다. 그때는 샘물이 더욱 선
명하게 노래하고, 공중에는 가벼운 기운이, 풀이 싹트는 소리가,
가지가 자라는 소리처럼 들릴락 말락 하는 소리가 있다……”*
를 읊고 이어 빅토르 위고의 “우리가 굴복하는 이 낮은 곳이 아
닌 어디서라도 다시 태어나기 위함이다……”**가 나왔다.
　　그렇게 내가 얼마나 똑똑한지를 보여주고, 이제 버나드가
나를 감동시키기를 기다렸다.
　　“오든은 어때요?” 그가 물었다.

---

*알퐁스 도데의 소설 《별》의 한 구절.
**빅토르 위고의 《정신의 네 개의 바람》의 한 구절.

나는 너무도 기뻤다. "아! 오든!"

내가 시작했다. "그는 한겨울에 사라졌네 / 시내는 얼어붙고……."

가라, 시인아, 내처
밤의 바닥까지.
거칠 것 없는 목소리로
우리에게 기쁨을 설득하라…….*

버나드는 이에 응답해서 에드나 세인트 빈센트 밀레이의 작품을 인용했고, 나는 예의 바르게 경청하며 '내' 시인들이 그의 시인들보다 '한 수 위'라는 데 우쭐함을 느꼈다. 그러고는 그가 예이츠의 긴 시구를 읊어주기를 바라면서 내가 그날 그 상황에서 창조한 그 사람, 수수께끼의 피구레티스를 말하는 사람의 완벽한 이미지를 보존하는 한편, 그 이미지를 파괴하려는 현실적 충동을 몰아내려고 했다. 우리는 계속 걸었고 주변의 바다와 하늘을 보며, 콩꽃, 아몬드꽃, 그밖에 영원한 봄철에 사방에서 자라는 이름 없는 많은 꽃들의 향기를 맡으며 점점 기분이 들떴다.

앙상한 소 한 마리가 목에 밧줄이 묶인 채 풀을 뜯고 있었는데, 소가 닿는 범위 안에는 풀이 없었다. 버나드는 세상을 향해 관용을 베풀듯 말뚝을 뽑아 소를 새 풀밭으로 이끌고 갔지만 땅에 말뚝을 박은 뒤 막대기 하나를 집어 들더니 소의 가죽을

*W. H. 오든의 시 〈W. B. 예이츠를 기리며〉의 일부.

거칠게 두 번 때렸고, 그 난데없는 분노에 나는 클래펌 커먼 잔디밭에서 거북을 괴롭히던 창백한 얼굴의 물리학자가 떠올랐다. 하지만 나는 그것도 그냥 넘겨서 이비사의 완벽한 하루를 해치지 않으려고 했다.

우리는 계속 걸었다. 풀 뭉치 하나가 산들바람에 날려 모래밭을 지나 바다로 갔다.

"아." 버나드가 기뻐하며 소리쳤다. "회전초예요! 회전초를 아세요?"

나는 부끄러워하며, 회전초는 떠도는 카우보이를 가리키는 말인 줄 알았다고 했다. 어린 시절에 본 서부 영화들 때문에 내 마음속에는 텍사스, 뉴멕시코, 애리조나와 그곳의 동식물, 그리고 내가 부르던 노래들이 떠올랐다. 그중에는 이런 노래도 있었다.

뒹구는 회전초와 함께 떠돌며…….

나는 열광적으로 반응했다. 이것이 회전초였군요! 나는 풀 뭉치가 자기 뿌리를 몸에 두른 채 바다 쪽으로 굴러갔다가 멈춘 뒤, 바람의 힘이나 스스로의 추진력으로 쉬거나 뿌리내릴 틈 없이 해변을 이리저리 구르는 것을 지켜보았다. 의인화나 형편없는 오류에 빠지고 싶지 않았지만, 나는 회전초에서 초연함의 힘, 또는 고립의 자기 보호를 느꼈다. 그리고 연민의 눈길로 그것을 보았다. 우리는 해변을 걷다가 바다와 잇닿아 있는, 버나드가 세낸 흰색 석조 별장을 지나갔다. 우리는 우리 자신과 우리의 인생에 대해 이야기를 했고 버나드가 결혼했느냐고 물었을 때 나는 아니라고 대답했지만 동정임을 드러내고 싶지 않아서 예전에 모종의 관계가 있었다는 듯이 모호한 암시를 했다.

버나드는 이른 나이에 결혼했고 지금은 별거 중이라고 했다.

나는 지금은 특별한 사람이 없다고 했다. 이성 친구들이 두어 명 있지만 글 쓰는 일이 바빠서 애정사를 도모할 시간도 생각도 없다고 했다.

수수께끼의 인물처럼 보이려는 이런 시도는 버나드에게 흥미를 불러일으켰다. 그는 크게 웃었고, 그가 웃을 때마다 내 안에서 그의 웃음이 울렸다. 나는 손님과 잔치를 기다리는 크고 텅 빈 궁전이 된 것 같았다.

우리는 해변 끝에서 언덕으로 올라 삼각 항로와 한 뼘도 남김없이 경작되고 있는 단정한 계단식 밭을 내려다보았다. 우리는 소풍 도시락을 풀밭에 내려놓고 먹고 마시고 이야기하며 들판과 바다를 내려다보았다. 나는 그의 팔을 허리에 두르고 서 있었다. 산책 나온 지 벌써 시간이 꽤 지나서 날이 저물어갔다.

"내 별장으로 가요." 버나드가 말했다. "가서 벽난로 불을 피웁시다."

우리는 손을 잡고 해변을 되짚어 흰색 석조 별장으로 갔다. 해변 별장! 동화 같은 인생이 조개처럼 바다의 손이 닿는 곳에, 이제 마타구리와 함께 내가 각별히 사랑하는 식물이 된 회전초가 보이는 곳에 살았다!

버나드와 함께 식사를 마치고 땅거미 속에 앉아 타오르는 난롯불을 바라보며 소녀 시절에 읽은 《진실한 로맨스》지에 나오는 판에 박힌 행동을 하면서, 나는 또 한 가지 첫 경험의 기쁨을 누렸다. 가만히 앉아서 흥미로운 주제들을 이야기하는 한

편, 둘 다 흥분된 분위기에서 서로의 감정을 암시하고, 아무 말도 하지 않으면서 보이지 않는 계약을 예고하고 서명하는 것. 나는 버나드와 달리 유혹에 익숙하지 않았다.

지중해의 밤바람이 방 안에 냉기를 실어 왔고, 내가 창문을 닫으려고 손을 뻗자 버나드가 몸을 숙여 내 허리를 잡으며 몸을 밀착시켰다. 나는 그에게서 빠져나왔다.

"안 돼요." 내가 새침하게 말했다. "우리는 만난 지 얼마 안 되잖아요. 나는 당신을 몰라요. 믿을 수 없어요…… 그러니까 만난 지 얼마 안 됐으니까요."

그런 뒤 나는 차분하고 이성적이고 객관적인 태도를 취해서 성공적으로 불꽃을 껐을 뿐 아니라 한 발 더 나아가 나 자신이 바다가 되어 그것을 씻어버리기까지 했다. 축축한 후회가 남았고, 남은 불꽃은 보이지 않았다.

그런 뒤 우리는 여전히 흥분한 상태로 한동안 인생과 믿음과 견해를 주고받으며 달리 어쩌지 못한 채 시의 낭만적 구절들을 읊었다.

우리는 새벽에 자갈길을 걸어 이냐시오 리케르로 돌아왔다. '나의' 집 앞에 다다랐을 때 그는 다시 나를 안았고 능숙한 손으로 내 몸을 '제대로' 더듬으며 키스했고 마침내 나는 반응했다. 우리는 어두운 길에 서서 숨을 헐떡였다. 그런 뒤 나는 그의 품을 빠져나와 새침하게 작별 인사를 한 뒤 내 방으로 들어갔다. 여전히 그의 품에 안겨 있는 느낌이 유령처럼 밤새 머물렀고, 그것이 천천히 사라지는 꿈처럼 물러가려고 하자 나는 열심히 그 기억을 붙들었다.

나는 들뜬 며칠을 보냈다.

"타자기 소리가 안 들리네요." 에드윈이 내 타자 소리가 자기 작업에 필요한 반주라도 되는 듯 불만스럽게 말했다. 어쩌면 그랬을지도 모른다. 들뜬 상태는 전염성이 있고, 예술가가 계획된 일상을 벗어나면 착상들이 갈 곳을 찾지 못하면서 무정부 상태가 촉발될 수도 있기 때문이다.

"요즘은 일 안 하세요?"

나는 '가볍게 웃었다'. (소설들을 보면 더없이 무겁고 우울한 웃음이 그렇게 묘사되어 있었다.) 거인이 누웠던 장소처럼 머릿속은 버나드의 기억이 깊이 새겨졌고, 어느 날 아침 (소심하고, 생애 서른세 번째 해에 '견문을 넓히기 위해' 해외여행 중인) 나는 다시는 이런 경험을 할 수 없을지도 모른다는 두려움 속에 잠에서 깨어 옷을 입고 에드윈의 면도 물을 준비해놓은 뒤 언덕과 바다와 버나드의 별장으로 난 길을 걸었다. 그리고 파스테이아에 들러서 아침 식사용 케이크를 샀다. 그런 다음 창문 없는 집들과 동굴가의 키 큰 선인장 밭을 지나서 해변에, "수정 물결 감도는 소용돌이에 나른하게 잠든 푸른 지중해"에 도착했다.

회전초를 찾아보았지만 보이지 않았다.

나는 버나드 별장의 문을 두드렸다.

그는 나를 보고 놀라지 않았다. 실내복 차림이었고, 종이 한 장이 손에 들려 있었다.

"시를 쓰고 있었어요." 그가 말했다. "오하이오의 봄에 대해서요."

그가 읽기 시작했다. "오하이오의 유일한 봄……."

나는 그 시가 별로였고, 그가 시 읽기를 마치자 어물어물 말했다. "아. 오하이오의 봄이요. 아름다울 것 같아요."

"아름다워요. 다른 곳의 봄과는 달라요. 어느 날 아침 일어나보면 봄이 와 있죠. 이비사도 봄이 갑자기 시작되는 게 오하이오하고 비슷해요."

"오하이오의 봄." 내가 멍청하게 중얼거렸고, 버나드의 관심이 시에서 내게로 오는 것을 보자 수줍어졌다.

"아직 아침을 안 먹었어요." 그가 말했다. "저는 빈속이라야 글이 잘 써지거든요."

그 말에 오래전 라디오에서 들은 농담이 떠올랐고, 나는 키득거리고 싶었지만 대신 아침용으로 사 온 케이크를 탁자에 내려놓았다. "먹을 걸 사 왔어요."

우리는 마주 보고 앉아서 케이크를 먹으며 지난 며칠 동안 나누지 못한 대화를 이어갔다. 이야기 중간중간에 각자가 좋아하는 시를 곁들이고 서로의 시적 기호를 말없이 평가하다가 마침내 식사를 마치고 해변이 내다보이는 넓은 창 앞에 놓인 소파에 앉았다. 지중해는 내가 영원한 상투 행위 속에 들어온 것을 알 거라고 나는 생각했다.

얼마 후 버나드가 천천히 내 옷을 벗겼고 나도 그의 단추를 풀었다. 우리 둘 다 이것이 내가 찾아온 이유라는 걸 알았다. 우리는 벌거벗은 채로 바깥에 바다가 넘실대는 소리가 들리고 아침 햇살이 눈부신 빛을 쏟아붓는 침실의 큰 더블 침대로 갔다. 버나드가 커튼을 치려고 했고, 그때 나는 아주 경험 많은 척, 오래전에 자매들과 함께 《만남과 결합》이라는 책에서 본 문장을 떠올리며 다 안다는 듯 가볍게 말했다. "밝은 빛 속에서 하는 것도 좋아요."

나는 침대에 누웠다. 그리고 버나드의 크게 발기한 성기를 보았다. 벌거벗은 남자와 함께 있는 게 이번이 처음이라는 말은 감히 할 수 없었다. 나는 하늘 위로 날아올라 다시는 돌아오지 않을 흰 비둘기들이 모인 이 붉은 지붕의 비둘기장을 바라보았다. 그 하늘은 나였다. 그리고 산책을 하면서 '내 인생의 남자들'을 이야기하던 내가 이제야 첫 경험을 하고, 그 사실을 오직 나만 안다는 것이 기가 막혔다. 버나드는 갑자기 그 자신과 비둘기장을 닮은 마네킹이라는 두 개의 존재가 되었다. 나는 지중해 바닷가의 하얀 석조 별장에서 마침내 《진실한 로맨스》의 복판에 들어선 데('그런 뒤 그는…… 그리고 나는……') 슬픔을 느꼈다.

버나드는 욕실에 가서 비둘기장에 콘돔을 씌우고 돌아왔고 나는 막연한 슬픔이 밀려들었다. '이 사람은 왜 이렇게 준비가 되어 있지? 저걸 소화제처럼 구비해놓고 있다니.' 나는 순간적으로 솟아오르는 실망을 눌렀다. 새로운 경험을 놓치고 싶지 않았다. 그리고 생각했다. 아, 나는 왜 내 감정들을 달래서 아무 의심도 회의도 없는 것처럼 애써 '사랑'을 해야 하나? 왜 이미 송장일지도 모르는 것에 화장을 시켜야 하나?

우리는 오전 내내 섹스했다. 이 분야의 책을 여러 권 읽었지만, 내 지식은 '정상 체위'에 국한되어 있었기에 나의 고통 또는 즐거움은 충격과 놀라움을 동반했지만, 중독을 일으키는 감각이 그것을 달래주었다. 게다가 나는 '경험이 있다'는 내 말이 거짓임을 드러낼 수 없었다. 스스로 늘 '진실'을 찾는다고 생각하던 내가 이제 거짓말 속에서 진실을 찾고 있는 것인가? 나는 거짓말이 지난 내 인생을 있는 그대로 보지 않고 상상과 소망을 통해 보는 허영이나 비겁함의 소치라는 것을 알았다.

오후에 우리는 새롭게 생겨난 강렬한 유대감으로 서로를 껴안고 손을 잡고서 한낮의 마을 거리를 돌아다녔다. 피구레티스 앞을 지나갔다.

"피구레티스예요." 버나드가 말했고, 나는 하늘, 돌, 모래, 바다로 이루어진 수수께끼를 둘러보았다.

"피구레티스." 나도 말해보았다. 그것은 어떤 게임, 내가 평생토록 참여하면서도 해답을 모르는 경연 같았다.

우체국에 갔더니 내 앞으로 소포가 와 있었다. 영국에서 온 것이었다. 누구지?

별장으로 돌아와 소포를 열어보니 패트릭 라일리가 보낸 콘비프 깡통 네 개가 들어 있었다.

그리고 "아직도 홀몸이기를 바랍니다"로 끝나는 편지.

나는 계율을 어기는 짜릿함을 만끽하며 버나드와 섹스를 하고, 나중에는 침대에 누운 채 콘비프와 프랑스 빵을 먹었다.

그날 이후로 나는 밤마다 버나드의 별장에 갔고, 낮에도 자주 갔다. 아침 식사 때면 집으로 몰래 돌아가서 순진한 누에바셀란다 출신 에스크리토라의 외관을 유지하려 애썼지만, 어느 날 아침 현관에서 카탈리나와 프란세스카를 만나고 그들의 눈빛에서 실망을 보았을 때 그 노력이 실패했음을 알았다.

"엘 아메리카노?" 프란세스카가 음흉한 미소를 짓고 물었다. "무초 디네로?"

나는 다시 프랑스어와 스페인어가 섞인 대화로 돌아갔다.

그 당시에는 미국 사람이라면 무조건 부자인 줄로 알았다. 그들은 비싼 식품과 물건을 당연히 여기고 척척 사는 것 같았기 때문이다. 장학금으로 지내는 에드윈조차 카탈리나, 프란세스카와 나는 넘볼 수 없는 영역의 물건들을 여유롭게 구입했다. 그리고 버나드는 '지중해 별장'에서 살았다! 나는 카탈리나와 프란세스카가 나를 대하는 태도가 미묘하게 변한 것을 감지했다. 나는 더 이상 혼자서 쩔쩔매는 하네타, 짐과 타자기를 기다리는 하네타가 아니었다. 나는 승리감과 상실감 속에 또 한 명의 여자 악마가 되었고, 그로써 축일에 카탈리나와 프란세스카의 작은 거처로 초대받아 화롯가의 식탁에 둘러앉아 웃음과 이야기를 나누는 귀한 즐거움을 잃었다는 것을 알았다.

이제 나는 로스 아메리카노스(미국인들)의 일원이 되었다. 나는 버나드의 '여자'였다.

버나드와 나는 다른 미국인들을 만났다. 많은 이가 매카시즘의 박해를 피해 온 유배자들이었다. 화가가 된 전직 영화감독은 이비사에 별장을 짓고 우리에게 개인 전시실을 구경시켜 주었는데, 남북 전쟁을 주제로 한 그 그림들은 모든 장군이 그 자신의 얼굴을 하고 있었다. 우리는 프랑스 문화원에서 열리는 음악과 시 공연에도 갔다. 우리는 대부분의 미국인인 에드윈과 버나드의 친구들과 술과 식사를 했다. 그들은 연꽃 먹는 이들이 즐기는 관능적인 사치 속에 저마다 선택한 파트너와 살았다.* 이따금 나는 놀라운 일을 겪었다. 저녁 모임에 초대를 받아 가보니 손님이 나뿐이었고, 내가 모르는 사람인 주인이 식탁 한쪽 끝에 앉아 있다가 갑자기 말라리아로 쓰러진 일도 있었다. 그를 방으로 옮겨 옷을 벗기는데 이 사람의 병이 우리가

*호메로스의 《오디세이》에 연꽃을 먹고 나른한 몽환에 빠져 현실을 잊고 사는 사람들이 나온다.

소녀 시절 깔깔거리던 ‘그런 병’의 한 종류일까 하는 생각이 들었다. 그는 정말로 심하게 앓았다. 나는 기금의 목적인 ‘견문을 넓히는’ 일에 정말로 충실하다고 느끼면서, 그의 침대 밑에서 밤을 새우며 그에게 약을 먹였다.

미국인들을 만나며 나는 그들의 말과 침묵을 통해서 많은 것을 알게 되었다. 마약 밀매에 대한 이야기도 들었다. 내가 아는 사람 가운데는 마약을 거래하거나 사용하는 사람이 없어 보였지만, 나는 그런 일에 완전히 무지했기 때문에 지금 생각하면 내가 신호를 잘못 읽었거나 일부러 신경을 쓰지 않았던 것 같다. 나는 밤늦게까지 자지 않고 어른들 이야기를 듣게 된 아이처럼 매혹 속에 그들의 이야기를 경청했다.

나는 다른 사람들의 미래를 암시하는 진짜 사연들을 무시할 수 없었고, 화가 바버라가 역시 화가인 그레그와 행복하게 살며 그림을 그리다가 어느 날 혼자 남겨져서 괴로워한다는 말을 들었을 때 나 자신의 앞날이 궁금하지 않을 수 없었다. 그레그는 파리로 가서 돌아오지 않을 것이라고 했고, 사람들은 바버라에게 아기가 태어나면 어떻게 할 거냐고 물었다. 이비사에 남을 건가? 어떻게 혼자서 아기를 키울 건가? 미국으로 돌아가서 아기를 낳을 건가? 아니면 안 낳기로 할 건가? 아직 시간이 있다고…… 내가 아는 누가 있는데 그 사람은 누구를 알고, 그 누구는 또 누구를 알고……. 모두가 바버라의 일을 안타까워했다. 다른 이들도 그런 일을 겪었다고 그들은 말했다.

어느 날 이냐시오 리케르에서 오랜만에 에드윈을 만났을 때 내가 버릇대로 우리의 고전적인—내 인생에서 벌써 수 세기 전 일이 된—질문 "키에로 엘 푸에고?"를 건넸더니 에드윈이 대답했다. "지금 무슨 일을 하는 건지 알고 계시기 바랍니다."

"당연히 알고 있죠." 내가 대답했다.

"하지만 글쓰기는 어떻게 된 거죠? 요즘 타자기 소리를 듣지 못했어요. 무슨 일이 있는 겁니까?"

"그게……."

버나드가 내 정신과 몸을 차지했다. 우리는 자전거를 빌려서 섬을 돌아다니며 먼 해변에서 하루를 보냈다. 우리는 이야기하고 시를 읊고 노래하고 섹스했다. 한번은 항구(거울 도시!)의 요트에 있는 그의 친구들을 찾아갔다. 요트에 총이 있는 걸 보고 나는 깜짝 놀랐다.

그러던 어느 날 밤 침대에 함께 있는데 버나드가 안타까워하며 말했다. "다 떨어졌네. 미리 사두었어야 하는데."

나는 그런 걱정이 혐오스러웠다. 그런 순간에 누가 그런 일을 신경 쓴다는 말인가.

"신경 쓸 것 없어요." 내가 무모하게 말했다.

나중에 나는 꿈을 꾸듯 말했다. "내가 임신하면 어떻게 하죠?"

버나드의 대답은 충격적이었다.

"그런 끔찍한 소리를."

그건 진심이었다. 그것은 그에게 끔찍한 소리였다. 그의 말은 그때까지 내게 와 닿지 않던 현실감을 깨닫게 해주었다. 아기. 버나드와 나를 닮은 사랑의 결실. 내가 결연한 사랑을 품은 사람, 그래서 지난 몇 주 동안 그것이 흐트러지려고 할 때마다 얼른 다잡고 매만져서 완벽하게 유지하려고 한 사람 버나드가 주는 선물. 아기는 우리 사랑의 열매가 아닌가?

"그런 끔찍한 소리를"이라는 그의 말은 그 완벽한 사랑을 제대로 파괴했다. 갑자기 거인의 표시가 팬 자리—내가 지워질 수 없다고 본—가 예전의 모양을 되찾으면서 풀들이 다시 자라났다. 내 인생 또한 태양과 풀과 빛과 바람에 반응해서 풀들처럼 자기 장소를 되찾기 시작했다. 버나드를 향한 내 열망과 사랑과 정념은 사라졌다. "그런 끔찍한 소리를. 아기라니 끔찍해요"라는 차가운 말. 어떻게 그런 생각과 말을 할 수 있었을까? 아기가 끔찍하다니.

그날 밤은 내가 별장에서 보낸 마지막 시간이었다. 나는 삶과 글쓰기를 찾아 이냐시오 리케르 로의 내 방으로 돌아왔다. 그리고 열쇠를 찾아 현관을 잠그고 버나드가 찾아와도 응답하지 않았다. 에드윈과 나는 그림을 그리고 글을 쓰는 각자의 일상으로 돌아갔고, 오후가 되면 나는 그의 작업실에 가서 그의 오전 작업을 살펴보았다. 작품 가운데 하나는 제목이 〈아이들이 놀이를 멈춘 거리〉였다.

"기억해요?" 그가 물었다.

나는 기억했다. 우리가 함께 길을 걷는데 누군가가 부는 플루트의 음정이 깨진 조약돌처럼 날카롭게 떨어져서 달빛에 반짝거렸고, 하루 종일 길에서 놀던 아이들은 오래전에 집에 들어가고 없었다.

"아이들이 놀이를 멈춘 거리 같아요." 내가 말했다.

어느 날 에드윈이 내게 버나드가 섬을 떠난다는 소식을 전했다. 나는 그가 보고 싶었다. 우리는 서로에게 둥지를 틀었고, 피부보다 따뜻한 둥지는 없다.

버나드가 떠나는 날 나는 에드윈에게 들꽃 한 다발을 주면서 항구에 있을 그에게 전해달라고 했다.

카탈리나와 프란세스카는 엘 아메리카노가 떠난 것을 기뻐했다.

"로스 아메리카노스. 다 망가뜨려 놔. 사방을. 빛도 망가져."

그것은 사실이었다. 에드윈은 망신스럽게도 밝은 전등으로 전기 퓨즈를 다시 끊어먹었다.

나는 이비사에 한 달 반을 더 있었다. 버나드와의 이별은 생각했던 것 이상으로 상처가 되었다. 그는 내 인생과 나 자신을 끌어안았고, 이제 그가 떠난 뒤 내가 텅 빈 장소를 찾으면 인적 없는 공허한 어둠 속에 버나드의 모습들이 스쳐 지나갔기 때문이다. 내게서 사랑의 감정을 일으킨 것은 내가 일부러 그런 감정을 만들어낸 것도 있었지만, 한편으로는 버나드의 웃음소리가 너무도 듣기 좋았기 때문이었다. 그동안 나는 비록 짧은 시간이었지만 그 사랑을 소중하게 키웠고, 그것의 다면성과 빛은 내가 알고 느끼던 모든 것, 내 과거와 미래의 모든 것을 흡수했다.

정말이지 '진실한 로맨스'가 아닐 수 없었다! 시와 음악은 끝났다! 나는 임신한 것은 아닌지 의심이 들기 시작했고, 완벽한 사랑에 걸맞지 않은 공포를 느꼈다. 게다가 돈도 마냥 있는 것이 아니었다. 내 다른 걱정은 몰라도 돈이 떨어져가는 것을 알게 된 에드윈은 나에게 안도라에 가서 살 것을 권했다. 전에 그가 '자유' 금융 시장이라고 말한 곳이었다. 그는 이제 내가 이비사를 견딜 수 없게 되었음을 감지했다. 이비사, 이제 섬의 안쪽과 온화한 언덕들이 연녹색 소나무로 반짝이고, 그 가지들 끝은 새싹으로 더 싱그럽고 연한 녹색이 되어 따뜻한 꽃향기에 둘러싸인 나의 섬―그런 이비사가 이제 나 자신의 감정 때문에 달라졌고, 내 눈길로 파괴되었다. 이전까지 나를 둘러싼 환경, 그러니까 하늘, 바다, 날씨, 거울 도시는 (내가 볼 때는) 스스로 존재했고, 나 또한 스스로 존재하며 섬과 풍경을 친구로 삼았지만 이제 모든 것이 달라졌고, 그것을 변화시키는 것은 미다스의 손이 아니라 재를 만드는 손이었다. 나무가 썩고 올리브 꽃이 시드는 것이 눈에 보일 지경이었다. 그리고 또 이제 섬에 다른 사람들이 있는 걸 알게 됐으니 홀로 내 세계의 창조자이자 보존자로서 다른 세계들과 조화를 이루며 사는 것―내가 그 세계를 내 멋대로 해석할 수 있었기에―이 불가능해졌다. 나는 현실의 중력에 묶여, 이별과 쾌락 상실의 시고 쓴 맛을 보고 있었다.

(가을이 끝나 낙엽이 지고, 잎을 보존한 진녹색 상록수만이 우리의 피난처이자 빛의 차단자가 되면, 우리는 결코 숲에 혼자 있던 적이 없다는 걸 알게 된다. 집들의 형태가 드러나고, 사람들이 바삐 오간다. 원근이 새로워지고, 봄과 여름에는 보이지 않고 가을에는 짐작만 하던 지평들이 발견된다. 저 높은 굴뚝들을 보라! 우리는 불씨가 남아 있는 줄도 몰랐는데, 그 불은 비밀리에 연료를 주입받고 계속 타고 있었다. 새롭게 드러난 오솔길들을 보라! 이제 나는 이것과 그 세상과 그 계절들을 더욱 선명하게 꿰뚫어 보지만 한편으로 나 자신은 남들에게 더 선명하게 드러난다. 내 환경은 위장 수단을 잃는다. 나 자신도 위장 수단을 잃는다. 나의 나무에 새로 생기거나 버려진 둥지가 있을지도 모른다!)

안도라

하늘이 흐리고 질풍에 지중해가 9미터 파도로 거대하게 요동치던 날 나는 이비사를 떠났다. 나를 비롯한 승객들은 격렬하게 들까부는 여객선에 올라타기 위해 다른 이의 도움을 받아야 했다. 예전 같으면 겁냈을 이런 일을 무시하게 된 데는 일종의 무모함, 파멸을 끌어안는 태도가 있었다. 나는 아직도 《올빼미는 운다》의 뉴욕 출간을 바라는 충실한 에드윈에게 작별 인사를 했다. 그런 뒤 바로 선실로 가서 밤새 뱃멀미를 했고, 오전에 바다가 유리판처럼 잔잔해지고 배가 바르셀로나에 정박해서 움직임을 멈추자 여행 가방과 녹색 군용 배낭에 뚱뚱한 트래블러스 조이 핸드백까지 챙겨서 바르셀로나 부두로 나가, 뒤집어놓은 여행 가방에 쓸쓸함의 전형과도 같은 자세로 앉아서 뱃멀미에 시달린 몸을 추스리며 어디로 갈지 무엇을 할지 생각에 잠겼다. 내가 아는 것은 '목적지'가 안도라라는 것뿐이었다.

얼마 후 나는 작은 호텔 방을 구했다. 복도로 들어가는데 사방에 흐르는 올리브 열매와 올리브유 냄새에 이비사, 카탈리나, 프란세스카, 페르민, 호세, 내 이비사 가족들과 순진한 에스크리토라였던 예전의 나와 조용하고 단순했던 일상, 타자 용지 더미, 그리고 거울 도시와 나눈 교감에 대한 향수가 밀려들었다.

버나드의 존재는 유령처럼 남아 있었다. 내 곁에도, 주변에도, 내 안에도 있었다. 거리에서 그의 웃음소리를 듣고 돌아보면 낯선 사람이 낯선 이들 틈에서 웃으며 이야기하고 있었다.

다음 날 아침 나는 그 계절에는 안도라행 버스가 다니지 않는다는 말을 들었다. 본토는 아직 겨울이었고, 이비사의 봄은 신기루, 바르셀로나의 찬바람에 기억되는 꿈 같았다. 안도라행 도로는 자가용 승용차들밖에 다닐 수 없다고 했다. 택시를 타는 방법도 있다고 누군가가 말했다.

택시 값은 쌌다. 택시로 어디를 다녀본 적이 없는 뉴질랜드인인 나는 그날 오전이 지나기 전에 바르셀로나에서 안도라까지 다른 승객 두 명과 함께 북부 스페인 마을들을 지나 들판과 고대 수도원과 수십 킬로미터의 붉은 흙길을 지나가고 있다는 게 믿어지지 않았다. 다른 승객들은 곧 미니버스를 타고 떠났고, 나 혼자 남아서 작은 마을들이 검붉은 과일이나 꽃처럼 땅에 돋아난 모습 또는 아직도 아물지 않은 오래된 상처, 밝게 빛나는 푸른 하늘 아래 초록빛 축복으로도 달래지지 않는 굳은 피에 덮인 상처 같은 모습에 감탄했다. 나는 그 마을들에 대한 기억을 붙잡아두려고 노력했다. 스페인 북부를 지나는 일은 이번이 유일할 것을 알았기 때문이다. 또한 내가 무엇을 기억하건 스페인 내전 때 벌어진 것 같은 이 나라의 상처를 보고, 또 이비사의 친구들과 십자가의 길 옆의 처형 장소를 보여주던 페르민을 생각할 것도.

버스가 곧 피레네 산맥 기슭의 작은 언덕들을 오르자 빛이 암녹색 솔숲에 가로막혀 오후인데도 컴컴했다. 이비사의 보드라운 연녹색 나무들, 쏟아지는 햇살에 때로 노란색으로도 보일 만큼 연한 이파리들과 북부 지방의 눈 덮인 산의 검은 나무들이 이루는 선명한 대조는 남부의 봄에서 북부의 겨울로 물러가는 데 따르는 자연스러운 결과 같았고, 혼자이고 아마도 임신한 것 같은 서른두 살 여자에게 조만간 불가피하게 들이닥칠 상황과도 어울리는 듯했다. (그 길을 지나가는 동안 나는 혼탁한 감정 속에서 외부를 내부로 들였다가 다시 반대로 내놓았다가 했다. 내가 겨울에 감싸인 검은 소나무가 되었다는 느낌이 들 때까지.)

오후가 저물어갈 때 우리는 안도라 라벨라 마을에 도착했다. 거기서 나는 갈수록 짐스러워지는 짐을 내리고 차비를 치른 뒤, 다시 한 번 뒤집어놓은 여행 가방에 앉아서 이제 무엇을 할지 생각했다. 나는 안도라가 공국의 큰 도시일 거라고 생각했지만 눈앞에 나타난 것은 마을 광장과 주변 건물, 그 너머의 산들이 전부였다. 그래서 나는 길을 걷기 시작했는데 마을로 이어진 도로의 모퉁이를 돌았을 때 한 젊은이를 만났다.

"포르 파보르(말씀 좀 여쭐게요)." 내가 말했다. "키에로 우나 아비타시온(방을 구합니다)."

그는 아무런 대꾸도 없이 따라오라고 손짓했고, 우리는 인부들이 안도라를 떠나 집이 있는 다른 마을로 돌아가기 위해 타고 있는 자동차로 갔다. 젊은 카를로스는 나를 에스칼데스의 자기 집으로 데리고 갈 거라고 했다. 아내와 의논해서 자기 집에 있는 방 하나를 주겠다고 했다.

"저와 함께 가시죠." 그가 말했다.

차를 타고 잠시 이동하자 에스칼데스였고, 카를로스와 나는 거기서 내려서 강 쪽으로 나 있는 중심 도로를 걸었다. 강은 거칠게 포효하며 강둑에 늘어선 임대 건물들의 지하 벽에 부딪혔다. 우리는 거기 있는 건물들 중 한 곳으로 들어가 좁은 계단으로 4층까지 올라갔다. 도로가 내다보이는 아파트에 카를로스와 아내 돈나, 여섯 살 된 안토이네와 네 살배기 사비에르 두 아이가 살았다. 카를로스가 돈나에게 내가 그 집의 우나 아비타시온을 쓰고 싶어 한다고 설명하는 동안 수줍고 눈이 큰 아이들은 어머니의 치맛자락에 매달려 나를 바라보았다. 그러나 자기들 방이 이제 자기들 방이 아니라 엄마 아빠도 함께 쓰는 방이 되고 내가 엄마 아빠 방에서 깃털 매트리스가 깔린 큰 더블 침대에서 잔다는 사실을 알게 되자, 분노와 혼란의 눈길이 떠올랐다. 나는 처음에는 내가 가족의 잠자리를 뒤흔들었다는 것을 몰랐지만, 곧 가난에 시달리는 그들에게 추가 돈벌이는 고마운 기회라는 걸 이해했다. 또 다른 작은 방에 지내는 하숙인 엘 비치 마리오는 그날 저녁에 처음 만났다.

집에는 작은 부엌과 화장실이 있었다. 화장실 세면대는 온수와 냉수 꼭지가 하나씩 있었는데 나오는 건 냉수뿐이었다. 산에 있는 온천에서 끌어오는 온수는 광장과 시립 목욕탕에서 공짜로 쓸 수 있기 때문이다.

내 방에서는 도로가 내다보이고 멀리 눈 덮인 피레네 산맥도 보였다. 방의 밤공기는 눈 냄새가 났고, 너무 차가워서 통증이 느껴질 지경이었지만, 냉기는 오래가지 않고 밝은 낮에 대한 그리고 아마도 태양의 온기에 대한 즐거운 기대와 뒤섞였다. 나는 새가 둥지에 들듯 깃털 침대 속으로 파고들어 매트리스에 파묻혔고, 거기서 아이와 함께하는 내 미래를 계획해보려고 했다. 임신한 것이 거의 분명했기 때문이다. 나는 내 여덟 살 적 친구 파피가 할리우드 스타들은 아기를 원치 않으면 진을 마시거나 키니네를 먹거나 산을 오르내리며 뛴다고 말했던 것을 기억해냈다…… 그리고 나는 피레네 산맥에 있었다. 파피는 그런 민간 요법을 어떻게 알았을까? 나는 왜 어린 시절에 들은 해결책을 얼른 생각해내지 못했을까? 나는 병원에서 한 사람이 다른 사람들의 목숨을 좌우하는 권한을 가졌을 때 어떤 일이 생기는지를 지독하고 지속적으로 깨달았고, 나 자신이 그런 권리를 행사하는 것이 혐오스러웠다. 하지만 가까운 현실을 생각하면 달리 방법이 없었다. 나는 피레네 산맥을 오르락내리락 뛰어다녔다. 키니네 약도 먹었다. 그러는 한편으로 아기가 태어나면 입힐 따뜻한 옷도 준비했다. 털실과 뜨개바늘과 프랑스어로 된 교본을 사서('나의 자매…… 그녀의 아기……'라는 설명이 붙은), '출생 직후부터 석 달까지…… 아기의 모든 옷…… 쉽고 빠르게 만들기' 부분을 참고해 '생후 1년'을 위한 옷을 떴다. 그렇게 완성한 작은 웃옷과 양말은 여행 가방 밑에 가지런히 놓았다.

다시 한 달이 지났다. 나는 카를로스 가족의 생활에 적응해서 아침이면 주석 양동이를 들고 낡은 돌다리를 건너가서 그날 먹을 우유를 사고, 집에 돌아와서는 이제 막 자리에서 일어나 옷을 입은 아이들과 엘 비치 마리오, 돈나, 카를로스와 함께 아침 식사를 했다. 우리는 빵과 우유를 담은 큰 그릇이 놓인 탁자에 둘러앉아 각자 그릇에 자기가 먹을 음식을 덜고 다음 사람에게 넘겼다. 사비에르와 안토이네는 스페인 학교로 갔다. (안도라에는 스페인 학교와 프랑스 학교가 모두 있었다.) 겨우 네 살인데도 사비에르는 인류 최초의 폭력이 담긴 책의 첫 문장을 읽었다. "카인 마토 아 수 에르마노 아벨……(카인이 형제 아벨을 죽였다……)."

카를로스와 엘 비치와 아이들이 집에 없는 낮에는 돈나와

'이런저런' 이야기를 했다. 아이들에 대해, 카를로스에 대해, 엘 비치에 대해, 겨울에는 목수 일감이 없어서 돈 벌기가 힘들다고, 카를로스는 겨울이면 일요일 저녁마다 식당에 나가 돈을 벌지만 글도 셈도 몰라서 자기가 얼마를 버는지도 모르고 그래서 학교에 다닌 돈나가 대신 세어주고 식탁 위에 다른 색깔 동전들을 움직이며 가르친다고, 그래서 비가 오나 눈이 오나 아이들을 날마다 학교에 보내야 한다고 그녀는 말했다. 어쩌면 가족 모두가 캐나다로 이민 가서 새 삶을 시작할 수도 있다고 했다. 강이 내다보이는 맞은편 아파트의 이웃이 캐나다로 이민을 간다고 했다. 남편이 열 달 전에 먼저 떠났고, 돈을 어느 정도 벌고 안정적인 주거지를 구하면 아내와 아이들을 부르겠다고 약속했다. 남편은 처음에는 편지도 하고 생활비도 보냈는데 지금은 소식이 끊긴 지 몇 달이라 아내 롤라는 가끔 자신과 세 크리오의 앞날이 걱정되어 운다고 했다.

　나는 오후나 저녁 시간에 아이들에게 프랑스어와 스페인어로 "옛날옛적에"—"일 리 아베 윈 푸아"와 "아이 엔 티엠포스 무이 레모토스……"—로 시작하는 이야기를 해주었다. 그 구절을 말할 때마다 나는 언제나 문명이 태양 대신 상상력의 빛 아래 사는 거울 도시 같은 세계로 옮겨 간다. 나는 언제나 그 세계에 유혹되고 제한된 어휘로는 정확한 묘사가 불가능해 보이는 것을 묘사하려는 노력에 매혹되어서, 거울 도시를 방문했을 때 알게 된 그 보물의 대단함을 갈수록 절감했다. 위대한 예술가들은 거울 도시에 살다가 돌아와서 거기서 보고 느끼고 알게 된 것을 전해주었다. 어떤 이들은 거기서 돌아오지 않았다. 그리고 여기, 나는 그 도시의 열쇠가 하나 더 있었다—"아이 엔

티엠포스 무이 레모토스", 그것은 과거를 통해 현재와 미래로 가는 입구이고, 그 길을 지나 도시로 드나드는 여행자들은 길 가에서 이야기를 꽃처럼 딴다.

이비사에 있을 때와 마찬가지로 나는 에스칼데스 가족의 일원이 되었다. 일요일이면 검은 만티야*를 쓰고 가족들과 함께 교회에 갔고, 일요일 저녁이면 가까운 영화관에 가서 자막이 깔린 미국 영화, 주로 서부 영화를 보았다. 오전에는 책을 쓰려고 했지만 임신과 아이 걱정이 점점 커졌다. 때로는 버나드의 닮은꼴이 생긴다는 것을 기뻐하며 얼굴과 체격과 웃음이 버나드를 닮은 사내아이나 그의 눈을 닮은 여자아이를 생각했다. 나 자신이 재생산되는 것과 관련해서는 어린 시절 내 모습 그대로 북슬북슬한 붉은 머리에 셜리 템플 같은 보조개를 한 아이밖에 떠오르지 않았고, 버나드가 또 다른 나와 합쳐진 모습은 상상이 되지 않았다. 어쩌면 우리의 특징을 지우거나 밀치고 우리 조부모들이 나타날지도 몰랐다. 아니면 측선에서 기다리던 철도 차량이 본선으로 돌아오듯 유전이 더 먼 과거에서 비롯되어, 한동안 버려졌던 특성이 나타날지도 몰랐다.

하지만 나는 곧 그런 낭만적 꿈을 밀쳐내고 미친 듯 산을 쏘다녔다. 가파른 비탈길을 오르면서 페리구**, 위험, 산사태 같은 표지판들을 막연히 궁금해했다. 그러다 꼭대기에 깃든 따뜻한 호수에 올라 설선(雪線) 아래의 검푸른 소나무들을 내려다보며 다시 "심장이 숭배한" 이비사의 소나무를 생각하고, 고개 숙인 채 슬퍼하는 안도라 소나무의 검푸른 머리와 비교했다. 나

---

*스페인 여자들이 머리와 어깨에 두르는 작은 망토.
**포르투갈어로 '위험'이라는 뜻.

는 바위에서 튀어나온 듯 돌로 이루어진 마을을 지나고, 소들이 가득 들어찬 축사들, 입구에 남아 있는 분변 냄새가 눈 덮인 산의 입김에 얼어붙은 큰 축사들을 지났다. 이제 곧 프랑스에서 겨울을 지낸 양들이 고개 너머 집으로 돌아올 거라고 했다. 나는 엘 비치에게서 이 산길들에 대해 많은 것을 배웠다. 그는 그 길들을 훤히 꿰고 있었고 겨울에는 밀수업자 겸 가이드로 돈을 벌었다. 순진한 나는 엘 비치가 밀수업자라는 사실을 알게 되자 그가 낭만적으로 보였다. 그가 밀수하는 것이 어떤 성격의 물건일지는 궁금해하지 않았다. 그저 엘 비치와 비슷한 거친 인상의 남자들이 밀수품 상자를 잔뜩 실은 짐말을 부리며 험한 고개를 넘어오는 모습만을 상상했다.

날마다 산책을 마친 뒤에는 키니네 알약을 먹었고, 그렇게 희망을 소망하고 거부하면서 날마다 두려움과 기쁨을 키웠다. 그 문제를 해결해준 것은 빛의 부족이었다. 안도라는 이비사와 달리 산에서 연원하는 강물로 전기가 풍족했지만, 카를로스와 돈나 같은 가난한 주민들은 그걸 쓸 수 없었기에 그 집은 이비사처럼 전구가 너무 어두워 책을 읽을 수도 글을 쓸 수도 없었다. 나는 이비사의 에드원처럼(엘 아메리카노가 빛을 '죽였다'고 프란세스카는 말했다) 전압이 높은 전구를 사서 빛을 키우려고 의자에 올라가 손을 뻗었다가 어지러움과 울렁거림 때문에 의자에서 떨어져 피를 흘렸고, 그것은 수선화 속, 눈 속, 세계대전 때, 오아마루의 생일 때 처음 흘린 피를 상기시켰다. 피가 엄청나게 쏟아졌다. 나는 수건으로 피를 쓸어 모아 화장실에 버렸다. 핏덩이가 갈가리 흩어져서 사라질 때까지(공포에 사로잡힌 빠른 눈으로 나는 보았다) 물 내리는 줄을 당기고 또

당겼다.

　힘도 없고 속도 거북해서 나는 깃털 침대에 누워서 산의 눈을 바라보았다.

　"얼굴이 안됐어요." 그날 저녁에 돈나가 말했다.

　"지금 그때예요." 내가 말했다.

　그녀는 우리가 남자가 가득한 집의 두 여자라는 걸 안다는 듯한 미소를 지었다. 나는 아기를 잃고 나서야 내가 아이를 맞을 준비를 하고 있었음을 알았다. 나는 후회보다 강한 감정을 알았지만 피붙이를 잃는 것만큼 강한 것은 몰랐다. 그 외로운 땅에서 놀라운 자유의 감각이, 나에 대한 혐오 옆, 버나드에 대한, 그리고 그가 내게 주고도 몰랐던 것에 대한 그리움 곁, 사라진 길, 상실 옆에서 솟아났다. 그리고 자유의 감각과, 거울 도시에서 새롭게 살아갈 전망이 있었다. 고약하고 강하고 독하지만 더없이 아름다운 꽃을 피우는 잡초처럼 승리해서 그 땅의 인정받은 꽃들보다 더 번성할 전망이.

　나는 버나드와 그의 '일부'인 작은 생명의 봉오리를 잃고 과부가 된 듯한 심경으로 자연스럽게 엘 비치의 잦은 동행 제안을 받아들이게 되었다. 그것은 이미 우리를 새 교회에서 결혼시킬 계획을 품고 있던 돈나와 카를로스가 기뻐하며 권장하는 것이기도 했다. 며칠 간의 와병은 별 주목을 받지 않았다. 두 아이가 수두에 걸려서 학교에 가지 못하고 어두운 방에 갇혀 약즙을 먹었기 때문이다.

　깨끗해지고 절연(絶緣)되고 혼란스러운 상태로 나는 산으로 소풍을 가자는 엘 비치의 제안을 받아들였다. 그리고 어느 날 아침 길에서 맞주친 엘 비치 친구들의 눈길을 받으며 기뻐하는 카를로스와 돈나와 함께 설선을 향해 산길을 올랐다. 나는 엘 비치가 전쟁 때 레지스탕스였고, 나중에 프랑스 강제 수용소에 갇혔으며 전쟁이 끝난 뒤 산길을 잘 알아서 안도라에 살러 왔다는 것을 알았다. 그는 가을이면 프랑스 남부에서 포도를 따거나 남부의 모피 공장에서 일했다. 이탈리아인이 흔히 그렇듯이 그는 자전거를 잘 탔고 안도라에 올 때 청색과 흰색의 멋진 자전거를 가져와서 방 안에 두었다. 그리고 그걸 타지는 않으면서도, 닦고 기름 치고 계단 위에 뒤집어놓고 바퀴를 돌리며 손을 봤다. 그는 이런 자기 이야기를 프랑스어로 했는데, 이탈리아어와 스페인어 못지않게 프랑스어도 능숙했다.

나는 언제나 언어에 재능이 있는 사람을 높이 보았기에 이 키 크고 잘생긴 남자를 좋아할 준비가 되어 있었다. 그리고 그가 일 두체, 즉 무솔리니의 파시스트 집단에 대항해서 싸웠다는 점이 존경스러웠다. 강제 수용소에서 겪은 고초와 괴로움은 안타까웠다. 하지만 그의 흑백 배색 구두가, 특히 내게 준 사진에서 그걸 신고 있는 것이 도무지 마음에 들지 않는 것은 엘 비치의 개성보다는 나 자신과 내 어린 시절의 영향력이 더 크게 작용한 결과였다. 사라진 내 과거 시절에 '배색' 구두를 신는 남자는 예외 없이 '건달', '제비족'이고 때로는 깡패이기도 했다.

설선을 향해 걸어가면서 엘 비치는 주요 지형지물을 가리켰다. 우리는 프랑스어로 말했고 이따금 스페인어로도 말했다. 우리는 눈을 불과 몇 미터 앞에 두고 멈추었고, 늘 눈에 매혹되어 지낸 나는 프랑스 시의 구절들을 읊었는데, 그것은 이비사에서 버나드와 함께한 첫 산책을 걱정스럽게, 심지어 한심하게 반복하는 것 같았다. 나는 낡은 음반, 내 유일한 음반을 트는 느낌이 들었고, 언제까지 이럴 것인가, 이런 상황에서 늘 닳고 닳은 똑같은 머릿속 길을 오르내릴 것인가 하는 생각을 했다.

내가 풀 없는 바위에 음식을 펼쳐놓자 엘 비치는 자신이 밀라노에서 나고 자란 이야기, 아버지는 조용한 사람이고 어머니는 덩치가 컸다는 것(그는 자신의 두 손을 옆으로 벌려서 어머니의 덩치를 표현했다)을 이야기했다. 그리고 자신은 여자들하고 '라 본 샹스(좋은 기회)'가 없었다고 했다.

우리는 살라미와 빵을 먹고 포도주를 마셨는데, 그가 갑자기 다가와서 내 젖가슴을 움켜잡았다. 나는 다시 새침데기 여자가 되어 그를 뿌리쳤다.

"안 돼요." 나는 애정 문제 상담사 같은 태도로 말했다. "이 문제에 대해 이야기해봐요." 나는 잘 알지 못하는 사람과는 키스나 포옹을 하지 않는다고 말했다.

"하지만 나하고 같이 산에 소풍을 왔잖아요." 엘 비치가 항변했다. "애인 할 마음이 없는 남자하고 산에 소풍 오는 여자는 없어요." 여자들은 나처럼 혼자서 강과 길과 산을 하염없이 돌아다니지 않는다고, 나더러 앞으로 혼자서 다니면 안 된다고 했다. 그가 나와 함께 다녀줄 거고, 자신이 일할 때는 돈나와 카를로스와 아이들이 동행해줄 거라고 했다. 나는 이제 안도라 사람이라고, 안도라가 내 집이라고 했다.

엘 비치의 감정은 내가 짐작했던 것보다 더 진지했다. 소풍을 다녀온 뒤로 그는 내가 혼자 산책을 하지 못하게 했고, 프랑스행 도로는 아직 폐쇄가 풀리지 않았지만 이제 안도라의 봄이 시작되어서 산에 꽃이 피어났기에, 나는 돈나와 아이들과 함께 꽃을 따라 다녔다. 흰 제비꽃, 앵초, 프리지아, 백합, 그 향기는 아직도 눈의 입김 때문에 꽃봉오리 안에 얼어붙어 있었다. 나는 여전히 요리조리 방법을 만들어서 혼자 산책을 나가서 때로는 안도라 강변을 걸었고, 때로는 안도라 라벨라로 가서 패트릭 라일리가 영국에서 보낸 소포를 받았다. 그는 내가 굶주림의 땅에 살기라도 하는 듯 콘비프 깡통, 아일랜드 스튜, 크림밥을 보냈다. 에드윈에게서도 향수 어린 편지가 왔다. 이비사는 전과 달라졌다고 했다. 옛 사람들이 떠난 뒤 집은 외로워졌지만, 페르민은 여전히 바이올린을 낑낑거리고 두 늙은 일꾼도 여전히 어슬렁거리며 모든 일에 기웃거리고, 고전압 전구를 들인 그의 범죄를 나무란다고 했다. 그리고 자신은 파리의 기관이 주는 다른 장학금을 신청했다고 썼다. 버나드 소식은 못 들었다고 했다.

그러던 어느 날 저녁에 엘 비치의 방에서 그와 이야기를 하는데, 엘 비치가 갑자기 내 앞에 무릎을 꿇고 내 손가락에 반지를 끼워주려고 하면서 말했다. "불레 부 므 마리에, 무아(나와 결혼해줄래요)?" 반지는 밀라노에 사는 할머니의 것이라고 했다.

나는 우쭐했고, 놀랐고, 우울했다. 내 마음과 꿈은 아직도 버나드가 차지하고 있었기 때문이다. 나는 또한 내가 이십대 시절을 박탈당했기에 이제 막 학교와 가정을 떠나 처음으로 남자와 여자와 섹스와 사랑의 세상을 탐험하는 이십대 초반 여자처럼 행동하고 있다는 것을 알았다. 나는 엘 비치의 반지를 받지 않았지만 그를 거절하지도 않았다. 어떤 대가를 치르고서라도 사랑을 얻고 싶은 나의 탐욕 때문이었을까? 그러므로 그와 카를로스 가족은 우리가 '약혼했다'고, 안도라의 교회에서 결혼할 거라는 결론을 내렸다. 그에 대해 나는 그저 가만히 기다렸다. 그러다가 문득 공황감이 밀려들자, 먼저 런던에 돌아가서 '중요한 일들'을 처리하고(내 죽음이라도 준비하는 것처럼) 그다음에 안도라로 돌아오겠다고 했다.

그래서 안도라의 마지막 시기에 나는 다시 한 번 내게 가장 익숙한 역할, 처벌이나 질책이나 거절이 두려워서 자기 인생의 계획을 다른 사람의 손에 맡기는 수동적인 사람이 되었다. 그토록 오랜 병원 생활 이후 나는 이 역할이 언제나 나를 기다리고 있으며, 내 인생의 많은 시간이 '익숙하기에, 그리고 익숙함이란 절대적이기에' 스스로 감옥에 걸어 들어갔다가 다시 거기서 도망치려고 노력하는 가운데 지나갈 것을 차츰 깨달았다.

그래서 나는 적절한 때에 엘 비치와 함께 '인사'를 다녔다. 우리는 교회에 가서 부활절 축제를 준비했다. 돈나가 결혼식 드레스 이야기를 했다. 나를 소개받은 엘 비치의 친구들이 다정하게 악수하며 덕담을 건넸다. 그날 밤 깃털 침대에 몸을 웅크리고 에스칼데스 건물 뒤로 우뚝 선 설산들을 바라보면서 나는 그날 엘 비치와 나눈 이야기, 그가 세우는 계획, 그가 내 질문에 한 대답을 생각하자 내 앞날에 싸늘한 공포가 느껴졌다. 먼저 안도라에 살다가 프랑스 남부로 가서 포도밭이나 모피 공장에서 일하고 아마도 가난 속에서 로스 크리오스를 키우며 살아갈 인생. 나는 '식민지'에 이민 가는 '영국 여자'가 된 느낌이었다. '애들 교육은, 학교는 어떻게 해?' 그리고 책, 독서, 내 글쓰기는? 음악과 미술은? 나는 위대한 미술가들의 작품 속에서 걸어 나온 듯 낭만적으로 보이는 그런 인물 가운데 한 명은 되고 싶지 않았다. 그리고 지금껏 여러 차례 한 일을 반복하고 싶지도 않았다. 시를 이용해서 나를 인간적인 위험에 빠뜨리고 사랑의 물결을 일으키려던 일. 나는 시의 용도는 무한하지만 항상 무해한 것은 아님을 깨닫고 있었다.

엘 비치는 내가 런던행 왕복표를 사는 데 동행해주었다. 그가 여행사 밖에서 기다리고 있을 때 내가 다급하게 물었다. "돌아오는 표를 쓰지 않으면 환불받을 수 있나요?" 직원은 그렇다고 대답했다.

부활절 축제 때는 집 모양을 한 전통적인 초콜릿 케이크, 미국 정부의 원조 식량에서 사제가 나누어준 둥글넓적한 황금빛 치즈, 그리고 내가 돈나와 함께 만든 퐁당 과자, 비스킷, 카넬로니 속에 엄숙한 즐거움을 누렸다. 식탁은 제단처럼 흰 천과 촛불로 장식했고, 주님수난성지주일 종려 가지를 창밖으로 던진 일로 벌을 받고 있던 안토이네와 사비에르조차 순순히 흰 레이스 깃과 좋은 옷을 입고 조용히 앉아 있었다. 모두가 모두에게 사랑의 눈길을 보내면서 특히 엘 비치와 나를 특별하게 바라보았고, 나는 다시 한 번 내가 스페인인과 이탈리아인들의 어둡게 빛나는 눈의 마법에 빠졌음을 깨달았다. 그것은 '고통에 대해서는 틀린 적이 없는' 거장들의 그림에 나오는 그것이었다. 아, 왜 나도 그 그림 속으로 들어갈 수 없던 걸까? 비록 내 머리가 켈트족의 붉은 머리고 내 출생지는 대척지라 해도, 그곳의 나무들은 안도라의 소나무처럼 엄숙한 상록수로 영원의 색, 주권의 색, 숲—바다, 하늘, 땅, 날씨와 함께 자연을 통치하는—의 색을 띠었다. 소속되고 싶다는 욕망은(현실 도시와 거울 도시에 동시에 살 때 사람은 얼마나 더 강하게 소속될 수 있을까?) 기꺼이 다른 사람들이 내 인생을 결정하게 했다.

그날 저녁 나는 방에 앉아 무릎에 타자기를 얹고 타자를 쳤다. 돈나가 카를로스에게 셈을 가르치는 소리가 들렸다. 나는 엘 비치가 자기 방에서 청색과 흰색의 자전거를 닦고 있다는 걸 알았다. 그때 문득 그가 글을 아는지 어쩐지 내가 모른다는 걸 깨달았다……. 다시 한 번 달아날 길 없는 '가난한 농부들' 틈의 영국 여자가 된 느낌이 들었지만, 나는 런던으로 달아날 수 있었다. 나는 다시 그와 나의 크리오들을 생각했다. 아이들 은 사랑받겠지만 가난하고 신발도 없고 학교도 다니지 못할 것 이다. 나는 문학재단에 해외여행 지원금을 신청하며 넓히겠다 고 약속한 '견문'을 과연 어디까지 넓히려고 하는 것인가?

그러면 내 글쓰기는? 앞으로 나는 늘 식구들 틈에 있을 테 고, 하루 종일 포도를 딸 테고, 아이들을 돌보고, 식구들의 식 사를 챙길 것이다……. 내가 어떻게 다시 혼자 앉아서 상상력 의 세계에 들어가고 그것을 탐구하고 묘사할 수 있을 것인가? 나는 분명히 옛 거장들이 창조한 세계에서 살 테지만, 그 세계 는 천사 같은 아이들이 울며 기저귀를 적시고, 바스락거리며 자 라는 포도송이를 따야 하고―그것도 영원한 황금빛 햇살 한줄 기가 내리쬐는 그릇 하나 분량이 아니라 수백만 송이를 따야 하 는 세계이고―빛과 그림자가 멋진 놀이를 하는 흐릿한 방들에 들어가 살고 수리하고 비바람을 막아야 하는 세계일 것이다.

그리고 나는 엘 비치를 사랑하지 않았다. 그가 자진해서 들 어온 빈 공간은 내가 바라는 인생에 더 적합한 풀로 곧 덮여버 릴 것이다.

5월 중순, 프랑스행 도로가 다시 열린 그날 아침에 나는 돈 나, 카를로스, 엘 비치와 아이들과 함께 페르피냥으로 가는 작 은 산악 버스를 기다렸다. 슬픈 작별 인사와 포옹과 키스와 애정 어린 말이 오갔다. 그리고 엘 비치에게 잃어버릴지 모르니 반지는 받지 않겠다고 했다. 어쩌면 모든 걸 알지도 모르는 엄숙하고 현명한 눈의 아이들("카인 마토 아 수 에르마노 아벨")도 작별 인사를 했다. 나는 안토이네에게 설명서가 딸린 하모니카를 선물했다. 아이는 내게 하모니카를 불어주려고 했다. 나는 돈나에게는 녹색 코르티나를 주었고, 늘 웃는 엘시 이모와 조이 이모가 사준 따뜻한 갈색 코트도 주었다. 그런 뒤 엘 비치를 마지막으로 모두에게 다시 키스를 하고 버스에 올랐다.

　도로 양옆으로 눈이 두 개의 벽을 이루며 쌓여 있었다. 나는 버스에 앉아 푸른빛을, 눈과 소나무에 싸인 비현실적인 산악 도로를, 열린 도로의 첫 차량인 우리 버스가 또다시 내리는 눈을 제설 장치로 치우며 힘겹게 나아가는 모습을 멍하니 바라보았다. 그런 뒤 페르피냥에 도착하자 어둠의 계곡에서 빠져 나온 듯한 느낌이 들었다. 갑자기 나무들이 연녹색을 띠고, 땅은 초록색 봄, 그러니까 '제대로 된' 봄철의 부드러운 구름에 잠겨 있었기 때문이다. 나는 두 시간 반 동안 기차를 기다리며 마을을 산책하고 묘지 바깥의 돌 의자에 앉아서 작은 노변 역의 쓸쓸함에 싸인 넉넉한 고독과 침묵과 평화를 즐겼다. 포스터들은 다른 지역—도시, 성당, 바다, 진노랑 햇빛이 가득한 다른 태양과 하늘을 광고했다. 나는 뉴질랜드 남섬 간선 철도의 작은 기차역들인 윈턴, 고어, 밸클러서, 밀턴, 클린턴……을 생각했고, 묘지를 산책할 때는 늘 머리 한구석에 떠오르던 프랑스 시와 산문을 떠올렸다. "슬프도다, 세미양트 호의 묘지…… 그것이 낮은 벽에 둘러싸인 모습을 다시 본다……."* 음악, 미각, 향수, 색채처럼 흐릿한 기억을 규정하고 분리하며, 구름 속에 진주의 씨앗을 뿌리는 문장들. 그런 기억은 왜 나를 어김없이 평생토록 몰두해온 하늘로 돌려보내서, 태양의 온기를 느끼는 순간과 태양을 잃고 그것이 다시 돌아오기를 기다리는 차가운 절망의 순간을, 하늘이 감독하고 축복하고 외롭게 만드는 인생의 순간들을 교차시키는가.

나는 기차를 타고 파리로 갔고, 바스티유 근방의 호텔에서 하룻밤을 묵었다. 그리고 다음 날 런던에 도착했고 기차역에서 나를 맞은 패트릭 라일리는 클래펌 커먼 사우스에 새로 방을 구했다며, 내 방도 빌려놓은 것이 주제넘은 일인지 물었다. 집 주인은 그냥 '아줌마'로 부르면 된다고 했다.

나는 그에게 고맙다고 했다. 내가 이비사와 안도라에서 보낸 시간을 어떤 작품으로 설명해야 할까? 나는 알베르 카뮈의 표현을 빌린다. 나 스스로는 이렇게 잘 표현할 수가 없기 때문이다. "사는 것은 표현하는 것과 약간 대척된다. 토스카나의 위대한 거장들을 믿자면, 그것은 세 번의 증언을 하는 것이다. 침묵 속에, 불꽃 속에, 부동(不動) 속에."**

<hr>

*알퐁스 도데의 단편 소설 〈세미양트 호의 최후〉의 한 대목.
**알베르 카뮈의 수필집 《결혼》의 한 대목.

2부
도시의 집

런던

런던에서 나는 일자리를 찾을 계획을 세웠고, 내가 정말로 정신분열병을 앓았던 건지 객관적인 방법으로 확인해보고자 했다. 나는 정신의학협회에 진료를 의뢰해주겠다는 존 포러스트의 제안을 이용하고 싶었다. 한편으로는 여전히 정신분열병을 앓았다는 비틀어진 '특권'을 간직하고 싶은 마음도 있었지만—그 사실은 내가 창조하려는 예술 작품보다 더 수월하게 나를 위대한 예술가들과 동맹을 맺게 해주었기에—내 작품들은 그 허약한 동맹을 파괴할 것 같았다. 언제까지나 내 소설을 '오필리아 증후군' 환자들과 병원에서 겪은 일로 채울 수는 없었기 때문이다. 오필리아 증후군이란 작가가 다른 방식으로는 말하거나 인정할 수 없는 여러 가지 감정과 생각과 언어를 탐구할 수 있게 허용해주지만 실제로는 시적 허구라는 것을 나는 알았다.

나는 《올빼미는 운다》를 가지고 영국과 미국의 출판사와 접촉해줄 출판 대리인도 찾기로 했고, 돈을 벌면서 계속 시와 단

편 소설, 또 뉴질랜드에서 시작한 장편 소설 〈필레이즈 숙부〉
를 계속 쓸 계획도 세웠다.

그러고 나면 이비사의 연애 사건, 버나드와의 이별, 짧은 임
신과 유산, 엘 비치 마리오를 장래의 남편으로 너무도 선뜻 받
아들인 경험으로 인해 남녀의 해부학과 성 행위에 대해서 기본
이상의 지식을 얻고 싶었다. '세상을 아는 여자'의 거짓된 외관
속에 나는 어처구니없을 만큼 무지했다.

그래서 패트릭 라일리의 충실하고 때로는 잘못된 도움 아래
나는 《사우스 런던 프레스》의 구인 광고를 뒤적였고, 패트릭은
전과 마찬가지로 어쩌다가 인간으로 현신해서 나와 동행하게
된 뉴질랜드의 순응주의 가르침처럼 내게 거듭 말했다. "착실한
일자리를 찾아야 돼요. 타자수나 비서 같은 거. 글을 쓰는 건 시
간 낭비예요. 그건 돈도 안 되고 세상의 평판도 안 좋아요."

나는 순순히 그와 함께 복스홀 로의 노동 거래소('임시직 또
는 정규직 고급 인력')에 갔지만, 초조함 때문에 타자 시험을
망쳤다.

"피크 프린스 공장은 어때요?"

아, 피크 프린스! 그것은 패트릭의 런던판 피구레티스일 것
이다. 나는 향수에 잠겨 런던의 초기 시절을 회상했다. 패트릭
의 부담스러운 친절과 피크 프린스에 대한 잦은 언급—비스킷
(다크 초콜릿 다이제스티브), 비스킷 공장, 심지어 공장 구내
까지. 그리고 그 이름은 내게 철썩 들러붙어 있었다. 피크 프린
스와 다른 런던의 이름들, 투팅 벡, 하트필드 노스, 수정궁, 하
이 바닛…… 이런 이름들이 새롭고 힘차게 돌아왔다.

나는 우물우물 말했고 패트릭이 "피크 프린스요"라고 대답

할 것을 알았다.

"그래요, 피크 프린스. 비스킷 공장 말예요."

나는 패트릭의 조언을 받아들이지 않았다. 대신 브릭스턴의 우편 주문 회사에서 패션 카탈로그 문안 작성자를 찾는 광고에 응했다. 그리고 면접관 존스 씨 앞에서 《올빼미는 운다》를 넘기며 내가 그 책을 썼다고 가볍게 말했더니, 그는 깊은 인상을 받은 듯 나를 합격시키고, 내게 예전 카탈로그들을 주며 옷에 대한 설명을 살피고 익히라는 지시를 내렸다. 나는 큰 방에서 다른 사람들과 함께 '9시에서 5시까지' 글 쓰는 일을 하게 되었다.

하지만 '다른 사람들'과 함께 일해야 한다는 사실이 나를 가로막았다. 나는 다른 일자리를 구했다고 말했다.

다음으로는 이제 나는 사우스 런던 여성 병원 근처에 살았기에, 그리고 그 병원이 계속 청소부 모집 광고를 하기에 시간제 병동 청소부 일에 지원하고 수간호사와 면접을 했는데, 그녀는 나더러 '간호사 자질이 풍부'하니 간호학교에 지원해보라는 조언을 했다. 이십대 후반이나 삼십대 초반의 나이 든 학생들은 학업과 일을 병행할 수 있다고, 나더러 훌륭한 간호사가 될 게 분명하다고 했다. 물론 건강 진단서가 필요하지만 내가 건강하고 똑똑하고 유능한 모습을 보이면 아무 문제 없을 거라고 했다.

그 발상과 칭찬이 나를 유혹했다. 나는 의사 이름이 어처구니없을 만큼 허구적인—지금은 여러 가지 이유로 C. S. 박사라고 표기하겠다—가까운 진료소에 건강 검진 예약을 했다. 나는 검진을 받지 못했다. 의사에게 '정신 병력'을 밝히는 실수를 했기 때문이다. C. S. 박사는 그 말에 기겁했고, 연민을 담아 나에게 간호사가 되어서는 안 된다고 말했다. 여의사는 내 얼굴에서 오랜 수용 생활의 '표시'와 그것을 일으킨 원인을 찾으려고 했다. 나는 모든 게 '착오'였다고 말해봐야 소용없다는 걸 알았다.

그녀는 얼른 나를 문 앞으로 데리고 가더니, 그렇게 서두른 것과 공포를 감추지 못한 것이 부끄러웠던지 잠시 멈추었다. 그리고 자기 친구 한 명이 집안일을 도와줄 사람을 구한다고, 내가 거기서 일할 수 있을지 모른다고…… 물론 감독은 필요하다고 했다. 그렇지 않으면…… 내 병력과…… 조건으로는…….

그리고 그녀는 나를 얼른 문밖으로 밀어냈다.

나는 그 면담을 선명하게 기억한다. 그것의 본질은 C. S.라는 그 특이하게 허구적인 이름에 담겼다. 런던의 이름들에 대한 내 기억 속에 그것은 피크 프린스, 투팅 벡, 터프넬 파크 같은 강렬한 이름들과 나란히 자리하고 있다……. 다른 점이라면 그녀의 이름 안에는 작은 공포의 알갱이가 들어 있었다는 것이다.

나를 괴롭힌 것은 패트릭 라일리가 가하는 순응에 대한 압박만은 아니었다. 나의 과거도 언제나 내게 거대한 그림자를 드리웠다. 내가 '내 입장'의 이야기를 할 수 없는데 어떻게 자신감을 되찾을 수 있을까? 이제 '진실'을 찾아야 할 때였다.

그래서 나는 존 포러스트를 통해 정신의학협회의 마이클 버거 박사를 만나기로 진료 약속을 잡았다.

그러는 한편으로 직장과 출판 대리인을 구했고, 《성(性) 백과사전》을 샀다.

질문들

나는 스트리섬에 있는 리걸 극장의 안내양(여자는 안내원 대신 안내양이라고 불렸다)이 되었다. 거기서 매일 열 시 반에 열한 시 영화를 준비하는 것으로 하루를 시작하고, 점심시간을 갖고, 격일로 다섯 시나 일곱 시 영화를, 때로는 둘 다를 안내했고, 극장을 돌아보며 나가지 않은 손님과 분실물과 화장실에 버려진 신생아를 찾고 나면 밤 열한 시가 넘어서 일이 끝났다. 이 일은 분명히 '견문을 넓혀주는' 일이었기에 나는 즐겁게 일하려고 노력했지만, 토요일 오전 시간에 극장을 가득 채운 어린아이들을 다스리는 일도, 섹스와 공포 영화를 상영하는 일요일 오후에 젊고 반항적인 남녀를 통제하는 일도, 막간에 오렌지 음료, 초콜릿 아이스크림, 플레인 아이스크림을 담은 쟁반을 허리와 목에 끈으로 매고서 극장에 들어가 어두컴컴한 가운데 '돈통'의 잔돈을 고르는 일도 즐겁지 않았다. 거기다 나는 큼직한 2실링 동전을 뉴질랜드의 2.5실링 동전과 헷갈려서 돈을 물어주기도 했다. 직원과 관객은 흥미로웠다. '신예 작가'로서 나는 그들을 주의 깊게 '연구하며' 안내양들의 언어와 태도를 배웠고, 시골의 안내양은 그저 하나의 직업일 뿐이지만, 런던 교외의 안내양은 시사회가 열리는 레스터 스퀘어 같은 극장의 안내원이 되는 중간 단계라는 것도 알았다. 시사회가 열리면 영화배우, 감독, 제작자가 들어오고, 때와 장소를 잘 맞추어서 흥미로운 인상을 준 안내양은 그들의 눈에 띄어 그들과 말문을 트고 어쩌면 할리우드에 가서 스타가 될 수도 있었

다⋯⋯. 이것은 나와 함께 일하는 젊은 여자 안내양 모두의 꿈
이었고, 그들은 그 꿈으로 스트리섬, 브릭스턴, 클래펌의 쪽방
생활을 지탱했다. 그리고 가공인지 실제인지 언제나 '잘 풀린'
안내양의 사례가 있었다. "그 애 알지⋯⋯ 겨우 2년 전에⋯⋯
누가 알았겠어?"

나는 그 일이 힘들고 우울했다. 영화관들은 점점 문을 닫고
빙고 게임장으로 대체되었고, 프로그램이 바뀔 때마다 리걸,
ABC, 오디언, 고먼트의 지배인들은 일자리를 잃을 걱정에 갈
수록 홍보 대책을 요란하게 꾸렸다. 어떤 주는 로비에 가짜 사
자들이 포효하고, 아이들이 절대 이길 수 없는 경연을 열었는
데, 나는 대공황 시기였던 내 어린 시절에 형제들과 극장에서
하던 게임이 떠올랐다. 빠진 글자를 맞혀서 문장을 완성하는
그 게임에 우리는 생사가 달린 듯 매달렸다. 〈프랑켄슈타인의
저주〉를 상영한 3주 동안은 뱀파이어, 말뚝, 은제 총알, 프랑켄
슈타인 인형이 고전적인 공포 장치들과 뒤섞여서 로비에 전시
되었다. 그러는 동안 늘 고개를 치켜들고 다니는 키 작은 진갈
색 머리의 중년 남자 지배인은 점점 더 불안해 보였고, 안내양
들은 계속 할리우드를 꿈꾸었다.

비번이던 어느 날, 나는 《작가와 예술가 연감》을 보고 출판
저작권 대행사로 A. M. 히스를 선택하고—그들이 E. E. 커밍
스*와 함께 일했기에 실험적 글을 기꺼이 다루어줄 거라고, 그
러니까 작가에 대한 믿음으로 돈을 희생해줄 수 있다고 추론했
다—약속한 대로 A. M. 히스의 직원 페이션스 로스와 만나기

*실험적인 작품들을 주로 쓴 미국의 시인 겸 소설가.

238

위해 도버 로로 갔다. 사무실은 꼭대기 층에 가까웠다. 나는 흐
트러진 분위기에 놀랐다. 사방에 원고가 흩어져 있었다. 어떤
것은 바닥에 어떤 것은 책장에 쌓여 있었고 아직도 표지가 반
짝거리는 신간 도서는 진열대와 벽에, 때로는 서가에 전시되어
있었다. 남녀 작가의 사진도 많았는데, 전부 모르는 사람들이
었다.

짧고 희끗희끗한 머리에 회색 눈의 페이션스 로스가 검은색
과 회색 옷 차림으로 나를 친절하게 나를 맞았다.

나의 첫 출판 대리인!

그녀는 책이 가득한 커다란 가방에서 자신이 읽고 있던 《올
빼미는 운다》를 꺼냈다. 그러고는 상당히 인상적인 작품이지
만, 대중적 인기를 끌기는 어려울 것 같다고 말했다. 자기 회사
와 출판권 대리 계약을 하면 그 책을 영국의 출판사들에 보내
고 미국 대행사를 통해서 미국의 출판사들에도 보내겠지만, 출
판사는 이미 출간된 다른 나라의 책보다는 원고 상태의 글을
선호한다는 걸 명심해야 한다고 했다. 내가 페가수스 출판사와
맺은 계약에 따르면 내가 해외에서 버는 돈의 50퍼센트가 출판
사로 간다고, 그걸 알고 있느냐고 물었다. 인세를 받는다는 일
이 너무도 아득하게 느껴져서, 나는 그저 '상관없다'는 뜻으로
미소만 지었다.

면담이 끝나자 우리는 함께 투각 장식 엘리베이터를 타고
사무실을 나왔다. 페이션스 로스가 엘리베이터를 '카프카 작품
의 무언가'와 비교하자, 나는 사무실 벽에 사진이 걸린 유명 문
인들에 필적하는 '작가답게' 보이고 싶은 열망에 잘 아는 듯이
응답했다. "네, 카프카요……."

나는 137번 버스를 타고 클래펌 사우스로 돌아왔다.

다음 과제는 신속하게 수행되었다. 채링 크로스 로의 서점으로 걸어가서 두꺼운 책, 창문에 '수백 장의 원색 그림과 사진'이 있다는 광고가 붙은《성 백과사전》을 산 것이다.

그런 뒤 나는 다음 주에 버거 박사와 만날 일을 준비했다.

나는 열기에 아지랑이가 일고 도로가 타들어가는 런던의 여름을 처음 만났다. 덴마크 힐에 있는 모즐리 병원에서 버거 박사와 만나기로 한 날, 나는 클래펌 사우스에서 클래펌 노스로 가기 위해 클래펌 파크 로와 에이커 로를 걷고, 콜다버 로를 통과해 브릭스턴을 지나 캠버웰 그린까지 갔다. 허물어진 벽돌집들이 있었고, 사방이 냉혹하고 불결하고 궁핍한 분위기를 내뿜었다. 목소리도 낯설었고, 박하사탕 큐리어슬리 스트롱을 사러 들어간 상점의 여자는 "여기 있어요, 언니" 하고 말했다. 여자들은 두건을 둘렀고, 얼굴은 피곤해 보였다. 남자들은 굴 속 동물처럼 창백하고 체구가 작았다. 길거리의 거지들은 모자나 깡통을 옆에 놓고 앉아서 벽에 세워둔 벽보에 대한 응답으로 돈이 떨어지기를 기다렸다. 상이 용사, 다리 절단, 선천적 맹인, 이렇게 태어났음, 처에 자식이 다섯.

나는 식용 말고기 광고가 붙은 상점 앞을 지나갔다. 신문 판매대의 공지를 읽었고, 매력 없어 보이는 기사 식당 바깥에 분필로 써놓은 메뉴를 보았다. 그리고 가장자리에 관목 덤불과 의자들이 있고 페컴, 포리스트 힐, 센트럴 런던, 클래펌행 자동차들로 둘러싸인 마른 풀의 광장에 도착했다. 마침내 나는 아직도 풀지 못한 내 '병력'에 대한 질문에 답을 구하기 위해 모즐리 병원 외래 병동을 향해 걸어갔다. 그에 대해 나 자신이 품고 있는 견해를 표명하면 사람들은 대개 예의 바른 불신이나 회의스러운 동의로 반응했다. 내 견해가 얼마간의 진실이라도 담고 있는지 아니면 또 하나의 자기기만인지 알아야 했다.

버거 박사와 첫 면담 때 나는 다시 한 번 오랜 입원 생활을 이용해서 그의 관심을 붙잡아두는 익숙한 행위에 빠져들었다. 그렇게 오래 입원해서 그렇게 강력한 치료를 받고 수술까지 계획되어 있었다면 대개는 내게 희망이 없다고 결론을 내리고 나아가 재발을 우려할 터였다. 나는 내 과거 이야기가 모르는 사람들에게 어떤 효과를 일으키는지 알았다. 그리고 그들의 반응을 이용해서 내 소망을 달성할 수 있다는 것도 알았다. 내 '감추어진, 진정한' 자신을 발견하는 데, 그리고 내가 '세상의 한 사람'으로 자신감과 안정감을 가졌다면 신속히 구했을 대답을 찾는 데 그렇게 오랜 시간이 걸렸다는 사실이 내게는 건강하지 않은 어떤 자기 매장의 증거로 여겨졌다. 지진이 반복되면 무너진 폐허에서 생존의 신호가 오지 않는 경우가 많고, 혹시 생존자가 있다 해도 그들이 열심히 신호를 보내야 당국이 도시의 폐허 밑을 조사하기로 결정을 내리는 법이다. 그것이 진짜 도시건 바람에 따라 움직이고 바다와 하늘에 종속된 거울 도시이건.

버거 박사는 키가 크고 검은 머리에 피부가 하얀 남자로 싸늘할 만큼 우월감을 담은 눈빛과 차분한 영국인의 목소리로 두 번째 약속을 잡았다. 박사를 만나고 온 뒤 내 안에는 과거의 불쾌감과 공포감이 일어났다. 그의 관심을 끌고 그의 심각한 얼굴을 관찰하면서 내 자신감은 급격히 위축되었다. 하지만 나는 '진실'을 발견할 수 있는 사람이 있다면 바로 그 사람, 또는 그 사람과 동료들이라는 걸 알았다.

나는 계속 리걸 극장에서 일했다. 돈은 급속히 줄어들었고, 오후 커피 시간마다 젊은 안내양들의 자신감 넘치는 이야기를 듣다보니 일은 점점 더 지루하고 우울해졌다. 한 여자는 모두가 완벽하다고 칭찬하고 저녁마다 텔레비전에 다정한 얼굴을 보이는 유명 가수와 잠자리를 했다. 그는 그녀에게 연예계에 데뷔시키고, 스타로 만들어주겠다고 약속했다고 했다. 또 한 여자는 내가 작가를 지망한다는 걸 알게 되자 자신이 쓴 시를 가져왔고, 나는 몸이 움찔거리는 걸 느끼며 그녀의 황금빛 달을 따라 6월로 날아가서 하늘빛 파란색인 애인의 눈을 들여다보았다. 하지만 나 자신의 경험을 생각하면 그렇게 몸을 움찔거릴 필요가 없었다.

가끔 오아마루에 있는 아버지가 각기 다른 날에 구입했다가 통화 제한 기간에 '저축한' 5실링 우편환 묶음을 보냈다. 마운트망가누이의 폴라 링컨도 5실링 우편환 묶음을 보냈다.

그리고 패트릭 라일리도 나도 일하지 않는 저녁이면 우리는 내가 처음 런던에 왔을 때처럼 함께 커먼을 산책했고, 계절도 그때에 가까워졌다. 힘을 잃은 여름이 먼지와 시들어가는 나뭇잎 구름에 자리를 내어주고 있었고, 어느 순간 핏빛 태양이 성글어지는 플라타너스 가지 사이로 도시를 활보했다. 커먼의 풀은 곧 갈색으로 시들고 다시 자랄 희망을 잃을 것이다.

나는 두 번째 진료를 받으러 버거 박사에게 갔다. 각 계절의 런던을 흡수해온 나는 마치 내가 런던이 되어 지친 상태로 겨울을 맞는 듯한 어조를 띠었다. 나는 자살을 말했다. 그런 대화는 진정한 의사소통의 길이 무성한 풀로 덮여 있을 때 확실한 행동을 불러일으키는 지름길이었다. 나는 자살 이야기는 언제나 심각한 반응을 일으킨다는 것, 오직 잘 모르는 사람만이 달리 반응하거나 그 사실과 그런 행동의 가능성을 차분하게 수용했다가 나중에 후회한다는 걸 알았다. 그런 수용, 아무 문제 없다는 설득은 다른 방법으로는 절망을 알릴 길이 없는 사람에게는 그 행동을 촉발하는 충분한 동기가 된다.

버거 박사는 내게 모즐리 병원에 입원해서 관찰과 검사를 해보자고 했다. 내 계획은 성공했다. 이제 내 질문은 해답을 얻을 것이다. 많은 두려움이 있었지만, 이 유명한 영국 정신의학협회에서는 뉴질랜드 병원들 같은 문제는 없을 거라고, 각 병증의 관련 사실을 다 배우고 철저한 진단을 내리도록 훈련받은 의사가 많을 거라고, 또 뉴질랜드와 달리 '환자'가 자기 생각을 직접 말할 수 있는 기회가 있을 거라고 생각했다. 나는 기대가 컸다.

버거 박사는 클래펌 사우스에 다녀오는 것을 허락했고, 나는 집에 돌아가서 몇 가지 개인 물품을 챙기고 패트릭에게 사정을 설명했다. 패트릭은 내가 입원해 있는 한 달 반 동안 내 짐을 자기 방에 보관해주겠다고 했다. 두려움은 커졌지만, 나는 이런 일이 필요하다고 느꼈다. 나는 마침내 '진실'을 찾을 것이다.

조사와 평결

나는 모즐리 병원이 어떨지 전혀 예상하지 못했다. 실제로 들어가보니 그곳은 아주 인상적이면서도 내가 아직도 고마움을 느끼는 좋은 점이 많았다. 당시 그곳은 의사, 간호사, 가사 인력이 넘쳐났고, 많은 간호사들이 유럽, 아프리카, 아일랜드, 서인도 제도 출신이었다. 뉴질랜드 출신도 두어 명 있었다. 입원 및 검사 병동에서 간호사 일인당 환자가 다섯 명이었고, 청소부, 주방 보조, 요리사가 가사 업무를 맡아서 간호사는 전문적 간호에 전념할 수 있었다. 뉴질랜드의 시클리프 시절을 돌이켜보면 '내부 병동' 간호사는 내게 말을 거는 것도 금지되어 있었는데(이 이야기는 나중에 은퇴한 간호사 두 명에게서 들었다), 놀랍게도 여기 모즐리에서는 대화를 통해 환자들을 알아가는 게 간호사의 직무였다. 그러지 않고서 어떻게 제대로 진단을 내릴 수 있겠는가? 나는 또한 환자들이 일주일에 몇 번씩, 특히 처음에는 매일 의사와 만나는 것에도 놀랐다. 뉴질랜드에서는 입원할 때 한 번, 퇴원할 때 한 번 만나고, 그사이에 이따금 건성으로 "안녕하세요" 하는 인사를 받는 게 전부였다. 그리고 '그사이'란 때로 몇 년을 가리키기도 했다. 모즐리에서는 사람들이 나와 이야기도 하지 않고 나를 알려고 하지도 않으면서 나에 대한 결정을 내린다는 불평은 할 필요가 없었다. 모즐리는 또 진단의 정확성을 높이기 위해 여러 가지 표준 '검사'를 했다. (그것 역시 내가 뉴질랜드 병원에 있는 동안은 들어본 적 없고 적어도 내게는 실행되지 않은 것이었다.)

담당 의사와 간호사가 있다는 것은 무언가 호사스럽고 지나친 사치라는 느낌까지 들었다. 내 담당 의사는 앨런 밀러 박사였다. 그는 미국에서 대학을 졸업한 젊은 의사였고, 나는 그와 자주 면담을 해서 내 개인사를 (말할 수 없는 많은 것을 생략하고서) 말했다. 모즐리는 이미 내가 입원했던 뉴질랜드 병원들의 진단, 치료, 예후 기록을 확보해놓고 있었다.

밀러 박사는 키가 크고 덩치가 컸는데, 다가오는 영국의 겨울 추위에 대비하느라 옷을 겹겹이 껴입어서 덩치가 더 커 보였다. 그는 체중을 걱정했다. 면담을 할 때 초콜릿도 자주 먹었다. 여가 활동으로는 비올라를 연주했고, 1년에 한 번 파블로 카잘스와 서신 교환하는 것을 자랑스럽게 여겼다. 그는 아내와 아이들을 데리고, 그리고 미국 포드 사의 스테이션 왜건도 가지고 모즐리 병원에 파견 근무를 왔고, 파견 기간이 끝나가는 것을 안타까워했다. 정신과 의사의 그런 자세한 사정까지 알게 되는 건 흔한 일이 아니었지만, 밀러 박사는 가만히 바라보고, 인상을 쓰고, 어색한 미소를 짓고, 그저 "음, 알겠어요" 하고만 말하는 심각한 영국인들과 달리 자신과 감정과 견해를 자유롭게 이야기했다. 나는 내 담당 의사가 자기도 인류의 한 사람이고, 그건 어쩔 수는 없는 일이며, 신의 흉내를 낸다고 달라지는 건 없다는 냉혹한 사실을 두려움 없이 인정하고 밝히는 사람이라는 게 감사했다. 그리고 밀러 박사는 정말이지 열정적이었다! 그가 말했다. "정신분열병은 잘못된 진단이었어요. 정신분열병은 끔찍한 병이에요." 하지만 평결은 검사 결과와 관찰 결과, 그리고 버거 박사가 이끄는 의사 팀과의 면담 결과를 통해서 객관적으로 내려졌고, 그 결과는 당시 병원장이던 오브리 루이스 경이 주관하는 회의에 제출되었다. 밀러 박사의 열정에 감염되어 나는 정신과 신체에 관련된 많은 검사를 수행하고 받았다. 그래서 처음으로 뇌전도 검사(여러 해 전에 당연히 했어야 하는)를 받았는데, 언제나 결과를 전달해주는 데 열심인 밀러 박사가 내 뇌파가 '정상보다 더 정상적'이라는 말로 반 고흐, 후고 볼프와 맺은 오랜 인연을 깨뜨리자 적잖이 당혹했다. 그것은 오래전 젊고 매력적인 한 대학 강사의 잊을 수 없는 말이 안겨준 인연이었다. "재닛을 생각하면 반 고흐, 후고 볼프가 생각나요…… 재닛, 당신은 내면의 외로움을 앓고 있어요……."

마침내 나는 의료진이 긴 탁자에 앉고 그 상석에 오브리 경이 앉은 면담실로 소환되었다. 의료진은 이미 회의를 갖고 결론을 내린 상태였으며, 오브리 경은 나와 몇 분 동안 대화를 나눈 뒤 평결을 내렸다. 나는 정신분열병을 앓은 적이 없다고, 애초에 정신병원에 나를 입원시킨 게 잘못이라고, 내가 지금 겪는 문제들은 많은 것이 그 오랜 입원에 의한 직접적 결과라고 말했다.

나는 미소를 띠고 말했다. "고맙습니다." 상이라도 받은 것처럼 수줍고 공손한 말투였다.

얼마 후 밀러 박사도 기뻐하며 그 평결을 다시 말해주었다. 그가 정말로 기뻐한 일, 그리고 껴입은 옷 때문에 행동이 거추장스러운 듯 의자에서 둔하게 몸을 돌린 일이 기억난다.

"영국은 추워요." 그가 말했다. "두꺼운 모직 내복을 입었어요." 그는 최근에 유행하는 짧은 코트와 폭 좁은 바지 때문에 더욱 불편해했다. 내가 밀러 박사가 옷을 껴입던 일을 이렇게 생생하게 기억하는 것은 아마도 나 자신이 12년, 13년 동안 껴입었던 정신분열병의 옷을 갑자기 벗었기 때문일 것이다. 처음 그 진단을 받았을 때 놀라움과 두려움 속에 그 말을 발음해보던 일, 심리학 책과 의학 사전에서 그 뜻을 찾아본 일, 처음에는 믿지 않았지만 나중에는 '전문가'의 의견에 둘러싸여 그것을 수용한 일, 그것을 수용하는 고통과 공포 속에서 예상치 못한 온기와 편안함, 안전을 느꼈던 일, 그 진단을 떨쳐버리고 싶어 하면서도 한편으로는 그것과 헤어지기 싫어한 일이 떠올랐다. 그리고 그 옷을 공개적으로 입고 다니지는 않았지만, 비상 상황이 닥치면 잔인한 세상의 보호막으로 쓰기 위해 늘 가지고 다녔던 것을. 이제 그것이 사라졌다. 내가 직접 힘을 쓰거나 끊임없이 '진실'을 탄원해서 파괴한 게 아니라—나의 탄원은 보호막을 잃기 싫은 마음과 동맹을 맺고 있었기에—전문가들이 공식적으로 추방했다. 나는 다시는 그것의 도움을 청할 수가 없었다.

상실감은 실로 컸다. 처음에 그 진실은 거짓보다 더 두려운 것 같았다. 정신분열병이라는 정신병은 하나의 성취로, 환자에게 평범한 책임을 면제시켜주었다. 나는 그것을 상실한 것이 애통하고 부끄러웠다. 나에겐 '아무 문제가 없는데' 어떻게 도움을 청할 수 있다는 말인가? 더 이상 상황에 '맞추어' 작가에서 정신분열병 환자로 또는 그 반대로 교활하고도 필연적으로 이동할 수 없을 때 나를 어떻게 설명할 수 있을까? 이렇듯 자존감이 공식 박탈당한 상황을 달래준 것은 병원 직원들의 태도였다. 루이스 교수가 말했듯이 오랜 입원의 후유증을 떨치기 위해 나는 전문적인 도움을 받아야 했다. 그 전에 일단 모즐리 병원에 남아서 밀러 박사와 상담을 계속했다. 그가 내 인생 배경을 알게 된 뒤에 우리는 주로 현재의 일상을 이야기했고, 그런 무형식의 치료에는 현재와 과거의 걱정들이 포함되었다. 우리는 차분하게 호수 바닥을 긁고 그 물에 반딧불이와 햇빛이 비치는 것을 지켜보며, 죽은 것들 가운데 오래된 것을 잠재우고 새로 발견한 것을 깨어나서 돌아오게 했다. 그러면 물은 잠시 혼탁해졌다가 맑고 고요해졌다. 우리 대화에 지속된 어려움 한 가지는 정신분열병을 상실한 것에 이해하기도 인정하기도 힘든 공황감에 빠지고, 그것을 떠나보내기 싫어하며, 습관으로 인해 그리고 온기의 필요성으로 인해 그것을 영원히 인생의 일부로 간직하고 싶어 하는 내 태도였다.

나는 그 겨울을 모즐리의 온기에 싸여서 보냈다. 간호사와 환자들과 친구가 되었고, 독일 출신 주방 보조 게르다하고도 친해졌다. 그녀는 모두를 따뜻하게 대해주었다. 영어와 독일어를 섞어 "아 재닛, 마인 굿니스 킨더" 하고 말하며 미소 지었다.

나는 병원이 인력을 충분히 갖추는 데 치중하던 시절은 지났다고 들었다. 1950년대 말 당시에는 직원들 모두 자격 수준이 높았고 외국인 간호사와 정신과 의사를 채용해서 업무에 문화적 다양성이라는 새로운 차원을 들였다. 모즐리 병원 관리의 강점과 지혜를 보여주는 한 가지 특별한 예는 장애인 의사들을 고용한 것이었다. 그런 의사들은 환자들과 더 수월하게 의사소통을 할 수 있었다.

나는 이제 병원을 떠나서 '내 인생'을 살아갈 준비를 했다. 초봄이고 이따금 눈보라가 쳤다. 버거 박사는 약간 불편할 만큼 직접적으로, '직업을 갖는' 연습을 하라고 도서관 사서인 배어 씨에게 부탁해서 나를 의학 도서관에서 일하게 해주었다. 내가 뉴질랜드에서 두 권의 책을 내고, 전업 작가로 살고 싶어 한다는 것을 밝혔지만, 런던의 가혹한 출판 환경에서 작가로 살아갈 수 있다는 보증은 없었다. 나는 A. M. 히스 사의 페이션스 로스에게서 미국과 영국의 50개 출판사가 내《올빼미는 운다》를 높이 평가하지만 출간은 거절했다는 소식을 들었다. 그래서 약간 낙심한 가운데에도 '시적' 자세를 고수한 채 의학 도서관에 일하러 갔지만 며칠 지나지 않아 그 일에 '부적합'하다는 판정을 받았다. 그러자 버거 박사는 두뇌 박물관에서 의학 서류를 분류하는 일을 구해주었다. 두뇌 박물관! 나는 혼자 있는 축복 속에, 분류 딱지가 붙은 유리 단지에 보존하는 종양과 뇌들 속에 앉아 여러 날 동안 의학 학술지를 정리했다. 그리고 학술지들을 살펴보다가 ECT(전기 충격 또는 경련 치료)가 환자에게 '공포'를 심어주기 위해 시작되었음을 알게 되었다. '보너스'이자 유익을 주는 공포—물론 그 유익은 환자가 아니라 의사가 받았다! 딱지가 붙은 채 단지에 든 뇌들 틈에 앉아서 나는 정신과 의사들이 힘과 성찰을 갖기를, 그들 자신의 인간성을 계속 검토하고 검사하기를 감히 소망했다. 그것이 없으면 그들은 정신 의학, 정치 같은 몇몇 직업의 풍토병에 감염되어 자신을 신으로 믿는 사기꾼이 될 수도 있다.

나는 두뇌 박물관에서 시를 썼다.

도브슨의 종양, 1955년.
사람들은 그의 대머리 안쪽에 있는 또는 그늘진 얼굴 안쪽에 있는
그것을 보지 못했다. 그리고 그것이 거친 외침으로
뱀처럼 꽃피는 비이성 속에 말들을 쏟아냈다 해도
그것이 말하는 것도 듣지 못했다. 그는 생의 마지막을
원형 딱정벌레들의 절벽과 날뛰는 햇빛 아래서 보냈다.
어느 날 무게 없는 바위의 산사태가 일어 도브슨은 죽었다.

화장은 골더스 그린에서 있었다. 개인 예배당에서
예배를 하고 엄숙하게 그의 미덕을 칭송하고
(악행의 표류물은 아직 슬픔의 만조 아래 잠겨 있다)
미망인은 그의 유골을 담을 교회 벽의 한 칸을 빌리고
꽃값을 종양 연구에 바쳤다.
하지만 장례식에 온 사람들은 도브슨의 신체 일부가
화장과 매장에서 빠졌다는 걸 짐작하지 못했다.

또 한 장의 슬라이드, 또 한 번의 농담. 땅거미.
방이 빈다. 겹겹의 추위가 니스 칠한 가구들에 붙어 있다.
다시 한 번 딱지가 붙어 병에 들어간 물품은 서류와
병력 자료가 어지럽게 흩어진 책상 한편에 따로이 놓인다.

이것은 3년 전부터 도브슨의 죽음의 경위를 말해왔다.
두 겹의 혀로 나는 신에게 침을 뱉었다. 포르말린 안에서
나의 명망이 두터워진다. 나는 죽지 않는다
도브슨의 종양, 1955년처럼.

두뇌 박물관에서 이삼 주 일한 뒤, 나는 병원 밖에 살 집을 알아
보기로 결정했다. 패트릭 라일리와 같은 집에서 살고 싶지는 않
았다. 그는 물론 내가 무의식적으로 고무한 대로 오만한 부모처
럼 내 인생을 좌우하려고 했다. 나를 꾸준히 찾아왔고 그때마다
내게 세상의 위험들, 특히 성의 위험을 경고했다. 내가 《성 백
과사전》을 가지고 있는 걸 발견했기 때문이다. 그는 책을 흔들
며 나보고 타락한 여자라고 말했다. "누구도 자기 몸을 이렇게

많이 알 필요는 없어요. 이 그림과 사진들이 다 뭐예요!"

그는 여자의 성기가 그려진 쪽을 펼쳤다.

"여자가 정말 이렇게 생겼나?" 그가 묻고 자답했다. "믿을 수 없어."

그는 맹렬했다. "오늘 밤 당장 이 책을 쓰레기통에 버려요."

그날 나는 밀러 박사의 협력을 받아 패트릭에게 더 이상 나를 만나러 오지 말아달라고 말했다. 나는 이제 곧 친구들이 있는 미국으로 떠날 거라고 했다.

실망스럽게도 아무도 내게 작가의 삶을 권유하지 않았지만, 나는 글을 쓸 시간을 만들고 싶었다. 사회 복지사가 내가 '직업을 갖고' 정착할 때까지 국민부조금을 받을 수 있게 해주었기 때문이다. 그래서 어느 겨울 오후에 나는 자기 연민과 고립감이 밀려오는 것을 느끼면서 살 곳을 찾아보았다. 내 불행감을 더욱 키워준 것은 밀러 박사가 곧 미국으로 돌아가고 나는 외래 병원의 다른 의사와 만날 거라는 사실이었다. 나는 버스를 타고 캠버웰 로를 지나 초크 팜으로 갔다. 그 근처에 방을 구할 생각이었다. 지도를 보면 그곳은 프림로즈 힐에서 멀지 않았다. 살기 좋은 곳이 분명했다! 초크 팜은 아마도 농지에 잇닿은 폐채석장 부근일 테고 봄에는 앵초가 필 것이다.*

버스는 엘리펀트와 캐슬, 웨스트민스터를 지나고 트라팔가 광장을 돌아 채링 크로스 로, 토트넘 코트 로, 구지 스트리트 역, 모닝턴 크레센트 역, 캠든을 거치면서 점점 황량하고 우울해지는 풍경 속을 달려 마침내 초크 팜 역에 도착했다. 그곳은

---

*'프림로즈'는 앵초라는 뜻이다.

온통 유스턴이나 킹스 크로스, 패딩턴에서 오는 철로를 가린 높은 벽돌담뿐이었고, 도로 한쪽에는 황폐한 벽돌 주택이 늘어서 있었다. 초크 팜에서 버스를 내려 켄티시 타운까지 되짚어 걸어간 뒤 포티스 로—'포트리스 로'로 잘못 읽었다—로 들어가니 "셋방 있음"이라는 안내판이 보였다.

내가 살 곳.

나는 그 방을 얻었다. 방세가 쌌다. 임대용 쪽방 주택의 지하 방은 더러웠고, 가구는 여기저기 부서졌으며, 깨진 곳에 철망을 댄 유리창으로는 눈 쌓인 런던의 바람이 들어왔다. 방에 딸린 작은 부속실은 바깥 길 보도 지하에 만들어져서 보도가 바로 지붕이었고, 그 지붕에 구멍이 나서 배달 석탄을 비롯한 온갖 물품이 들어왔다. 도로 쪽으로 난 창을 내다보면 자동차 바퀴와 사람과 개들의 발이 보이고 소리도 들렸다. 나는 그 방에서 일주일을 살았다. 건물은 난방이 안 돼 추웠고, 어느 날 집주인이 요금을 내지 않아 전기가 끊겼다. 나는 밖에 나갔다가, 가난하고 비좁게 살면서 습기와 추위와 어둠과 빈대에 지쳐 있는 다른 세입자들을 발견했다. 나는 1층 여자와 이야기를 했다. 아기가 침대에 자고 있었고, 여자는 옆에 인형 머리를 잔뜩 쌓아두고 앉아서 텅 빈 얼굴에 힘겹게 눈을 그려 넣고 있었다. 그런데 이제 불이 나가서 일을 할 수가 없었다.

어두운 지하 방에서는 타자기를 칠 수 없었기에 나는 밖으로 나가 다른 집을 찾았고 기쁘게도 바로 맞은편에 방을 구했는데, 아파트 안에 있는 그 방은 광고 문구대로 매력적이었다. 나는 방을 보여달라고 하면서 운이 좋다고 생각했다. 나는 건물 3층에 있는 작은 방으로 안내되었다. 문을 열면 바로 복도였고, 복도 끝에 부엌과 화장실이 있었다. 창밖으로 런던 북부의 흔한 벽돌담이 보여 전망은 우중충했지만 나는 바로 그 방을 계약했다. 포트리스 로 건너편 지하 방에서 얼른 나올 수 있었기 때문이다. 그런데 이비사에서처럼 나는 정보를 오독했다. 나는 내가 그 작은 아파트에 혼자 사는 줄 알았지만, 이사를 하고 정리를 하며 내 행운에 기뻐하다가 다른 사람이 한 명, 두 명, 세 명 더 아파트에 들어와서 돌아다니는 소리에 놀랐다. 나는 왜 좁은 복도에 작은 방이 이것 말고도 세 개가 더 있고, 내 방이 부엌에서 두 번째 방이라는 걸 알아차리지 못했을까? 부엌에 가보니 세 여자가 각기 식사를 준비하고 있었다. 금발 미인 제인은 이십대 초반의 교사였다. 검은 머리의 글로리아는 사무직이었다. 밀리센트는 공업 회사의 도서관 사서였다. 밀리센트가 앞에 나서서 자신과 다른 사람들을 소개했다. 나는 작가라고 했다. 내 작품을 볼 수 있느냐는 질문에 내 책이 있다고 말했다. 나는 제목을 말하고 싶지가 않았다. 그 책을 쓰고 출판한 뒤 너무 많은 일이 일어나서, 그 책도 점점 분해되고 해체되어 곧 사라져버릴 것 같았다. 나는 말과 생각과 표현이 사라진다는 건 알았지만, 출판된 책이 얼마나 연약한지는 미처 몰랐다. 나는 그 형태, 존재, 복제가 힘과 무게와 영속성을 주는 줄 알았다. 이제 내 책의 제목조차 소리 내어 말하는 게 무색해지고 있었다.

새 아파트의 방에서 나는 작가의 인생을 재개해서, 매일 아침 켄티시 타운의 위압적인 벽돌담을 바라보며 자판을 두드렸다. 그리고 일주일에 한 번 모즐리 병원에서 밀러 박사를 만났고, 그때마다 그가 몇 주 후면 떠난다는 사실에 더 우울해졌으며, 어느 날 그가 자신을 이어 나를 봐줄 포션 박사를 소개했을 때 밀러 박사의 풍부하고 유쾌한 목소리, 할리우드 영화를 통해 오래전부터 익숙했던 억양과 대비되는 차가운 영국식 억양에 심장이 덜컹 내려앉았다. 내가 어떻게 포션 박사와 이야기를 할 수 있을까 싶었다.

퇴원한 뒤 나는 시인 벤과 다시 만났고, 그는 나에게 친구 로런스를 소개해주었다. 그는 12년 동안 미국에서 살다 최근에 돌아왔는데, 벤과 로런스도 나처럼 정규 직업이 없고 둘 다 켄티시 타운 북쪽에 살았기에 이른 아침에 시내로 나가는 길, 그러니까 직업이 없는 다른 시인과 화가들을 만나러 지하 세계의 오랜 유명인인 외발이 잭이 있는 소호 지역의 프랑스식 카페에 가는 길에 내 아파트에 '들르곤' 했다. 벤과 로런스에게 커피를 대접하고 나서 켄티시 타운의 벽돌담을 마주하기가 싫어지면, 나는 그들과 함께 소호에 나가서 글을 쓰고 그림을 그리고 음악을 작곡하는 꿈을 품은 다양한 사람들을 만났다. 그들 곁은 편했지만 그들이 언제까지나 꿈을 꾸고 있다는 사실은 슬펐다. 그들은 창작하고 싶은 작품에 대해서 끊임없이 이야기를 했지만 그 작품들이 사람들의 외면 속에 자취방이나 비좁고 가스가 새고 화장실과 부엌 등 모든 것이 공용인 아파트 구석에 외롭게 잠들어 있다는 걸 (내가 알듯이) 분명히 알았다. 켄티시 타운의 벽돌담은 내 작업을 가로막는 유일한 적이 아니었다. 나는 내 꿈을 소리 내어 말하지는 않았지만, 꿈꾸는 것은 상대적으로 쉬운 일이었다. 나는 꾸준히 주간 문학잡지와 《런던 매거진》을 샀다. 《런던 매거진》에는 유명 작가들의 신인 시절을 담은 '런던에 오다'라는 연재물이 실렸다. 나는 그들과 편집자,

대리인, 출판인의 경험담을 열심히 읽으면서, 머릿속으로 나 자신의 '런던에 오다'를 썼다. 어느 날 쓰게 된다면 내가 만난 시인과 소설가의 이름을 가득 담고 '내 출판사'(페이버앤드페이버라면 좋을)도 가볍게 언급할 글. "어느 날 출판사 사람과 점심을 함께했다……" 하고.

진실로 나는 꿈꾸었다.

로런스가 나를 자기 '여자'로 보기 시작했을 때 나는 즐거웠지만 들뜨지는 않았고, 다시 임신할 위험을 만들지는 않았지만 벗은 몸으로 주고받는 위안은 기꺼이 받아들였다. 로런스가 아침 여덟 시 반에 아파트에 찾아오는 일이 너무 잦아지자 밀리센트는 불평을 했고, 제인도 그렇게 일찍 남자를 맞아들이는 건 안 좋다고 여겼다. 오직 끝 방에 사는 글로리아만이—그녀도 남자들을 '맞아들였기' 때문에—이해했고, 그녀와 나는 자매처럼 속을 터놓는 대화를 많이 했다. 낮이면 로런스와 나는 대개 소호까지 갔다가 '갤러리 잠행'에 나서서 갤러리들에 새로 걸린 그림을 보았다. 이것이 자기 의무라고 그는 말했다. 누군가는 새 그림을 보아줄 의무가 있다고, 그러지 않으면 그 그림들은 눈길은 받을지언정 알아주는 사람이 거의 없게 된다고, 그리고 아무도 자기 그림을 보아주지 않는 것은 화가에게 참담한 일이라고 했다. 그림을 그리는 것도 힘들다고 로런스는 말했다. 10분에서 15분만 시간을 들여 그림을 보아주면, 버려진 그림이 생명과 희망을 얻고 그것을 통해 이젤 앞에 홀로 선 화가도 생명을 되찾을 수 있다고 했다.

벤과 로런스를 통해서 나는 소호의 많은 '외부인'을 만났다. 콜린 윌슨의 책 《아웃사이더》가 인기를 끌면서 '외부'에 있다는 것이 약간의 위신을 얻었고, 그것은 위신이 항상 '내부'에 있는 뉴질랜드와는 달랐다. 누군가 '외부'에 있다는 위신을 얻으면 그 사람은 '외부'의 '내부'에 있었다……. 나는 싸구려 클럽들을 다녔고, 하룻밤 입장을 위해서 회원이 되었다. 남녀 매춘부도 만났고, 나의 넓어지는 '견문'에 무례하게 입을 벌리고, 여러 차례 혼자 속으로 중얼거렸다. '나는 지금 52번 로의 매음굴에 있어…….'

하지만 내가 나에게 설정해놓은 방향은 너무도 선명해서 오랫동안 떠나 있을 수가 없었다. 지금은 글쓰기에 전념하기로 한 때가 아닌가? 딜런 토머스의 글이 떠올랐다.

이 우라지게 풍요로운 해(年)의 배 속에서 석 달 동안

언어의 작업이 없었구나……

나는 쓰라린 마음으로 내 빈곤과 기술로 돌아간다.

겨우 석 달에 그는 절망했다! 나는 '정말로' 작가가 아닌 건 아닐까? 의구심이 되돌아왔다. 거울 도시에 다시 다녀오고픈 욕망은 결국 비정상의 징표에 불과한 건 아닐까? 아, 그들은 왜 내게서 모든 불안의 대답이 되어주던 정신분열병을 빼앗아갔을까? 리어 왕처럼 나는 '진실'을 찾으려 했지만 이제 내게는 아무것도 없었다. "무(無)에서는 아무것도 나올 것이 없다."

밀러 박사가 이제 포션 박사를 소개하고 내가 그와 상담을 해야 한다고 결정했기에 우리는 짧은 작별 인사와 덕담을 나누며 헤어졌다. 내가 아는 모든 슬픔이 정신의 표면으로 떠오른 듯했다. 나는 세상에서 완전히 혼자인 것 같았고, 그 세상은 수

개월 동안 런던 사람들과 지구의 얼굴에서 색깔이 빠져나간 회색 세상이었다. 그런 기분으로 나는 의사와 생각을 나눌 수 있을 것 같지가 않았다. 그는 첫 면담 때 분위기를 좋게 하고 또 자신의 관심 범위가 넓다는 것을 보여주기 위해서인 듯 다가오는 세계 헤비급 권투 선수권 대회 이야기를 꺼내서 내게 플로이드 패터슨이 이길 것 같냐고 물었다. 그가 한 다른 말들도 내 관심과 거리가 멀기는 그와 비슷했다. 정신과 의사들의 행동 방식을 알기에, 나는 그의 접근법이 체계적이고 과학적이라고 생각하려 했지만…… 그가 말하는 모든 것이 초점을 벗어난다고 느껴졌고, 나로 하여금 내 행동 목록 가운데서 상대의 관심을 촉발할 게 분명한 충격적인 것을 고르게 했다. 그러자 그는 나에게 런던 북부 지역의 어느 정신병원에 입원할 것을 권했고, 나는 밀러 박사 이후 첫 상담을 마친 뒤에 입원 서류를 들고 그런 병원을 찾아 떠났다.

새 병원을 '탐색'하러 버스를 타고 간 다음 날 오후를 생생하게 기억한다. 그 버스는 하이 바닛 버스였다. 그때는 낭만적인 느낌이 있는 이름이었다(하이 바닛, 투팅 벡, 프라이언 바닛……). 버스는 런던 외곽에 섰다. 그곳은 녹색 버스가 갑자기 많아지고, 빨간 버스들도 런던 시내 대신 동부, 서부, 남부, 북부로 가는 것이 대도시 런던의 존재를 부정하는 것 같았다. 여기 하이 바닛 근처는 도로변에 연립주택과 단독주택이 늘어섰지만 사람들은 적었다. 도로 모퉁이에 내가 찾아온 병원이 보였다. 높은 회색 석조 건물로, 위압적인 모습이 구빈원이나 감옥 같았다. 공포감이 덮쳤다. 침착해야 해, 나는 공황감을 다스리며 생각했다. 나는 저기 갈 필요가 없어. 조사와 평결을 기억해야 돼, 그리고 예전의 믿음으로 돌아가면 안 돼. 나는 그냥 켄티시 타운으로 돌아가서 벽돌담을 마주 보고 계속 글을 쓸 거야. 하지만 '내 이야기를 할' 상대가 없어지는 쓸쓸함이 몸을 관통하고 지나갔다. 아마도 뉴질랜드를 떠난 게 잘못인지도 모른다. 뉴질랜드의 어떤 특별한 장소를 바라지는 않았지만, 나는 고통스러운 열망이 일었다. 어느 집 마당에나 있는 헝클어진 캐비지야자나무들이 고통스럽게 보고 싶었고, 황금빛 터속풀에 덮인 언덕을 보고 만지고 싶었다.

버스 안에서 나는 다시 아이가 되어 정확히 짚이지 않는 기억과 씨름했다. 그 기억은 '바다나 땅에 비치지 않은 빛'의 일부, 그러니까 요한계시록이나 토머스 트래헌의 《명상의 수 세기》에 나오는 세계―"영원은 대낮의 빛 속에 뚜렷했다" "그 도시는 에덴동산에 서 있거나 천국에 세워진 것 같았다"―의 일부로밖에 생각할 수 없는 그런 기억이었다. 이런 고립감을 물러가게 한 것은 런던이 전 세계에서 특히 시인이 많은 곳이고, 페이버앤드페이버의 얇거나 두꺼운 책들과 정기 간행물과 회보에 실리는 시들은 지금 런던 거리를 걷는 사람들, 서점에 들어가 책을 사는 사람들, 아니면 그냥 먹고 자고 이야기하고 사랑하고 런던의 일상을 사는, 그리고 물론 시를 쓰는 사람들이 쓴 것이라는 사실이었다.

그들이 모른다 해도 그들은 내 '벗'이었다. 그들의 호흡이 내게 온기를 주고 슬픔을 몰아내주었다.

콜리 박사와 시간의 호사

나는 하이 바닛에서 새로운 각성과 공포에 사로잡혀 돌아왔다. 그리고 다음 주에 다시 모즐리 병원에 입원했다. 이제 정신분열병이 없는 상태에서 내 괴로움을 설명할 수단은 내 평범한 본래 모습뿐이었다. 더욱 중요한 것은 이제 다른 사람들, 진짜 '전문가들'도 내가 나를 설명할 도구가 나의 평범하거나 비범한 본래 모습뿐이라는 것과 이것은 내가 어른이 된 이후 그런 일을 시도할 첫 번째 기회라는 것이었다. 그것은 호사로 여겨졌고, 실제도 그러했다. 나는 많은 사람이 이런 호사를 누리지 못하고 살고 죽는다는 것을 안다. 어떤 놀라운 통찰로—아니면 그저 짜증스러워서였을까?—자문 의사인 버거 박사가 나로 하여금 나 스스로를 발견하게 해준 것인지 나는 모른다. 그리고 내가 누구기에 나 자신과 세상에 대한 명확한 비전의 특권을 요구한 것인지도 모른다. 내 안의 어떤 고집, 어떤 집요함이 이러한 권리를 추구하고, 마침내 상황, 우연, 섭리, 좋은 친구들이 결합해서 나는 내 이야기를 하는 호사, '진실'의 호사를 요구하고 인정하는 고통을 알기에 이르렀다.

버거 박사는 나를 전문의 자격을 딴 지 얼마 되지 않은 젊은 정신과 의사에게 배정했다. 그는 전에 동물학자 겸 수학자였기에 나이도 경험도 통상적인 레지던트들보다 많았다. 하지만 모즐리 병원에서는 다른 것이 통상적인 것의 일부였다. 그들의 모토는 어쩌면 '다양성 속에서 돌봅니다'일지도 몰랐다. 내가 콜리 박사를 받아들일 수 있던 것은 그의 시야가 학문 범위

나 개인적 경험을 넘어설 만큼 넓었기 때문이고, 그것은 밀러 박사가 음악과 미술에 관심이 있어서 그를 금세 받아들인 것과 비슷했다. 의사 자격과 정신과 전문의 자격은 이들에게는 출발이자 종료 지점이 아니라 연결점이었다. 나는 포션 박사에게서 인생에 정신 의학을 덧붙인 게 아니라 정신 의학에 인생을 덧붙인 것 같다는 느낌을 받았다.

기쁘게도 콜리 박사는 나와 마찬가지로 과거에 대한 이론들이 아니라 지금 여기에 관심이 있었고, 처음에 우리의 상담은 주로 내 정서와 신상, 심지어 재정 상황까지 파악하고 그것들 모두의 균형을 잡아주어서, 내가 오랜 입원으로 인한 파탄과 그 이후 지속된 (나와 남들이 함께 키운) 비현실적 자기 인식에 토대한 삶, 그리고 이제 조사와 평결 이후 나 자신밖에 남지 않은 극단적인 결핍을 이기고 살아남게 하는 과정이었다. 내가 나 아닌 존재로 사는 소모적 행위는 예전에 경험했던 공허감으로 이어질 수 있었다.

나는 내가 콜리 박사에게 까다로운 환자였다는 걸 안다. 나는 '정신 의학에 반대'했고, 정신 의학의 모든 신을 불신했기 때문이다. 그나마 융에게는 조금 관대했지만 나는 상담이 정신과 의사가 습득한 이론을 시험하는 구실이 될 수 없다고 생각했다. 나는 첫 상담 때 콜리 박사가 펜을 들고서 내가 말하는 모든 것을 쓰거나 쓰는 척하며 때로는 고개도 들지 않는 데 당황했다. 처음에 나는 말을 거의 하지 않았다. 밀러 박사는 최소한 나와 '이야기를 했다'는 생각에 나는 분개했다. 하지만 콜리 박사는 밀러 박사와 '달랐고', 내가 차이의 중요성을 설교하려 한다면 먼저 다른 사람들의 차이부터 인정해야 했기에 이것이 콜리 박사의 '방식'이라고 나를 납득시켰다. 그가 수줍은 것인지도 몰랐다. 포션 박사나 버거 박사처럼 그는 '영국식' 억양으로 말했고, 그것은 멀리서 들으면 냉기가 느껴졌지만 가까이서 들으면 별로 겁나지 않았다. 그는 공격적이지 않았고 태도는 정중했으며, 그의 미소에 담긴 친절함은 나를 위한 선물이라기보다는 자신을 보호하는 수단 같았다. 나는 그가 똑똑하지만 불확실하다고, 그가 우리 상담에 거는 승부는 내용을 기록하는 정확함이 전부라고 느꼈다. 그는 가끔 감기에 걸려서, 코를 훌쩍이며 마술사의 조수처럼 큼직한 흰색 손수건을 꺼내서 코를 풀었다. 그는 검은 테 안경을 썼고, 그것은 그의 시야에서 많은 것을 확대해줄 것 같았다. 그리고 잘 닦은 검정 구두를 신었다. 그의 복장은 사무직 직원 같았다.

나는 여러 달이 지나도록 병원에 머물렀고, 콜리 박사가 내 문제가 모두 해결됐다는 판단을 내리려고 할 때마다 즉시 새로운 문제를 만들어냈다. 때로는 버림받을 공포 때문이었고 때로는 차마 말할 수 없는 또 다른 문제 때문이었다. 콜리 박사는 호사스러울 만큼 많은 시간을 들여 인내를 갖고 내가 다른 누구도 아닌 나 자신이고 어른이며, 다른 사람에게 나를 설명할 필요가 없다는 것을 설득했다. 남들에게 '이래라저래라' 말을 듣는 시절은 끝났다고 했다. '여기 가야 해, 저기 가야 해, 이런 사람이 돼야 해, 저런 사람이 돼야 해, 이 일을 해야 해, 저 일을 해야 해—알고 있잖아—너한테 좋은 일이야!' 평생토록 나는 주로 나 자신의 성품으로 인해 이래라저래라 하는 사람들의 표적이 되었고, 그사이에는 '꼭 그래야 해'의 긴 시간이 있었다. 이제 다시 시작할 때였다.

아마 내가 새로운 시작을 감지했거나 그것을 촉진하려고 했
는지도 모른다. 지난여름 어느 날 나는 성(姓)을 바꾸었고, 필요
한 서류에 그것을 써넣었기 때문이다. 나는 새 여권을 발급받
았다.

콜리 박사가 여러 달에 걸친 상담을 통해 내린 결론은 나는
진실로 글을 써야 한다는 것, 그것이 내 삶의 방식이라는 것,
국민부조금을 받고 병원 근처에 숙소를 구해 그와 계속 상담
을 하는 것이 내게 가장 현실적인 해결책이라는 거였다. 그리
고 나는 분명히 뉴질랜드의 오랜 입원 생활의 후유증을 겪고
있으며 그 시절의 일을 글로 써서 내 미래를 좀 더 명확히 봐야
한다고 했다. 내가 평생토록 '밖에 나가서 세상에 섞이라'고 촉
구받은 것에 대해 콜리 박사는 명확한 답을 주었다. 그가 판단
한 나의 이상적인 삶은 혼자 살고, 글을 쓰면서, 다른 사람들
의 '동참' 요구를 내가 거절하고 싶다면 거절하는 것이었다. 내
가 '현실 세계'에서 살 수 없다는 데는 의문의 여지가 없었다.
그게 가능하다 해도 그런 삶은 내게서 '나 자신의 세계'와 거울
도시 여행—영원히 함께하는 사절을 통해서건 나 자신이 직접
가건—을 박탈할 것이라고.

그렇게 '현실' 세계 속 내 인생을 치유하고 준비해서 어느 날
나는 다시 숙소를 구했다. 병원 근처 캠버웰이었다. 나는 매주
국민부조 수당을 받게 되었고, 퇴원했다. 자문 의사 버거 박사
가 이끄는 팀과 사회 복지사가 이런 일들을 준비해주었고, 콜
리 박사는 계속 매주 나와 상담했다. 나는 이제 콜리 박사에게
믿음을 가졌다. 내가 그의 보호 속에 발달하고 성장했을 뿐 아
니라 그 또한 정신 의학의 관행, 유행, 요구에 앞서 인간 영혼

을 존중하는 정신과 의사로 발달하는 것이 보였기 때문이다. 나는 콜리 박사가 정신과 의사의 어떤 '이미지'가 아니라 '자기 자신'을 굳건히 유지하는 데도 영향을 받았다. 그는 우쭐해하지도 가식을 보이지도 않았고, 내 글에 대해 말할 때면 서머싯 몸의 단편 소설 속 인물 같은 촌스러운 태도로 "아시다시피 저는 문학을 잘 모릅니다" 하고 솔직하게 말했다.

이제 더 이상 '정신분열병'에 의지해서 안락과 관심과 도움을 구하지 않고 나를 나 자신으로 받아들이게 되면서 나는 다시 글 쓰는 일을 시작했다.

그로브 힐 로와 작가의 삶

나는 캠버웰 그로브 힐 로에 있는 테드와 조앤 모건 부부의 집 3층에 있는 큰 방을 주당 27실링에 빌렸다. 모건 부부의 딸 마이러와 중년의 하숙생 틸리는 4층에 방이 있었고, 내 방은 부부 침실 옆이었으며, 작은 부엌(틸리와 함께 쓰는), 욕실과 화장실(모두가 함께 쓰는)이 같은 층에 있었다. 도로가 내다보이는 내 방에는 거울 달린 큰 옷장, 화장대, 녹색과 흰색의 체크무늬 유포를 덮은 큰 식탁이 있었다. 식탁 한쪽 끝에서 글을 쓰고, 반대편 끝에서 식사를 한 기억이 따뜻하게 남아 있다. 그리고 의자가 두 개 있었는데, 그중 하나는 패딩 팔걸이가 유난히 크고 꽃무늬 커버를 씌운 뚱뚱한 안락의자였다. 간이침대의 매트리스는 가운데가 푹 꺼진 데다 딱딱한 케이폭 솜이 군데군데

뭉쳐 있었다. 안 쓰는 벽난로와 작은 등유 히터도 있었다.

처음에 모건 부인은 내가 임대업자들이 꺼리는 '종일 집에 있는' 부류라는 것을 알고 당혹해했다. 신문에 실리거나 담배 판매점 창문에 붙은 광고를 보면 사람들이 세입자를 고르는 기준이 "직장 여성만······ 맞벌이 부부만······ 낮에 집에 안 계실 분"에다 때로 "주말에 집에 안 계시고", 거기다 "아이 있는 분 사절, 애완동물 사절, 유색인, 아일랜드인 사절"이라는 걸 누구나 알 수 있었다.

나는 책을 쓴다고 말했다.

"아, 기자시군요." 모건 씨가 약간 존경심을 담아 말했다.

"주로 책을 써요."

"그러면 앞으로 기자님이라고 부를게요." 그가 말했다.

그는 마흔 무렵의 맵시 있는 남자였고, 단추를 채운 코트는 그런 맵시와 콧수염을 기른 잘생긴 외모를 돋보이게 했다. 능란한 말솜씨는 텔레비전 판매원이라는 직업에 잘 어울렸지만, 내게는 사기꾼 같은 느낌을 주었다. 삼십대 중반인 조앤은 작은 체구의 검은 머리에 사무적 태도였고, 언니와 함께 '잔디 공원 옆'에 있는 미용실을 운영했다. 날마다 내 방 아래층에서 피아노를 치는 마이러는 영국인들이 '열한 살 이후'라고 하는 심각한 단계에 접어들었는데, 예비학교, 종합학교 또는 고등학교 진학을 '가르는' 시험이 임박해 있었다. 마이러의 부모는 아이가 나중에 똑똑한 기자가 될 거라고 했다.

"아이 글을 한번 봐요. 얼마나 잘 쓰는지 몰라요."

제너럴일렉트릭 사의 전기 제품 조립 공장에서 일하는 예순이 다 된 하숙생 틸리는 일찍 출근해서 늦게 귀가했으며, 전쟁의 기억을 이야기로 만든 많은 런던 사람 가운데 한 명이었다. 어느 날 귀가해보니 동네와 집과 가족이 '폭명탄'에 날아가고 없었다고 했다. 그녀는 '전후 채권' 이야기도, 정부가 그 지급을 미루고 있다는 이야기도 자주 했다. "전후 채권이 있었으면 내 인생은 달라졌을 거야." 그녀는 부엌에 서서 케일이나 스크램블드에그를 저으면서 말하곤 했다. 그러나 정부는 그녀의 기대를 저버렸다. 그녀는 분노했고 배신을 경계했으며, 의사가 관절염을 완화시키기 위해 발가락 하나를 자르자고 했을 때는 배신이 자기 몸에까지 확장되었다고 느꼈다.

틸리는 재봉 솜씨가 뛰어났다. 재봉틀을 돌려 마이러의 옷과 내 모직 치마를 만들어주었다. "영국의 겨울에는 이게 필요해."

모건 씨네 가족은 내가 무슨 돈으로 사는지 당연히 궁금해했다. 처음에 나는 내가 주당 3파운드 17실링 6펜스의 국민부조 수표를 받는다는 사실을 알리지 않았는데, 이것은 6개월마다 국민부조 조사관이 방문 면담을 통해 갱신을 하거나 취소하게 되어 있었고, 그 전에 주소창이 뚫린 편지 봉투가 "담당관이 곧 방문하니 외출하지 말아주시기 바랍니다"라는 안내문을 담고 우편으로 도착해서 시간과 날짜를 알렸다. 우편물은 이른 아침에 현관의 우편함에 배달되었기 때문에, 국민부조위원회의 편지가 예상되는 무렵이면 나는 비밀을 지키기 위해 가장 먼저 우편물을 가지러 나갔다. 그러나 어느 날 내가 늦었다. 모건 부인이 우편물을 가지고 들어왔다. 그녀는 커다란 창을 통해 안내문 일부가 드러나는 편지 봉투를 들여다보았다. "제 거예요." 내가 울음을 터뜨리며 말했다. "저는 국민부조를 받고 있어요."

비밀이 드러났다.

놀랍게도 모건 부인은 슬픈 미소를 지었다.

"지금쯤 당신도 내 비밀을 알고 있겠네요."

"아뇨." 내가 진심으로 말했다.

"테드, 우리 남편요. 알코올 중독자예요. 술을 마시면 거의 매일 밤 문지방 앞에 쓰러져요."

그녀도 눈물을 터뜨렸고, 우리는 함께 작은 거실로 갔다. 그녀가 차를 내왔고, 우리는 비밀을 공유한 뒤에 따르는 친밀감을 느끼며 이야기를 나누었다. 테드는 한 직장에 오래 다니지 못하지만 최근에는 페컴 라이에 있는 텔레비전 상점의 판매원이자 수리 기사로 두 달 동안 잘 다니고 있다고 했다. (페컴 라이. 구스 그린. 덜리치. 캠버웰 그린.)

나중에 모건 부인("내 이름은 조앤이에요. 조앤이라고 불러요." "저는 재닛이라고 불러주세요.")은 작은 뒷마당을 보여주며 거기에 빨래를 널어도 좋다고 했다. ("다른 사람에게는 이런 말 안 해요.") 그녀는 내게 회색 고양이도 소개해주었고, 내가 위층으로 돌아갈 때면 우쭐한 눈짓으로 반짝이는 피아노가 있는 거실을 가리켜 보였다. "마이러는 장래에 피아노를 생각하고 있어요. 그 애 글은 이야기했죠?"

"네."

우리는 발각된 비밀을 다시는 거론하지 않고 새로운 예의로 봉인해두었다. 하지만 언젠가 그것을 꺼내서 살펴보고 더 많은 눈물을 흘릴 일이 필요할지도 몰랐다. 우리 피부에 너무 오래 닿아 있던 침구를 정기적으로 거풍하고 세탁하듯이.

그러던 어느 날 저녁 늦게 초인종이 울려서 나가보니 테드 모건이 현관문 내 발밑에 쓰러졌다. 곧 조앤이 나타나서는 내가 있는 것을 알아차리지 못하고 테드를 일으켜서 뒤쪽 거실로 데려갔고, 나는 위층으로 돌아갔다.

　나는 소설 〈필레이즈 숙부〉를 버리고—그 주제는 오랜 세월이 지난 지금도 남아서 기다리고 있지만—뉴질랜드 병원에서 겪은 일을 소재로 소설을 썼다. 그곳의 사건들과 내가 알던 환자와 직원들을 하나하나 충실히 기록했지만 화자인 이스티나 마벳을 좀 더 실감나게 '미친' 중심인물로 만들기 위해 여러 환자의 특징을 조금씩 빌렸다. 그리고 선정적이기보다 차분하게 기록하겠다는 계획 아래 많은 것을 생략해서, 이 기록을 믿지 못할 사람들에게서 항의보다는 수긍을 받으려고 했다.

　집필은 빠른 속도로 이루어졌다. 나는 타카푸나의 프랭크 사지슨의 오두막에서 지낼 때 시작한 생활 방식을 준수했다. 또한 얼마 전부터 채택한 방식으로 학교 연습장의 표지 이름 칸에 이름을 공들여 쓰고, '과목' 칸에 어린아이처럼 꾹꾹 눌러 쓴 글씨로 '장편 소설'이라고 쓴 뒤 세로 줄을 그어 작업 일지를 기록했다. 처음에 '작업 못한 이유'라고 썼던 칸은 '공친 날'로 바뀌었다. 내가 알고 있는 이유를 굳이 적어둘 필요가 없었기 때문이다. 나는 이미 머릿속에 책 전체를 구상해놓고 있었고, 그 가운데서 전체를 상기시켜줄 장 제목을 골랐다. 나는 평소보다 더 열정적으로 작업을 해나갔다. 매주 콜리 박사라는 불편부당한 관찰자를 만나 이야기하고 불평하고 작업 진척도를 전했다. 또 출판 대리인 페이션스 로스에게서도 미국의 소규모 출판업자 조지 브러질러가 《올빼미는 운다》를 출간하기로 결정했고, 영국에서는 W. H. 앨런이 관심을 보이고 출판할 가능성이 높다는 소식이 왔다. 내가 그 책의 권리 대부분을 뉴질랜드의 페가수스 출판사에 ‘양도’했기 때문에, 계약은 내가 아니라 페가수스의 일이었다.

다시 글을 쓰면서 나는 작업을 방해하는 일에 예민해졌고, 모건 씨네 집에 청소부가 오는 수요일 아침이면 투덜거리며 연습장과 펜을 가지고 덜리치 도서관까지 걷거나 버스를 타고 가서 로버트 브라우닝의 흉상이 보이는 자리에서 글을 썼다. 덜리치에서 오전 작업을 하는 날은 내가 난방용 등유를 그만큼 절약하는 날이었다. 여기서는 등유를 ‘파라핀’이라고 불렀고 두 경쟁사가 ‘분홍’ 파라핀 또는 ‘청색’ 파라핀을 팔았다. 내 어린애 같은 기쁨 중 하나는 격주로 오는 ‘분홍 파라핀 아저씨’를 보는 것과 잔디 광장이나 라이의 쇼핑객들과 두 파라핀을 비교하며 사람들이 아무리 ‘청색’을 옹호해도 꿋꿋이 ‘분홍’ 파라핀을 고수하는 것이었다.

나는 《물속의 얼굴들》을 마쳤다. 그것을 먼저 콜리 박사에게 보여주었더니 그는 “썩 훌륭하지는 않지만 잘될 것 같네요”라고 말하더니, 내 실망을 알아차리고 덧붙였다. “아시다시피 저는 문학에는 문외한이라서요.”

나는 그건 그저 겸손의 말일 뿐일 거라 생각했다.

그는 페이션스 로스에게 원고를 보여주라고 했고, 원고를 본 그녀는 마음에 들어했으며, 페가수스 출판사가 그것을 읽고 다시 한 번 내 권리 대부분을 가져가는 계약서를 제시하자 A. M. 히스 사는 그곳과 계약하지 말라고 조언했다. 《올빼미는 운다》의 선불금 75파운드는 페가수스가 출판 대리인 비용 10퍼센트를 공제한 뒤 나와 나누어 가졌는데, 《물속의 얼굴들》의 선불금 100파운드도 비슷하게 나누었다. 뉴욕의 조지 브러질러는 비슷한 액수의 선불금을 달러로 주었다.

《물속의 얼굴들》을 쓰고 몇 주를 불가피하게 '공친 날'로 보낸 뒤 나는 《알파벳의 모서리》를 쓰기 시작했다. 일과는 전과 같았고, 콜리 박사도 꾸준히 만나서 일주일 동안의 일과 작업 진척을 전했다. 이제 《올빼미는 운다》의 출간이 다가왔고, 나는 들떠 있었다. 뉴질랜드에 있을 때는 나도 모르는 사이 책이 나왔고, 영국의 일처리 절차는 알지 못했다. 런던에 온 뒤로 신문들이 연극 초연, 전시 시사회, 책 발매와 출판 기념회를 소개하고, 다음 날이면 그 연극이 "히트, 뚜렷한 히트"라고 선언하거나 매장해버리는 것을 열심히 읽기는 했다. 음악회 초연도 중요해서 젊은 영연방 음악인들은 위그모어 홀 공연의 반응을 애태우며 기다렸다. 신문은 작가, 화가, 조각가, 극작가들―특히 그들이 유명인의 아들딸이거나 자기 분야와 별 상관없는 뛰어난 특징이 있다면―이 먹고 마시고 연애하고 입에 오르는 대리 흥분의 세계를 전달했다. 혹시……? 나는 잠시 꿈을 꾸었지만 곧 물리쳤다. 하지만 작품 출간일에 신문을 펼쳤다가 "신예 작가의 뛰어난 소설"이라는 제목을 보면 기분이 어떨까 궁금했다.

문제는 내가 《올빼미는 운다》를 '뛰어난 소설'이라고 생각하지 않는다는 것이었다.

출간 일에 나는 버스를 타고 웨스트민스터로 가서 웨스트민스터 역에서 신문들을 산 뒤 '내 책의 출간' 기사를 읽으려고 지하철 화장실로 갔다. 출판 면을 찾았다. 아무것도 없었다. 한 신문이 앞면에서 '이어진' 기사 말미에 뉴질랜드의 빈곤 소설 《올빼미는 운다》를 짤막하게 언급했던 것 같다. 책에 대한 평은 없었다.

나는 교훈을 얻었고, 그것은 어디서나 교훈을 얻는 나 같은 사람에게는 만족스러웠다. 런던에서 출간되는 모든 책이 신문에 실리지는 않는다. 하지만 뉴질랜드에서 뉴질랜드 작가의 책이 나오면 언제나 신문에 났다. 뉴질랜드 작가가 소설을 쓴다는 건 멜버른 컵 우승이나 태츠 복권 일등 당첨처럼 두 번 다시 일어나지 않을 사건이었다.

나중에 몇몇 신문에 《올빼미는 운다》에 대한 약간의 호평이 실렸다.

나는 집필을 계속해나갔다. 실제적 문제가 닥치면 언제나 콜리 박사가 즉시 해결해주었고, 그 해결책 가운데는 캠버웰 도서관에 전화를 걸어서 내가 그곳 주민으로 음반 대출 자격이 있다고 설명하는 것이나 치통을 앓을 때 치과 의사를 추천하는 것 같은 자질구레한 일들도 있었다. 그는 내 작업 일과의 일부가 되었고, 원고가 완성되면 종잇장을 끈으로 묶을 수 있도록 병원 사무실의 '펀치기'를 빌려주었다. 어쩌면 "선임 레지던트인 정신과 의사가 사무 비품을 환자에게 빌려주거나 도서관의 음반 대출을 도와주는 것 같은 사소한 일에 신경 쓰는 것은 소중한 시간을 낭비하는 것이다"라고 말할 사람이 있을지도 모른다. 하지만 편견에 사로잡힌 나의 대답은 도움을 구하는 사람이 사소하다고 인정하지 않는 한 사소한 일은 없다는 것이다. 당시 나는 삼십대 초반이었고, 대부분의 그 나이대 여자는 짝, 남편, 동료의 도움을 받았을 것이다. 하지만 또 '대부분의 여자'란 없고, 개인적 성향상 심지어 장애 때문에 거기 속하지 않게 된다 해도 그것이 개인적 실패를 의미하지는 않는다는 것도 안다. 실패는 다른 사람들의 기대 안에 놓여 있는 것이다.

겨울과 여름날 오후에는 근처 영화관에 가서 따뜻한 어둠 속에 앉아 다음 날의 일을 계획하고 주로 ABC 영화사에서 만든 1실링 6펜스짜리 동시 상영 B급 영화를 보았다. 살인이 넘쳐나는 흑백 영화, 삐걱대는 문이 여닫히고 카메라가 겉으로는 아무도 없는 것 같은 방을 주의 깊게 살피다가 마침내 소파 뒤나 책상 위에 펼쳐진 충격적인 장면을 비추는! 당시의 유행 광고는 우비를 입은 남자가 비에 젖은 인적 없는 거리를 걷다가 "스트랜드와 함께라면 당신은 혼자가 아닙니다"라며 끝나는 것이었다. 캐드베리스 광고도 스크린을 온갖 색깔의 초콜릿 포장지로 가득 채웠다. 네 시 반에 영화관을 나설 때면 켜진 불빛 속에 다른 관객들도 음울한 오후에 따뜻한 은신처를 찾아왔다는 것을 알 수 있었다. 가난한 런던 사람들, 혼자 온 중년 남자, 함께 데리고 온 아기가 울고불고 해서 마침내 관객들이 웅성거리고 직원이 플래시를 비추게 만드는 젊은 여자, 서인도 제도 출신 남녀 이민자, 대부분 혼자였고 갑자기 밝아진 조명 속에 드러난 그들의 모습은 철로변의 지저분한 분할 농지에 규칙적으로 줄지어 심은 식물들 같았다. 나는 영화를 보는 데 열을 올려서 상영 중인 모든 영화를 보러 교외 지역을 남김없이 다녔고, 날마다 낯선 장소로 나갔다. 킹스 크로스, 할로웨이, 셰퍼즈 부시, 투팅(고전 영화 상영관), 밸럼, 이런 곳들까지 과감히 갔다가 버스를 타고 그로브 힐 로의 집으로 돌아와서 다시 글 쓰는 일을 마주했다. 미술 전시관에도 자주 갔다. 초상화 미술관, 악기 박물관, 빅토리아와 앨버트 박물관, 자연사 박물관에서 내 소설 속 등장인물 중 한 명처럼 몇 시간이고 앉아 멸종한 매머드의 실물 크기 모형들을 올려다보며 그들과 그들이 살았던 세계와 삶을 상상해보았다.

최근에 작업을 할 때 가끔 음악 소리가 요란하게 울렸다. 테드 모건이 집으로 라디오와 텔레비전을 가져와서 수리를 했기 때문이다. 내가 텔레비전을 별로 본 적 없다는 걸 알게 되자 그는 내 방에 텔레비전을 들이라고 한 뒤 작동법을 일러주었고, 그래서 나는 저녁에 가끔 텔레비전을 보았다. 흑백 텔레비전이었고, 사람들이 길쭉하게 나오는 데다 눈이 내리고 밤색을 띠었지만, 나는 그게 정상인 줄 알고 화면이 더 어둡고 희미해질 때까지 계속 보았다.

"텔리 어때요?" 테드가 어느 날 물었다.

"제 방 텔레비전요?" 나는 '텔리'라는 약칭이 방금 전에 만난 사람처럼 아직 어색했다.

"네, 잘 나오나요?"

"좀 어두워요."

"브라운관 때문이에요." 테드가 말했다.

그날 저녁 테드가 브라운관을 갈아주었는데, 설치를 마치더니 나를 끌어안고 키스했다.

"그냥 선물로 생각해요." 그가 말했다. "가벼운 선물요."

그는 술을 마시고 있었다. 그는 다음 날 출근하지 않고 수합한 텔레비전들의 음량을 탐색하며 시간을 보냈고, 며칠 뒤에 조앤 모건은 테드가 실직했지만 콘티넨탈 교환소 전화 기술직에 이력서를 냈다고 말했다. 거기 취직하면 밤에 일하고 낮에 자야 한다고 했다.

"그러니 낮에 타자기를 치지 말아달라고 부탁해도 괜찮겠지요?" 조앤이 말했다.

나는 그렇다고 대답해야 했다. 이곳은 그들의 집이었다.

그런 뒤 해럴드 맥밀런이 "이렇게 멋진 일은 처음입니다"를 슬로건으로 내건 선거가 시작되고 그와 동시에 주민들이 하나둘 텔레비전과 전축을 사면서 그로브 힐 로는 점점 더 시끄러워졌다. 내 방은 낮에는 모두가 최대 음량으로 틀어놓는 라디오의 수다와 음악으로, 저녁이면 전쟁과 카우보이 영화의 총소리로 가득 찼다. 아침에는 전축 소리들이 그로브 힐 로의 한쪽 끝에서 다른 쪽 끝까지, 그러니까 맹인 복지원에서 모퉁이 술집까지 들릴 만큼 크게 울렸다.

나는 당혹스러웠다. 어떻게 해야 하지? 어디로 가야 하지? 나는 내 방을 공중전화 부스처럼 방음이 되게 하려고 방충망에 이불을 두르고, 타자기와 모건 부부 침실—이제 테드가 낮에 잠을 자는—사이에 옷장을 놓아보았지만 소용없었다. 도로의 소음과 인접한 방들의 소음은 점점 커졌고 테드는 계속 내 타자기 소리에 깼다.

그래서 나는 과감하게 전축과 베토벤의 9번 교향곡, 그리고 〈음악에 부침〉과 〈바위 위의 목동〉이 든 슈베르트의 가곡 음반을 샀고, 테드 모건이 잠에서 깨어나 텔레비전과 라디오와 전축을 크게 틀면 나도 내가 선택한 음악을 그 소음에 합류시킨 채 타자를 쳤다. 다양한 음악을 듣기 위해 나는 캠버웰 도서관에서 음반을 빌렸다. 글을 완성하려는 분투 속에서 나는 분명한 사실을 깨달았다. 글을 쓰고 작가가 되는 확실한 길은 그것을 꿈꾸는 것도, 계획만 하면서 쓰지 않는 것도, 그에 대해 이야기하는 것도 아니고(그러면 자아는 물에 젖은 스펀지처럼 흩어진다) 그저 쓰는 것이었다. 글을 쓰는 일이 세상의 다른 일들과 똑같고, 예외란 오직 거울 도시가 옆에 있어서 자기 자신이나 사절이 거기에 끊임없이 찾아갈 수 있다는 것뿐이라는 사실은 우울하고도 섬뜩했다.

이 시기에 《물속의 얼굴들》이 출간되었고 나는 《알파벳의 모서리》를 마쳤다. 나는 다시 '사람들'이 《물속의 얼굴들》에 대해 뭐라고 말하는지 보려고 신문을 샀다가 일요판 출판 면에 내 사진이 실린 것을 보고 깜짝 놀랐지만 성을 바꾼 것을 다행으로 여겼다. 나는 그로브 힐 로에 이름을 알리고 싶지 않았다. 《맨체스터 가디언》지에 실린 평이 흥미로웠다. "일인칭 시점을 사용한 것은 명백한 실수다. 이런 경험을 한 여자는 이런 식으로 그 일을 기억하거나 쓸 수 없을 것이다." 그 글은 등장인물인 이스티나 마벳을 나 자신의 초상으로 여겼다.

《물속의 얼굴들》은 평이 좋았고 《올빼미는 운다》보다 많이 팔렸다. 해외로 번역도 되었고, 선불금 가운데 뉴질랜드 페가수스 출판사에 떼어주는 수수료의 비중을 줄였지만, 출판 대리인들은 마침내 나를 설득해서 《알파벳의 모서리》를 각 출판사와 따로 계약하게 했다. 《알파벳의 모서리》는 출간 전에 '이 달의 책' 후보 도서가 되었고, 그래서 출간할 때 화려한 노란색 띠지를 달 수 있었다. 내 작품에 갑작스러운 관심(출판 대리인이 나를 보호해서 나는 《물속의 얼굴들》의 주인공으로 여겨지면서도 개인적 주목은 받지 않았다)이 쏟아지면서 나는 새로운 교훈을 얻었다. 출판 대리인과 출판사가 《알파벳의 모서리》원고를 받았을 때, 대리인들은 한 장(章)을 생략할 것을 제안했고, 출판사들은 바로 그 장을 늘려 쓸 것을 제안했었다. 그밖에도 여러 가지 충돌하는 제안이 있었고, 나는 그 일부를 순순히 받아들였다. 책이 출간되자 어떤 서평은 이제는 줄어든 장을 보고 "좀 더 길었으면 좋았겠다"고 했고, 어떤 서평은 출판 대리인과 출판사가 강하게 비판했지만 내가 고치지 않은 부분을 칭찬했으며, 또 다른 평자들은 칭찬받은 부분을 비판했다. 이런 혼란스러운 경험은 내가 이미 알고 있던 것을 상기시키고, 작가는 자기 자신과 자기 판단의 바위에 서 있지 않으면 파도에 휩쓸리거나 흔들리는 땅 속에 가라앉고 만다는 믿음을 강화해주었다. 아무리 불완전하다 해도 선택과 결정이 오롯이 작가만의 것인 장소, 결정이 출생과 죽음처럼 독자적으로 행해지는 신성한 장소가 있다. 내가 나 자신의 판단을 유지하지 못한다면 개인으로 살아남은 것이 무슨 소용이겠는가? 그렇게 할 수 있을 때에만 나는 자신감을 갖고 소설이나 시를 내가 원하고 작품이 원하는 대로 만들려고, 그러니까 결함과 묘구(妙句) 모두가 나 자신의 서명을 품도록 시도할 수 있을 것이다.

또 한 가지 교훈도 역시 개인적이었다. 나와 내 글에 대한 칭찬을 읽자니, 어린 시절 학교에서 상을 받거나 신문에 시가 실렸을 때 내가 우주, 세계, 지구, 남태평양, 뉴질랜드, 노스 오타고, 오아마루, 템스 로를 걸어가면서 '이제 모두들 내가 얼마나 똑똑한지 알겠지!' 하고 생각하던 것처럼 자존감이 부풀어오르는 것을 느꼈다.

이제 나는 채링 크로스 로를 걸으며 생각했다. 이 사람들이 오늘 신문에 내 사진이 실리고, 내 작품이 칭찬받고, 내 책이 기사 표제가 된 걸 알까? 나는 채링 크로스 로를 오가는 문학을 알 법한 사람들에게 눈길을 던지며 생각했다. '사람들이 알았으면 좋겠어! 나는 멋진 식당에서 식사하지도 않고《이브닝

뉴스》와《이브닝 스탠더드》의 ‘사교계 동정’에 나오지도 않지만, 그래도 나는 런던에 있어. 바로 여기 있어. 비밀 속에 감추어져 있어. 언론에 작품 평이 실리고 어떤 사람들은 나를 버지니아 울프에 비교했어!’

이런 우쭐함이 이어지던 중 나는 불가피하게 악평도 접했다. 상처를 주고, 내 글을 ‘이해하지’ 못하는 것 같고, ‘부당해’ 보이고, 때로 나를 ‘정신 병력이 있는 여자’로 설명한 그 평을 읽고서, 나는 도대체 내가 무슨 착각으로 작가가 되기를 꿈꾸었는지 고통스러운 의문에 빠졌다. 재능도 없고 언어도 없는 내가. 내가 감정이 살아 있고 사람을 만나면 그들을 모르는 상태에서도 그 안을 들여다볼 수 있는 건 분명했지만 그것만 가지고는 너무 부족하다, 글쓰기를 시작한 게 잘못이었다는 생각이 들었다.

《올빼미는 운다》,《물속의 얼굴들》,《알파벳의 모서리》가 출간되자 나는 상반되는 서평들에 충분한 경험을 얻어서 모든 서평 앞에서 감정을 다스리는 의식적인 노력을 하고, 호평과 혹평 어느 쪽도 믿지 않고, 지나치게 기뻐하거나 우울해하지 않게 되었다. 예외라면 평자가 선전 문구나 ‘정신 병력’을 언급한 저자 소개(내가 작성하지 않은)만 훑어본 게 아니라 책을 분명히 읽었고, 책을 이해하건 못하건 간에 그에 대해 현명한 언급을 한 경우뿐이었다.

이런 초기의 교훈은 계속 내게 남아 있었고, 내가 작가를 제압하거나 아예 불능 상태로 만들 수 있는 출판의 복잡한 작동 방식을 단순하게 바라보는 데 도움이 되었다.

눈에 갇힌 조용한 런던의 겨울에 나는 단편 소설집을 두 권

썼고, 거기 실린 작품들은 《뉴요커》를 비롯해서 내가 '호화 잡지'로 알던 잡지들에 게재되었다. 《뉴요커》에서 수표를 받았을 때, 나는 즐거운 운동 같았던 것이 그토록 큰 액수의 보상을 받았다는 사실에 놀라움과 죄책감을 느꼈다. 이제 내 은행 계좌에는 600파운드가 있었다. 국민부조로 살던 사람에게는 놀라운 숫자였다. 거기다 선불금들이 차례로 입금되면 나는 곧 국민부조 자격을 상실할 터였다. 나는 좀 더 조용한 방을 찾기로 했다.

❧

런던의 친구들

어느 날 나는 존 포러스트의 편지를 받았다. 그 사람과는 만나지 않은 지가 거의 20년이 다 되었지만 이따금 편지는 주고받았고 버거 박사와 애초의 만남을 주선한 것도 그였다.

그가 어느 날 오후 멕시코제 팔찌를 가지고 그로브 힐 로에 도착했다. 그 팔찌는 내 몸이 장신구를 만나면 늘 벌였던 전쟁을 다시 한 번 펼쳤다. 그것은 내 굵은 손목에 맞지 않았다. 나는 팔찌는 언제나 끊어졌고, 목걸이는 너무 작았으며, 브로치는 갈라지고, 귀고리는 떨어지거나 너무 조였다.

"걱정 마세요." 나는 말했다. "나중에 고칠게요."

우리의 상호 두려움은 녹아 없어졌다. 우리는 평범한 것들, 그의 일과 내 일에 대해 말했다. 각자가 쓴 책도 교환했다. 그리고 나중에 템스 강이 내다보이는 사우스뱅크의 식당에서 저녁을 먹었다. 우리는 겨울의 영국 선착장에 나갔는지도 모른다. 손님은 별로 없었고, 템스 강에서는 칼바람이 불어왔으며, 의자와 탁자들은 아직도 피와 소금과 물이 효과를 발휘하는 세상에서 빠르게 녹슬어갔다. 다음 날 존 포러스트는 우리가 이제 차분하고 담백한 우정으로 접어들었고 그 상태를 유지할 것을 알고 미국으로 돌아갔다. 그는 여전히 내 인생에 대해 잘 몰랐고, 20년 전 그가 "당신을 보면 반 고흐가 생각나요……"라고 한 말이 내게 어떤 영향을 끼쳤는지도 몰랐다.

최근에 알게 된 또 한 명의 친구도 내 인생에 영향을 미쳤다. 내 목숨을 결정한다고 여겨진 국민부조 조사관이었다. 심지어 나는 책을 쓸 때도 늘 6개월 안에 쓰려고 계획했다. 국민부조 수표는 6개월 동안 지급되고 그런 다음에는 주소창이 뚫린 편지 봉투가 "담당관이 곧 방문하니"라는 무시무시한 안내문을 담고 도착했기 때문이다.

그날이면 나는 일을 할 수 없었다. 두려움이 일었다. 6개월의 삶을 허락받을 것인가? 책의 선불금을 약간 받았고, 아버지가 보낸 5실링짜리 우편환들도 있고, 이제 은행에 600파운드 가까운 돈도 있었다. 나는 늘 타자기를 언제까지 간직할 수 있을지 확신하지 못했고, 처음에는 국민부조 조사관이 타자기를 압수할지도 모른다는 걱정에 그것을 종이 다발로 싸서 옷장 안에 숨겨두었다.

처음 국민부조 조사관을 만났을 때 나는 그의 겉모습에 놀라고 안타까웠다. 그는 키가 크고 앙상한 데다 아픈 사람처럼 얼굴이 창백했다. 옷과 신발, 가방도 허름한 것이 그 자신이 국민부조를 신청해야 할 것 같았다. 정부에서 수급자들의 마음을 편하게 하려고 그에게 일부러 그런 차림을 시킨 것 같지는 않았다. 물론 그가 증권 거래인처럼 입었다면 '조사' 대상자들에게 그렇게 따뜻한 대접을 받지는 못했을 것이다. 그 사람은 지나친 데가 없었다. 조심스럽고 고통에 공감했으며 유능했다.

차와 다이제스티브 비스킷을 대접하겠다는 내 제안을 거절하면서 그는 부드럽게 웃었다. "옆집에서 오전에 다과를 했어요. 꼭대기 층의 폴란드 분들요. 그리고 1층의 이탈리아 분들이 진수성찬을 대접했어요. 그로브 힐 로의 거의 모든 집에 제가 담당하는 분들이 있는 것 같아요."

그는 친절과 긍지가 어린 태도로 말했다.

그리고 그는 내 통장을 살펴본 뒤 방을 둘러보았고, 나는 그가 텔레비전에 다시 눈길을 던지는 걸 보고 긴장했다. 내가 서둘러 말했다. "집주인 모건 씨가 텔레비전 상점에 다녔어요. 그분이 주신 거예요."

국민부조 직원은 웃었다.

"'코로네이션 로'와 '독 그린의 딕슨'을 보시나요? '응급 병동 10'은요?"

"가끔요. 저는 신인 연예인들을 좋아해요. 러스 콘웨이요."

"아, 러스 콘웨이. 우리 애들이 너무 많이 봐요. 아들 둘이 고등학생이에요. 종합학교에 다니죠."

나는 영국 세계에서 그가 나와 인접한 '자리'라는 것을 알았다. 여기서는 억양뿐 아니라 학교도 사람들의 자리를 정했기 때문이다.

그는 서류 가방에 서류를 넣고 걸쇠를 건 뒤 문으로 걸어가며 부드럽게 말했다.

"6개월 뒤에 다시 뵙겠습니다."

그가 나가자 나는 탁자 위 매트에 타자기를 꺼내놓고 옆에 종이를 준비해두었다. 그런 뒤 바람도 쐬고 다시 6개월의 안전을 번 것을 기뻐하며 산책을 나갔다. 이삼 일 후 수표가 우편함으로 배달되었을 때 나는 코코넛을 씌운 빵을 사서 자른 뒤 버터를 발라 먹었다. 나는 6개월 동안 글을 쓸 수 있었다. 다시 주소창이 뚫린 편지 봉투가 "담당관이 곧 방문하니……"라는 안내문을 담고 도착할 때까지.

《물속의 얼굴들》이 출간되었을 때 나는 국민부조 조사관에게 한 권을 주고 짧게 서명했다. "국민부조 조사관께 감사의 마음으로."

존 포러스트, 국민부조 조사관…… 그리고 패트릭 라일리. 어느 날 나는 버스를 탔다가 패트릭 라일리를 만났고, 둘 다 이런 우연한 만남에 놀랐다.

"미국에 간 줄 알았는데요." 그가 말했다.

"아……." 나는 그를 떨치려고 한 거짓말을 잊고 있었다.

"나도 미국에 갔었어요." 그가 말했다.

그런 뒤 그는 내가 미국에 갔다고 생각했을 때 시카고가 본사인 한 회사가 일리노이 주의 판매 사원을 구하는 광고를 보고 지원해서 합격한 뒤 거기 가서 겨우내 눈과 씨름하며 고생했다는 이야기를 했다. 미국의 판매원들은 겨울의 일리노이 주에서 일하는 것을 싫어해서, 그 회사가 늘 다른 나라에 조건이 좋아 보이는 광고를 싣는다고 했다. 흥미로워 보였고 급료도 높았다고 패트릭은 말했다. 지도에서 일리노이 주를 찾아보니 서부로 가는 입구였고, 차도 숙소도 있었다고……

"저는." 내가 말했다. "미국에 가지 않았어요. 마음이 바뀌었어요."

"지금 어디 살죠?"

나는 대답했다. 그는 내가 국민부조를 받는다는 말에 인상을 썼다.

"그건 안 좋아요." 그는 셀프리지스의 문구점에서 일하고 있었다. 주말에 나를 찾아올 수 있다고 했다. 그래서 우리는 다시 함께 떠돌았다.

다음 주말부터 그 후로 많은 주말에 나는 국민부조금을 절약하려고 애쓰면서 창밖으로 패트릭, 충실한 패트릭이 여전히 경쾌한 발걸음과 오만한 태도로 맹인 요양원을 지나고 이탈리아인과 폴란드인 가족이 사는 이웃집을 지나서 모건 씨의 집으로 오는 모습을 보았다. 그는 언제나 끈 달린 울워스 종이 가방에 먹을 것을 잔뜩 사가지고 왔다. 그가 탁자에 병과 꾸러미를 꺼내놓을 때면 나는 크리스마스를 맞는 아이가 된 것 같았다.

"당신이 이걸 좋아할 것 같았어요." 그가 말했다. "아니면 이걸."

언제나 피크 프린스 비스킷, 아일랜드 베이컨과 버터, 호비스 식빵, 크림 밥 통조림과 청포도가 있었다. 패트릭의 의사소통 수단은 음식이었다. 그가 사 오는 음식은 대개 내가 일주일 동안 먹고 살기에 충분한 양이었다. 어린 시절의 아버지처럼 그는 일터의 공책도 가져왔다. 그는 불만이 있을 때 입술을 오므리는 것 등 여러 가지가 놀라울 만큼 우리 아버지와 비슷해서, 나는 나 자신과 내 인생에 대해 다시 한 번 생각해보게 되었다. 밀러 박사는 우리 아버지가 강압자로 보인다고 솔직하게 말했다. 패트릭 라일리에 대해서도 비슷한 의견이었다. 내가 다른 반복되는 역할 수행자들처럼 변화에 저항하는 가운데 능숙한 강압자들의 손에 인생이 거의 소멸되었다고.

패트릭은 내 식량 공급자 겸 말벗이 되었다. 그는 나를 만지거나 키스하고 싶다는 신호를 보이지 않았다. 어쩌다 내게 손이 닿으면 "미안해요" 하고 말했다. 나는 그에게 의존하면서도 그를 불쾌해했다. 그에게 아무런 성적 욕구도 느끼지 않았다. 그가 가장 좋을 때는 레프러콘 요정과 아일랜드어에 대해 말할 때였다. 우리는 날씨, 하늘, 바다와 녹색에 대한 사랑을 공유했고, 내가 런던에 처음 왔을 때처럼 함께 러스킨 공원이나 클래펌 커먼을 산책했다. 그는 지금 거기 방 하나짜리 임대 아파트 1층에 살았다.

내가 서커스 구경을 가본 적이 없다는 것을 알게 된 패트릭은 어느 날 클래펌 커먼에 서커스 공연이 예정되자 입장권 두 장을 샀지만, 당일 아침에 나를 찾아와서 런던 교외 몇 곳에 닥친 국지적 폭풍 때문에 공연이 취소되었다고 전했다. 서커스단은 북쪽으로 떠났다고 했다.

우리는 커먼에서 예전에 천막과 이동주택이 있던 곳을 산책했다. 그곳은 겨울을 맞은 사우스랜드의 외양간처럼 진흙과 발굽 자국으로 어지러웠다. 나는 아무래도 서커스를 볼 '팔자'가 아닌 모양이라는 말은 패트릭이 아니라 늘 교훈을 찾는 성향인 내가 했다.

패트릭과 나는 그로브 힐 로 시절에 기억에 남는 성령강림 대축일을 보냈다. 일요일에 그는 평소처럼 찾아왔다. "다음 주가 성강일이에요." 그가 말했고, 나는 성강일이라는 줄임말이 재미있었다. "성강일에 뭐 해요?"

"아무것도 안 해요." 내가 말했다.

"성강일을 혼자 지내면 안 돼요."

그는 자기가 칠면조를 요리하고 있으니 나더러 자기 집에 와서 성령강림대축일 만찬을 함께하자고 했다.

다음 주 일요일에 나는 폭격당한 주택지에 새로 지어서 여러 영국인의 이름을 붙인─테니슨 하우스, 밀턴 하우스 등─아파트들 앞에 갔다. 패트릭의 아파트는 내가 언니와 여동생들과 아기 인형들의 집으로 삼은 종이 상자처럼 작았다.

탁자 가운데 놓인 접시에 커다란 칠면조 요리가 웅크리고 있었고, 그 옆에 통조림 복숭아, 휘핑크림, 반원 꼴로 펼친 초콜릿 다이제스티브 비스킷이 있었다. 아일랜드 버터를 바른 ABC 스콘도 있고, 복숭아와 함께 먹는 리온스 미니 과일 파이도 있었다.

패트릭은 저격수가 화살을 겨누듯 진지하게 식사를 했다. 나는 그의 모범을 따랐다. 우리는 칠면조로 시작했고, 식사가 끝났을 때 반 이상의 칠면조와 후식이 남았다. 내가 일어나자 패트릭이 버스 정류장까지 배웅을 나왔다가 근처의 교회로 가자고 해서, 우리는 칠면조와 복숭아와 미니 과일 파이로 부른 배를 안고 십자가 앞에 앉았다. 패트릭은 '자신의' 교회를 맹렬히 옹호하며 나도 거기 함께해야 한다고, 모든 악을 포기해야 한다고 설득하려 했다. 우리는 신부님을 만나서 지도를 받을 수 있다고 했다.

"하지만 저는 이혼은 허용돼야 한다고 생각해요." 내가 말했다.

우리는 이혼에 대해 논쟁했다. 나는 다시 한 번 무지한 학생이 되어 '구세대'의 모든 신념에 반대하기 위해서 '자유연애'를 옹호하는 것처럼 상투적인 논거를 늘어놓았다. 나는 패트릭이 깊이 박힌 믿음을 좀처럼 떨치지 못하는 옛 문명 출신이라는 이유로 그를 구세대로 보았다.

다음 주말에 그가 봉투에서 먹을 것을 꺼내놓을 때 나는 그날 이후 성령강림 주일을 어떻게 보냈는지 물었고, 그는 부끄러운 표정을 지었다.

"남은 칠면조를 먹었어요. 다 먹었어요. 집에 돌아가자마자 먹기 시작해서 계속 먹었어요."

그는 자기 행동에 불편한 충격을 받은 것 같았다. 식탐은 죄악이었고 죄악은 심각한 문제였다.

"사실을 말하면." 그가 말했다. "달리 할 일이 없었어요."

그 말을 통해서 그는 칠면조 요리를 우겨 넣으면서 시간을 때우는 그를 상상하며 내가 느낀 무력하고 참담한 공허를 인정했다. 그 처량함이 나를 우울하게 했다. 런던은 패트릭 같은 사람들로 가득했다. 나 또한 오후 내내 영화관에서 시간을 보내지 않는가. 그것은 온기를 얻기 위해서기도 하지만, 작업이 두려워서 도망가고 싶을 때 시간을 보내고, 시간을 위장하고, 시간을 때우기 위해서이기도 했다. 대낮에 입장료를 내고 들어갔다가 저녁 어둠 속으로 나오면 시간을 강탈당했다는 느낌을 받으면서도 시간이 흘렀다는 데 감사했다. 시간과 내가 협력자인 것 같았다. 그리고 나중에 그로브 힐 로에 돌아와서 날아간 시간을 아쉬워했다. "어떻게 그 많은 시간을 일부러 허비할 수가 있던 거지?"

불쌍한 패트릭! 칠면조 한 마리를 혼자서 거의 다 먹는 일은 즐겁지 않았겠지만, 나 또한 그를 식량 공급자 삼아 계속 그의 선물을 받으면서 그에게 짜증과 혐오를 느끼는 일이 불편하고 죄스러웠다. 그는 언제나 나에게 무언가를 주려고 했고, 그 증여는 물품의 형태를 띠었다. 함께 길을 걷다가도 그는 문득 상점 유리창 안을 들여다보고 말했다. "봐요, 저거 갖고 싶죠. 내가 사줄게요."

아니면 어떤 게 생각나면 낮은 탄성을 지르며 멈추어 섰다. "당신한테 줄 게 생각났어요. 당신이 무얼 좋아할지 알아요."

책, 만년필, 속옷…….

나는 겉으로는 고맙다고 하면서 그것들을 전부 받았지만, 속으로는 우리 둘이 그토록 서툴고 어설퍼서 세상의 통화(通貨)에 의존해서 서로의 인신 거래를 한다는 데 혐오감을 느꼈다. 어쩌면 그걸로 충분한지도 몰랐다. 남자와 여자는 항상 바깥세상의 물질을 이용해서 자기들 내부의 물질을 보충하고 높이고 대체하고 변형했다. 내가 거울 도시를 부지런히 다녀오는 것도 그런 사용의 일례였다.

우리가 결국 갈라선 것은 패트릭이 다시 한 번 내 친구들에 대해 간섭했기 때문이었다. 나는 북 런던의 시인 겸 화가와 계속 연락을 했다. 그들도 절박한 징후들로 시간을 때우고 있었다. 책과 아이디어와 소호와 채링 크로스 로의 소식을 가지고 꾸준히 병원을 찾아와준 벤은 내가 20년 전에 공부해서 이제는 너무 낡았다고 생각하는 '새로운' 심리학을 끌어안았다. 제약 없는 표현이 중요하다고 그는 말했다. 물론 그것은 질서를 창출할 책임을 피하는 유일한 대안이라는 걸 그도 알았고, 내가 이 점을 질문하자 그는 질서는 혼란에서 자연스럽게 나온다고 말했다. 나는 그렇게 믿음이 가지는 않았다. 혼란이 계속 혼란으로 남아 있고 우리가 거기 사로잡힌 채 '시간'이 지나면 어떻게 할까요?

벤은 서글픈 미소를 지었다. "아, 시간." 그가 말하고 생각에 잠겨 "그렇고말고요" 하고 덧붙였다. 아마도 그는 스코틀랜드에 가서 휴 맥다이어미드를 만났으니 시간을 통제하는 휴 맥다이어미드가 벤의 시간도 통제해줄 것처럼. "문제는 자유를 얻는 것, 자기가 원할 때 자기가 원하는 것을 하는 거예요."

나는 벤의 고집을 높이 샀다. 카페에서 그는 자리에서 벌떡 일어서서 두 팔을 풍차처럼 휘두르며 아무렇게나 떠오르는 말을 내지르고 고양이처럼 야옹거렸다. 아니면 어떤 노래의 한 구절을 부르거나 깡충거렸다. 그러더니 자리에 앉아서 방백하듯 말했다. "자유로운 표현."

어느 토요일에 패트릭이 그로브 힐 로에 왔다가 벤을 보았을 때 나는 두 사람을 소개했는데 나중에 패트릭이 말했다. "시인과 예술가들은 안 좋아요. 그 사람들하고는 어울리지 말아요." 나는 부적절한 세상의 부적절한 정원에서 부적절한 식물에 달라붙은 곤충이 된 것 같았다. 곤충과 식물과 정원과 세상 모두에게 부적절했다.

나는 패트릭에게서 떨어져 나왔다.

나는 다시 나만의 서식지로 물러가서 세상을 내다보았다. 날마다 계속 작업하고, 여전히 더 조용한 방을 소망하는 가운데 《맹인의 향기 정원》을 마쳤다. 콜리 박사는 승진해서 버밍엄으로 갔다. 하지만 나를 떠나지는 않았다. 모즐리 병원의 직

책도 유지해서 런던에 계속 올 예정이었고, 그때 나를 만나기
로 했다.

이런 변화를 받아들이던 중 나는 서포크의 한 전원주택에서
집과 개를 돌보는 대가로 할인된 가격에 임차인을 찾는다는 광
고를 보고 응답했다. 나의 런던 출판사('나의 런던 출판사!')는
한번 만남을 갖자는 편지를 보냈고, 패트릭 라일리는 런던은
악의 소굴이라 아일랜드로 돌아간다는 편지를 보냈다. 나는 그
를 두 번 다시 만나지 않았다.

출판사와 만나다

모건 부인은 내가 출판사와 첫 만남을 갖는다는 것을 알게 되
자, 자신이 다니는 '잔디 광장변' 미용실에 예약을 잡아놓았다.

"전에는 아무 말 하지 않았지만, 머리를 어떻게 좀 해야 돼
요. 약을 발라서 펴줄게요."

오래전의 메아리. 나는 속으로 웃고 말했다. 머리를 자를 때
도 됐어요. 출판사에서 사진을 달라고 했거든요.

나는 순순히 그 일을 준비했다. 심지어 웨스트 엔드까지 버
스를 타고 가서 마크스앤드스펜서에서 녹색, 흰색, 검은색 무
늬가 섞인 저지 실크 소재에 천 벨트가 달린 반소매 드레스도
샀는데, 집에 와서 미용실에서 감고 자르고 펴서 위쪽이 싹둑
잘려나간 것 같은 머리를 하고 옷장에 달린 거울 앞에 서자, 나
는 평생 가장 볼품없는 드레스를 샀다는 걸 알게 되었다. 밝은

햇빛 속에서 보니 색이 우중충하고, 무늬는 어지럽기 짝이 없
었다. 나는 옷장 거울 속의 낯선 사람을 보았고, 그것은 오래전
의 내 모습이었다. 옴짝달싹 못하고, 우울하게 순종하는. 어쨌
거나 책을 쓰는 일에는 숙련된 이들이 언어를 세탁하고 절단하
는 '문학 미용실' 방문이 수반되지 않아서 다행이었다. 나는 머
리를 헝클어서 예전처럼 부스스한 곱슬머리로 만들려고 했지
만 소용없었다.

　나는 스트랜드 대로에 딸린 에섹스 로에 있는 출판업자 W.
H. 앨런을 만나러 갔다. 버스에 앉아 유쾌한 마음으로 익숙한
경로를 달렸다. 모퉁이를 돌아서, 고어 부스의 동상이 서 있는
구세군 세계 본부와 맞은편의 덴마크 힐 역 사이를 지나가는
길. 런던에 돌아온 뒤 11월의 첫 스모그 속에서 일어난 열차 충
돌 사고가 떠올랐다. 지역의 사건이 런던의 모든 신문, 라디오,
텔레비전의 집중 조명을 받은 첫 번째 경험이었다. 사망자와
부상자 명단과 사고 역의 이름—포리스트 힐, 덜리치—이 열
거되고, 남 런던의 병원들로 사람을 실어 나르는 구급차 사진
이 실렸으며, 이번 사고와 런던 대공습의 비교가 이루어졌다.
이 모든 것이 그 겨울 첫 번째로 닥친 매캐한 스모그 속에서 벌
어졌다. 당시 그것은 겨울의 도착과 이제 노약자와 빈민들의
일간 사망자 수가 나날이 늘어갈 것을 알리는 신호로 공인되어
있었다.

　이제 정신의학회, 모즐리 병원, 킹스 칼리지 병원을 지나 개
똥 같은 지저분한 갈색을 칠한 오디언 극장이 있는 '잔디 광장'
으로 갔고, 새 임대 아파트, 허름한 상점, 이스트 로 시장의 물
결과 어지러운 보도를 지나고, 엘레펀트 로와 아이 병원, 올드

빅 극장, 워털루 역, 워털루 다리를 지나 스트랜드로 갔다. 68번 버스의 종점은 여전히, 놀리는 듯한 초크 팜이었다.

나는 채링 크로스의 폴리포토 사진관에서 사진을 찍었다. 그런 뒤 시간이 남자 에섹스 로로 돌아가서 상점 유리창 안을 들여다보며 빈둥거렸다. 그리고 마침내 스트랜드의 한 모퉁이를 돌아 에섹스 로로 들어서서 W. H. 앨런 앞에 섰다. 초기 런던 시절에 벤과 로런스와 함께 그레이트 러셀 로에 있는 런던의 다양한 출판사 앞을 지나다니며 그 안에서 벌어지는 일을 상상하고 우리도 저기서? 하는 질문을 던졌지만, 내가 알게 된 출판사들은 상상하던 것—그 위엄이 출간 도서 목록의 영향력에 육박하는 지성의 궁전—과 달리 평범한 기업과 비슷하며, 다른 점이라면 좀 더 어수선하고 지저분하다는 것뿐이었다. 이런 사실에 대한 실망을 완화시켜준 것은 그 건물 안에서는 책이 사람보다 수도 많고 권력과 영향력을 유지하며, 벽들이 온통 전면 서가로 덮이고, 한편에는 아직 검토하지 않은 원고 더미가 당당하게 자기 차례를 기다리며 쌓여 있다는 점이었다.

마크 굴든의 방은 비슷하게 책이 가득했고, 창문들은 도로에 면했으며, 두꺼운 카펫이 깔려 있었다. 마크 굴든은 커다란 책상 앞에 앉아 있었고 나는 푹신한 안락의자에 앉으면서 여기가 내 영국 출판사구나, 하고 생각했다. 그는 마권 영업자나 '건달' 같아 보였다. 작고 다부진 체격에 희끗희끗한 머리, '닳고 닳은' 얼굴의 남자. 도박꾼 겸 출판업자. 목소리는 힘차고 낭랑했으며 눈은 빠르고 생기 넘쳤다. 그는 내 책이 평은 좋지만 별로 잘 팔리지는 않는다고 했다. 앞으로 내가 '베스트셀러'를 쓰기 바란다고 했다.

그런 뒤 그는 옛일을 추억하기 시작했는데, 누가 딜런 토머스를 '발굴했는가'에 대한 당시의 논쟁과 이디스 시트웰이 최근 마크 굴든이 딜런 토머스를 발굴했다는 주장을 지지하는 성명을 낸 일을 언급해서 나는 흥미진진하게 들었다. 마크 굴든은 작은 시 잡지 편집자로 일할 때 그에게서 여러 편의 시를 받았고 그걸 보고 시인을 만나고 싶어져서 그를 런던으로 초대했다고 했다.

굴든 씨는 스트랜드 대로 쪽으로 손짓을 하고 말했다.

"우리는 그분을 스트랜드 팰리스에 투숙시켰죠."

그래요, 제가 딜런 토머스를 발굴했어요, 그가 다시 말했다.

그런 뒤 그는 다른 작가들 이야기를 했고, 나는 그가 가진 이야기꾼의 매력과 힘에 매혹되었다. 그는 자기 자신에도 만족하고 사람들 만나는 것도 즐거워하는 유쾌한 사람이 분명했다.

"어디 사시나요?" 그가 묻더니, 자기 출판사의 작가들이 캠버웰 같은 황무지에 사는 걸 좋아하지 않는다고 덧붙였다.

"저는 아마 서포크의 전원주택에서 지내게 될 것 같아요." 내가 말했다.

"시골에 묻혀 지내는 것도 좋지 않아요……. 선생님이 새 책을 쓰시는 동안 런던에 아파트를 구해드릴 수 있습니다." 쑥스러움이 나를 덮쳤다. 나는 아파트 임대료 생각도 두려웠고, 그는 회사에서 돈을 대준다는 말은 하지 않았다.

"생각해볼게요." 내가 말했다.

"잊지 마세요. 시골에 지내는 게 싫증나고 런던으로 돌아오고 싶으면, 저희가 아파트를 구해드릴게요."

"네."

'구해준다'는 게 무슨 뜻인가? 그냥 일반적인 의미로 쓴 것인가?

마크 굴든은 창가로 가서 에섹스 로를 내려다보았다.

"여기 올 때 완다 라이언스는 롤스로이스를 타고 와요. 선생님은 완다 라이언스보다 훌륭한 작가예요. 다이아몬드와 모피를 둘러야 하고, 저를 다시 만나러 올 때는 롤스로이스를 타고 오시길 기대합니다."

내가 떠날 때 그는 내게 책 두 권을 읽어보라며 건넸다.

"이 책들이 베스트셀러예요." 그가 말했다.

그가 나로서는 불가능한 영광의 그림을 그려놓은 것이 나는 두려웠다. 나는 스트랜드 대로를 걸어 채링 크로스 역으로 갔고 거기서 여자 화장실에 가서 울었다.

나중에 내가 페이션스 로스에게 마크 굴든과 만난 일을 이야기했을 때 나는 그녀의 목소리에 경외가 실리는 데 놀랐다.

"마크 굴든을 만나셨다고요?"

"당신은 만나본 적 없나요?"

"없어요. 출판 대리인은 출판사 관계자를 잘 만나지 않아요."

나는 영국에서 출판사 사람들이 출판 대리인을 동맹자가 아니라 침입자처럼 여긴다는 것을 몰랐다.

"그 사람을 어떻게 생각해요?" 페이션스 로스가 물었다.

"멋진 사람이에요." 내가 말했다. "말씀을 아주 재미있게 하시더라고요."

"네, 그렇다고 들었어요."

그녀의 목소리에 부러움이 담겼다는 건 내 착각이었나? 나는 은퇴 시기가 멀지 않은 페이션스 로스가 성실함과 판단력,

교양, 문학적 지식으로 평판이 높다는 걸 알았고, 그런 그녀가 런던의 '계급' 문화로 그를 만날 기회를 갖지 못했다는 데 슬픔을 느꼈다.

그로브 힐 로에 돌아오니, 조앤 모건은 내가 시골로 이사할 것을 예상하고 내 방의 새 임차인을 벌써 구해놓고 있었다. 방세도 올릴 거라고 했다. 그리고 떠나기 전에 그들 부부를 위해 한 가지 부탁을 들어달라고 했다. 마이러가 중등학교 진학 적성 시험에 통과했고 메리 대철러 문법학교에 음악 전공으로 지원하려고 하는데 가족이 아닌 사람의 신원 보증이 필요하다고 했다. 그러니 마이러의 신원 보증서에 서명해주실 수 있나요?

"물론이죠."

나는 마이러가 자라는 모습을 지켜보았다. 나는 그 아이와 가족에 대한 시들도 썼다. 음악 경연 대회가 열리면 마이러와 함께 런던 여기저기로 가서 마이러가 '작품'을 연주하는 걸 들었지만, 그런 뒤에는 피할 수 없는 신동 소년이 (어린 모차르트 같은 옷을 입고) 어른의 도움을 받아 쿠션에 앉은 뒤 조그만 손으로 모차르트 소나타를 연주했다.

테드 모건이 내게 신원 보증서를 가져왔다.

나는 내 이름을 쓰고 직업란에 '작가'라고 썼다. 테드 모건은 다른 서류를 꺼냈다.

"서명을 한 번 더 해주실 수 있나요?" 그가 말했다. "이번에는 기자라고 해주세요."

나는 순순히 그 말에 따라서 '기자'라고 썼다.

테드 모건이 기쁘게 웃었다.

"작가는 불안정한 직업으로 여기니까요." 그가 말했다. "하지만 우리 집에 기자가 살았다는 걸 알면……."

　그날 저녁 나는 서포크의 집 주인들에게서 전화를 받았다. 월즈 엔드(World's End)에 있는 그들 집에서 한번 만나자고 했다.

시골 오두막

월즈 엔드라고? 나는 첼시행 버스를 타고 킹스 로를 달려 가스 공장들 너머 서포크 집 주인들이 사는 집에 갔고, 그들은 나를 안락한 아래층 거실로 데리고 들어가서 오후 다과를 준비하며 둘이서 서포크 전원주택을 사서 수리한 이야기와 지금은 여기 킹스 로의 집을 수리하고 있다는 이야기를 서로 반복해가며 했다. 그들은 월슨 양과 콜린스 양으로, 월과 콜이라고 불러달라고 했고, 둘 다 무어필즈 안과 병원에서 접수원으로 일했다. 영국인인 콜은 삼십대 후반에서 사십대 초반이었고, 가녀린 몸집에 검은 머리였으며, 집안일에 까다로운 성미가 분명했다. 자신의 관심사는 골동품이라고 말했다. 호주 출신으로 오래전에 영국 시민이 된 월은 조심성은 덜하고 표현은 더 자유로웠다. 두 개의 솔방울에 비교할 수 있을 것 같았다. 하나는 반짝이는 검은 빛을 띠고 꼭 오므려져 있고, 하나는 잘 익어서 벌어진. 그들은 초가지붕을 새로 이고 가구를 시대에 맞게 교체한 서포크 오두막을 사랑했고, 오두막과 킹스 로의 집 모두 월급을 모아 샀으며, 주말마다 많은 시간을 들여 자신들이 직접 수리했음을 강조했다. 하지만 문제는 은퇴를 하기 전에는 오두막을 쓸 수 없어서 세입자가 필요하다는 것이었고, 특히 1년 내내 집을 돌봐줄 세입자가 필요했다. 그곳의 개도 산책시키고 먹이를 주어야 했다. 광고를 보고 연락이 많이 왔는데, 은퇴한 대령이 보낸 전보도 있었다고 했다. "전원주택 수락. 하운드 다섯 마리를 데리고 주말에 도착."

그들은 시골 오두막에 작가가 산다는 게 괜찮은 모양이었다. 그들은 심지어 내가 일할 장소까지 계획해두었다. 장미 정원, 잔디밭, 90피트 라일락 산울타리가 내다보이는 전망창 바로 앞의 낡은 재봉틀 대였다.

"장미 정원을 돌봐주세요. 90피트 라일락 산울타리도요. 텃밭도 있으면 좋겠어요. 개가 있어요. 잡종 암놈이고 이름은 미니예요. 원래는 근처 오두막 할머니의 개인데, 우리가 맡아서 돌봐주고 있어요."

그래서 나는 느닷없이 3분의 1의 임대료에 이스트 서포크 주 아이(Eye) 근처 브레이즈워스에 있는 초가 주택을 관리하게 되었다. (최근에 《맹인의 향기 정원》을 마친 참이라, 나는 여자들이 안과 병원에서 일한다는 사실과 '아이' 근처라는 이 집의 위치가 신기했다.)

그들은 오두막으로 가는 방법을 설명해주었다. 그들은 열정적이었고, 주문이라도 외는 것처럼 이스트 서포크의 지명들을 발음했다.

"스토마켓으로 가야 돼요." 콜이 말했다.

"스토마켓요?" 나도 그 이름들에 사로잡혔다.

"스토마켓요. 짐을 기차에 실어갈 거면 짐은 스토마켓까지밖에 안 가니까, 거기서 용달 업자를 찾아야 돼요."

"그리고 '그냥' 서포크로는 가지 말아요."

"그냥 서포크요?"

"네, 여기는 이스트 서포크예요. 서포크하고는 별개고, 다르고, 덜 훼손됐죠."

그들의 목소리는 이스트 서포크에 대한 칭송으로 낭랑했다.

그들은 그 주말에 이스트 서포크에 가서 3주 후에 나를 맞을 준비를 하겠다고 했다. 그리고 내가 이사하는 주말에는 거기서 나를 기다리겠다고.

"그리고 버스를 타고 갈 거면 브레이즈워스 분기점에서 내려 달라고 하세요. 거기서 우회전해서 참나무 길로 가세요……."

"우회전해서 참나무 길." 나는 그 말을 되새기며 캠버웰행 버스를 탔다. 그 말에는 동화, 신화, 전설 속의 길 안내 같은 마법이 있었다.

3주 뒤에 나는 리버풀 스트리트 역에서 기차를 타고 입스위치로 가서 거기서 이스턴 카운티스 버스로 갈아타고 '브레이즈워스 분기점'까지 간 뒤 '우회전해서 참나무 길'을 걸어 윌과 콜이 내게 주택 관리인의 임무를 설명해주려고 기다리는 오두막으로 갔다.

그들이 준비해둔 2층 침실은 지붕이 경사지고, 지붕창이 있고, 검은색 들보가 노출되고, 집 주변 들판과 이제 막 움트는 90피트 라일락 산울타리가 내다보였다. 1층의 재봉틀 대를 꼼꼼히 청소해서 내가 일할 만한 장소로 꾸며놓았다. 거기서 창밖의 라일락 산울타리를 내다보며 '영감'을 찾을 수 있을 거라고 그들은 말했다. 그들은 산울타리 길이가 90피트라는 것과 꽃이 피면 어떻게 되는지를 강조했고, 두 사람 다 그 집이 처음부터 마음에 들었지만, 라일락 산울타리를 본 순간 그곳을 사야겠다고 마음먹었다고 했다. 그들은 집에 온수 시설과 레이번 스토브와 수세식 화장실과 욕조를 설치했다. 장미를 특별히 좋아하는 콜은 장미를 심었고, 윌은 정원 길을 내고 대문을 수리했으며, 오랜 탐색 끝에 무거운 참나무 문을 발견해서 산과 사슴이 새겨진 지나치게 현대적인 유리문을 대체했다. 이스트 서포크는 그들 인생에서 최고의 발견이었다.

"너무 멋지지 않나요?" 그들은 정원을 안내하며 흥분해서 물었다.

다음 날 윌과 콜은 자동차로 런던으로 돌아갔고, 내 곁에는 잡종 암캐 미니와 타자기, 조용한 시골과 다음 책에 대한 구상이 남았다.

나는 이제 내가 작가의 인생을 살고 있다고 생각했다. 단편소설집 두 권이 나왔고, 《맹인의 향기 정원》이 곧 출판될 예정이었으며, 그로브 힐 로에 살던 시절에 내 인생이 허구의 세계로 미묘하게 움직여 들어가는 것을 알아차렸기 때문이다. 나는 그 세계에 내가 보고 듣는 모든 것, 내가 버스, 거리, 기차역에서 만나는 사람들을 펼쳐놓았고, 그 보물 조각과 순간들을 엮어서 시나 소설로 만들며 살아갔다. 쓸모없는 것은 하나도 없었다. 나는 이미 거울 도시의 시민이 되었다. 내가 이 자서전을 쓰는 유일한 자격은 그동안 내가 무수한 경험을 사용하고 고안하고 뒤섞고 가공하고 변형하고 추가하고 제외했지만, 지금까지 나 자신의 인생과 감정을 직접적으로 쓴 적은 없었다는 것이다. 나는 당연히 나 자신을 미지와 기지, 현실과 상상의 산물인 다른 인물들과 섞었다. 나는 '여러 분신'을 만들었지만, '나'

에 대해 쓴 적은 없었다. 왜? 내가 알고 보고 꿈꾼 모든 것이 다른 세계의 빛에 잠긴 거울 도시로 모험을 간다 해도, 내 거울 상만 가지고 돌아오는 것은 소용없는 일이기 때문이다. 평범한 일상의 빛으로도 잘 드러나는 다른 사람들의 상만 가지고 돌아오는 것도 마찬가지다. 분신은 거울 도시와 사절의 보물을 있는 그대로 담는 그릇이 되어야 하고, 그 보물을 추리고 정리해서 언어로 엮을 때는 일꾼이자 짐꾼, 선택하고 배치하고 연마하는 자가 되어야 한다. 그리고 작업이 끝나고 공허감을 견뎌야 할 때, 분신은 휴식을 취할 수 있다. 그동안 할 수 있는 일이 다음번 거울 도시 방문을 위해 다시 그릇을 짜는 일뿐이라고 해도. 이런 것이 허구의 과정이다. '일어난 그대로 적는 것'은 허구가 아니다. 홀로 떠나는 여행이 있어야 한다. 재료에 초점을 맞춘 빛의 변화가 있어야 하고, 작가 자신이 그 빛 속에, 그러니까 통치 법률과 물질과 화폐가 이곳과 다른 반영의 도시에 살겠다는 의지가 있어야 한다. 소설을 쓰는 것은 단순히 경계를 넘어 비현실의 땅으로 원정 쇼핑을 가는 것이 아니다. 그것은 상상의 공장과 거리와 성당에서 수시간, 수년을 보내며, 거울 도시와 그 하늘과 공간, 그곳에 고유한 행성계의 독특한 작동법을 익히면서도, 세상에서 집을 잃고 파산하고 사절에게 버림받을지 모른다는 걱정을 하지 않는 것이다.

　이런 몰두를 나는 아이 근처, 브레이즈워스, 참나무 길 오두막 관리인의 현세적인 의무와 결합시키고, 오전은 예상과 달리 월과 콜이 약속한 영감을 받는 대신 미니를 산책시키고 다른 일들—집 청소, 텃밭 준비, 낡은 자전거를 타고 5킬로미터 거리의 아이까지 나가서 식품과? 개 사료를 사는 데 바쳤고, 런던에도 규칙적으로 나가서 콜리 박사와 상담했다. 시간은 바쁘게 흘러갔다. 남는 시간에는 내가 새로 만든 식물 정원에 감탄하거나, 내가 베고 난 뒤 두 배 크기로 자란 쐐기풀에 기겁했다. 저녁에도 시간이 없었다. 가스램프에 익숙하지 않은 나는 램프를 켜려고 할 때마다 덮개들이 번번이 부서지자 가스램프를 사용하지 않았다. 그래서 저녁에는 2층에 초를 가지고 가서 책을 읽으려 했고, 미니는 문 앞 깔개에 엎드려 주의 깊은 눈으로 나와 문을 골고루 바라보았다. 미니는 낯선 이에게 공격적이고 실제로 다시 한 번 사람을 공격하면 죽여야 한다는 법원 명령을 받은 상태였지만, 내게는 금세 애착을 형성했다.

나는 일상적인 관리 업무에 지쳐서 월과 콜이 지내러 오는 주말 행사 준비는 하고 있지 못했다. 두 사람은 오두막이라는 단순한 이름을 붙인 그 집에서 매 순간 모든 기쁨을 누리고자 했다. 그들의 첫 주말은 걱정스럽고 진 빠지는 침입 사건이었다. 거기 지내는 조건으로 집과 개와 정원을 돌보는 것은 맞았지만, 나는 토요일 오후에 갑판 의자를 밖에 내놓고 볕을 쬐는 월과 콜에게서 사다리를 올라가 90피트 라일락 산울타리 양쪽에서 죽은 라일락꽃을 모두 떼어내라는 제안을(명령이라고 하는 편이 더 적절할 것인데, 두 사람은 군대에서 만난 사이였다) 듣게 될 줄은 몰랐다. 그러지 않으면 라일락이 오래 못 간다고, 몇 주면 사라진다고, 소중한 라일락을 망치면 안 된다고 했다. 다음번 과제는 장미 나무를 전지하고 정원 가장자리의 풀을 뽑는 것이었다. ("정원에 잡초가 있으면 안 돼요.") 그리고 내가 오후 내내 벌게진 얼굴로 숨을 헐떡이고 땀을 흘리며 풀을 자르고 뽑는 동안, 그들은 유능한 승무원을 바라보는 크루즈 선의 승객처럼 갑판 의자에 누워 유유자적한 시간을 보냈다. 가끔은 좀 더 자세한 지시도 내리고 내가 안 뽑고 지나간 잡초나 죽은 라일락 다발을 가리켰다. "저기, 산울타리 꼭대기, 이쪽 끝." 때로는 눈을 감고 일광욕을 했다. 아니면 월이 좋아하는 잡지《더 레이디》에 실린 최신 뉴스와 광고를 읽었다.

그들의 풍성한 계획이 나는 놀랍기 그지없었다. 하지만 시간을 낼 방법이 없다고 그들은 말했다. "오두막에서 너무 많은 시간을 보냈어." 그들은 인정했다. 그리고 관리인이 생긴 것을 기뻐하며 겨울에는 브레이즈워스에 오지 못할 거라고 했다.

이스트 서포크, 그곳 주민들, 시골의 경험과 인상은 내게 잘 흡수되었다가 나중에 내가 뉴질랜드로 돌아와《적응 가능한 인간》을 쓸 때 되살아났다. 그리고 아까 말했듯이 이제 내 인생이 거울 도시로 이동해 있었기에, 나 자신의 이야기도 거울 도시로 물러갔다. 평범한 태양과 평범한 일상의 빛 속에서 벌어지는 '현실적' 경험에 대한 관심은 줄어들었다. 그것들은 궁극적 성찬의 찌꺼기일 뿐이었다. 내가 작가로 살수록, 일과에 따라 움직이는 내 인생은 남들의 눈에 더욱 재미없게 보였다. 아이 근처의 브레이즈워스에서 정원 가꾸기, 청소, 개 돌보기, 장보기에 밀려 작업을 하지 못하는 동안에도 거울 도시는 내 마음속에 바람직한 진짜 거주지의 위치를 유지했다.

런던에 약속이 있는 날은 아침 일찍 일어나서 자전거를 타고 가장 가까운 기차역인 3킬로미터 거리의 멜리스 역으로 가서, 역장에게 자전거를 맡기고 노리치에서 런던행 기차를 탔다. 아니면 입스위치까지 버스를 타고 가서 거기서 기차를 탔다. 런던에 가까워지면 집으로 돌아가는 흥분이 느껴졌다. 기차가 빨라지고 시골 풍경이 물러나면서 벽돌의 바다, 더러운 시내, 이스트 런던의 허름한 창고와 공장들이 나타났고—아, 기쁨이여!—리버풀 스트리트 역에 내리면 열 시 출근하는 도시 노동자들의 발걸음을 가볍게 하는 행진곡이 울려 퍼졌다.

　그런 뒤 나는 캠버웰로 갔고, 역시 버밍엄에서 런던까지 온 콜리 박사를 만났다. 우리는 먼 나라에서 중요한 계획과 미래를 논의하기 위해 정상 회담을 하러 온 사람들 같았다. 그와 이야기를 마치면 짧은 여유 시간 동안 채링 크로스나 스트랜드를 거닌 뒤 한 시 반 기차로 입스위치로 가서 브레이즈워스행 버스를 탔다. 집에 오면 미니가 나를 반겼고, 피로 속에서 나를 매혹하는 것은 도시인데 나는 왜 시골에 사는 걸까, 또 내 하루의 작업은 어디로 사라진 걸까 생각하며 저물녘에 잠자리에 누워서 검게 물드는 시골을 바라보고 바깥 생명체들의 소리를 듣고 또 나이팅게일 소리가 들리기를 소망했다. 그리고 전원주택에 혼자 지내면서 나는 놀랍게도 내가 두려워한다는 것을 깨달았다. 나는 난생처음으로 한 집에 혼자 살았고 그것은 두려웠다. 내가 언제고 한 방에만 있다면, 누군가가 다른 방들을 차지하고 있는 건가? 문을 열고 들여다보면 아무것도 없었다. 나는 부빙(浮氷)을 타고 표류하고 있는 건지도 몰랐다. 때로는 새가 초가지붕의 그물에 걸려서 퍼덕이는 소리가 들렸다. 이곳의 밤은 어린 시절 윈덤의 밤과 얼마나 다른가. 어둡기는 그때나 지금이나 똑같지만, 나는 두려움 속에 밤의 소리를 들으며 생각했다.

　들어라, 개들이 짖는다

거지들이 마을에 온다

누구는 누더기, 누구는 부대 자루,

누구는 벨벳 드레스를 입고.

그러면 나는 사람들의 온기에 휩싸였고, 부엌에 불이 타고, 방에는 등과 촛불과 난롯불이 켜지고, 웃음과 노래가 흐르고, 아기는 자고 있었다.

서포크에서 아침과 빛은 늘 반가웠다. 나는 이슬에 젖은 오솔길을 걸으며 밀밭 속 토끼를 보는 것도 미니 못지않게 좋아했고, 들꽃, 앵초, 카우슬립앵초, 초롱꽃, 블랙손을 보는 것도 좋았다. 하지만 내 마음은 런던에 있었다. 나는 군중 속에 혼자 있을 수 있는 그곳으로 돌아가서 사람들, 인류의 거대함에 둘러싸이고 그것으로 지탱되고 싶었다. 인류—우리—는 비록 북반구의 하늘을 포함한 자연 세계의 많은 것을 파괴하고 불구로 만들었지만, 여전히 거울 도시로 탐험단을 보낼 수 있었고, 거기서 돌아오지 못한 사람들도 있지만 모든 난관을 뚫고 기어이 돌아와 예술 작품을 창조한 사람들도 항상 있었다.

그래서 내 출판사가 다시 '도시의 아파트' 제안을 꺼냈을 때 나는 통상적인 임대료를 낸다는 조건으로 감사히 받아들였다. 선물의 본성이란 주는 사람과 받는 사람의 계약이고 어떤 선물도 '공짜'가 아니기에, 아파트에서 '선물'이라는 복잡한 지위를 떼는 게 좋다고 생각했다.

나는 오두막 주인들에게 갑자기 떠나게 된 이유를 설명하고 그들의 이해를 구했다. 그리고 새 세입자를 구할 때까지 그 집에 몇 주 더 있어주겠다고 했다. 나는 깨진 가스등 덮개가 가득한 어두운 집에 개와 단둘이 눈의 겨울을 보낼 생각에 점점 더 두려워졌다. 윌과 콜의 감독 아래서도 나는 가스등 덮개를 깨뜨리지 않고 만지는 법을 배우지 못했다. 내가 손을 댈 때마다 그것들은 가루처럼 부서져 내렸고, 그것은 내가 시를 쓰기 위해 시에 손을 대거나 불을 붙이려 할 때 시가 하던 행동과도 비슷했다.

윌과 콜은 나의 배신을 이해하려고 노력했고, 나는 서포크—이스트 서포크—의 겨울에 대한 나의 두려움이 그들에게 옮겨가는 것을 볼 수 있었다. 그들은 여름의 참나무 숲길과 아이 근처 브레이즈워스 들판이라는 미끼 없이 어떻게 세입자를 구할지 고민했고, 그들이 나에게 런던의 소음을 경고했을 때 나는 그에 상당하는 서포크의 소음—작물을 해치는 까마귀 떼를 쫓기 위해 농부들이 하루 종일 쏘는 공포탄, 트랙터와 수확기, 날이면 날마다 보이지 않는 곳에 장이라도 선 것처럼 시끄럽게 울리는 확성기—을 언급하지 않았다. 우리가 함께 상상한 대로 낡은 재봉틀 대에 앉아서 전망창을 내다보며 90피트 라일락 산울타리를 보고 영감을 얻는 대신 날마다 개를 산책시키고 화초를 심고 풀을 뽑고 자전거를 타는 일이 얼마나 피곤한지도 설명하지 않았다.

그들의 실망을 달래준 것은 내가 텃밭에 온갖 채소와 향료 식물을 가득 심어놓았다는 사실이었다. 그들은 내가 겨울이 오기 전에 더 많은 작물을 심으려고 땅을 더 크고 깊게 파놓은 것에도 감동을 받았다. 나는 참나무 숲길 끝의 직진 도로가 본래 입스위치에서 노리치에 이르는 로마 시대의 도로라는 것을 발견하고, 또 예쁜 색깔과 문양의 (상상력은 별로 들이지 않은) 그림이 새겨진 돌들을 발굴한 일로 고대 유물 발굴의 열기에 휩싸여서, 날마다 부싯돌 조각들—집안의 수호신들과 앵글로색슨족의 보물이 아닐까 상상하며—을 캐내느라 정원을 본래보다 더 넓고 깊고 길게 파 나갔다는 사실을 밝히지 않았다…….

나는 출판사가 구해준 사우스 켄징턴의 아파트로 이사하기 전 런던의 첫 밤을 월즈 엔드에서 윌하고 콜과 함께 보냈다. 나는 그들이 요리해준 멋진 식사를 했다. 그리고 그들이 월즈 엔드의 작은 집과 이스트 서포크의 300년 된 오두막을 어떻게 개조했는지를 다시 들었고, 계약 기간을 채우지 못한 것을 다시 사과했다.

"책에다 우리 이야기도 쓸 수 있겠죠?" 그들이 말했다.

"여행 가방을 들어드릴게요." 다음 날 아침 내가 버스 정류장으로 갈 때 콜이 말했다. "꼭 돌이 든 것 같네요."

가방의 절반은 영국, 로마, 색슨, 데인인의 돌, 그러니까 다른 도시의 유물이었다.

시내의 아파트

아파트는 1층이었고, 창문들은 두 개의 도로를 향해 나 있었다. 큰 거실과 부엌은 번잡한 도로에 면했고, 큰 침실은 조용한 '광장'으로 나 있었으며, 욕실은 복도의 한쪽 구석에 있었다. 뒤쪽의 자갈 정원에 심어진 가시덤불은 바닷가에서 자랄 때는 허리를 굽히고 머리를 바람의 반대 방향으로 돌려 소금 물보라와 바람을 견디고, 도시에서 자랄 때는 같은 자세로 매연과 음파와 악취를 피하며, 어느 경우에나 생존해서 가시관과 작은 청색과 분홍색의 꽃을 피우는 종류였다. 트럭이 뒷길로 지나가면 아파트는 그르릉그르릉, 쿵쾅쿵쾅, 끼이익끼이익 소리로 흔들렸고, 침실 밖을 울리는 자동차 소리는 조용하지만 끊이지 않았다.

아파트는 나에게는 호사스러웠다. 런던에 온 뒤 처음으로 나는 온수와 욕조와 욕실과 부엌을 나 혼자 쓸 수 있었다. 가구도 호사스러웠다. 줄무늬가 있는 리젠시 소파와 롤빵 같은 방석이 놓인 의자들, 광택 나는 짙은 색 서랍장. 더블 침대의 시트와 이불은 접어서도 쓸 수 있을 만큼 컸고, 매트리스는 나무판처럼 평평하고 탄탄했으며, 욕실장 안의 수건 가운데는 "목욕 수건"이라고 새겨진 것도 있었다.

처음에는 침실을 작업실로 쓰려고 했지만, 곧 그 방이 너무 어두운 데다 거실의 일들을 놓친다는 느낌이 들어서 내벽 옆에서 작업하려고 하자 자동차 소리가 침입했다. 나는 멋진 가구에도 움츠러들었다. 이스트 서포크에서 쓴 시와 소설을 건성으로 훑어보았지만 내 마음은 《맹인의 향기 정원》 출간과 한 서평의 무시하기 힘든 문장에 사로잡혀 있었다. "이 책은 최악의 의미로 읽기가 불가능하다." 나는 조그만 자신감을 잃지 않기 위해 몸부림쳤다. 다른 신문에서는 그 책을 "천재의 작품 같다"고 평하기도 했다. 이 두 개의 극단적인 의견은 파도처럼 번갈아 가며 나를 때렸다가 띄워 올렸다가 했고, 나는 또 한 차례 서평의 물결 뒤에 남은 표류물이 되었다.

사우스 켄징턴에서 나는 런던 생활에 대해 더 많은 것을 알게 되었다. SE5 구역과 비교할 때 SW7 구역에 사는 것은 아주 수월한 일이었다. 내가 도서관, 박물관, 상점에서 주소를 말하면 곧바로 기적이 일어나는 것 같았다. 사람들은 나를 친절하게 대접하고 신뢰했으며, 자발적으로 택시를 불러주겠다고 했다. 캠버웰의 수호자들이 하던 질문과 의심은 사라졌다. 아름답고 부유한 사람들과 부닥치며 켄징턴 로와 나이트브리지 로를 걸을 때, 나는 뉴질랜드 페토니에 사는 폴리 고모가 '중요한 사람'이 되고 싶어 하던 일을 떠올렸다. "중요한 사람이 되고 싶어." 고모는 '중요한 사람'에 속하는 시청 관리나 시장, 법조인이나 의사 친척이 있다고 했다. 켄징턴에서는 나도 '중요한 사람'이었지만, 그것은 내 행동이나 활동이나 뛰어난 개인적 특성 때문이 아니라 내 주소가 SW7 구역의 사우스 켄징턴이기 때문이었다. 나는 욕실이 있고, '보통' 전화뿐 아니라 흰색 현관 인터폰이 있는—업무용 출입구와 개인 출입구가 따로 있었다—호화 아파트에 살았다. 하지만 나는 사우스 켄징턴 거주자들과 보조가 맞지 않았다. SE5 구역의 그로브 힐 로에서 새벽에 일어나 작업을 시작할 때, 나는 집집마다 켜진 불을 보고, 사람들이 서둘러 아침 식사를 하는 모습을 상상하고, 노동자들이 버스를 잡으러 어둠이 가시지 않은 길을 달려가는 걸 보고, 또 얼마 후에는 아이들이 저도 모르게 그 나이에 어울리게 막대기를 휘두르고 두드리며 학교에 가는 모습을 보면서 마음에 편안함을 느꼈다. 여기 켄징턴에서는 오전 열 시 전에 깨는 사람이 없는 것 같았다. 우편물도 늦게 배달되었다. 아이들이 있다 해도 크고 검은 차를 타고 조용히 학교로 갔다. 켄징턴에 다른 작가들이 산다는 것을 몰랐다면 나는 고립감을 느꼈을 것이다. 그들이 보이지는 않지만 나와 멀지 않은 곳에서, 거울 도시를 잊지도 버리지도 않고 작업하고 있다고 생각하면 좋았다.

나는 식탁 중앙에 내가 이 아파트에 온 첫날 굴든 부부가 보내준 환영 화분을 놓았다. 그들은 자기 집의 오후 다과에 와서 작가 앨런 실리토와 그 아내 루스를 만나라는 초대도 했다. 그날은 비가 많이 왔지만 나는 비를 덜 맞을 수 있는 경로를 짜고 메이페어에 있는 굴든의 집까지 걸어갔다. 비는 계속 내렸다. 내가 찾는 베란다들은 보이지 않았다. 나는 신발에 물이 가득 들어찼고, 스타킹, 원피스 아랫단, 카디건 등이 완전히 젖은 채로 마침내 굴든 부부의 아파트 앞에 섰는데, 거기서 실리토 부부가 택시를 타고 물기 하나 없이 도착하는 모습을 보았다. 나는 얼굴이 달아올랐고 당황스러웠다. 방광이 터질 것 같았고, 그날 만남은 이제 겨우 시작이었다. 나는 실리토 부부가 건물 안으로 들어갈 때까지 '구석진 곳에서' 기다렸다가 엘리베이터를 타고 올라가 꼭대기 층의 초인종을 울렸고, 굴든 부인―큰 키에 검은 머리, 위엄 있는 모습이 최근에 본 영화 〈꼭두각시〉의 스페이드 여왕과 놀라울 만큼 비슷한―이 나를 맞았다. 그녀는 검은 옷을 입었고, 자기 피부를 집 삼아 늘 닦고 정돈하고 그 집의 완전한 주인으로 사는 것 같은 분위기를 풍겼다. 쉽게 다가갈 수 있는 사람은 아니었다. 현관이 있고, 입구가 있고, 사람들은 거기서 기다려야 했다. 그녀는 나를 앨런과 루스 실리토에게 소개했다. ("선생님 책 읽어보았습니다⋯⋯.")

소개가 끝나자 내 옷과 구두가 흠뻑 젖은 일을 두고 약간의 소동이 벌어졌다. 굴든 부인이 나를 방으로 데리고 들어가서 내 옷과 신발이 마를 동안 입고 있을 마른 옷과 신발을 주었고, 나는 꼭 끼는 검은 원피스를 입고 발가락이 보이며 5센티미터 굽에 금색 테를 두른 검은색 이브닝 구두를 신고 다과에 참여했다.

잠시 후 굴든 부인이 은색 종을 울리자 검은 머리에 풍만한 몸매를 한 콜룸바라는 이름의 여자가 다과를 가지고 왔고, 그녀가 방을 나가자 굴든 부인은 콜룸바가 포르투갈 출신으로 영어를 잘 못한다고 했다. 실리토 부부는 그 사실을 매우 흥미로워했다. (앨런 실리토는 최근 스타로 떠오른 북부 작가로, 북부 빈민가의 빈곤 실태와 식량, 노동, 성을 둘러싼 분투를 강렬한 리얼리즘 문학으로 담아냈다.) 그들은 한때 모로코에서 살았고, 귀국할 때 여자 하인을 데리고 왔는데, 영국에 도착해보니 자신들이 노예를 사듯 돈을 치르고 데리고 왔다는 걸 알게 되었다고 했다.

아, 하인 문제라!

내가 놀라움 속에 조용히 듣는 동안 굴든 부인과 실리토 부부는 하인 문제에서 오페어* 문제로 갔다가 다시 하인 문제로 돌아왔다. 페르시아 카펫, 터키 고양이, 세련된 그림, 울퉁불퉁한 검은색 가구들이 있는 그곳 메이페어 아파트에서.

나는 별로 할 말이 없었다. 그래서 많이 웃으며 "그래요, 맞아요"라고 했다. 이브닝 구두 때문에 발이 아팠다. 떠날 때가 되고 내가 그사이에 마른 내 옷과 신발로 돌아갔을 때, 굴든 부인은 검은 원피스와 이브닝 구두를 포장해주었다.

*숙식을 제공받고 육아, 가사 일을 거들며 영어를 배우는 여자.

"가지고 가셔도 돼요." 그녀가 말했다.

비는 그쳐 있었다. 나는 택시를 타지 않고 걸어가겠다고 했다. 검은 원피스와 이브닝 구두를 가지고 그 집을 떠날 때 나는 앨런과 루스 실리토를 만났다는 데 흥분하고 만족했다. 그들은 내 두 번째 '진짜' 작가였다. (첫 번째는 존 실킨으로, 그 사람이 준 시는 내게 새겨져 있지만 그건 다른 이야기다.)

사우스 켄징턴에 살면서 이것은 소꿉놀이라는, 흰색 인터폰과 흰색 침대 맡 전화기가 있는 아파트에 살면서 한밤중에 걸려온 전화에 "아, 당신이야? 지금은 귀찮게 하지 마" 하고 말하는 사람인 척하는 놀이라는 생각을 떨칠 수 없었다. 진짜 욕실이 있고, 욕조에는 온수가 있고, 벽장에는 리넨 천과 '목욕 수건'이라고 찍힌 큰 수건이 가득하고, 내가 그것을 두르고 나이절과 제럴드가 (자기들이 가진 열쇠로 문을 열고) 들어왔을 때 "잠깐 기다려, 자기, 나 목욕중이야" 하고 소리치고, 내가 자매들과 함께 아기 인형으로 할리우드 놀이를 할 때와 같은 상상의 대화를 하는 놀이. 그 아파트는 게임이었고, 나는 감당할 능력이 없는 비현실적인 임대료의 입주자 역할을 떠맡으면서 그것을 시작했다.

그리고 나는 날마다 탁자에 앉아서 새 장편 소설 '조각가에게 보내는 편지'를 쓰려고 했다. 그러다가 일어나서 아파트를 서성거리며 서포크에서 정원을 내다보며 흐뭇해했듯이 아파트를 보며 흐뭇해했다. 그걸 만든 것이 '모두 내 작업'인 것처럼. 그런 뒤 타자기로 돌아가서 문장을 빚어내는 대신 부엌의 새 스토브를 실험하며 아버지가 지난번 생일에 보낸《데이지 이모의 요리책》에 나오는 특이한 요리를 만들었다. 아버지는 뉴질랜드 버터도 보냈는데, 나는 그 일부를 사람들에게 나눠준 뒤 성에 낀 냉장고에 넣어두었다.

그러던 어느 날, 30년 만에 뉴질랜드를 떠나 노포크의 작은 마을에 조그만 집을 산 폴라 링컨이 편지를 보냈다. 열렬한 크리켓 팬인 자신과 여동생 레이철이 로즈 경기장의 크리켓 경기를 보러 런던에 오게 되어서 '언제라도 오라는' 내 초대에 응하고 싶다고 했다.

나는 그들을 리버풀 스트리트 역에서 만났다. 그들은 침실에서 자고 나는 복도 벽장에 설치된 접이침대에서 자기로 했다. 접이침대는 절반은 벽장 안에 있고 절반은 밖으로 나와서 그걸 펴니 부엌으로 드나드는 길이 아주 좁아졌다. 폴라와 레이철은 위압적이고 열광적이었고, 불쑥불쑥 움직이는 그들의 동작은 마치 주변 공간을 공격하는 것 같았다. 그들은 그다지 자주 만나지 않는 자매였기에 흥분과 옥스퍼드 억양이 가득한 날카로운 두 사람의 목소리는 아파트와 가구와 설비와 공기와 내 귀를 난자했다. 로즈 경기장에서 나는 볼 줄 모르는 지루한 경기를 지켜보았고, 뒤늦게 온 어떤 여자가 내게 긴급한 목소리로 "누가 퍼스트 맨이에요?" 하고 물었을 때 힘없이 "퍼스트 맨이요?" 하고 되물어서 여자에게 한심하다는 눈길을 받았다.

오전 중에 폴라와 레이철을 떠나 켄징턴으로 돌아가보니 뉴질랜드의 동생에게서 편지가 와 있었다. '노스 로 너머'에서 보일러 공으로 일하던 아버지가 자전거를 타고 출근하다가 집 근처에서 쓰러져 병원으로 실려갔는데, 진단이 얼른 나오지 않아 다음 날 여전히 혼수상태로 엑스레이를 찍다가 돌아가셨다고 했다. 위궤양으로 인한 출혈이었다.

까탈스럽고 위압적이고 사랑이 넘쳤던 불쌍한 아빠 생각에 나는 한숨과 눈물을 쏟았다. 얼마 후 폴라와 레이철이 로즈 경기장에서 돌아오자 나는 그 소식을 전했다. 달리 할 수 있는 말이 없던 그들은 자신들의 아버지를 추억하기 시작했다. 냉담한 아버지였고, 어린 시절 이따금 그들의 방에 왔다고 했다. 그들은 그의 ‘반짝이는 친절한 눈’과 수줍은 성격을 기억했다. 그리고 어린 시절에도 “아버지”라고 불렀다고 했다. 그는 공립 여학교의 성직자였고, 그 때문에 링컨 가의 딸들은 거기서 교육을 받고 나중에는 스위스의 학교에 다녔다. 그들은 어머니도 “어머니”라고 불렀다. 부모님은 자녀들 방에 자주 오지 않았고, 그들은 가르침과 도움이 필요할 때면 언니에게 의지했다고 했다.

“불쌍한 어머니.” 그들은 말했다. “불쌍한 아버지.”

그런 뒤 그들은 서로에게 “그거 생각나……?” 하면서 내가 책에서만 읽은 1920년대와 그 이전의 어휘와 표현을 사용하기 시작했다. 학교의 어떤 여학생들은 아버지가 ‘파락호’였다고 그들은 소리쳤다. “파락호에 무뢰배야. 하지만 우리 아버지는 최상류였지.”

그날 저녁 나는 접이침대에 누워서 윌로글렌에 혼자 살던 아버지를 생각하고, 내가 외국에 가는 것을 나무란 폴리 고모의 말이 떠올랐다. “넌 결혼을 안 했으니 집에서 아버지를 돌보는 게 네 임무야.” 아버지의 5실링 우편환과 뒷문 안쪽에 걸린 물고기 비늘이 묻은 비린내 나는 낚시 가방, 문 뒷면 고리에 걸린 자전거용 바지 밑단 클립, 그리고 웰링턴 부두에서 작별 인사를 할 때 눈물을 글썽이며 움찔거리던 얼굴.

며칠 뒤에 오아마루 변호사가 편지를 보내서, 이제 오빠와 내가 윌로글렌의 공동 소유자고 가내 물품은 모두 내 것이라고 전했다. 그리고 내가 아버지 영지의 유일한 유언 집행자이므로 뉴질랜드로 돌아와줄 것을 요청했다. 아버지의 영지라니! 집과 그 안의 물품들, 장례식을 치를 만큼의 돈과 여동생에게 줄 약간의 돈, 그리고 6실링 4펜스가 남은 통장이 있다고 했다. 장례식을 치르고 약간의 유산으로 줄 돈은 일주일 전에 복권인지 경마로 딴 것이고, 그게 없었다면 돈은 한 푼도 없었을 거라고.

나는 그때까지도 계속 만나는 콜리 박사와 의논을 했다. 뉴질랜드에 돌아가야 할까요? 오빠는 충격과 분노의 편지를 보내서 사람들이 윌로글렌의 문을 잠그고 자신을 안에 들여보내 주지 않는다고 했다. 지금 윌로글렌에 사는 것은 아니지만 예전에 살던 집에 들어가지 못한다는 것은 그에게 상처가 되었다.

돌아가야 할까요? 어쩌면 나는 이미 결심을 했는지도 모른다. 물론 지난날의 경험으로 인해 뉴질랜드에서 사는 것은 현명하지 않을 수 있고, 오진 관련 문제도 여전히 생길 수 있었다. 거기서는 오진에 대해서는 별로 의문이 제기되지 않았고, 여러 권의 책이 나온 지금은 사람들이 끊임없이 내 '불균형과 광기'를 언급하며 그것을 작품과 연결시키거나 심지어 그것을 내가 글을 쓰는 이유이자 동력으로 보았기 때문이다. 어쩌면 나는 이미 결심을 했는지도 모른다. 내가 뉴질랜드로 돌아가서 거기서 살며 일하고 싶어 하는 것을 깨달았기 때문이다. 나는 지금 '해외 거주' 작가라고 불렸지만, 내가 뉴질랜드를 떠난 이유는 '견문을 넓히려는' 소망을 빼면 문학적이지도 예술적이지도 않았다. 돌아가는 이유는 문학적이었다. 유럽은 상상력의 지도(그 지도는 진실로 한계가 없다)에 아주 많은 것이 있고,

거기서 자기 자리를 찾고자 하는 모든 이를 수용할 여유가 있으며, 죽은 자들이 예로부터 겹겹이 쌓여서 새로운 싹이 움터 자라기 좋은 비옥한 땅을 이루고 있지만, 그런 겹이 별로 많지 않은 신생국, 특히 해가 가장 먼저 뜨고 어둠이 가장 먼저 내리는 나라를 탐험하는 전망은 거부하기에는 너무도 유혹적이었다. 거기다 초기 거주자들이 지도에 남긴 상상력의 첫 겹은 뒤따르는 자들에게 뼛속까지 이르는 길을 남겨준다. 뉴질랜드에 사는 것은 나에게 신화 시대를 사는 것과 같을 것이고, 나는 예술가들만의 특별한 상상력의 자유를 누릴 것이다. 시초에서 시작하는 일, 형성되지 않은 장소를 알고 그것의 형성에 협력하는 일, 우리 세대 죽은 자들의 양분을 먹고 클 후세대를 위해 지도를 만드는 일이 가능하기 때문이다. 이런 결정을 내릴 때는 예전에 프랭크 사지슨이 했던 말이 강한 영향을 미쳤다. "우리는 다른 어떤 나라도 우리가 어린 시절을 보낸 나라처럼 잘 알 수 없어. 다른 나라에 대해서는 밀접한 글쓰기가 불가능해."

거기에 대한 반론으로 나는 늘 '정치적 망명을 강요당하고, 귀국을 선택할 수 없던 작가들, 살고 일하며 망명지의 언어에 새로운 통찰을 불어넣은 작가들은 어떻게 되는 거지? 언어를 바꿔서 미지의 세계에 더 깊이 들어가야 했던 사람들은 어떻게 되는 거야…… 콘래드, 나보코프, 그리고 제임스 조이스…… 새뮤얼 베케트는……? 모든 작가—모든 존재—는 어쩔 수 없는 추방자들이야. 삶에 확실한 것 하나는 그게 생명력 있는 모든 걸 계속 추방한다는 거야…… 모든 작가는 어디에 살건 추방자고 그들이 할 일은 일생 동안 잃어버린 땅을 찾아가는 거야……' 하고 생각했다.

하지만 사실 뉴질랜드로 돌아가려고 할 때 내게 귀국의 이유는 필요 없었다. 하지만 다른 이들은 이유를 궁금해하고 설명을 듣고 싶어 했다. 나는 어쩌면 이렇게 말할 수도 있었을 것이다. 재봉틀 대에 앉아 이스트 서포크의 들판을 내다볼 때 이미 거짓됨, 피상성을 느꼈다고……. 그 느낌은 그러니까 편지를 써서 봉인하고 봉투에 주소를 썼는데 우표가 봉투에 붙지 않고 접착제도 없는 느낌, 아무리 애를 써도 우표가 자꾸 떨어지는 그런 느낌이었다. 부치지 못하고 발신자에게 남는 편지가 자기 확인 외에 어떤 소용이 있겠는가?

뉴질랜드로 귀국하는 이유가 무엇이건 간에 나는 그걸 최대한 고상하게 포장하려고 애쓸 것이 분명했다. 하지만 서포크에서 이러한 불안을 경험했다. 수만 킬로미터 바깥에는 내가 90피트 라일락 산울타리만큼 꼼꼼히 살피지 못한 캐비지야자나무, 포아풀, 하늘 모퉁이가 있고, 또 내가 서포크—또는 이비사나 안도라—에 머물던 시절 그곳 주민과 풍경과 역사와 언어를 안다고 느꼈던 만큼 제대로 알려고 하지 않은 사람들이 있었기 때문이다.

세상의 평가나 수입에 상관없이 글쓰기가 나의 유일한 직업이었기 때문에, 나는 이제 특정한 나라의 환경보다 더 깊은 차원에서 내 '장소'를 찾았다고 느꼈다. 뉴질랜드에서 프랭크 사지슨은 내가 글을 쓰며 생활할 수 있게 해줌으로써 내 인생을 구원했다. 물론 그에게 나는 언제나 '미친 정상인'이었지만, 여기 런던에서 나는 정신 의학적 문제 없이도 글을 쓰며 살 수 있다는 인정을 받았다. 이제는 내 '장소'에 살면서 날마다 거울 도시를 찾아가 예술 형식을 훈련하는 사람들—예술가, 수도

승, 게으름뱅이, 관찰자―만이 시도하는 문제를 숙고할 수 있을 것이다. 나는 숙련된 여행자처럼 거울 도시를 다니면서, (때로는 무의식적으로) 관찰하고 듣고 기억하고 잊을 것이다. 거울 도시의 유일한 묘지는 부활해서 회상과 변화의 옷을 입지만 본질은 훼손되지 않은 기억의 묘지이다. (진실한 자서전은 그 본질을 기록하고자 한다. 재생과 변화는 소설의 재료이다.)

콜리 박사는 뉴질랜드로 귀국하는 걸 반대했지만 내 선택을 인정하면서 다른 사람들이 아니라 내가 원하는 삶을 살아야 한다는 것을, 나는 '사람들과 어울릴' 의무가 없다는 것을, 내가 원한다면 혼자 살면서 글을 쓰는 것이 이상적 삶의 방식이라는 것을 상기시켰다.

그는 왕복표를 사라고 조언했다.

이제 나는 모국을 영원히 떠나는 것은, 거울 도시에 가져가서 처리할 재료를 늘리곤 하는 예술가에 따라 강점이 될 수도 약점이 될 수도 있고 둘 다가 될 수도 있다는 것과, 소설을 쓰는 작가에게 타국에 사는 일은 장애물이 될 수 있다는 것을 알았다. 특히 작가의 모국이 이제 겨우 문학적 전통을 시작하는 나라라면. 그렇다면 작가는 (이 세상에 '작가'라는 사람이 있다면) 먼 유년의 안개 속을 들여다보며 인생을 보내거나, 여행 작가가 되어 풍경을 묘사한 뒤 뿌리 뽑힌 초목을 주머니에 챙겨 넣고 그곳을 떠날 수도 있지만, 그 과정에서 바다와 하늘은 지워지고 스스로 허구의 세계로 갈라져 들어간 세계의 외침도 듣지 못할 수 있다. 수백 년 수령의 나무에 자기 피부 가죽을 걸어놓은 사람들의 외침, 충실하게 묘사하고 변형된 모국의 명백한 외침을.

은 콜리 박사와 상담을 통해서 내가 내 장소에서 점점 강해졌다는 사실이다. 그는 내 인생의 솔기를 강화해주는 맞춤 재단사였고, 나는 이제 나 자신의 의복을 입어 그것을 시험하고 있었다. 그 의복의 재질 가운데는 이비사와 안도라의 경험도 있었다. (나는 엘 비치 마리오가 프랑스 남부의 모피 공장에서 보낸 예쁜 엽서를 받았지만, 주소를 알아볼 수 없어서 답장은 하지 못했다.)

여기 설명하지 않은 사람들도 많았다. 그들은 아직 살아 있고, 나는 주제넘게 다른 사람의 이야기를 하지 않고 나 자신의 이야기에 국한하려고 노력했다. 죽은 사람에 대해 쓰는 것은 다르다. 죽은 자는 이미 자기 이야기를 내어주었기 때문이다. 하지만 자신의 소설의 근원과 거리를 두고 사는 것은 위험하다. 사람은 거리와 죽음을 쉽게 동일시하고, 이제 자유롭게 이야기할 수 있게 되었다고 기뻐하며 거울 도시에서 변형을 거치지 않은 단축된 사실들에 돌연하게 맞닥뜨리기 때문이다. 작가는 이 세상에 안전하게 머물면서 선택한 소설의 재료에 '거리-죽음'의 묘약을 뿌리는 일이 거울 도시의 가혹하고 외로운 장소에서 하는 것과 똑같은 변형을 일으킬 수 있다고 착각한다. 즉각적인 허구는 즉각적인 미래만큼이나 모순적이다.

나는 런던에 작별을 고했다. 나에게 런던에 사는 것은 런던이 집인 대가족 속에서 사는 것과 같았다. 나는 서리와 얼음과 동상의 혹독한 겨울들을 맞았다. 나뭇잎이 물들고 떨어져서 공원의 검은 철제 난간에 부딪히며 떠도는 것을 보았다. 핏빛으로 변한 태양이 커먼의 시든 잔디 위에 멈춰 선 것을 보았다. 어둠과 추위를 피할 집이 있는 사람들이 전에 없이 급히 집으로 서둘러 가는 모습을 보았다. 집이 없어서 은행이나 보험 회사 건물의 입구, 철도역과 버스 터미널의 의자와 스트랜드 대로변, 강가와 아치 문 밑 같은 사람 없는 장소에서 온기와 안전을 찾는 이들도 보았다. 그런 뒤 어둠이 내리면 런던의 새로운 생활, 광채, 택시와 반짝이는 검은색 자동차를 탄 사람들…… 하늘을 향해 소리치며 거리를 떠도는 부적응자들…… 어두운 1월의 하루하루…… 봄의 도래…… 6월, 먼지 가득한 7월, 8월, 다시 돌아가는 주기. 인구 수백만 도시의 사계절은 뉴질랜드 시골의 계절처럼 나의 친척이 되었다. 여기는 인간의 파괴력과 창조력을 공유한 삶의 증거가 있었다. 아무리 주의 깊게 계획해도 피할 수 없는 도시 건설의 복구 불가능한 실수들, 때로는 막심한 피해를 주는 실수의 결과들, 인간 방식의 조명, 태양에서 기원하지 않은 빛줄기들 같은. 하지만 계절들은 수정과 손상을 겪어도 다시 돌아와 여전히 도시를 바라본다. 그것들도 스스로에게 적응해서 어떤 면에서는 편안할 것이다. 거대 도시 런던의 외양은 거울 도시의 복잡성을 살짝 암시만 할 뿐이지만, 그것은 내 인생을 생각과 이미지로 채웠고, 내 곁에 계속 머물렀으며, 하나의 계절인 내가 불가피한 변화를 받아들일 때까지, 나 자신의 기억의 이파리가 떨어져 거울 도시의 비옥한 토양을 이룰 때까지 머물 것이다.

런던을 떠나는 일은 슬프고 이상했다. 머릿속에 뉴질랜드를 떠나온 길, 아버지, 비어 고모부와 폴리 고모가 웰링턴 부두 창고에서 손을 흔들던 모습, 리본 띠들, 〈지금이 바로 그때〉라는 악단의 연주, 물러서는 언덕들을 보고 왈칵 느낀 두려움, 이제 돌아갈 수 없다는 걸 깨달았을 때 솟구친 모험의 느낌. 나는 이제 런던을 떠나는 게 어떨지 상상해보았다. 부두, 제방, 템스 강을 내려가 바다로……. 하지만 도시 자체가 유일한 가족이 었던 도시에서는 누가 와서 작별 인사를 해줄까?

나는 뉴질랜드를 떠나 7년의 시간을 보냈고, 지난 몇 년은 온전히 글쓰기에 바쳐서 글쓰기, 혼자 산책하기, 영화관에서 꿈꾸기에 시간을 쪼개 썼다. 나는 런던 부두에 나와 손을 흔들 어달라고 할 만큼 친한 친구가 없었다. 하지만 외로운 출발이 두려워서 열람실 입장권을 구해준 도서관 사서에게 '전송'을 부탁했고 그녀는 동의했다. 출판 대리인 페이션스 로스는 빅토 리아 역에서 작별 인사를 했고, 기차가 이스트 런던 부두에 도 착했을 때 도서관 사서 밀리센트가 나를 맞아 긴 점심을 하며 작별 인사를 했다. 우리는 배에 올라 오후 다과를 했다. 내가 그녀에게 감사 인사를 했고, 그녀는 도서관으로 돌아갔다. 엔 진에 시동이 걸리고, 사람들이 마지막 작별 인사를 나누고, 배 가 템스 강 아래로 움직여 내려갈 때, 나는 주변의 차분한 승객 들을 돌아보았다. 악단의 연주도 없고 리본 띠도 없었다. 일부 승객은 운명의 항해를 떠나는 듯한 분위기였다. 그들 가운데는 다시 돌아오지 않을 이민자도 많을 것이다. 얼굴에는 기대보다 는 불안이 더 많이 보였다. 아직 도착보다는 출발이 더 확실했 기 때문이다.

나는 짧은 자기 연민에서 깨어나면서(런던에서 그렇게 오 랜 세월을 살고도 누군가에게 전송을 부탁해야 했다니!) 부두 의 건물들과 어둡고 축축한 '부둣가'를 흥미롭게 바라보며 아 버지와 섹스턴 블레이크 시리즈를 떠올렸다. 얼룩진 종이의 작 은 문고판 책, 거기 나오는 런던 부둣가 지역의 범죄들. "맞아

요, 선생님"이라고 말하는 주인공 팅커. 내가 이 부둣가를 설명
해주었다면 아빠가 얼마나 좋아했을까. 내가 편지에 팅커와 섹
스턴 블레이크가 부두에서 음험한 인물, '비밀 정보'를 주는 '밀
정'을 만나는 모습을 상상할 수 있다고 적어 보냈다면, 아버지
는 이렇다 할 대화 없이도 전화선의 움직임을 느끼는 사람처럼
얼마나 고마워했을까.

이렇게 배가 바다로 나아갈 때 내가 생각한 것은 런던의 건
물, 테이트 미술관, 새로운 문학, 런던 생활의 짜릿함이 아니라
아버지와 함께 인종적 편견에 물든 삼류 탐정 소설을 읽던 소
녀 시절의 경험이었다. 팅커와 섹스턴 블레이크도 그 '선생님
들'과 '나으리들'도 문학적 결함이야 어쨌건 다 허구의 인물들
이었다. 런던에서 나를 전송한 것은 디킨스나 램이나 새뮤얼
피프스가 아니라 섹스턴 블레이크와 충실한 하인 팅커였고, 나
역시 아버지에게 마지막 작별 인사를 했다. 아버지 역시 허구
속에 자리를 잡고, 베이커 로의 팅커와 섹스턴 블레이크와 함
께 부두 옆에 웅크리고 있었을 것이다.

귀국

배가 바다 위를 출렁거리면서 시작된 뱃멀미는 산들바람이 불
어오는 갑판 선실이나 바깥의 갑판 의자에 나가면 그럭저럭 견
딜 만했다. 내가 조용히 갑판 의자에 앉아 식사를 하고 멀미의
고통에 빠지지 않을 방법을 궁리하고 있을 때 한 젊은이가 갑

판 위로 나왔다.

"제 생일 케이크 한 조각 드실래요?" 그가 물었다. "저희 어머니가 만들어주신 거예요."

"아, 고마워요." 내가 말했다. 런던을 떠난 지 이틀이 지났고, 나는 아직 내가 가져온 비스킷을 빼면 아무것도 먹지 못했다.

젊은이가 내 옆에 앉았다. 앨버트라는 이름의 핵물리학자로, 뉴질랜드 대학에 자리를 잡으러 간다고 했다. 거기서 지구물리학, 화산, 지진 연구에 집중하고 싶다고 했다.

그는 이십대 후반의 유순하고 수줍고 창백한 젊은이였고, 그날 이후 내가 선실을 나와 갑판 의자에 앉을 때마다 옆에 나타나서 이야기를 했다. 그는 내게 식당 음식을 가져왔고, 얼마 후부터는 아예 쟁반에 식사를 담아 왔다. 그것은 내가 배 아래쪽의 식당까지 가느라 뱃멀미를 키우지 않고도 생존하기에 충분한 양이었다.

나는 7년 만에 고향으로 돌아가는 작가라고 했지만, 그가 책 제목을 물었을 때 이름을 말하는 것에 대한 거의 원시적인 부끄러움 때문에 대답하지 못했다. 흔히 말하듯 시인의 역할이 이름을 말하는 것이라면, 내가 제목을 말하기 어려워하는 것, 명명된 것들의 원동력을 말로 축소하거나 빼내기 싫어하는 것도 이해할 만한 일일 것이다.

앨버트는 선상 생활 내내 내 수행원이자 말벗이 되어주었다. 그의 이야기는 흥미로웠다. 그는 자연 세계에 호기심이 많았고, 나는 열심히 들었다. 그는 질문하고 거기 답을 하며 인생을 살았다. 육지에서도 혼자 아픈 것은 비참한 일이지만, 배 위에서 해운 회사 브로슈어에 유혹적으로 소개된 식사를 하지 못하고 영화도 보지 못하고 놀이나 춤에도 참여하지 못하고, 갑판 의자에 누워 쉴 수밖에 없을 때, 심지어 시나 꿈속으로 떠나지도 못할 때면 불행은 배가 된다. 정보가 넘치는 앨버트는 늘 선상 생활과 과학 세계의 소식을 가져왔다. 나는 대학 시절에 대학 요람에서 과학 커리큘럼을 읽다가 '열, 빛, 소리'라는 제목을 보고 흥분과 수수께끼를 느낀 일이 떠올랐다. 나는 생각했다. '이건 과학자뿐 아니라 시인과 화가와 작곡가의 영토야. 왜 이게 소수의 학생들에게 수강이 제한된 거지?' 그리고 수수께끼와 마법에 유혹되어 물리학 책을 빌렸다가 장학금을 받은 내 수학과 화학 실력을 뛰어넘는 수식과 기호의 벽에 부딪혔던 기억이 났다. 이해할 수 없는 문장들은 아버지의 백파이프 악보를 보통 책처럼—물론 책이 맞기는 했지만—읽으려고 했을 때와 같은 좌절감을 안겨주었다. 열, 빛, 소리가 이렇게 우리와 동떨어져 있다면 어떻게 모든 사람의 것이 되겠는가? 내 지성과 호기심과 열성의 한계에 따른 좌절은 둔탁한 분노로 변했고, 나는 나를 내가 꿈꾸던 모습이 아니라 나 자신으로 받아들이게 되었다. 나는 언제나 열과 빛과 소리와 함께 지내면서도 그 비밀에서 배제되어 있었기 때문이다.

그러므로 내가 '진짜' 물리학자와 31일 동안 동행하게 된 것은 진기한 선물이었다. 조용하고 수줍은 남자, 종교친우회 회원, 유명 시인의 종조카, 원자력 발전소에서 일했던 평화주의자이자 핵군축 운동가, 지구의 격동, 불과 재의 요동을 연구하는 인생을 살고, 최근에는 안전 기폭 장치를 발명한 사람. 열, 빛, 소리처럼 그는 살아 있는 모순이었다.

배가 기착지에 서면 움직임이 멈춤과 동시에 나의 뱃멀미도 사라졌고, 나는 앨버트와 함께 육지에 나가서 그가 토양, 물, 하늘을 설명하고 어디서, 무엇을, 어떻게를 질문하고 대답하는 것을 열심히 들었다. 그리고 항해가 막바지에 이르렀을 때 나는 앨버트가 내 곁에 오게 된 행운, 우연 또는 섭리가 나를 살려주었다고 느꼈다.

우리는 마침내 천천히 하우라키 만으로 들어갔다. 예상하지 못한 화려한 색깔의 집들이 눈깔사탕처럼(10년 전이라면 '롤리'라고 말했을 것이다) 늘어서 있었다. 분홍색, 노란색, 파란색, 녹색 집들—어떤 것은 줄무늬도 있었다—이 싱싱한 초록색 풀들과 목숨을 부지한 암녹색 토종 덤불 앞에 서 있었다. 나는 그동안 과자 색깔 페인트들도 파란 하늘의 빠져들 듯한 깊이도 잊고 있었다. 먼 곳이 아니라 바로 가까이, 머리 위에 있는, 모두가 공유하는 하늘.

"오클랜드는 정말 아름다워요." 누군가 말했다.

"맞아요."

그리고 다시 잊지 않았던 오클랜드의 빛, 산 없는 도시의 산 빛 같지만 더 부드럽고 가벼운 청색, 자주색, 회색 물결로 가득한 빛. 움직이는 사람들은 누구라도 가볍게 그 빛을 뚫고 다녔다.

세관과 검역선이 도착하자 기자들도 배에 올랐는데, 놀랍게도 그들은 나를 만나고자 했다. 내가 뉴질랜드를 떠나 있던 7년 동안 외국과 뉴질랜드에서 몇 권의 책을 낸 일이 '해외의 명성', 그러니까 '뉴질랜드 내의' 명성보다 더 높이 쳐주는 명성을 쌓았다는 것을 나는 몰랐다. 뉴질랜드에 사는 훌륭한 작가들의 명성에는 대개 '뉴질랜드에 국한된'이라는 문구가 붙었다. (제트 비행기가 발달하고 국제 공항이라고 하는 공항들이

건설되면서 해외라는 말은 위신이 하락하고 대신 국제라는 말이 쓰였다—국제적인 명성.) 그리고 나의 부재로 이 명성을 붙들어 맬 데가 없었고, 이제 내가 귀국을 하자 댐이 터진 듯 온갖 의견과 추측이 내게 밀려들었다. 나는 이런 일을 제대로 몰랐다. 귀국해보니 나는 유명하고 부유하고 세상을 알고 미쳤거나 제정신인 사람으로 다양하게 알려져 있었지만, 그것은 이곳을 떠난 소심한 무명인과는 다를 수밖에 없는 인물이었다. 내가 '해외'에 살면서 작업하지 않았다면? 내 책이 '해외'에서 관심을 끌지 않았다면? 나는 도무지 이유를 모르겠다는 듯 왜 뉴질랜드에 돌아오기로 했느냐는 질문을 받았다.

어쩌면 우리가 게으른 사람들인 건지도 모른다. 문학계도 게을러서 뉴질랜드 안에서 독자적인 판단을 시도하기보다 해외의 명성을 따르는 편을 선호하는 건지도 모른다.

배가 정박했다. 앨버트를 마중 나오기로 한 옛 원자력 발전소 동료가 딸을 보냈다. 아버지가 암으로 위독하다고 딸이 말했다. 나는 원자력 발전소의 안전이 궁금했다. 죽은 동료들이 더 있었기 때문이다.

여동생 준 부부와 아이들이 나를 맞아서 우리는 함께 차를 타고 새로 건설한 하버 브리지("저게 우리 하버 브리지야")를 건너 노스코트으로 갔다. 그들은 거기에 내가 남섬의 오아마루와 윌로글렌으로 떠나기 전까지 머물 작은 이동주택을 빌려놓았다. 준 부부가 한때 덤불과 키 큰 카우리소나무에 둘러싸여 살던 곳에는 집들이 줄지어 서고 콘크리트가 드넓게 깔렸으며, 한때 젖은 숲이 있던 길가에는 나무가 없었다. 십대가 된 준의 아이들—패멀라는 중학생이었다—이 작은 집을 채웠고, 아이들은 각자 자리를 잡고 텔레비전 프로그램 '폰데로사'나 '마차 수송대'를 보았다.

나중에 에스먼드 로로 프랭크 사지슨의 집을 찾아갈 때도 항구 근처 노스코트를 빼면 모든 덤불이 사라져 있었고 소와 말과 물닭이 산책자를 빤히 바라보던 타카푸나행 시골길도 노스코트에서 타카푸나까지 양쪽에 집들이 빼곡했으며, 한때 맹그로브, 늪, 바다에 둘러싸여 고립되었던 프랭크의 집 앞은 도로가 확장되고 늪이 매립되고 '간척'되어 그 위에 하버 브리지로 가는 진입로가 건설되어 있었다. 갑자기 '간척지', '바람직한' 재산, 지구(地區)별 땅값, 전망이 좋은 지구와 좋지 않은 지구 이야기가 넘치는 세계에 던져지자, 나는 만지고 측정하고 눈으로 보고 가격 매길 수 있는 모든 것을 욕망하는 새로운 탐욕과 마주한 느낌이었다. 나는 밖을 내다보며 '전망'을 원하고 거기 값을 쳐주는 새로운 도시에 있었다. 그리고 그 유명한 간척 이전에 그 땅이 어디 또는 누구의 것이었는지 아무도 말하지 않았다.

프랭크의 방갈로는 이제 비싼 '부동산' 위에 세운 '유닛'들에 둘러싸였다. 나는 인동덩굴이 애완식물처럼 기생하는 산울타리를 밀치다가 슬픔을 느꼈고, 이제 한 세상에서 다른 세상을 잇는 디딤돌 같은 콘크리트 포석을 밟고 마당 길을 걸어서 뒷문으로 갔는데, 거기에는 빈 단지를 뒤집어 눌러놓은 녹색 종이에 익숙한 글씨가 적혀 있었다. "재닛, 세 시 반에 돌아옴." 그리고 키스를 뜻하는 십자 표시도 함께.

나는 문을 열었다. 돌아온 여행자 같았다. 원고와 책 더미는 더 높아졌고, 커다란 책장(돌아가신 이모들 것이 분명했다)이

구석의 침대와 부엌 사이를 갈랐다. 나무 막대로 등받이의 각도를 몇 단계로 조정해서 갑판 의자처럼 쓰는 커다란 새 나무 의자가 있었다. 싱크대 옆의 다른 나무 의자 옆에는 잉크로 쓴 원고 더미가 있고, 그 밑에는 메모판이 깔려 있었다. 과일, 각종 고추, 씨앗도 여전히 창턱과 싱크대 옆에 놓여 있었다. 파이넥스 천장의 동그랗게 젖은 자국은 전보다 더 커졌지만 여전히 울퉁불퉁한 원형을 유지하고 있었다. 싱크대 목재, 붙박이 책상(상판은 책으로 덮인), 의자들, 벽난로 선반, 문, 침대 틀, 창턱과 창틀은 더 부드럽게 닳아 있었다. 하루하루가 그 표면을 스치고 지나가면서 거기 기대고 만지고 심지어 이제 황금빛이 된 목재 위에 주먹질이라도 한 것처럼.

나는 무성한 초목이 부스럭거리는 소리에 프랭크가 방갈로 모퉁이를 돌아온다는 걸 알았다. 7년 만의 만남에 그도 나만큼 두려워했다. 그가 불안해하는 게 보였지만 우리가 서로를 보았을 때 7년 만에도 금세 알아보았다는 점에서 우리가 전과 같다는 걸 알았다. 긴장은 누그러들었다.

프랭크는 싱크대 앞에서 차를 준비하며 서둘러 말했다. "알겠지만 나는 질투하지 않아. 질투 안 해."

나는 그 또한 '해외의 명성'이라는 말에 사로잡혀 있다는 것과 그가 7년 전에 거기 오두막에 살았던 겁 많은 재닛 프레임과 다른 사람을 예상하고 있었다는 데 놀랐다.

그러더니 그가 "그거 봤어?" 하고 물었다.

"뭐요?"

"오두막. 없앨 수밖에 없었어. 쥐가 들끓고 너무 낡아서. 원치 않으면 안 봐도 돼. 보면 기분 나쁠 거야."

나는 프랭크의 변함없는 배려가 뭉클했고 오두막에 대한 감정이 없는 게 부끄러웠다. 우리는 풀이 웃자란 마당으로 나가서 ("모두 사라졌어." 그가 슬프게 말했다) 크고 무성한 파파야 나무 곁으로 갔다. 그 나무는 이미 옹이가 지고 가지가 비틀려서 내가 전에 프랭크의 마당에서 본 어린 나무는 알지 못하던 방향과 시간과 풍상을 기록하고 있었다. 우리는 한때 내가 지내면서 글을 쓴 오두막의 잔해 앞으로 갔다. 이제는 풀과 참새피와 야생종 사탕옥수수에 덮여 있었다. 내가 원고를 최종본만 빼고 모두 불태운 자국이 흙 위에 동그랗게 남아 있었다. 나는 아무런 안타까움도 느껴지지 않았지만 프랭크의 감정과 기대를 고려해서 한숨을 쉬었다. "아, 슬프네요" 하고 말했더니 그제야 슬퍼졌다. 하지만 내가 타카푸나를 떠나면서 오두막을 잃었다 해도 그곳에서 살던 시간의 기억은 간직되어 있었고, 그것은 내 인생의 가장 소중한 시간 가운데 하나였다. 물질이 사라진 건 아무것도 아니었다.

그런 뒤 프랭크는 해리가 지낼 수 있게 만든 방을 보여주었다. 따로 나 있는 그 방의 출입구는 포도덩굴에 덮여 있었는데, 덩굴에 청포도가 벌써 송이송이 달려 있었다.

"먹어봐." 그가 포도가 잔뜩 달린 줄기를 잡아당기며 말했다. "보통은 신문 배달 소년한테 줘."

포도는 작고 단단하고 썼다.

이어 프랭크는 식사를 준비하면서 친구들, 지인들, 방문자들, 그 밖에 방갈로를 침입했던 멋쟁이 남녀들의 소식을 전했다.

"칼하고 케이 스테드는요?"

그는 그들의 소식을 전했다.

"모리스와 바버라 더건은요?"

"제스하고 어니스트 휘트워스는요? 잭은? 해리는? 리스 콜하고 크리스틴은요? 토니 스톤스? 케빈 아일랜드? 이언 해밀턴? 워너하고 그레빌? 오도 스트류이? 검은 머리에 몸집이 작은 여자요. 여기 한 번 왔고, 선생님이 만약 결혼을 원했다면 그 여자랑 결혼했을 거라고 했잖아요."

"앤셀 부인?"

그는 그녀의 소식을 전했다. 그는 모두의 소식을 알고 있었다. 밥 로리, 글로버, 커노, 쉐드볼트, 나이젤 쿡, 지미, 클래리, 테드 미들턴, 데니스 매켈도니…… 모두를. 프랭크 헤이그는? 끝이 없었다. "그리고 찰스 브래시는요?"

그는 오클랜드 안팎의 모든 소식을 전했지만 오클랜드 바깥, 특히 쿡 해협을 건너서 온 소식은 약간 불분명했다. 그는 새 작가들 이야기도 많이 했다. "자네가 국제적인 명성을 얻었다 해도, 재닛, 자네와 나는 파세*야."

나는 어쩌면 그 말이 맞을 거라고 생각했다.

내 기억 속에는 귀환이라고 명명한 종이 묶음이 있다. 어떤 종이는 바래고, 어떤 것은 여전히 인쇄가 선명하다. 프랭크가 내게 어디 살 거냐고 묻고 에스먼드 로 14번지에는 언제나 내가 잘 침대가 있다고 하자, 나는 1964년 문학지원금을 신청했다고 말했다. 나는 윌로글렌으로 돌아가서 그곳의 일을 정리하고, 그런 뒤 오클랜드나 노스쇼에 방을 구해 살면서 글을 쓸 거라고 했다. 그 전까지는 여동생이 노스코트에 마련해준 2.5미

*프랑스어로 '한물갔다'는 뜻.

터짜리 이동주택에서 지낼 거라고.

월로글렌에 가는 일은 긴급했다. 오빠는 그 집에 도둑이 몇 차례 들었다고 편지에 적었다. 새로 산 겹담요를 도둑맞았다고 했다. 다른 물건들도 사라졌다. 살림살이에 대한 언급에서 강렬함이 느껴졌고, 또 내가 아직 거울 도시로 가는 여권이 있으며 내 재능이 아무리 작고 내 문장이 아무리 서툴러도 그곳이 내 진정한 집이라는 것을 놀라움 속에 새롭게 인식했다. 매일 밤낮으로 나는 허구의 진정한 토대인 불변의 인간 본성과 모든 이의 생사의 중대 사건인 귀환, 상실, 획득에 접촉했다. 그리고 이제 옛집에 돌아갈 날을 기다리며, 망자와 망자의 물건에 대한 오랜 추구와 도피를 만났다. 나는 본 적도 없지만 이제 소중해진 부드러운 흰색 모직 카이아포이 담요가 없어졌는지 도둑맞았는지 했다는 소식에는 망자를 돌려내라는 외침이 담겨 있었다.

다음 날 나는 웰링턴행 야간열차와 캔터베리 평원과 새먼 강을 건너 오아마루로 가는 급행열차를 예약했다.

월로글렌

오아마루에 도착하자 나는 자동차 야영지로 가서 그날 밤을 지낼 유닛을 빌렸다. 식품점에서 먹을 것을 사면서, 우리 아버지가 가게 앞에 쓰러졌을 때 보호자 역할을 한 주인 그랜트 씨를 주의 깊게 살펴보았다. 그리고 내가 산 물건의 목록을 꼼꼼히 살펴보았다. 그것들과 그랜트 씨와 아버지가, 내가 이렇게 늦게서야 찾아온 죽음을 소유하고 있기라도 한 것처럼.

내가 숙소로 돌아갔을 때 한 젊은이가 덤불숲에 숨어서 나를 훔쳐보고 있었다. 그가 내게 다가왔다. 자신은 지역 신문사의 기자라며, 신문사에서 나를 찾고 있으니 자신과 가장 먼저 인터뷰를 해줄 수 있느냐고 물었다. 그 또한 '해외의 명성'에 대한 환상 때문에 나에게 비현실적인 이미지를 만들어놓고 있었다. 그는 '해외 활동'이라는 보석을 단 뉴질랜드 작가를 찾아서 그 사람의 보석을 공유하라는 명령을 받고 파견되었고, 보석 대신 반짝이 가루에 덮인 나는 당혹감을 느꼈다. 기자는 내가 예상했던 부를 가지고 오지 않았다는 걸 금세 눈치챘지만, 그래도 자신이 가장 먼저 "오아마루 출신 작가 귀향하다"라는 기사를 쓰게 된 것을 기뻐했다. 우리는 식물원을 걸었고 거기서 그가 나를 일본식 정원에 앉히고 사진을 찍었다. 나는 어린 시절 폴리 고모가 만들어준 볼록 소매의 여름 원피스를 입고 그 다리 근처에서 '스냅' 사진을 찍은 일이 떠올랐다.

그날 나는 변호사에게서 윌로글렌의 열쇠를 넘겨받았고 그는 내게 윌로글렌을 어떻게 할 계획이냐고 물었다. 결혼을 앞둔 오빠에게 집이 필요하다고 했다. 그 집은 값어치가 별로 없고 아무도 사지 않을 거라서 그걸 팔아서 돈을 나눈다는 건 별 전망 없는 일이라고 했다. 그는 나더러 내 지분을 오빠에게 주는 대신 팔라고 조언했다. 아버지가 내게 그것을 주고자 했다고. 나는 이미 오빠에게 지분을 주기로 마음먹고 있었다. 그가 돈이 별로 없으며, 그의 인생에는 나만한 행운이 없다는 것을 알았기 때문이다.

하지만 먼저 나는 봄철의 윌로글렌을 찾아가야 했다. 여전히 바닷가 왕국인 오아마루는 이제 인구가 1만 명에 육박하면서 도시로 승격했지만, 아직도 귀에 들리는 건 바다 소리라서 도시는 사람의 귀에 대고 노래하는 조개껍데기 같았다. 버려진 윌로글렌을 홀로 방문하는 쓸쓸함은 무성한 나무들의 녹색과 한때 가녀렸던 '아래 평지'의 소나무들—소나무들은 놀랍게도 이제 이든 로 언덕의 '두 번째 솔숲'만큼이나 어두운 숲이 되어 있었다—그리고 해변 방파제를 두드리는 파도의 먼 포효가 달래주었다. 윌로글렌의 진입로는 새발풀에 덮이고 낡은 차의 녹슨 부품, 낡은 스토브, 짐마차의 잔해가 흩뿌려져 있었다. 이든 로에서 이사한 뒤 그림들과 무거운 가구를 보관하던 창고는 무너져서 지붕이 뚫려 있었다. 액자와 탁자 다리는 아직도 잔해 속에 삐뚜름히 서 있었다. 솔송나무에 덮인 외양간, 닭장, 낡은 돼지우리, 사과 창고는 모두 해체가 진행되고 있었다. 아래로 늘어져 덜렁거리는 널빤지들은 세월의 날들이 격렬하게 지나가면서 그것들을 쓸모없는 수족처럼 떼어낸 것 같았다. 시기의 후손일 검은 들고양이 한 마리가 산사나무 산울타리에 숨어 있었다. 시기는 열여덟 살 나이로 최근에 죽었다.

나는 마당을 지나 옛 '유령' 나무 밑으로 갔다. 유령 나무는 검은 가지를 드리운 커다란 소나무였다. 나는 언덕에 걸쳐진 달개 지붕 현관으로 들어갔다. 땅에 떨어진 지난해의 배가 발에 밟혔고, 배꽃 사이로는 아무도 따지 않아 시들고 쪼그라진 열매 몇 개가 여전히 가지에 매달려 있었다. 쇠로 만든 낡은 구두골도 뒷문 바깥에 있었다. 아빠의 낚시 가방은 내가 켄징턴에서 기억한 대로 안쪽에는 비늘이 말라붙은 채로 비린내를 풍기고 있었다. 그리고 바닥에 조약돌이 깔린 와이타키 강, 라카이아 강, 랑기타타 강으로 들어갈 때 신은 허벅지 장화가 있었다. 나는 뒷문을 열고 안으로 들어갔다. 예상했던 광경은 아니었지만 달리 어떤 모습일 수 있겠는가? 아버지의 잠옷이 의자에 걸려 있었다. 앞섶에 갈색 얼룩이 희미한 미색의 모스길 속바지는 바닥에 널려 있었다. 아버지가 마지막으로 마신 찻잔도 찻잔 받침 위에 놓여 있었고, 잔 바닥에는 차 찌꺼기가 갈색 두둑을 이루었다. 최신—두 달 반 된—신문은 십자말풀이 쪽을 바깥으로 해서 접힌 채 절반가량 답을 적어 넣은 잉크 연필과 함께 찻잔 옆에 놓여 있었다. 부엌 스토브는 재가 담긴 재받이가 청소를 위해 반쯤 뽑혀 있었고, 스토브 위의 놋쇠 시렁에는 단정히 갠 잠옷이 밤을 기다리고 있었다.

고양이 티텁스가 오줌을 싸서 우리가 크리스마스 카네이션 향으로 냄새를 지우려고 했던 낡은 소파, 이저벨이 죽었을 때 와이타키 고등학교 교장이 우리에게 애도를 전하러 와서 앉았던 소파는 여전히 벽 앞에 놓여 달개 지붕 너머로 어두워지는 언덕을 마주 보았다. 둑은 새발풀, 빈카가 무성했고, 잎이 넓은 나무 아래에는 어린 배나무들이 자신들만의 진흙 밭에 뿌리를 내리고 있었다.

부엌의 커튼은 밝은색의 찻주전자와 찻잔과 찻잔 받침 무늬가 그려진 새것이었는데, 어머니라면 결코 선택하지 않았을 무늬였다. 나는 '아버지 자리' 옆의 커튼을 걷고 삼나무와 낡은 변소로 이어지는 마당 길을 내다보았다. 변소 장미들이 골함석 지붕 위로 흰 봉오리를 쏟아내고 있었다.

나는 그날 밤에 잠을 자려고 마음먹은 중간 방으로 갔다. 책과 리넨이 사방에 흩어져 있었다. 전면 방 두 곳에도 책과 신문과 헌옷이 흩어져 있었고, 부모님이 쓰던 방은 좀 더 깨끗했다. 그 방 침대에는 침구도 있고 여러 해 전에 칼더 매케이스에서 외상으로 산 분홍색 오리털 이불도 있고, 쓰지 않는 벽난로 앞에는 구리 관같이 생긴 이상한 전기히터가 있었다. 나는 현관 문을 열고 옛 과수원, 시내, '평지' 한 곳으로 이어지는 풀밭을 내려다보았다. 오빠는 거기에 헌 집을 하나 옮겨다 놓았는데, 아빠의 막내 동생 찰스 숙부가 가끔 거기 와서 살았다고 했다. 풀은 현관 계단에도 자라고 있었다. 나는 소가 현관 앞에 와서 집 안을 들여다보던 일이 기억났다. 낡은 세탁실 옆의 커다란 측백나무에서 잠을 자던 올빼미가 인간의 출현에 놀라서 퍼드덕 방목장으로 날아가버렸다.

내 귀향은 예상했던 대로 서글프고 쓸쓸했지만, 나는 그것이 거울 도시의 사절에게 갖는 중요성을 음미했다. 그 관찰자는 이미 나를 허구의 고향으로 인도해 가기 위해 기다리고 있었다. 나는 인생에서 여러 번 이런 허구의 선물을 받아 소중히 간직했다. 이제 거울 도시에 있는 나의 집에서 내가 할 수 있는 일은 이 선물들을 귀와 심장과 진실의 요구를 만족시키는 언어로 담아내는 것뿐이다. (쉽게 전설이나 신화가 되지 않는 삶의 사건들은 거울 도시의 평생 임차권이 어떤 가치를 지녔는지 시험한다. 그리고 새로운 전설과 신화의 발견이 그 도시를 계속 건설하고 갱신해나간다.)

집을 살펴보면서 나는 내가 전기를 켜고, 물을 틀고, 전화를 설치하는 것 같은 현실적인 일을 잊었거나 전혀 모른다는 걸 깨달았다. 내가 사용한 물에 대한 청구서를 받고 전력위원회에서 전기 요금을 지불할 능력이 있느냐는 질문을 받았을 때 '해외의 명성'이 안겨준 영광은 즉시 시들었다. 나는 귀국 시 맞닥뜨린 친절에 둘러싸여 세상은 여전히 잔인하다는 사실과 오아마루 역시 예외가 아니라는 것, 오아마루가 아무리 물이 풍부해도—저수지, 바다, 수영장, 사랑하는 시내와 연못, 심지어 우리가 우체국 옆의 '흘러내리는 바다'라고 한 수로까지—모든 것과 모든 이에게 돈을 지불해야 한다는 것을 잊고 있었다.

나는 아래 평지에 불을 피우고 집에서 수거해 간 쓰레기를 태웠다. 헌 신문, 수년 전 영수증들. 태울 것인지 간직할 것인지를 미리 잘 살펴서 가렸다. 가족 편지도 태웠다. 여동생이나 오빠나 나에게 필요할지 모르는 서류와 기념이 될 수 있는 것—이저벨의 체육 및 성적 증명서, 장례식 영수증—은 남겼다. 청구서를 받았을 때 엄마가 이걸 어떻게 지불할지 막막해서 울던 기억과 그 고통이 생생하지만 이제 돈을 모두 지불한 영수증들. "Dr 앞"으로 시작하는 종이 다발(우리는 늘 그게 '의사'일 거라고 생각했다)이 어떻게 그렇게 큰 고통을 유발할 수 있었을까? 나는 윌로글렌을 산 대출금 지불 내역이 자세히 기록된 스타보킷 건축 조합 장부를 발견했고, 다시 엄마나 아빠의 목소리에 담긴 걱정을 들었다—"스타보킷 장부 어디 갔지? 이번 달에 스타보킷 빚을 갚았나? 스타보킷을 갚을 때……." 지불이 끝난 칼더 매케이스 영수증도 있었다. 그리고 지역 상점의 영수증들—맥다이어미즈, 불레이즈, 폴리테크닉, 호지스, 커스, 제프리 앤드 스미스, 애덤스…… 자기들도 모르는 새 우리 집에, 우리의 일상 대화 속에 기거하면서 우리 집의 분위기를 쥐락펴락한 그 모든 상인들.

모르는 필체로 적힌 편지 다발이 나와서 읽어보았다. 다른 도시에 사는 아빠의 여자 친구가 보낸 편지였다. 나는 최근에야 여동생에게서 그 여자 이야기를 들었다. 아빠와 그 여자가 결혼하려고 했다고 했다. 그녀와 아빠는 서로 좋은 벗이었을 것이다. 그녀는 월로글렌에 자주 머물며 잡다한 집안일을 돌보았던 것 같았다. 또 빈 술병이 많이 나온 걸로 보아 둘은 술도 자주 나누었던 것 같다. 그녀의 편지는 집과 가구 걱정을 담고 있었다. 또 아빠가 준 선물 이야기도 있었다. 그 일부는 그녀가 편지로 요청한 것이었다.

편지를 읽으면서 나는 천천히 어머니의 입장이 되어서, '술은 입에도 대지' 않던 '컬리'가 집 안에 많은 술병을 남겼다는 것, 오랜 세월 동안 그를 묶었던 사랑이 '호구'를 찾은 누군가와의 '값싼' 관계 때문에 밀려났다는 데 충격을 느꼈다. 그런 뒤 나는 분개한 딸이 되었다. 어떻게 감히 아버지가 이 여자 때문에 우리를 버린다는 말인가? 이 여자가 어떻게 감히 어머니의 자리를 차지하려고 한단 말인가! 그리고 아버지는 왜 내게 아무 말도 하지 않은 거지? 온갖 시간과 날짜와 비용과 여행과 정치 상황을 자세히 적은 그 많은 편지들에 그런 말은 한마디도 없었다. 나는 갑자기 외로웠다. 가족 사이에서 외톨이가 된 것 같았다.

그런 뒤 마지막 편지가 불길 속에 사라질 때 나는 아버지의 모습을 보았다. 홀아비로 살면서 진단되지 않은 질병으로 고통받고, 위통을 완화하기 위해 '초크' 가루를 계속 먹으며, 날마다 장로교 요양원의 보일러를 돌보러 자전거를 타고 남자 고등학교 너머 바다가 보이는 황량한 길을 달려 힘겹게 출근하고,

하루에 오직 두 번—태양이 현관 계단을 밟고 옆 침실 창문을 흘끔 들여다보는 이른 아침과 태양이 전면 창턱을 만졌다가 손을 거두며 나무들 뒤로 사라지는 오후에만 언덕 그림자에서 잠깐 벗어나는 불 꺼진 추운 집으로 지친 채 돌아오는 생활. 하루 종일 그늘에 잠겨 있는 곳에 내린 서리는 늘 그렇듯이 잔인했고, 뒷문 앞의 눈부신 바다 거품 같은 배꽃 물결도 겨우내 외풍 드는 얇은 목조 주택 안팎에 쌓인 참담한 냉기를 보상하지 못했다.

나는 내가 잘 중간 방을 정돈했다. 매트리스를 들어 올리자 커버에 큰 구멍이 뚫려 있고 케이폭 천 안에는 털도 나지 않은 분홍색 새끼 쥐들이 둥지를 틀고 있었다. 녀석들을 어떻게 처리했는지는 기억나지 않는다.

나는 쓸 만한 침대보를 빨아서 언덕 꼭대기와 평지의 사과 창고를 연결한 철사 빨랫줄에 널었다. 마누카 나무 막대기를 괴어서 빨랫줄을 위로 더 밀어 올리자 당겨진 줄이 나무를 긁으며 끼익끼익 익숙한 소리를 냈다. 사과 창고 근처의 그 참나무는 어머니가 집으로 이어지는 가파른 경사로에 '발을 올리기' 전에 휴식하던 곳이었다. 눈앞에 아버지의 웅크린 모습이 다시 한 번 떠올랐다. 철도 석탄을 담은 설탕 자루를 등에 지고 아버지 역시 해마다 더 가파르게 느껴지는 경사로를 힘겹게 오르며 힘을 덜 들이려고 무릎을 굽혔다.

그날 밤에 집을 청소하고 침구를 말린 뒤 나는 중간 방에서 잤다. 그리고 많은 나무들에 부는 바람에, 침묵에, 심야 급행 열차가 식물원을 지나 철로 건널목 쪽으로 돌아들 때 비치는 탐조등 불빛에 깨었다. 바람이 솟으면서 나무들이 일어나 흔들

자의 옷 같고, 내 신발도 이상했다.

나는 여유롭게 이런 감정들을 기억하고, 경마 세계의 마술적인 언어로―이번에는―모든 게 다르다는 것을 되새겼다. 나는 이제 창살 안쪽에 앉은 남자가 내 정신분열병이 겉으로 드러나는지 보려고 흘끔거리는 사회보장 사무소에 갈 필요가 없다.

나는 '오아마루 미화협회'라는 명판이 붙은 시립 식물원을 지나 월로글렌으로 돌아왔다. 고사리들은 고사리 집 앞에서 우윳빛 창문에 머리를 대고 있었고, 어린 시절에 그저 축축함과 녹색을 느끼고, 사방에 세상을 두른 채 땅속의 냄새를 맡기 위해 고사리 집에 가던 일을 생각했다. 나는 식물원과 연인의 길, 나무에 둘러싸인 호젓한 산책로를 지나고, 시소와 배 모양 그네와 타기만 하면 속이 울렁거리던 회전목마가 있는 어린이 놀이터를 지났다. 그리고 어린이 물놀이터가 있고, 오리와 백조가 사는 더러운 연못이 있었다. 크고 하얀 몸체에 주황색 부리, 눈두덩이 부은 강렬한 눈의 백조들도 있었고, 나는 백조가 된 일곱 형제와 마법이 부족해서 날개를 한쪽밖에 못 얻어 날지 못하던 막내를 자주 생각했다. 내가 볼 때 마법이란 한계가 없는 것이었기 때문이다.

나는 집으로 돌아와서 흩어진 책들 틈에 앉아 기념품이 될 만한 것을 찾았다. 가족의 책들, 역사에 관심이 많았던 오빠가 산 역사책들, 어디서 왔는지 알 수 없는 '난데없는' 책들, 와이타키 고등학교에서 상으로 받은 책들. 나는 동생 이저벨이 상으로 받은 책들과 크리스마스 책들, 런던, 내가 사범학교 시절 읽던 《데이비드 카퍼필드》, 학교에서 상으로 준 책들을 골랐다. 이저벨의 토종 식물 모음도 골랐다. 준의 가족에게는 아버지의 제물낚시 책, 반짝이는 낚싯대와 낚시 대회에서 상으로 받았지만 직접 만든 걸 더 좋아해서 쓰지 않은 낚시 상자. 온갖 책, 접시, 탁자보, 유리 면 가장자리에 용들이 새겨진 낡은 부엌 시계도 있었다. 나에게는 담요 세트, 오리털 이불, 아빠의 그림—오빠에게도 몇 점 남기고—폴리 고모와 이지 고모의 그림, 백파이프 피리 부분, 아빠가 뉴질랜드 전역에서 구한 블레이저 재료로 꿰매 만들고 이지 고모가 로스와 글렌디닝 밀스에서 쓴 침대보를 골랐다. 더 이상은 챙겨 갈 수 없었다. 나는 아직 살 집도 없었다. 오빠는 가족의 나머지 '보물'을 잘 활용할 수 있을 것이다.

가족사의 서글픈 유물들을 고르고 퇴박 놓으며 앉아 있다 보니 여전히 그것들의 가치가 느껴졌다. 내게 그 물건들이 필요하다는 것, 다른 사람들에게도 그것이 기념품으로 필요하다는 것이. 모든 물품이 어제와 연결되어 살아 있었다. 나는 그것들을, 책마저 끌어안고 싶었다. 마침내 포장을 마쳤을 때, 나는 남겨둘 수밖에 없는 것들을 안타깝게 바라보았다. 우리가 앉아 식사를 하고 아버지와 삼촌, 고모들도 와서 앉고 또 뒤집어서 카누처럼 쓰던 길쭉한 카우리 의자. 식탁은 이든 로에서는 특별 행사 때만 썼지만 윌로글렌에서는 작은 부엌에밖에 들어가지 않았다. 그것은 크리스마스와 신년의 식탁이 되고, 주일 성경 읽기, 손님 맞이용 탁자가 되었다. 아빠가 늘 꿰매던 가죽 작업 주머니. 아빠는 신기해하는 우리 눈앞에서 생가죽을 자르고 가방 모양을 재단하고 물을 들여 꿰맸고, 그 전에 실을 밀랍 덩어리에 통과시켰다. 나는 아빠의 가짜 연어 미끼 몇 개와 봉돌을 주머니에 넣었다. 이유는 하나, 아빠가 작은 팬에 봉돌과 무서운 '염산'을 넣고 스토브 위에 얹는 것을 우리가 지켜보며 (얌전히 보기만 했다) 그걸 만드는 과정에 함께했기 때문이다.

마지막으로 집을 둘러보다가 총알을 보관하던 재봉틀 서랍을 열어보니 끝이 뾰족한 총알 두세 개가 청동 입힌 로켓처럼 반짝였다. "총알을 만지지 마라." 부모님은 늘 말했다. 우리는 호기심에 자주 그걸 만졌고, 학교에서도 가지고 놀았고, 갈색 니스를 칠한 얼룩덜룩한 재봉틀 대 위를 행진시켰다.

그렇게 윌로글렌의 보물 꾸러미를 들고 나는 북쪽의 오클랜드로 가는 기차와 배에 올라탔다.

오직 사절에게 기쁨을 주기 위해

집에서 꿈꾸고 바라보던 보물은 집을 잃으면 처지가 달라진다. 나는 쓰레기 같은 물건을 잔뜩 짊어지고 준의 노스코트 집에 도착했다. 닳은 시트, 깨진 부엌 시계, 리드도 없고 이가 빠진 백파이프 상아 피리, 다른 어디서도 원하지 않겠지만 우리 아버지 손에 꽉 물려 있거나 낚시 가방 바깥 주머니에 지갑처럼 박혀 있던 얼룩덜룩한 제물낚시 책. 어머니가 크리스마스와 신년 젤리를 만들어 올려놓고, 우리는 해를 향해 들고서 황금빛을 보던 금색 크리스털 유리 접시. 바늘, 단추, 클립 등을 담고 벽난로 선반에 놓여 있던 암청색 도자기 구두 한 짝. 가치 있는 물건은 새로 니스를 칠한 상자에 든 사용하지 않은 낚싯대와 빨간 팬히터뿐이었다. '삼나무 미늘 판자'와 '외팔보 테라스',

'랑기토토 섬이 내다보이는' 준의 멋진 ("건축가가 설계한") 새 집에서 그 보물들은 처량했다. 크리스털 유리 접시, 도자기 구 두, 히터(이것은 블레이저 천 침대 커버와 함께 프랭크 사지슨 에게 주었다)만 빼고, 그것들은 내가 외국에 있던 동안 내 짐 가방 하나를 보관하던 차고 밑 지하에 처박혔다. 귀국해서 곰 팡이 핀 그 가방을 열었을 때 나는 지난 불행의 연기가 암청색, 암녹색의 치마와 셔츠, 에버글레이즈 여름 원피스(역시 암청색 에 폭발하는 별 무늬), 어제의 협곡에 박힌 옛 시와 소설 원고 들에서 피어오르는 것을 느꼈다.

유리 면에 용무늬가 새겨진 부엌 시계와 낡은 침대 커버를 비롯한 잡동사니들은 자리를 잡지 못하다가 그중 한두 개는 조 카 패멀라의 놀이집으로 들어가서 잠시 환상의 다과회와 대화 속에 소생했다. 내가 구해 온 보물을 사람들이 성의 없이 다루 거나 잘못 사용하거나 제대로 간직하지 않을 때 분노와 충격을 느꼈다. 그런 뒤 그런 걱정에 혼자 웃었다. 나 역시 거울 도시 로 여행을 가면 그곳의 보물을 훔쳐 와서 낯선 환경에 놓고 목 적을 바꾸고, 때로는 놀이집을 만드는 내 조카처럼 그것을 파 괴해서 나 자신의 보물로 만들었기 때문이다. 이렇게 나는 허 구의 큰 주제 하나—선물, 주는 자, 받는 자, 받는 물건—에도 갇혀 있었다. 너무나 단순해서 언어의 문법과 통사에 덫처럼 또는 빛살처럼 새겨진 주제에.

이 자서전을 쓰며 나는 내 인생의 한 해 한 해로 돌아가서 경험의 보물을 수거해 왔고, 그것을 저마다의 집, 저마다의 장 소에 내려놓았다. 그 후의 기록을 보면, 나는 뉴질랜드로 돌아 온 뒤 1964년에는 문학지원금을 받아 1년 동안 돈 걱정 없이 글을 쓸 수 있었고, 1965년에는 오타고 대학의 번즈 펠로가 되어 200파운드로 대학 구내에 작은 집을 하나 산다……. 그리고 계속 글을 쓰며, 살고 표현한다. 가까운 과거의 보물들에게도 자리를 찾아주려고 해보았지만, 나는 조카 패멀라가 환상의 놀이집을 헌 보물로 채우고 새 환경에서 변모한 찻잔으로 차를 따르는 것처럼 내 보물을 나의 집, 나의 놀이집, 거울 도시로 가져가는 편이 더 좋다. 거울 도시의 사절이 나에게 그 일을 압박하고, 내가 글을 쓰는 동안에도 문 앞에서 기다리며 내가 수합하는 인생의 사실들을 굶주린 눈으로 지켜본다. 그리고 나는 사절의 소망에 굴복한다. 나는 거울 도시의 지속이 그곳으로 옮겨지는 재료에 달려 있다는 것을 안다. 그리고 기다리는 사절이 이렇게 질문할 것도 안다. "그대는 거울 도시가 번성하기를 바라는가? 그대가 그곳에 갔던 때를 기억하라. 모든 시간과 공간을 내다보던 멋진 광경을, 평범한 사실과 생각이 눈부신 거울 궁전으로 변하던 일을. 그대가 새로운 상상의 보물을 가지고 거울 도시를 떠난 뒤 그것들이 이 세상의 빛 속에서, 그대가 의도하지 않은 불완전한 언어 속에서 희미해진다 한들 무슨 상관인가? 그것들이 한때 반짝이며 멋진 표현이나 운율, 형형한 통찰의 기쁨으로 그대의 심장을 뛰게 하던 의미를 잃었다 한들 무슨 상관인가? 잘 살펴라. 그대의 가까운 과거가 그대를 둘러쌌고, 아직 변모하지 않았다. 거울 도시의 궁전의 토대가 될 수도 있는 것을 섣불리 없애지 마라."

나는 탄원한다. "내가 그 후의 여행도 기록하게 해주세요. 뉴질랜드의 작가로 살아간 일을, 더니든과 대학으로 돌아온 일을, 쓴 책들과 계획한 책들을, 새로 사귄 친구와 다시 만난 옛 친구들을. 더니든의 노스이스트 계곡 하늘을 흘러가는 구름을 한 번만 내다보게 해주세요. 언덕 위로 펼쳐진 가없는 하늘을, 폭풍과 바람과 태양에 떠밀려서 희고 검은 연기의 길을 따라 어디론가 가는 구름들을. 내가 묘사하게 해주세요……."

"할 일이 많다." 사절이 내 어깨너머를 돌아보며 말하고, 나는 마음속에 더니든 하늘의 구름을 본다. "계곡 너머 반짝이는 저 도시는 무엇인가?" 사절이 묻는다.

나는 의기양양한 표정이 된다.

"더니든이에요. 나는 저기서 태어났어요. 내가 저기서 보낸 인생을 쓰게 해주세요. 어떻게 친구를 사귀고 책을 썼는지, 어떻게 바다 건너 북쪽으로 살러 갔는지, 어떻게 다른 구름과 하늘이 있는 다른 도시들로 갔는지."

"저게 더니든이라고? 저건 거울 도시다. 이제 그대가 직접 이 세월의 수집품을 챙겨서 거울 도시로 떠날 때가 되었다."

나는 마음속의 도시를 자세히 바라본다. 아, 정말로 거울 도시로구나. 더니든도 아니고 런던도 아니고 이비사도 오클랜드도, 내가 아는 다른 어떤 도시도 아니다. 그것은 내 눈앞의 거울 도시다. 그리고 사절은 기다린다.

가혹한 삶의
기억을 품고
거울 도시로

고정아(번역가)

재닛 프레임의 생애

세상에는 많은 자서전과 회고록이 있지만, 그 가운데—당연한 말이지만—문학가의 자서전만큼 문학적인 작품은 없다. 문학가의 자서전은 그 자체로 문학적인 고려 속에 집필되기 때문이다. 뉴질랜드 2세대 작가의 최고봉으로 여겨지는 재닛 프레임의 자서전 《내 책상 위의 천사》는 그런 문학가의 문학적인 자서전 가운데서도 특히 손꼽히는 작품으로, 저자의 인생에 특별한 관심이 없는 독자들에게도 작품 자체로 호소력을 발휘한다. 거기다 그녀의 인생에는 흔히 접하기 힘든 매우 격렬한 체험이 게재되어 있어서 그 호소력은 흥미진진함까지 동반한다. 이 작품이 제인 캠피언 감독의 영화로 만들어져 세계적으로 알려진 데는 그런 점도 상당한 역할을 했을 것이다.

　재닛 프레임의 인생은 평범하게 시작했다. 1924년 8월 28일에 뉴질랜드 남섬의 도시 더니든에서 태어났다. 1남 4녀 가운데 셋째로, 아버지는 철도 노동자였으며, 어머니는 문학을 사랑하고 종교심 깊고 헌신적인 주부였다. 유아 시절의 프레임은 아버지의 직장 때문에 인근의 소도시들로 이사를 거듭하다가 일곱 살 때 아버지의 고향인 오아마루에 정착했다.

재닛 프레임은 주변 환경을 깊이 관찰하고 언어에 예민하게 반응하며 가난과 사회적 격차에 좌절하는, 똘똘하지만 수줍은 여학생이었다. 그리고 문학을 사랑하는 어머니의 영향을 받아 어린 시절부터 시인이 되기를 꿈꾸었다. 그런데 프레임의 어린 시절에 집안에 두 차례의 비극이 닥친다. 하나는 오빠 브러디가 열 살 때 간질 발병을 한 것이고(당시 재닛 여덟 살), 또 하나는 언니 머틀이 열여섯 살 때 수영장에서 익사한 사건이다(당시 재닛 열두 살). 가난한 환경에 이런 비극이 더해지면서 프레임은 본래의 수줍은 성품이 더욱 소극적으로 변해서 청소년기 내내 어른들 말을 잘 듣는 '말썽 없는 아이'로 자라났고, 아무런 저항 없이 부모님이 원하는 사범학교에 진학했다.

사범학교에 다니면서도 인근 오타고 대학에서 영문학과 불문학을 청강하고 《리스너》지에 작품을 보내는 등 문학에 대한 열정을 놓지 않았지만, 일상에서는 고통스러울 만큼 소극적인 태도를 유지했다. 그러다 마음에 없는 교사 생활을 시작했을 때 내재된 저항이 폭발해서 자살을 시도하고, 그 일을 계기로 8년 동안의 정신병원 생활이 이어졌다. 이 시절은 그 후 재닛 프레임의 여러 작품의 토대가 되어, 독자들에게 생경하고 가혹한 무대를 배경으로 인간 정신에 대한 날카로운 통찰을 제공한다. (이 시기에 여동생 이저벨이 스물한 살의 나이로 익사하는 또 한 번의 비극이 있었다.)

정신병원 시절 재닛 프레임은 여러 차례 퇴원을 하지만, 불행이 넘치는 집밖에 갈 곳이 없는 현실에 번번이 정신병원으로 돌아갔다. 그러다 어느 순간부터 종신 입원 환자가 되고 마침내 전전두엽 절제술을 받기로 결정되었다. 하지만 프레임이 병원에 있는 사이 출간된 단편 소설집 《석호》가 휴버트 처치 기념상을 받으면서 프레임은 기적적으로 수술을 면하고 퇴원하게 되었다.

퇴원하고 정착할 곳 없이 떠돌던 프레임을 구원해준 것은 선배 작가 프랭크 사지슨이었다. 사지슨은 그녀를 자기 집으로 불러서 글만 쓰면서 살 수 있는 환경을 제공해주었고, 전업 작가로서 생활하는 모범을 보였을 뿐 아니라, 나중에는 프레임이 '견문을 넓히기 위해' 유럽 여행을 할 문학지원금도 받게 주선해주었다. 프레임은 1956년에 그 돈을 토대로 유럽 여행을 떠나서 주로 런던에 체류하며 스페인, 안도라 등을 여행했다. 이 시절에 프레임은 창작력을 꽃피워서, 뉴질랜드뿐 아니라 영국과 미국에서도 작품을 출간하며 국제적 작가의 반열에 올랐다. 그러는 한편 유능하고 이해심 깊은 의사들을 만나 지난날의 정신병 진단이 오진이었음을 확인하고, 그때의 경험으로 망가진 정신을 추스르는 노력을 했다. (그 의사 중 한 명인 콜리 박사에게 프레임은 장편 소설 일곱 권을 헌정했다.) 그리고 그 작업이 어느 정도 완료되자, 1963년 다시 뉴질랜드로 귀국했다. 프레임의 나이 39세였다.

이 작품 《내 책상 위의 천사》는 자서전임에도 불구하고 이 시점에서 이야기가 끝난다. 작품은 세 권으로 나누어 출간되었는데, 마지막 권인 〈거울 도시의 사절〉(1985) 출간 시점을 보면

20여 년의 세월이 빠져 있는 셈이다. 그 이유는 〈거울 도시의 사절〉의 마지막 부분에 사절의 입을 통해 아주 시적으로 설명되어 있다.

뉴질랜드에 돌아온 재닛 프레임은 꾸준히 작품 활동을 했고, 수많은 문학상을 섭렵하며 뉴질랜드 문단의 거목으로 자리 잡았다. 세계적으로도 명성이 높아져서 노벨 문학상 후보로도 여러 차례 거론되었다. 이 시절에 프레임은 특히 미국으로 여행을 자주 가서 미국 문단과도 교류하고, 이 책에 존 포러스트로 소개된 존 머니와도 우정을 이어나갔다.

그런 뒤 프레임은 1982년부터 1985년 사이에 세 권으로 이루어진 자서전 《내 책상 위의 천사》를 발표했다. 이 책은 프레임의 다른 어떤 책보다도 잘 팔렸는데, 특히 1990년에 제인 캠피언 감독이 작품을 영화로 만들고, 그것이 베니스 영화제에서 은사자상을 받으면서 세계적인 유명세를 얻었다.

하지만 프레임은 이후 장편 소설 《카르파티아》(1988)만을 발표하고, 평소와 같은 조용한 생활을 이어가다가 2004년 1월 29일에 79세를 일기로 급성 골수성 백혈병으로 사망했다. 프레임의 장례식은 국장으로 치러졌으며, 이후 몇 편의 유작이 출판되었다.

재닛 프레임의 작품 세계*

재닛 프레임은 생전에 열한 편의 장편 소설, 자서전 세 권, 다섯 권의 단편 소설집, 시집 한 권, 동화책 한 권을 발표했다. 이 작품들은 1940년대의 단편 소설들부터 세계적 명성을 얻은 자서전을 지나 생전 마지막 발표 작품인 1988년의 《카르파티아》까지 일관된 세계를 보여준다. 그 세계는 개인의 삶에 침범하는 세 가지 영역으로 이루어져 있는데, 그 하나는 자연, 시간, 죽음의 영역이고, 또 하나는 사회의 영역이며, 마지막은 '거울 도시', 즉 개인의 내면 생활의 영역이다.

첫 번째 영역인 자연은 프레임의 작품 세계에 가장 일관된 모습을 보이는 기본 토대이다. 그것은 《올빼미는 운다》도입 부분의 딜런 토머스 풍의 시적 문장에서 아름답게 드러난다(이 대목은 제인 캠피언의 서문에 나온다). 하지만 그와 동시에 자연은 시간과 죽음을 포함하고, 그것들은 "사람을 땅의 주머니 속에 붙박아"두기도 한다. 사람은 자연의 무심한 힘을 피할 수 없지만 새나 곤충과 달리 그것을 의식하기 때문이다.《레인버드》의 고드프리 레인버드는 야외에서 섹스를 할 때 풀들이 "인류와 동맹"이라고 여겼지만, 죽음을 경험하면서 풀들은 "삶과 죽음을 구별하지 못한다"고, "그것들은 우리의 시신 위에서도…… 여전히 부드럽게 우리 뺨을 간질인다"고 말한다.

두 번째 영역인 사회, 즉 사람들의 조직된 세계는 자연의 무심함에 맞서는 데 도움이 되기도 한다. 1947년 이저벨이 죽었을 때 프레임은 존 머니에게 이런 편지를 보냈다. "우리는 너무도 작고 슬픈 사람들입니다. 모둠을 이루고 있지만 각자 혼자서 죽음과 공포가 가까이 있는 것을 잊으려고 합니다……. (하지만 우리는) 손을 잡을 수 있고, 우리의 모둠은 정말로 마술

*이 부분은 2005년 랜덤하우스뉴질랜드 출판사에서 출간된 '재닛 프레임 선집'에 실린 로런스 존스 교수(오타고 대학)의 글을 정리해 실은 것이다.

같은 힘이 있습니다." 하지만 프레임의 세계에서 가족을 넘어
서는 큰 단위의 사회는 예민한 개인을 소외시키고, 죽음을 부
정하는 모습을 보인다.

프레임은 오랜 작가 생활 동안 많은 작품에서 다양한 사회
를 묘사했다. 영국에서 7년을 보낸 그녀는 장편 소설《알파벳
의 모서리》와 단편 소설 〈찻잔〉, 〈우리는 포기해야 한다〉 등에
서 외부인의 시선으로 보는 영국을 그렸다. 영국 시골 마을을
배경으로 한《적응 가능한 인간》에서는 내부인의 시선을 시도
하기도 했다. 프레임은 1960년대 중반부터 미국을 자주 방문
했고, 후기 작품, 특히《딸 버펄로》와《마니어토토에서 살기》에
서 미국 사회의 모습을 많이 담았다.

하지만 프레임의 작품에 가장 자주 등장하는 사회는 뉴질랜
드 사회이다. 그리고 그곳이 세월에 따라 변화하는 모습이다.
초기 작품에 보이는 뉴질랜드는 대공황과 2차 세계대전과 그
여파를 겪는 완고하고 편협하고 순응주의적인 사회이다. 그 순
응주의의 집행기관 가운데는 학교, 공장, 정신병원도 포함되
고, 그것은《올빼미는 운다》에 생생하게 묘사되어 있다. 학교
는 아이들이 "각자의 틈새"를 채우도록 교육받는 일차적인 장
소이다. 아이들은 "유원지 놀이장의 구슬처럼…… 뻔한 원을
그리는 인생을 굴리고 또 굴린다." 공장은 "수백 명의 소녀들
이…… 털실 가득한 어두운 방으로 홀린 듯 들어가서, 자욱한
먼지와 냄새 속에서" 의미 없는 무늬를 짜 넣는 노동으로, 소
비재를 사기 위해 돈을 버는 곳이다. 정신병원은 순응을 거부
한 사람들을 수용해서 그들이 "세상에서 살 수 있고 다른 사람
들과 같아지게"(의사가 대프니 위더스에게 한 말) 만들려고 하

는 곳이다. 《물속의 얼굴들》과 《맹인의 향기 정원》에서 정신병원은 사라진 사람들로 이루어진 또 하나의 작은 사회의 모습을 보인다.

《올빼미는 운다》와 《알파벳의 모서리》에서는 1950년대의 상대적 풍요로 인해 소비자 사회로 이동하는 모습이 보인다. 대프니 위더스의 여동생 칙스는 '상상력'이라는 어린 시절의 보물을 "세탁기, 냉장고, 유리 달린 실내 난방기"라는 가짜 보물로 덮어버린다. 남자 형제 토비 역시 어린 시절의 '경탄'이라는 진짜 보물을 10실링 지폐라는 가짜 보물로 대체하려고 한다. 마지막 두 장편 소설에 이르면 뉴질랜드는 미국 방식의 소비 사회로 완전히 변화해 있다. 《카르파티아》에서 뉴질랜드를 방문하는 미국인 매티나 브레컨의 눈에 뉴질랜드는 "미국적인 분위기…… 반짝이는 상점 진열창, 광고의 유혹"을 띠고 "쇼핑객들의 얼굴은…… '물품'에 대한…… 열렬함, 허기"를 띤 채 "예술 작품을, 아름다운 물건을 평가하듯" 물건을 바라본다. 《마니어토토에서 살기》의 메이비스 핼러턴은 이 나라가 이제 "경주마에 이름을 붙이듯이 가구와 가정 물품에 이름을 붙이는" 시대로 접어들었고, "풍요로운 물질문화"가 겉으로는 "화려하고 흥미로워" 보이지만 실제로는 "영혼이 없고", 그래서 "만족은 표면적이고, 인간 내면과 상관없는 화학적 보호 장치" 역할을 한다는 것을 알아차린다. 이 풍요로운 물질문화에는 매스 미디어가 핵심적 역할을 한다. (런던 거주자로 추정되는) "산수의 기쁨"의 화자는 자기 아파트 창밖으로 열 개가 넘는 다른 아파트의 거실을 바라보는데, 거기서는 "그 열 배의 사람들이…… (텔레비전의) 똑같은 프로그램을 보고, 뉴스를 받아들이고…… 결국 똑같은 생각을 하게 되고, 결국…… 텔레비전 회사가 그들에게 제공한 생각만을 수용한다." 메이비스 헬러턴이 깨닫듯이 이런 순응주의 미디어 문화 속에서는 광고의 "새로운 언어"가 시의 역할을 하고, 그것은 "시의 구절보다 더 강렬하게 블레넘 사람들의 심장을 소유의 욕망으로 고동치게" 한다. 메이비스가 사는 블레넘의 가장 웅장한 건물은 "성당도 관공서도 음악당도 극장도 아니라…… 북미의 상업 건축물을 본뜬 쇼핑몰"이고, 그것은 헤븐필드 시티라는 이름의 "소비자의 천국"이다.

《집중 치료》의 종결부에서 프레임은 이런 소비문화의 미래를 상상한다. 거기 나오는 21세기 핵전쟁 후의 뉴질랜드는 순응주의를 완전히 실현한 사회로 한 번이라도 시설에 수용되었던 사람은 인간 설계법에 따라 간단하게 제거된다. 그것의 목표는 국가의 부담을 덜어서 "모든 사람이 더 많은 재화와 서비스와 더 높은 생활수준을 누리게" 하는 것, "지상 천국"을 건설하는 것이다.

이런 뉴질랜드를 비롯한 여러 나라의 과거, 현재, 미래 사회들은 두 가지 핵심적 특징을 공유한다. 하나는 차이를 관용하지 않는 순응주의의 강요이고, 또 하나는 죽음의 부정이다. 이런 부정을 극단적으로 보여주는 것은 《딸 버펄로》에 나오는 턴링의 미국이다. 그곳에서 "죽음은 순치되어서", "달러 인간들이 꾸는 미망의 꿈속에 안전하게" 보관되어 있다. 그 사회는 슈퍼마켓 쇼핑객들이 "물건을 잔뜩 쟁인 채 출구에 와서 돈과 물건을 교환하고, 녹색 또는 청색 스탬프의 축복을 받으며 거리로 나서며, 자신들이 죽음의 절차를 삶의 절차로 바꾸었기를 희망하는" 곳이다. 고드프리 레인버드의 더니튼도 비슷하게 죽음을 부정해서, 고드프리가 사망 선고를 받았다가 다시 살아났을 때 그를 추방한다. 그는 "사후 세계의 관점"을 얻어서 그가 이전까지 받아들였던 원칙이자 사회가 돌아가는 원칙인 물질주의를 거부하고, 존재 자체로 동료들이 부정하고자 하는 것을 상기시키게 된다. "고드프리가 살아서 사람들 틈에서 움직이는 한 사람들은 그가 죽었던 사람이라는 사실을 끊임없이 떠올리게 될 것이다." 그는 자신의 표현대로 "다른 사람들의 죽음 방어 장치를 살해한" 죄가 있다. 턴렁의 미국과 고드프리의 더니튼 모두 단편 소설 〈신화 제작자의 사무실〉과 같은 교훈을 준다. 죽음을 부정하는 것은 모든 불가피한 것을 부정하는 것과 마찬가지로 삶의 주변으로 흘러넘치고, 그 모습은 "예전에는 영양분을 실어와 땅을 기름지게 했지만 이제는 쓰레기만이 쌓이는" 강물과 같다는 것.

이렇게 사회와 자연을 면밀하게 관찰하지만, 프레임 작품의 궁극적 핵심은 개인의 내면 영역이다. 프레임은 내면세계를 바라볼 때 미디어를 통하지 않고 자신이 직접 관찰한다. 그리고 자신이 기억하는 관찰과 경험을 내면으로, 즉 거울 도시로 가져간다. 그곳은 거울 도시의 사절(작가의 상상력)이 《내 책상 위의 천사》 끝 부분에서 말하듯이 "평범한 사실과 생각이 눈부신 거울 궁전으로 변하는" 곳이고, 그 개인적 비전의 "궁전"은 죽음을 부정하지 않고 "세 번을 두드리는 벌레"와 "저항하는 장미"(윌리엄 블레이크의 시 〈병든 장미〉를 암시하는)를 통합한다.

거울 도시의 내적 영역은 진정한 보물이자 프레임 세계의 궁극적 가치이지만, 그곳에 위험이나 유혹이 없는 것은 아니다. 그것은 비현실적 믿음으로 시간과 죽음을 회피하는 도피 수단이 될 수도 있다. 《올빼미는 운다》의 에이미 위더스가 그러한 예이다. 《포위의 한 단계》의 맬프리드 시그널은 종교적 믿음이 아니라 "새로운 시각"의 내적 세계로 도피해서 불행한 과거의 기억을 차단하지만, 결국은 차단할 수 없던 것들의 침입을 받아 죽는다. "눈 2인치 뒤쪽에" 위치한 그 "꿈의 방"도 물질이라는 가짜 보물의 침입을 받을 수 있다. 에이미의 딸 칙스에게는 사회적 지위가 가짜 보물 역할을 한다. 더 위험한 것은 우리가 내적 영역 안에 대항적 꿈을 건설하고 그것을 외부 세계에 투사해서 현실로 받아들이는 것이다. 이것은 《집중 치료》의 주요 주제이다. 《집중 치료》에서 톰 리빙스톤은 1차 세계 대전 때 부상당한 자신을 돌봐준 간호사 시스 에버리스트의 꿈을 마음속에 간직한다. 그는 그것을 이유 삼아 아내를 거부하고(심지어 아내의 죽음을 꿈꾸기도 한다) 나중에 늙고 병들어 자신의 꿈과 어긋나는 시스를 만나자 결국 그녀를 죽인다. 그의 손자 콜린 토런스도 비슷하게 로나 킴벌리와의 열정적 사랑의 꿈을 키우며 아내와 가족을 거부하지만, 로나가 그 꿈을 거부하자 결국 로나와 그 부모를 죽이고 스스로도 자살한다.

그런 위험과 유혹에도 불구하고 내적 영역은 인생의 의미를 찾아줄 수 있는 곳이다. 거울 도시의 주요 시민은 자신이 경험하고 관찰한 것의 기억을 내적 영역으로 가져갈 수 있는 작가들이다. 작가들은 그 기억을 일관되고 포괄적인 세계의 비전으로 형성, 변형하고, 그것을 언어로 표현해낼 수 있다. 《카르파티아》의 표면적 '작가'인 존 헨리 브레컨은 이 과정을 작은 알

레고리로 만든다. 존 헨리 브레컨은 고아이지만, 스스로 만들어낸 어머니 매티나(기억에 관심이 깊은)와 아버지 제이크(언어에 관심이 깊은)에게서 큰 영향을 받았다고 말한다. 즉 예술가와 예술 작품은 기억과 언어의 결합에서 태어나는 아이이다. 그 예술 작품은 이 변형된 세계의 사물을 제시한다. 그것을 가능하게 하는 것은 "상상력의 빛, 그늘 없이 아주 환한 빛, 일종의 내적 태양"이라고 프레임은 1970년의 한 라디오 방송에서 말했다.

프레임의 작품 속에서 내적 영역을 추구하는 사람들은 프레임의 삶이 변화하는 데 따라 함께 변했다. 초기 소설에서 상상가, 몽상가들은 그녀 자신처럼 시설에 갇혔다. 《올빼미는 운다》의 대프니 위더스는 정신병원에서 전전두엽 절제술을 받고 상상력을 절단당한다. 《물속의 얼굴들》의 이스티나 마벳은 자신을 "재훈련"시키고 그 "정신을 세상의 방식에 맞게 재단해 줄" 정신병원 생활과 전전두엽 절제술의 위협을 아슬아슬하게 견뎌나간다. 《맹인의 향기 정원》의 베라 글라스는 정신병원에서 말없이 지내며 자기 자신 안에 하나의 온전한 세계를 창조해놓지만, 그것을 바깥 세상에 말로 표현하지 못한다. 프레임 자신도 1965년의 에세이 〈시작들〉에서 정신병원에서 풀려났을 때 "꿈으로 문양을 만드는 데 시간을 전적으로 바치지 않았으면" 평생토록 시설에서 살거나 전전두엽 절제술을 받았을 거라고 말한다. 이 '문양'을 반영하듯 패턴이라는 성을 지닌 토라 패턴은 《알파벳의 모서리》의 작가 인물로, 소설 속 등장인물들의 세계와 "세 사람의 인생 발견 여행"을 구성하고, 그 일은 "알파벳의 모서리에 있는" 외로운 장소에서 수행된다. 하지만 토라는 "죽음과 망자들에게 시달리고", 소설 말미에 이르러서는 "자기 발견의 끝", 즉 "망자들 앞"에 이른다. 그리고 도입부의 주에서 우리는 그 원고가 유고이며, 그녀의 죽음은 아마도 자살로 추정된다는 이야기를 듣는다.

그러므로 거울 도시의 삶은 힘들 수 있고 그것은 《내 책상 위의 천사》에 잘 드러나 있다. 하지만 그 작품에서 프레임은 1963년에 마침내 뉴질랜드에 돌아가면서 "내 재능이 아무리 작고 내 문장이 아무리 서툴러도 그곳이 내 진정한 집이라는 것을" 발견했다고 말한다.

후기 소설에서 그녀는 거울 도시의 시민이 되려고 시도하는 작가들을 그린다. 《마니어토토에서 살기》의 메이비스 핼러턴은 친구 브라이언이 갑작스레 죽자 "개인적인 허구의 세계"로 물러가서 "감정의 가능성과 책임"을 피한다. 하지만 결국 그 세계에서 나와서 그 회피까지 포함한 자신의 경험을 소설로 만들어낸다. 존 헨리 브레컨은 《카르파티아》 종결부에서 독자에게 자신이 부모님의 이야기를 지어냈지만 "존재하는 것은 알려지고 상상된 사건의 기억이고, 수세기를 통해 기억을…… 지속시키는 말의 사용이다"라고 말한다.

그 "말의 사용"은 프레임의 작품에서 언제나 개인적이고 독특하고 힘들지만, 독자들의 상상적 노력에 보답한다. 프레임은 처음부터 외부 환경에 초점을 맞춘 리얼리즘 방식으로 글을 쓰지 않고, 인물들의 내적 삶에 주목했다. 그녀는 인물들이 외부 환경을 안으로 들여오며 어떤 상호 작용을 이루는가 하는 것을 탐구했다. 《석호》에 실린 초기 단편 소설들에서 그 방법은 캐서린 맨스필드의 모더니즘적 인상주의와 비슷하게 예민한 어린이들의 정신세계를 자주 소개한다.《올빼미는 운다》에서는 제임스 조이스와 윌리엄 포크너(이 소설을 쓸 당시 프레임은 포크너의 작품을 읽고 서평을 썼다)처럼 내적 독백, 자유 간접 화법 같은 현대 심리 소설 기법과 이미지와 모티브가 반복되는 시적 언어로 위더스 가(家) 사람들의 내면을 묘사한다. 프레임은《올빼미는 운다》의 후속작인《알파벳의 모서리》에서 이미 포스트모더니즘의 한 특징인 메타픽션 기법을 사용하고, 특히 허구 속 허구의 창조자를 작품 안에 위치시킨다. 그 기법은《맹인의 향기 정원》과《딸 버펄로》의 종결부의 반전을 통해 발전되고—두 작품 모두 그 허구 세계가 한 등장인물의 창조물임이 밝혀진다—《마니어토토에서 살기》와《카르파티아》의 픽션 속 픽션 속 픽션이라는 아주 복잡한 구조로 이어진다.

프레임은 포스트모더니즘과 포스트구조주의 비평가들에게 호평을 받았지만, 그녀의 복잡한 메타픽션 기법은 언어의 불확실성과 주체적 발명의 자의성을 주장하는 포스트모더니즘적 놀이와는 다르다. 그녀는 언제나 내적 직관을 언어로 표현하는 어려움과 그런 직관들의 주관적 성격을 인식했고, 언제나 언어를 정확하게 사용해서 자신의 비전을 표현하려고 했다. 프레임은 그 비전을 우리가 제대로 이해하지는 못해도 항상 존재하는 진실을 꿰뚫으려는 시도로 보았다.《알파벳의 모서리》종결부에서 토라 패턴은 자기 집이 "말들이 부서지고, 산 자들의 모든 의사소통 형태가 아무 소용없는 알파벳의 모서리"에 있다고 한탄하지만, "어느 날 알파벳의 모서리에 있는 우리가 우리의 말을 찾을 것"이라는 희망을 품는다. 오랜 창작 활동 속에 프레임은 정말로 자신의 말을 찾았다.《내 책상 위의 천사》에서 그녀는 자신이 받은 "허구의 선물"을 언급하며, "이제 거울 도시에 있는 나의 집에서 내가 할 수 있는 일은 이 선물들을 귀와 심장과 진실의 요구를 만족시키는 언어로 담아내는 것뿐이다"라고 말했다.

《내 책상 위의 천사》

작가가 아무리 독창적이고 상상력이 풍부한 허구의 세계를 창조해내도 독자는 그 안에서 작가를 읽게 된다. 그러므로 작품 세계가 뚜렷하게 '경험에 토대한' 작가의 경우 그런 경향은 더 커질 수밖에 없고, 그에 따라 작가의 경험과 작품 세계를 잘 구별하지 않는 오류도 자주 생겨난다.

재닛 프레임은 이십대의 8년을 정신병원에서 보낸 흔치 않은 경험을 한 작가로서 그 경험을 작품 세계에 적극 반영했다. 그러다보니 독자들이 작품 속 내용을 작가의 경험과 등치하는 일이 빈번했다. 프레임의 말에 따르면, 《올빼미는 운다》가 출간되자 많은 사람이 작품 속 대프니를 프레임 자신으로 보고 그녀가 실제로 뇌 절제술을 받았다고 여겼다.

작가 생활 30년이 넘어가자 프레임은 그런 일을 '바로잡을' 필요성을 느끼고 자신이 겪은 일을 제대로 담은 자서전을 쓰게 되었다. 실제로 프레임에 따르면, 그녀의 작품 속 정신병원은 현실보다 훨씬 온건하게 그려져 있다. 있는 그대로 쓰면 독자들이 개연성이 없다고 작품을 신뢰하지 않을 것 같았기 때문이라고 한다.

하지만 프레임의 자서전은 그런 자기 해명 수준에 머물지 않고, 평범하거나 특이한 개인의 온갖 경험이 유년 시절과 청년 시절을 거치며 어떻게 한 작가를 형성했는지를 세밀하게 그려 보인다. 작품이 '자서전'의 형태를 띠면서도 전 생애를 다루지 않고 작가 경력 초기에서 끝나는 것도 이 책이 '나는 이렇게 살았다'가 아니라 '무엇이, 어떻게 작가를 만들었나'를 보여주고자 한다는 것을 일러준다.

작품은 어린 시절의 정밀 묘사로 시작한다. 자연, 학교, 가족에 대한 회화적이고도 내밀한 묘사는 다른 공간과 다른 시간을 살고 계절마저 반대인 우리에게도 생생하고 유쾌한 실감을 안겨준다. 그런 평범한 이야기 속에 평범하지 않은 경험들이 끼어든다. 언니의 죽음과 오빠의 발병, 그로 인해 집에 드리워진 깊은 불행, 그 속에서 내면으로 침잠하며 현실에서 말을 잃어가는 작가, 그 가운데 유일한 안식처가 된 '내면의 언어'와 글쓰기. 이때부터 작가는 독자를 위태롭고 아찔한 지대로 이끌고 가고, 독자들은 그 황량한 풍경 속에서 혼신의 힘을 다해 글을 피워내는 작가를 연민과 경이 속에 바라보게 된다. 그래서 작품은 구체적이고 세밀한 일상의 묘사가 가득한데도 초현실주의 회화 같은 생경함과 강렬함을 풍긴다.

이런 강렬한 내러티브 속에 작가의 예술관인 '거울 도시' 이야기가 곳곳에 박혀서 반짝인다. 거울 도시는 위에 요약한 로런스 존스의 글이 설명하듯이 작가의 반성적 상상력의 세계이다. 세상에는 무수한 사람들의 무수한 경험이 넘쳐나지만, 상상력을 거치지 않은 날것의 경험은 '매스 미디어의 순간적 소비 대상' 이상이 될 수 없다. 그것을 독자들과 '내면적으로 공유하는 예술 작품'으로 만들어주는 것은 상상력을 통한 작가의 끈질긴 되새김질이다. 프레임은 그 작업을 머나먼 도시 여행으로 비유했고, 거기에 이비사 섬에서 마주친 물속 도시의 모습을 투사해서 독특한 이미지로 만들었다.

관념을 시각적 이미지로 만드는 것은 프레임의 장기 가운데 하나로 보인다. 그런 표현은 때로 순간적인 독해를 방해하기도 하지만 독자에게 특이하고 서늘한 공감각을 안겨주고, 그것은 프레임만의 치밀한 문장들과 더불어 프레임을 읽는 고유한 즐거움이 된다.

작품은 많은 사람들이 알다시피 제인 캠피언의 영화로 다시 한 번 유명세를 얻게 되었다. 그런데 우리나라에는 책보다 영화가 먼저 소개되면서 제목에 약간의 문제가 생겼다. 원제《An Angel at My Table》은 '내 식탁에 온 천사'라는 것이 좀 더 정확하다. 이 제목은 2권 서두에 소개된 라이너 마리아 릴케의 시에서 딴 표현이다. 그렇게 가혹한 시절을 살면서도 그녀는 조용히, 천사를 만났다. 그리고 사절도 만났다. 그리고 우리에게 새로이 사절이 되었다.

8월 28일 뉴질랜드 남섬 사우스랜드의 더니든에서 철도 노동자인 조지 새뮤얼 프레임과 로티 프레임(로티 고드프리)의 셋째 아이이자 둘째 딸로 출생.	1924
아버지의 잦은 전근으로 사우스랜드 일대의 소읍들을 전전한 끝에 오아마루 시 이든 로 56번지로 이주해서 정착.	1931
오빠 브러디에게 처음으로 간질 발병.	1932
언니 머틀이 수영장에서 익사.	1937
더니든 사범학교에 입학하면서 오아마루를 떠남. 인근 오타고 대학에서 영문학과 불문학을 청강.	1943
문학잡지 《리스너》에 단편소설 〈대학 입학〉을 발표. 견습교사가 되지만, 장학관 방문 도중 교실을 나가고 결국 교직을 포기함. 이때 자살을 시도하고, 이 일을 계기로 오타고 대학 심리학 강사였던 존 머니와 상담을 하	1945

게 됨. 진단을 위해 정신병원에 입원했다가
'정신분열병'이라는 진단을 받고 시클리프
정신병원에서 한 달 반 동안 생활한 후 12
월, 6개월의 보호관찰하에 집으로 돌아옴.

건강 판정을 받고 보호관찰 끝남. 캑스턴 출판사에 여러 편의 시와 단편을 보냈고 출판사에서 긍정적인 답변을 받음. **1946**

여동생 이저벨이 어머니와 함께 여행 간 픽턴에서 익사. **1947**

정신병원에 '자발적' 재입원. 서니사이드 정신병원에서 전기 충격 치료를 비롯한 가혹한 요법을 받음. **1948**

캑스턴 출판사에 보냈던 단편들이 《석호》라는 제목으로 출간, 허버트 처치 문학상을 수상함. 이로써 예정되어 있던 전전두엽 절제술이 취소되고, 보호관찰하에 퇴원함. **1951** 《석호》

오클랜드에서 작가 프랭크 사지슨을 만나고, 그의 집에 딸린 오두막에서 지내며 전업작가로 생활하기 시작. **1954**

어머니 사망. **1955**

프랭크 사지슨의 도움으로 문학재단 지원금을 받아 유럽 여행을 떠남. 런던에 잠시 체류한 뒤 스페인의 이비사 섬과 안도라를 여행. 이때 첫 연애와 유산을 경험함. **1956**

런던으로 돌아옴. 가족의 비극과 정신병원에서의 생활을 토대로 한 첫 장편 《올빼미는 운다》가 뉴질랜드에서 출간. 존 머니의 주선으로 모즐리 병원의 존 버거 박사와 만나 '정신분열병' 진단이 오진이었음을 확인받음. 그 후 밀러 박사, 콜리 박사 등과 여러 **1957** 《올빼미는 운다》

차례 상담 치료를 함. 여러 가지 허드렛일을
하며 생계를 유지하다 국민부조를 받고 전
업 작가 생활을 재개함.

《올빼미는 운다》가 영국과 미국에서 출간되
고, 내면 세계에 대한 깊은 통찰로 호평을
받음. 장편《물속의 얼굴들》이 뉴질랜드, 영
국, 미국에서 출간.

| | 1961 | 《물속의 얼굴들》 |

장편《알파벳의 모서리》 출간. 1962 《알파벳의 모서리》

장편《맹인의 향기 정원》 출간. 단편집《눈
사람, 눈사람》《저수지》 출간. 아버지 사망. 1963 《맹인의 향기 정원》《눈사람, 눈사람》《저수지》

뉴질랜드로 귀국. 해외에서 명성을 얻은 유
명 작가로 주목을 받았지만 사람들의 눈을
피해 조용한 작가 생활을 이어감. 1964

장편《적응 가능한 인간》 출간. 로버트 번즈
펠로 상 수상. 1965 《적응 가능한 인간》

장편《포위의 한 단계》 출간. 단편집《저수
지》 출간. 1966 《포위의 한 단계》《저수지》

시집《주머니 거울》 출간. 1967 《주머니 거울》

장편《레인버드》 출간. 1968 《레인버드》

동화《모니 미넘과 해님의 냄새》 출간.《레
인버드》가 프레임이 선호한 원제《대척 지
방의 노란 꽃들》이라는 제목으로 미국에서
출간. 1969 《모니 미넘과 해님의 냄새》

장편《집중 치료》 출간. 1970 《집중 치료》

장편《딸 버펄로》 출간. 1972 《딸 버펄로》

오타고 대학에서 명예문학박사 학위 수여. 1978

장편 《마니어토토에서 살기》 출간.	1979	《마니어토토에서 살기》
자서전 1권 《이즈랜드를 향해》 출간.	1982	《이즈랜드를 향해》
단편집 《당신은 지금 인간 심장으로 들어갑니다》 출간. 대영제국 훈장 3등급 서훈.	1983	《당신은 지금 인간 심장으로 들어갑니다》
자서전 2권 《내 책상 위의 천사》 출간.	1984	《내 책상 위의 천사》
자서전 3권 《거울 도시의 사절》 출간. 자서전으로 각종 문학상 수상.	1985	《거울 도시의 사절》
미국 문예원 외국인 회원이 됨.	1986	
살아생전 마지막 작품인 장편 《카르파티아》 출간.	1988	《카르파티아》
저서전 3권이 《내 책상 위의 천사》라는 제목으로 합본되어 새롭게 출간. 《카르파티아》로 커먼웰스 상 수상.	1989	《내 책상 위의 천사》
《내 책상 위의 천사》가 제인 캠피언 감독에 의해 영화화, 베니스 영화제 은사자상 수상. 뉴질랜드 공로 훈장 서훈.	1990	
와이타키 대학을 비롯한 세 개 대학에서 명예문학박사 학위를 받음.	1992	
고향 더니든으로 돌아옴.	1997	
재닛프레임문학기금 설립(2005년부터 3개 부문에 문학상 시상).	1999	
뉴질랜드의 유명 전기 작가 마이클 킹이 재닛 프레임의 전기 《천사와 씨름하기》 출간.	2000	
뉴질랜드 예술재단 아이콘 상, 뉴질랜드 총리상 문학 부문 첫 번째 수상자로 선정.	2003	

	연도	작품
1월 29일 더니든에서 급성 골수성 백혈병으로 사망.	2004	
유고 시집 《기러기 목욕》 출간.	2006	《기러기 목욕》
유고 중편 소설 《또 다른 여름을 향해》 출간. 유고 시집 《기러기 목욕》이 몬태나 도서상 시 부문 수상.	2007	《또 다른 여름을 향해》
유고 장편 소설 《기념실에서》 출간 예정.	2013	

옮긴이 **고정아**

서울에서 태어나 연세대 영어영문학과를 졸업했다. 현재 전문번역가로 활동하고 있으며, 옮긴 책으로《오만과 편견》《전망 좋은 방》《하워즈 엔드》《순수의 시대》《내 무덤에서 춤을 추어라》《노 맨스 랜드》《천국의 작은 새》《토버모리》외 다수가 있다. 2012년 제6회 유영번역상을 수상했다.

세계문학의 숲 027

내 책상 위의 천사 2

2012년 12월 18일 초판 1쇄 인쇄
2012년 12월 26일 초판 1쇄 발행

지은이 | 재닛 프레임
옮긴이 | 고정아
발행인 | 전재국

발행처 | (주)시공사
출판등록 | 1989년 5월 10일(제3-248호)

주소 | 서울 서초구 서초동 1628-1 (우편번호 137-879)
전화 | 편집 (02)2046-2869 · 영업 (02)2046-2800
팩스 | 편집 (02)585-1755 · 영업 (02)588-0835
홈페이지 | www.sigongsa.com
세계문학의 숲 홈페이지 | www.sigongclassic.com

ISBN 978-89-527-6772-1(04840)
      978-89-527-5961-0(set)